I0655965

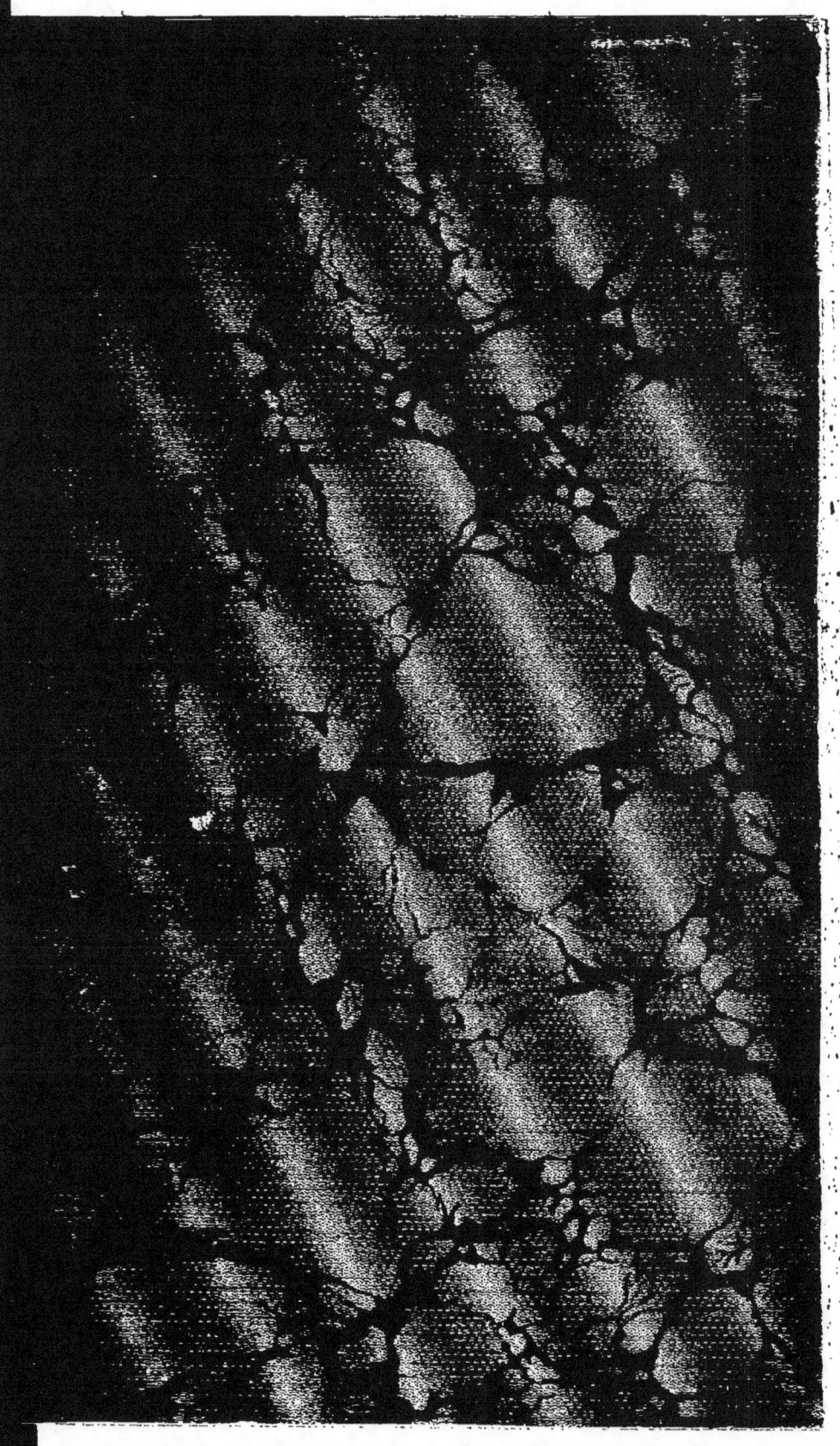

LA TABATIÈRE DE M. LUBIN

LE CHATEAU

DE FOUGERAIE

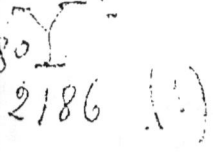

LIBRAIRIE E. DENTU, ÉDITEUR

DU MÊME AUTEUR

LES DRAMES DE LA RUE DU TEMPLE, 1 vol. . . . . . . 3 fr. »
LES EXPLOITS DE FIFI FOLARD, 1 vol. . . . . 3 fr. »
AVENTURES CAVALIÈRES, 1 vol. . . . . 1 fr, »

F. AUREAU. — IMPRIMERIE DE LAGNY.

LA TABATIÈRE DE M. LUBIN

LE CHATEAU

DE

FOUGERAIE

PAR

CONSTANT GUÉROULT

PARIS

E. DENTU, ÉDITEUR

LIBRAIRE DE LA SOCIÉTÉ DES GENS DE LETTRES

PALAIS-ROYAL, 15-17-19, GALERIE D'ORLÉANS

—

1878

LA TABATIÈRE

DE

MONSIEUR LUBIN

LE CHATEAU DE FOUGERAIE

I

AU MARAIS

C'était par une froide matinée d'automne, il était neuf heures quand un jeune homme vint frapper à la porte d'une maison de la rue Beautreillis, l'une des plus calmes de l'antique et paisible quartier du Marais.

La porte s'ouvrit, une grande et vieille porte co-chère, avec de hauts murs à droite et à gauche, et le jeune homme entra dans un petit jardin plein de fleurs et d'arbres fruitiers, au centre duquel s'élevait une longue tonnelle couverte de vigne et aboutissant à une maison composée d'un rez-de-chaussée et d'un seul étage.

On arrivait au rez-de-chaussée par un perron de cinq marches, dont la balustrade de fer disparaissait presque

I.   1

entièrement sous un éblouissant fouillis de capucines, de roses grimpantes et de volubilis de toutes couleurs.

La maison et le jardin formaient un harmonieux ensemble et avaient l'une et l'autre quelque chose de gai, de frais et de patriarcal qui charmait à la fois le cœur et les yeux.

C'était une de ces demeures dont le caractère intime, et pour ainsi dire touchant et sympathique, excitent l'envie des riches eux-mêmes et leur semblent préférables aux plus somptueux hôtels.

Une servante de trente-cinq à quarante ans, les bras nus, haute en couleur et solidement charpentée, marchait devant le jeune homme en lui recommandant de ne pas écraser les plates-bandes de buis, toutes fraîchement taillées.

Arrivée à la maison, et après avoir gravi l'escalier, elle lui dit en le regardant entre les deux yeux :

— Comment que vous vous appelez ?

— Dites à M. Lubin que c'est M. Maxime de Sivrac.

La servante partit, revint presque aussitôt et introduisit le jeune homme dans une pièce où se trouvait un vieillard qui, à son aspect, se leva de son fauteuil et vint au devant de lui.

C'était un petit homme maigre, à l'œil bleu, au regard vif, à la bouche fine, et dont la physionomie était animée par une expression railleuse et paternelle à la fois.

Sa taille était droite, son teint frais et reposé, il avait le geste lent et pour ainsi dire réfléchi, toute sa barbe était rasée, et ses cheveux étaient si blancs, qu'ils semblaient poudrés. On l'eût pris volontiers pour un contemporain de Louis XVI, et on s'étonnait de lui voir un pantalon au lieu d'une culotte courte.

Au reste, l'ameublement prêtait à l'illusion, il était tout entier du style Louis XVI le plus authentique, sinon le plus artistique, et la vulgarité même de quelques pièces prouvait qu'il ne sortait pas de chez le marchand de curiosités et que c'était un héritage de famille transmis de père en fils juqu'à M. Lubin.

On n'en pouvait douter d'ailleurs en voyant les ancêtres du petit vieillard appendus au mur ; c'était une douzaine de portraits d'hommes et de femmes, presque tous pastels, dont le plus ancien datait de Louis XV et le dernier de Charles X.

Le jeune homme passait tout en revue, et il était si profondément absorbé dans l'examen des objets qui l'entouraient, qu'il avait oublié jusqu'à la présence de M. Lubin.

— Oui, oui, je comprends, lui dit celui-ci avec un sourire, vous cherchez à vous rendre compte par l'étude de sa demeure du personnage auquel vous avez affaire, et c'est tout simple, notre rencontre a été si singulière, qu'un peu de défiance vous est bien permise.

— Ah ! monsieur ! s'écria le jeune homme avec un geste de protestation.

— Mettons prudence au lieu de défiance, et vous êtes absous, reprit M. Lubin en examinant à son tour le jeune homme, beau garçon de vingt-deux à vingt-quatre ans, au teint pur, à l'œil limpide, à la physionomie intelligente, dont le trait caractéristique était la franchise poussée jusqu'à la candeur, nature loyale et éminemment sympathique.

C'est ce que comprit d'un coup d'œil le petit vieillard, car, après quelques secondes de silence, il ouvrit une tabatière d'or ornée d'un portrait de femme, y puisa une prise, l'aspira avec une lenteur réfléchie et reprit d'un ton amical :

— Or çà, mon jeune ami, je suis méthodique en toutes choses et surtout en affaires ; résumons donc avant tout notre position respective, après quoi nous

nous- mettrons à l'œuvre. Asseyez-vous et écoutez-moi.

Le jeune homme s'assit en face de M. Lubin, qui poursuivit :

—Avant-hier donc, ma fantaisie me pousse au théâtre de l'Opéra-Comique, et le hasard me place près de vous. Au bout de dix minutes, je m'aperçois que vous n'accordez pas la moindre attention à la pièce et que vos regards se tournent fréquemment vers une loge occupée par trois personnes, dont une jeune fille... très-jolie. La jeune fille était pâle, comme vous, et elle essuyait de temps à autre une larme, toujours comme vous ; il y avait donc là un grand chagrin, mieux que cela, un vrai désespoir d'amour, et ces douleurs-là, quand la source en est pure et sincère, me touchent toujours vivement ; car, si invraisemblable que cela vous paraisse, je les ai connues.

Et, en prononçant ces derniers mots, le vieillard laissa tomber un regard sur la miniature enchâssée sur sa tabatière.

Le jeune homme allait prendre la parole, M. Lubin l'interrompit d'un geste et continua :

—Vous aimiez, vous pleuriez, et vous ne vous en cachiez pas ! Emu de cette expansion et de cette naïveté de sentiment, je me sens pris pour vous d'une subite sympathie et vous demande la confidence de vos chagrins en vous proposant le secours de mon expérience pour combattre les obstacles ou les ennuis qui semblaient vouloir s'opposer à votre bonheur.

Vous n'étiez pas Parisien, pas sceptique, pas *blagueur ;* au lieu de railler le vieillard qui s'intéressait à vous, vous avez été touché, vous lui avez tout dit, et lui, de son côté, vous a juré de se dévouer tout entier au succès de votre cause, à moins qu'il ne rencontrât quelqu'une de ces difficultés insurmontables devant lesquelles la lutte devient inutile. Voilà ce qui s'est passé, voilà où nous en sommes à cette heure, n'est-ce pas?

— Oui, c'est bien cela, répondit le jeune homme.

Il reprit, en fixant sur le vieillard un regard inquiet :

— Et... vous avez découvert quelque chose depuis avant-hier?

— Il m'est arrivé ce qui arrive souvent au chercheur d'or ; il trouve une pépite, il fouille plus avant et découvre une mine. C'est ainsi qu'en m'occupant d'une affaire d'amour, moi aussi j'ai découvert une mine, une mine de drames qui se débattaient sourdement dans l'ombre, et y seraient morts inconnus peut-être et qu'un incident romanesque va faire éclater coup sur coup, plus ou moins terribles, plus ou moins sanglants. Quelles seront les victimes? Comme dans toute bataille, c'est le hasard seul qui en décidera, car c'est une vraie bataille que nous allons livrer à votre rival, et si vous le connaissiez!...

— Quel peut donc être cet homme? J'ai demandé son nom à Jeanne, la dernière fois que j'ai pu lui parler, et non-seulement elle a refusé de le dire, mais elle m'a prié de ne pas chercher à le connaître.

— C'est qu'elle tremblait pour vous, et elle avait raison.

— Il est donc bien redoutable?

— Imaginez la nature la plus perverse, le cœur le plus corrompu, l'âme la plus froidement cruelle, un de ces êtres qui, porteurs d'un beau nom et sortis d'une grande famille, doivent aboutir fatalement à la cour d'assises, vous aurez une idée assez exacte de cet homme.

— Et il deviendrait l'époux de Jeanne! Mais ce serait sa perte.

— Mieux que cela, ce serait peut-être sa mort.

— Vous le croiriez capable!...

— De tout ; la passion du jeu est un de ses vices et si,

ruiné un jour, il entrait dans ses calculs de se défaire de sa femme par un crime pour sortir d'une situation embarrassante, il n'hésiterait pas à le faire, je l'affirme.

— Vous l'affirmez, s'écria Maxime épouvanté.

— J'ai mes raisons pour cela, répondit M. Lubin avec calme.

Le jeune homme devint affreusement pâle.

— Mais, balbutia-t-il d'une voix tremblante, je ne peux pas laisser livrer Jeanne à un tel misérable, il faut empêcher cela à tout prix.

— C'est ce que nous allons tenter.

— Eh! s'écria Maxime, il y a un moyen bien simple.

— Simple, j'en doute, répliqua le vieillard en souriant; mais dites toujours.

— Cet homme n'est pas un lâche, je pense?

— Non.

— Eh bien! faites-le moi connaître; je vais le trouver, je le provoque, nous nous battons, et...

— Et vous comblez ses vœux en lui fournissant l'occasion de vous tuer à coup sûr, attendu que c'est le plus fort tireur et le plus féroce duelliste de Paris; il a eu sept affaires et a laissé quatre morts sur le terrain.

— Eh! que m'importe! Son nom, je vous en supplie?

— Soit; mais d'abord raisonnons un peu: quel est le but que vous vous proposez en ce moment? Est-ce de prouver que vous êtes brave en vous faisant tuer, ou de sauver mademoiselle de Sordes de la plus épouvantable destinée?

A cette question, posée avec le plus grand calme, Maxime resta interdit.

— Je n'insiste pas, reprit M. Lubin, vous m'avez compris. Croyez-moi, et peut-être vous en donnerai-je bientôt la preuve, il y a quelque chose de plus fort et de plus puissant que la bravoure, c'est la prudence et la méthode, les deux guides que j'ai invariablement suivis pendant ma longue carrière ; et maintenant que vous êtes convaincu de cette vérité, je puis vous dire que votre rival est M. Pierre de Peyras.

— En effet, dit Maxime, j'ai souvent entendu parler de ses duels.

— Dont la plupart ont eu le jeu pour motif. Aussi est-il complétement ruiné, criblé de dettes, assailli de papier timbré, saisi, réduit aux expédients les moins honorables ; bref, dans la position d'un sanglier acculé par une meute féroce ; n'ayant qu'une issue pour lui échapper et décidé à se sauver par là à tout prix. Or, cette issue, pour M. de Peyras, c'est son mariage avec mademoiselle de Sordes ; c'est pourquoi, désespéré, poussé dans son dernier retranchement, il sera terrible pour ceux qui voudront le relancer de cette position. Aussi, ce n'est pas sans y avoir mûrement réfléchi que je me suis décidé à livrer ce combat, d'autant plus que cet homme est aussi rusé que brave, qu'il ne connaît aucun scrupule et qu'il a pour auxiliaire sa sœur, madame Marcasse, née Diane de Peyras, aussi redoutable que lui et aussi intéressée au succès d'une union qui l'aiderait elle-même à satisfaire quelques créanciers. Il a, en outre, l'influence et la protection de la famille de Peyras, dont tous les membres, riches et considérés, mettront tout en œuvre pour faire réussir un mariage dans lequel ils verront une fin et en même temps une sécurité pour l'honneur du nom, souvent compromis par ce membre gangrené.

— Mais je vois toute une légion de son côté, s'écria Maxime, et du vôtre ?

— Il y a moi, dit tranquillement M. Lubin.

Il ajouta en baissant la voix et comme se parlant lui-même :

— Moi... et une autre.

Puis il reprit :

— Mais j'ai un petit arsenal qui vaut les légions de notre ennemi et dont voici un échantillon.

Il ouvrit un secrétaire, en tira une espèce de dossier, y prit une carte et la remit à Maxime.

C'était une photographie représentant une jeune femme très-décolletée et penchée en avant de manière à mettre ses avantages dans un relief aussi accentué que possible.

— Qu'est-ce que c'est que cela? demanda le jeune homme étonné.

— C'est mademoiselle Naoudah, artiste des Folies-Dramatiques, exposée à toutes les vitrines des photographes et à laquelle nous allons aller rendre une petite visite, si vous le voulez bien.

— Une visite?... Dans quel but?

— C'est ce que vous verrez, répondit M. Lubin en passant son habit marron, et en glissant ensuite sa tabatière dans sa poche.

II

VOYAGE DANS LE DEMI-MONDE

Dix minutes après le vieillard et le jeune homme prenaient à la place de la Bastille une voiture découverte qui les emportait vers le quartier de la Chaussée-d'Antin.

— Monsieur Lubin, dit Maxime quand le véhicule se fut mis en marche, voulez-vous me permettre une question?

— Allez, mon jeune ami, je vous écoute.

— Comment avez-vous pu en une seule journée connaître le nom de mon rival, vous procurer les renseignements intimes que vous possédez sur lui et sa famille et organiser un plan formidable, à en juger par le dossier d'où vous avez tiré cette photographie, et sur lequel j'ai vu écrit *de Peyras* ?

Cette question parut embarrasser M. Lubin, dont la réponse se fit attendre quelques instants.

— Pour vous faire comprendre cela et vous expliquer l'intérêt que je trouve à m'occuper de vos affaires, malgré les dangers auxquels je puis être exposé, dit-il enfin, il est nécessaire que je vous donne quelques détails sur moi-même et sur mon genre de vie.

Il ouvrit sa tabatière et poursuivit, tout en macérant délicatement une prise entre le pouce et l'index :

— Né à Paris, je me suis pris tout jeune d'une véritable passion pour la grande ville, j'en ai fait mon univers, et, voyageur d'un nouveau genre, j'ai passé ma vie entière à explorer ce petit coin du globe, le feuilletant page à page comme un livre, l'auscultant comme un *sujet*, me donnant le spectacle de ses grandeurs et de ses misères, faisant l'inventaire de ses richesses et de ses haillons, le regardant rire ici dans le luxe et dans l'abondance et se tordre là-bas de faim et de douleur, ayant plus vu, plus éprouvé, plus appris durant ce voyage commencé il y a soixante ans, et qui ne s'achèvera jamais, que l'homme qui a fait en cinq ans le tour du monde.

Aujourd'hui je connais Paris à fond, et celui qui a sondé Paris dans ses splendeurs et dans ses fanges, celui qui possède chaque note de cette gamme étourdissante qui commence aux millions du banquier et descend jusqu'aux vingt sous du chiffonnier, celui-là possède la connaissance la plus approfondie de la société et la plus complète de l'homme.

1.

M. Lubin aspira enfin la prise qu'il avait longuement
préparée, puis il reprit :

— Mais après avoir étudié Paris par quartiers et par
rues, par classes et par masses, je voulus pénétrer dans
le tuf de la société et m'attachai à connaître, à noter,
à collectionner toutes les individualités que je rencon-
trais sur mon passage, et qui me paraissaient dignes
d'attention.

C'est ainsi que je me suis composé une collection de
dossiers qui, comme intérêt, sinon comme nombre,
pourrait lutter avec celle de la police, et parmi ces dossiers, se trouve celui de M. Pierre de Peyras, dont les
duels et la réputation équivoque avaient éveillé ma curiosité, et à la piste duquel je me suis attaché jusqu'à
ce que j'eusse recueilli sur son compte les renseignements dont je vous ai révélé une partie.

Voilà la clef du mystère qui vous avait intrigué et peut-
être inquiété.

— Nullement, monsieur Lubin, s'écria Maxime en
pressant avec effusion la main du vieillard, et croyez
bien que vous ne sauriez m'inspirer d'autre sentiment
qu'une entière et profonde reconnaissance.

— Nous parlerons de cela quand tout sera fini, dit
gravement M. Lubin, car il y aura une terrible mêlée,
je vous l'ai dit, et qui sait les morts qu'on ramassera
sur le champ de bataille? Qui sait si vous et moi ne serons pas du nombre, ou peut-être la pauvre jeune fille
pour laquelle ?...

—Jeanne ! balbutia le jeune homme, dont les yeux se
remplirent de larmes à cette pensée. Ah! monsieur !
monsieur ! je vous en supplie, ne la laissez pas tomber
entre les mains de cet homme.

— Je ne puis qu'une chose, répondit le vieillard, vous
promettre de faire tous mes efforts pour empêcher ce
malheur. Mais nous voici arrivés.

La voiture s'était arrêtée au n° 67 de la rue Saint-Nicolas-d'Antin, en face d'une boutique dont l'étalage, des plus bizarres, se composait d'un fouillis de dentelles jaunies, de bijoux faux, de vieux cachemires, de robes tachées, de bottines passées, et au-dessus de laquelle s'étalait cette enseigne : « Madame Turmole, marchande à la toilette, vend et achète l'occasion et fait tout ce qui concerne son métier. »

— Une vieille et précieuse connaissance, dit M. Lubin au jeune homme en lui montrant cette boutique, une des plus curieuses figures de ma galerie. Je vous dirai plus tard ce que c'est que la marchande à la toilette et en quoi consiste son métier, dont cet étalage ne révèle que le côté le plus innocent.

Il descendit de voiture, et, suivi de Maxime, entra dans la boutique dont le comptoir était occupé par une femme, qui se leva aussitôt et vint au devant du vieillard de l'air le plus empressé. C'était une femme d'une cinquantaine d'années, petite, maigre, alerte, avec un teint couperosé, des yeux égrillards et un sourire cynique.

— Bonjour, madame Turmole, comment allez-vous? lui demanda M. Lubin.

— Très-bien, et vous, monsieur Lubin?

— A merveille. Et votre excellent ami, M. Fauconnier?

— Comme le Pont-Neuf.

— Y a-t-il longtemps que vous n'avez vu le docteur Alfred?

— Il est venu ce matin chez madame Beaudoin, la sage-femme, vous savez?

— Et la dame blonde?

— Ils l'attendent.

— Parfait!

Il ajouta:

— Eh bien! madame Turmole, votre jeune amie est-elle chez elle?

— Elle y est.

Elle ajouta à voix basse et d'un ton mystérieux :

— Elle est seule!

— A merveille!

— Tenez, passez par mon arrière-boutique, qui ouvre au pied de l'escalier, et au deuxième, porte à gauche, en face de madame Beaudoin.

Et elle l'accompagna avec force sourires et génuflexions jusqu'à l'escalier.

Quelques instants après, il sonnait au deuxième étage.

Une soubrette à l'air éveillé et aux cheveux en désordre vint lui ouvrir.

— Mademoiselle Naoudah? lui demanda M. Lubin.

— Il est trop tôt, répondit celle-ci, mademoiselle ne reçoit pas avant deux heures.

— Donnez-moi une plume et de l'encre.

La soubrette obéit.

Le vieillard tira une carte de sa poche et écrivit au-dessous de son nom : « Soixante-dix ans, millionnaire et ennuyé. » Puis il la remit à la soubrette en lui disant :

— Portez cela à votre maîtresse.

La camériste sortit, revint bientôt, s'inclina humblement devant M. Lubin et l'introduisit avec Maxime dans un petit salon, où une jeune femme, en robe de chambre et les cheveux négligemment relevés, prenait son café en compagnie de cinq animaux: un griffon, un angora, une perruche, un ouistiti et une tortue.

Ses traits, fort gracieux quoique fatigués, étaient remarquables par un mélange d'insouciance, de finesse et de pénétration, qui lui donnait une originalité séduisante.

— Permettez-moi d'abord de vous faire mon compliment, dit M. Lubin en parcourant le salon du regard, je vois briller ici ce goût exquis qui distingue la véritable artiste.

— Pour artiste, oui, je puis dire que je suis artiste, on me fait mon entrée tous les soirs, et si je voulais...

— Je ne doute pas que vous ne possédiez un fort beau talent, et, à en juger par cet ameublement, vous devez avoir des appointements...

— Suffisants pour mourir de faim, mais nous avons les feux,.. pour vivre.

— Les feux... que vous allumez.

— Comme les vestales, qui n'avaient pas d'autres moyens d'existence ; et , toujours comme ces demoiselles, nous sommes condamnées à mourir le jour où nous cessons d'entretenir ces mêmes feux. Eh bien, voyez ce que c'est, on les honorait pour ça, et nous, on nous débine...

— C'est ce que j'ai vu ce matin dans le *Figaro*, où vous devez avoir des ennemis, car vous y êtes fortement débinée...

— Pas possible ! s'écria Naoudad très-émue.

— Voyez plutôt.

M. Lubin tira le journal de sa poche, l'ouvrit et le mit sous les yeux de l'artiste, en posant le doigt sur un entrefilet ainsi conçu :

« Une bonne nouvelle : Mademoiselle Naoudah, dont nous avons été les premiers à signaler le beau talent, vient d'être engagée aux Folies-Dramatiques pour y tenir l'emploi des fortes premières grues, emploi dans lequel elle est sans rivale. »

— Canaille ! s'écria Naoudad en froissant le journal, qu'elle jeta à terre, et sur lequel elle trépigna avec rage.

— C'est même à cet article que vous devez ma visite, reprit tranquillement M. Lubin.

— Ah bah ! fit l'artiste.

— J'ai dit à madame Turmole, que je connais beaucoup et qui m'a souvent parlé de vous : « Cette jeune fille a des ennemis ; ces ennemis lui font du tort. Elle doit être gênée, et, si une dizaine de mille francs pouvaient lui être agréables... »

— Oh ! mais très-agréables ! s'écria Naoudah en se retournant brusquement, et, quant à ma reconnaissance...

— Vous ne m'en devrez aucune, car je ne vous prêterai cette somme que contre garantie.

— Ah ! oui, fit Naoudah désappointée, des diamants, des cachemires ! Malheureusement...

— Non pas ! je ne veux ni diamants, ni cachemires, mais un bon billet à ordre et payable à trois mois.

— Vous voulez que j'engage ma signature, s'écria l'artiste avec joie ; ça me va, et quant à l'échéance...

— Pardon ! belle Naoudah. Je ne doute nullement de votre solvabilité ; mais, vous savez, il y a un préjugé sur les billets de femme ; votre signature est sans doute peu connue à la Banque, à moins qu'elle ne le soit que trop, ce qui revient au même ; de sorte que je préférerais celle de quelqu'un de vos amis, un nom honorable, cela va sans dire.

— Ah ! voilà le chiendent, dit Naoudad en laissant tomber sa tête sur sa poitrine ; honorables, oui, ils le sont, mais trop cancres pour souscrire un malheureux billet de dix mille francs à une pauvre femme. J'en connais bien un, un noble cœur, celui-là ! mais...

— Quelle est sa position ?

— Garçon coiffeur.

— Ça manque de surface.

— C'est tout ce que je puis vous offrir.

— Alors madame Turmole m'a donc trompé ?

— Que vous a-t-elle dit ?

— Que vous aviez une excellente garantie, un billet de dix mille francs portant une signature des plus honorables ; c'est ce qui m'a décidé à vous faire cette proposition, car vous comprenez qu'on ne hasarde pas comme cela dix mille francs sans un gage sérieux.

— Ah ! dit Naoudah, madame Turmole vous a parlé de ?... oui, en effet, j'ai ce billet, mais...

— Mais quoi ?

Naoudah parut hésiter.

— D'abord, reprit-elle, il est échu depuis sept mois.

— Tant mieux, il n'en est que meilleur.

— Et puis... dame ! je ne sais pas si la signature...

— Voyons-la.

Naoudah s'élança dans une autre pièce.

M. Lubin se frotta les mains.

Quelques instants après, Naoudah rentrait radieuse, le billet à la main.

— Tenez ! dit-elle en le remettant à M. Lubin.

Celui-ci le lut avec la lenteur et l'attention minutieuse d'un homme qui ne veut pas risquer son argent à la légère.

— Eh bien ? lui demanda enfin Naoudah, en proie à une vive anxiété.

— Eh bien ! rien à dire quant à la signature, la famille est riche et honorable.

— Très-honorable, inutile de prendre des renseignements, s'écria l'artiste.

— Malheureusement...

Naoudah bondit.

— Hein ? quoi ? qu'est-ce qu'il y a ?

— Il y a que ce billet est nul.

— Comment cela ?

— Parce que la nature de la dette qu'il représente n'y est pas mentionnée. Comment le signataire vous doit-il cette somme de dix mille francs ?

— Parce que je la lui ai prêtée.

— Mais la preuve?

— La preuve? je puis vous la montrer.

— Où est-elle?

— Dans trois lettres par lesquelles il me prie d'attendre quelques jours, qui ont duré sept mois.

— Oh! alors, c'est bien différent, donnez-moi ces lettres, et l'affaire est dans le sac.

Naoudah ouvrit un petit meuble, y chercha ses lettres parmi un fouillis de cartes à jouer, d'épingles à cheveux, de reconnaissances du Mont-de-Piété, et parvint enfin à les trouver toutes trois.

M. Lubin les lut avec une satisfaction profonde, mais fort bien dissimulée, puis les repliant avec soin :

— Avec cela, dit-il froidement, je suis en règle.

— Enfin ! s'écria Naoudah en sautant de joie.

M. Lubin tira son portefeuille de sa poche, plaça d'un côté le billet et les trois lettres, prit d'un autre côté dix billets de mille francs, qu'il étala dans la main frémissante de Naoudah, et, saluant gravement celle-ci, sortit, suivi de Maxime.

— Eh bien ! en voilà une chance, murmura Naoudah qui était restée pétrifiée, un billet dont Fauconnier ne voulait pas me donner cinq cents francs !

— Savez-vous de qui sont ce billet et ces lettres ? demanda M. Lubin à Maxime, quand ils furent dehors.

— Non.

— Ils sont de M. Pierre de Peyras.

Il trouva au bas de l'escalier, madame Turmole, qui l'attendait, et lui parla à voix basse, d'un air mystérieux :

— La belle blonde est là.

— Chez madame Baudouin ?

— Oui.

— Elle repassera par ici pour s'en aller?

— Naturellement ; elle est censée venir chez moi.

— Pouvez-vous nous cacher dans votre chambre jusqu'après son départ ?

— Venez.

— Et quand elle sera partie, ainsi que le docteur Alfred, vous lui direz de descendre me parler.

— C'est entendu.

III

OU LA FORCE NE PRIME PAS LE DROIT

Il y avait une heure à peine que M. Lubin avait quitté Naoudah, quand celle-ci entendit retentir sa sonnette.

— Pristi, une visite, et je ne suis pas habillée, dit l'artiste ; va donc voir ce que c'est, Finette.

Finette courut ouvrir. Elle revint bientôt et annonça :

— M. Pierre de Peyras.

Naoudah se leva d'un bond et s'écria en voyant entrer le personnage annoncé :

— Eh bien ! en voilà un drôle de hasard !

Pierre de Peyras était un jeune homme de vingt-six à vingt-huit ans, grand, bien fait, large des épaules, la taille cambrée, portant la tête haute, la poitrine en avant et le chapeau un peu incliné sur l'oreille droite. Il avait le teint basané, l'œil noir, le regard provoquant, et portait de longues moustaches, dont les pointes roides de cosmétique s'allongeaient horizontalement droites et brillantes comme deux pointes de stylet.

Une expression d'ironie insolente était pour ainsi dire stéréotypée sur ses traits, et, quand il souriait, ce sourire avait quelque chose d'insultant et de cruel à la fois.

Bref, il semblait toujours en quête d'une querelle et d'une victime.

— Bonjour, chère belle, dit-il à l'actrice en congédiant Finette d'un ton hautain.

— Bonjour, cher ami, répondit Naoudah avec une parfaite indifférence.

— Mais pourquoi donc avez-vous renoncé à votre vrai nom d'Anna Deschiens pour celui de Naou...

— Naoudah, voyez-vous, ça fait rêver de l'Inde, ça poétise une femme ; et puis une jeune fille née sous ce climat ardent, au sein de cette atmosphère de feu, vous comprenez, ça fait encore rêver.

— Oui, je comprends, et décidément vous êtes une fille d'esprit. Mais dites-moi donc de quel drôle de hasard vous vouliez parler en me voyant entrer.

— Dites-moi d'abord quel événement me vaut l'insigne honneur de votre visite.

— Événement est le mot exact, car je viens vous annoncer mon mariage.

— Pauvre femme, dites-moi le jour, j'irai prier pour elle.

— Merci du compliment !

— Je comprends, vous venez m'inviter pour la noce ?

— Non, mais je viens à propos de la noce.

— Comprends pas.

— En me mariant je veux mettre ordre à mes affaires, je suis en train de faire disparaître toutes les traces de ma vie de garçon, or, vous avez entre les mains un billet et trois lettres...

— Que vous voudriez avoir ?

— Justement.

— De plus fort en plus fort ! s'écria Naoudah en levant les bras au ciel.

— Que voulez-vous dire ?

— Rien, reprenez votre fil.

— Mais c'est tout.

— Et les dix mille francs ?

— Eh bien !

— Vous ne les avez pas ?

— Qui vous dit que je ne les ai pas ?

— Votre ton, répliqua Naoudah en agaçant son ouistiti. Si vous fussiez venu la bourse pleine, vous m'eussiez parlé insolemment, vous auriez payé de même et vous seriez parti tout de suite.

— Vous me jugez mal, Anna, je vous jure que mon ancienne affection...

— Oh ! non, ne me la faites pas *au souvenir*, s'écria la jeune femme en riant aux éclats, je la connais trop, celle-là.

— Eh bien ! soit, parlons sérieusement, fit le gentilhomme en changeant tout à coup de ton, quels arrangements voulez-vous prendre à ce sujet ?

— Au sujet de quoi ?

— De ce que je vous dois.

— Vous ne me devez rien.

— Mais ces dix mille francs ?

— Ils ont été payés.

— Payés... Quand donc ?

— Il y a une heure.

— Et par qui ?

— Voilà où le mystère s'épaissit singulièrement.

— Expliquez-vous, je vous en supplie.

Naoudah répondit :

— J'avais besoin d'argent, cela commence comme toutes les histoires de femmes ; j'avais donc besoin d'argent, et le ciel nous ayant donné pour chef de claque

un philanthrope, qui se fait un devoir de nous en prêter au taux légal de quarante pour cent, contre des
garanties... plus que suffisantes, je lui demande mille
francs. Il aborde aussitôt la question des garanties, je
lui propose ma signature et ma parole d'honneur, qui
lui paraissent tout à fait insuffisantes. La scène se passait chez moi; de fil en aiguille, j'arrive à lui parler de
votre billet, que je lui mets sous les yeux. Il demande
à prendre des renseignements, je fais tous mes efforts
pour le détourner de cette voie... funeste, mais il persiste, emporte le billet et me le rapporte le lendemain
en me disant qu'il était excellent pour faire des papil-
lotes à mon griffon.

— Il n'est donc pas entre les mains de cet homme?

— Attendez ; je l'avais fourré dans un coin et j'en
avais fait mon deuil, n'ayant plus de vos nouvelles depuis trois mois, quand ce matin, un vieillard, ratatiné,
mais encore ragoûtant, vient me proposer dix mille
francs contre un billet signé d'un nom honorable. Je
lui propose mon ours, il le prend, me compte dix billets
de mille, à preuve que les voilà, et part. Oh! votre signature est très considérée sur la place.

Pierre de Peyras se leva brusquement, en proie à
une violente agitation.

— Eh bien! qu'avez-vous donc? lui demanda Naoudah.

— Mais vous ne comprenez donc pas qu'il y a là-dessous quelques machination infâme?

— Ah bah!

— Anna, l'adresse de cet homme?

— Tenez, voici justement sa carte, qu'il a laissée:
M. Lubin, 7, rue Beautreillis.

M. de Peyras mit la carte dans sa poche, prit son
chapeau et se dirigea vers la porte. Mais, au moment
de sortir, il s'arrêta, et revenant vers l'actrice:

— Maintenant que ce billet est payé, lui dit-il, vous n'avez plus besoin de mes lettres ; veuillez donc me...

— Vos lettres ! mais je les ai données avec le billet.

A ces mots, M. de Peyras demeura comme foudroyé.

— Mes lettres ! cet homme a mes lettres ! balbutia-t-il enfin.

— Sans doute, il a dit que le motif de la dette n'étant pas mentionné... Enfin bref, il lui fallait les lettres, et comme il ne voulait pas lâcher les dix mille francs sans ça, vous comprenez que je ne pouvais pas hésiter.

— Ah ! plus de doute ! s'écria Pierre de Peyras, pâle et tremblant de colère, c'est un guet-apens, mais il me faut mes lettres, il me les faut !

Il s'élança dehors, descendit rapidement l'escalier et, sautant dans sa voiture qui l'attendait à la porte :

— Rue Beautreillis, n° 7, et ventre à terre, cria-t-il à son cocher.

Un quart d'heure après, la voiture s'arrêtait à la porte de M. Lubin.

M. de Peyras y frappa trois coups, qui firent bondir Jeannette dans sa cuisine. Elle vint ouvrir de fort mauvaise humeur.

— Ah çà ! qu'est-ce qui vous prend donc ? dit-elle au gentilhomme, qui passa rapidement devant elle. On ne frappe pas comme ça à la porte d'un chrétien.

— C'est bien ! lui dit brusquement M. de Peyras, M. Lubin est-il chez lui ?

— Oui, il vient de rentrer; mais il a besoin de repos, cet homme, et si vous vouliez repasser...

— Assez de bavardage, conduisez-moi, je suis pressé.

— C'est bon, c'est bon, on vous conduit, dit Jeannette, un peu déconcertée.

Elle hâta le pas, et bientôt après, elle frappait à la porte du cabinet de M. Lubin, qui lui cria d'entrer.

— Comment que vous vous appelez? demanda-t-elle à M. de Peyras.

— C'est inutile, laissez-nous, répondit celui-ci.

Et, ouvrant lui-même la porte, il entra et la referma derrière lui.

— Qu'est-ce que c'est que ça? demanda M. Lubin, qui était assis devant son bureau, en train de mettre en ordre quelques papiers.

— Pardon, dit Pierre de Peyras d'une voix brève, mais je n'ai pas de temps à perdre en cérémonies.

— Je m'en aperçois, répliqua le vieillard avec un sourire ironique.

Le gentilhomme fit quelques pas vers lui, et, le regardant en face :

— Monsieur, lui dit-il, je suis M. Pierre de Peyras.

M. Lubin le toisa d'un rapide coup d'œil; puis il lui répondit avec une tranquillité parfaite :

— Eh bien! après?

Il y eut un moment de silence.

— Monsieur, reprit le gentilhomme en faisant un effort pour comprimer sa colère, je viens vous demander l'explication d'un fait que je ne comprends pas.

— Parlez! monsieur.

— Il s'agit d'un billet que j'ai souscrit à mademoiselle Anna Deschiens, aujourd'hui Naoudah, et que vous venez de lui escompter.

— Rien de plus facile à comprendre cependant, c'est une opération qui se fait tous les jours.

— Mais non pour des billets échus.

— C'est une exception qui ne peut que vous flatter, car elle prouve la confiance que m'inspire votre signature.

— Oh! assez de comédie comme cela, monsieur, s'écria Pierre de Peyras, incapable de se contraindre plus longtemps; mon billet étant échu depuis sept mois, ma signature ne pouvait vous inspirer au contraire qu'une extrême défiance ; j'ai donc le droit de vous demander le motif qui a dû vous déterminer à l'escompter.

— Mon Dieu ! monsieur, répliqua M. Lubin en feignant un embarras que démentait son sourire ironique, vous me forcez à une confession pénible pour un homme de mon âge ; mademoiselle Naoudah est jeune et jolie, et atteinte d'une crise financière chronique ; je suis riche, sensible, j'ai voulu lui venir en aide sans blesser sa délicatesse, et votre billet n'a été qu'un prétexte pour une bonne œuvre.

— En vérité ! monsieur, s'écria M. de Peyras avec un rire insolent, et mes lettres, qu'avaient-elles à faire dans cette histoire, et pourquoi les avez-vous emportées ?

— Pour jouer jusqu'au bout mon rôle d'escompteur prudent et méticuleux, il y avait dans votre billet une omission qui...

— Assez, monsieur ! s'écria le gentilhomme en frappant du poing le bureau de M. Lubin.

Il reprit avec un calme apparent :

— J'admets toute cette histoire ; mais si vous aviez besoin de vous emparer de mes lettres pour ménager la susceptibité de mademoiselle Naoudah, cette généreuse comédie étant terminée, vous n'avez aucune raison pour les garder, veuillez donc me les rendre.

— Pardon, monsieur, mais on ne *rend* qu'aux gens qui vous ont donné ou prêté, or, c'est mademoiselle Naoudah qui...

M. de Peyras s'élança vers le vieillard, et lui jetant un regard terrible :

— Monsieur, lui dit-il d'une voix vibrante de colère, vous n'avez pu vous emparer de ces lettres que dans un but infâme, but de vengeance ou de chantage, je ne sais ; vous allez me les rendre à l'instant même, sinon...

M. Lubin prit sa tabatière d'or, l'ouvrit, y puisa lentement une prise, et, regardant tranquillement M. de Peyras :

— Sinon ? répéta-il.

Ce calme parfait déconcerta Pierre de Peyras, qui ne trouva rien à répondre.

M. Lubin aspira sa prise, puis il reprit, tout en donnant deux ou trois petites chiquenaudes sur sa chemise, où étaient tombés quelques grains de tabac :

— A moins de m'assassiner, je ne vois pas trop comment vous pourriez sortir de là.

M. de Peyras recula brusquement et porta la main à son front en respirant avec force.

— Enfin, monsieur, reprit-il au bout d'un instant, ces lettres ?...

M. Lubin parut réfléchir un instant.

— Ces lettres vous seront remises demain, dit-il enfin.

— Mais, monsieur...

— Je vous en donne ma parole, et pas un mot de plus, ce serait inutile.

M. de Peyras comprit au ton de fermeté calme et inébranlable dont furent accentués ces derniers mots qu'il n'obtiendrait rien de plus.

— C'est bien, dit-il, je vous attends demain.

— Moi ou un autre, peu importe, vos lettres vous seront remises, je vous le répète, et c'est là l'essentiel.

M. de Peyras prit son chapeau, salua assez lestement et sortit.

Alors M. Lubin aspira fortement une prise et murmura avec un sourire sardonique :

— Allons, allons, vous n'êtes pas de force, monsieur de Peyras.

IV

SOUS LE MASQUE

Il y avait fête à l'hôtel de Sordes, fête éblouissante, bal masqué où, dans un étincelant pêle-mêle, se confondaient les costumes de toutes les époques et de toutes les nations.

C'est dans cette fête que M. de Peyras, allant solennellement inviter mademoiselle Jeanne de Sordes et la recevant des mains de son père, devait ouvrir le bal avec elle, ce qui, suivant une coutume du Béarn, pays de la famille de Sordes, fiançait les deux jeunes gens l'un à l'autre.

Pierre de Peyras était là, se promenant dans la foule, superbe de fierté, d'impertinence et d'audace sous un élégant costume de raffiné, d'une fatuité qu'il ne se donnait pas la peine de dissimuler, et qui ajoutait à l'air de bravade et de défi perpétuel qu'il portait dans toute sa personne. Il n'avait pas voulu se masquer pour ne perdre aucun de ses avantages.

Il avait été imité en cela par sa sœur, qui professait pour lui la plus haute admiration et le prenait pour modèle sur bien des points.

Diane de Peyras, ou plutôt madame Marcasse, était une blonde de vingt-cinq ans environ, dans tout l'épanouissement de sa beauté. D'une taille élevée et d'une élégance tout aristocratique, ses traits avaient une expression d'indifférence hautaine et de calme superbe qui rappelait les fières patriciennes de Titien et de

Véronèse, dont elle avait la chevelure dorée et dont elle avait pris le costume.

Mais ce qui frappait surtout en elle, ce qui lui constituait une physionomie à part dans cette galerie de femmes merveilleusement et diversement belles, c'était un sentiment de puissance et de sécurité qui semblait tout dominer, tout braver et tout dédaigner à la fois.

Rien d'attrayant comme ces belles orgueilleuses, rien d'excitant comme l'espoir de dompter et d'attendrir ces superbes indifférentes. Aussi la fière Diane traînait-elle à sa suite un nombreux cortège de soupirants.

A quelques pas d'elle, et très-remarquée elle-même dans la splendide cohue qui miroitait à l'éclat des bougies, venait une femme d'un caractère entièrement opposé.

C'était une Mauresque si fidèlement et si pittoresquement costumée, d'une tournure si fière, si sauvage et si grave à la fois, que l'imagination, se reportant de trois siècles en arrière, se la représentait errant dans les rues de Grenade ou accroupie et pensive au pied des Tours vermeilles.

Elle tenait d'une main un éventail rouge, dont elle jouait avec une aisance et une prestesse tout andalouses, et, de l'autre main, une petite mandoline ornée de rubans roses.

Un masque de velours noir était posé sur ses traits, mais le cou, le front, les tempes, le contour du visage, d'un brun ardent comme le bronze florentin, trahissaient une jeune et puissante nature.

Au lieu de s'abandonner, comme les autres, au plaisir d'admirer et d'être admirée, elle semblait sous l'empire de quelque profonde préoccupation, et quand parfois elle en sortait, c'était pour lancer sur madame Marcasse, qu'elle suivait pas à pas, des regards qui, à tra-

vers les trous de son masque, brillaient comme de sinistres éclairs.

Deux jeunes gens, costumés, l'un en chef de clan,
l'autre en page du temps de François Ier, causaient à
voix basse, d'un air animé, et leurs regards se diri-
geaient fréquemment du côté de Pierre de Peyras, qui
semblait être le sujet de leur conversation.

— Ah çà ! c'est donc un sorcier que ce M. Lubin?
disait l'Écossais à son ami le page.

— Je serais tenté de le croire, répondit celui-ci ; il
connaît tout et il peut tout; ainsi c'est encore lui qui,
ce matin, m'a apporté deux invitations pour cette fête
en me prévenant que j'y rencontrerais ce que j'aime et
ce que je hais le plus au monde, mademoiselle Jeanne
de Sordes et M. de Peyras, et en me faisant jurer sur
l'honneur, non-seulement de ne pas provoquer mon
rival, mais de l'éviter avec le plus grand soin.

— M. Lubin est un homme de sens et un véritable
ami, car de Peyras te tuerait comme un poulet, ce qui
n'avancerait pas tes affaires.

— Oh ! si je n'étais arrêté que par cette crainte !
Mais j'ai en M. Lubin une confiance aveugle ; lui seul,
j'en suis bien convaincu, peut conjurer l'épouvantable
malheur dont Jeanne est menacée ; aussi suis-je capable
de tout pour ne pas lui déplaire, même d'une lâcheté,
car c'en est une que de rencontrer ce misérable Peyras
sur mon passage et de ne pas lui sauter à la gorge. Et
sais-tu ce qu'on dit? On assure qu'ils vont être fiancés
ce soir ! Oh ! c'est impossible, M. Lubin l'aurait su, et il
ne m'aurait pas exposé à cette tentation à laquelle je ne
résisterais pas, je le sens.

En ce moment la foule s'ouvrit respectueusement
devant une femme qui s'avançait seule et semblait
chercher quelqu'un.

C'était madame de Sordes.

Il était impossible de la voir sans éprouver un sentiment de respectueuse sympathie. Grande, mince, imposante, une solennelle tristesse enveloppait ses traits
pâles et allongés qui commençaient à prendre des tons
d'ivoire jauni, et, quoiqu'elle eût quarante-cinq ans
à peine, ses cheveux étaient d'une blancheur de
neige.

Une souffrance secrète, une profonde et mystérieuse
douleur devaient miner cette âme. Cependant on ne
connaissait aucun motif de chagrin à madame de Sordes, et ses meilleurs amis avaient vainement cherché à
pénétrer la cause de cette immense et éternelle
tristesse.

Le mariage auquel on contraignait sa fille avait-il oui
ou non son approbation ? C'est ce qu'on ignorait, car
elle n'avait jamais exprimé son sentiment ni sa volonté
sur un fait si grave et de nature à éveiller si vivement
la sollicitude d'une mère.

Saluant avec grâce ceux qui se rangeaient sur son
passage, elle se dirigea vers Pierre de Peyras, et l'abordant avec la gravité douce et triste qui lui était habituelle :

— Monsieur de Peyras, lui dit-elle, voulez-vous m'offrir votre bras ?

Pierre de Peyras fut d'autant plus flatté de cette offre
amicale de madame de Sordes, qu'il ignorait, comme
tout le monde, quels étaient ses sentiments à son égard,
et qu'il vit là l'intention non équivoque de lui donner
publiquement un témoignage d'estime et de sympathie.

Ils parcoururent lentement ensemble l'immense salle
où les invités, en attendant le signal de la danse, se
promenaient au bruit harmonieux d'une symphonie de
Mendelssohn ; puis, arrivés au bout de la longue galerie,
madame de Sordes, au lieu de revenir sur ses pas, se

dirigea vers un petit salon disposé pour ceux qui cherchaient le repos et le plaisir de la conversation.

Quand ils furent entrés, elle ferma là porte derrière eux, fit signe à Pierre de Peyras de s'asseoir, et prenant place en face de lui :

— Monsieur de Peyras, lui dit-elle gravement, veuillez m'écouter.

Pierre de Peyras s'inclina.

Après une pause, pendant laquelle elle parut se recueillir, madame de Sordes reprit avec une émotion contenue :

— Monsieur de Peyras, c'est de la part de ma fille que je viens à vous.

Le front de Pierre de Peyras se contracta légèrement.

— Non-seulement ma fille ne vous aime pas, mais elle ne vous a pas laissé ignorer que depuis longtemps son cœur appartenait à un autre. Elle a mis dans cet amour toute sa vie et toute son âme, et, si vous avez pu en douter un instant, l'altération profonde qu'a subie sa santé, altération dont sa pâleur et son incurable tristesse témoignent trop visiblement, a dû vous en convaincre. Ma fille fait un dernier appel à votre honneur, monsieur; elle ne peut croire qu'abusant de la faiblesse de son père, qui, vous le savez, avait donné sa parole à M. Maxime de Sivrac, vous persistiez à devenir son époux contre sa volonté et malgré la déclaration qu'elle vous renouvelle aujourd'hui, par ma bouche, que son père peut la contraindre à porter votre nom, mais qu'elle mourra plutôt que de jamais vous appartenir.

A cette déclaration, si humiliante pour son orgueil, Pierre de Peyras avait pâli, et quelques instants s'étaient écoulés avant qu'il retrouvât le calme dont il avait besoin pour répondre.

2.

— Madame, dit-il enfin d'un ton grave et pénétré, ce n'est jamais en vain qu'on fait appel à mon honneur, et le jour où mademoiselle de Sordes me supplia de renoncer à elle en m'avouant franchement les sentiments peu flatteurs que je lui inspirais, ce jour-là je la quittai avec la résolution de rompre une union qui ne pouvait faire que son malheur et le mien. Malheureusement, madame, l'homme n'est pas le maître de ses sentiments, il ne les dirige pas, il les subit au contraire et leur obéit en esclave. J'en fis la douloureuse expérience en m'apercevant qu'en dépit de l'indifférence avouée de mademoiselle de Sordes, je l'aimais trop pour pouvoir renoncer à elle. Cet amour, madame...

— Assez ! assez ! monsieur, interrompit madame de Sordes, dont l'indignation empourpra tout à coup le visage, ne me parlez pas de votre amour, quand vous ne voyez dans ce mariage qu'une affaire, oui, monsieur, une affaire, car ma fille a cinq cent mille francs de dot et vous êtes ruiné.

— C'est une calomnie, madame ! s'écria M. de Peyras, j'ai prouvé le contraire à M. de Sordes, qui connaît mieux que personne l'état de ma fortune.

— M. de Sordes, qui rêve les honneurs, et dont vous avez flatté les idées ambitieuses en lui promettant l'appui de la famille de Peyras, M. de Sordes ne demandait qu'à être aveuglé, et il vous a cru sur parole.

— Si telle était votre conviction, madame, pourquoi ne vous êtes-vous pas opposée à ce mariage ? Pourquoi, dans un cas aussi grave, n'avez-vous pas fait valoir votre autorité de mère ?

Madame de Sordes parut hésiter un instant, puis elle répondit :

— Pour deux raisons, monsieur : d'abord, parce que je croyais qu'il suffirait de l'aveu que devait vous faire ma fille pour vous décider à renoncer à cette union ;

ensuite parce que je me suis toujours fait une loi de soumettre ma volonté à celle de M. de Sordes et de ne jamais discuter ses actes quelles qu'en pussent être les conséquences.

Elle se leva, et, d'une voix grave et émue :

— Un plus long entretien entre nous est inutile, monsieur, dit-elle à M. de Peyras ; quelle réponse dois-je porter à ma fille?

— Veuillez lui dire que mon amour, plus fort que toutes les considérations...

— Non, monsieur, non, dit vivement madame de Sordes, je ne lui parlerai pas de votre amour, qui n'a rien à faire ici, mais je lui dirai :

M. de Peyras sait que nous ne survivrons pas à cette odieuse union, il sait que nous mourrons l'une et l'autre : toi, de l'horreur qu'il t'inspire ; moi, de ta douleur, mais c'est une bonne affaire pour M. de Peyras, il faut donc nous résigner. Adieu, monsieur, ma fille a commis une impardonnable méprise en s'adressant à votre honneur, mais ne riez pas trop de sa naïveté, sa jeunesse est son excuse, je vais l'éclairer sur ce point, et ce sera un sentiment de plus à ajouter à ceux que vous lui inspirez déjà.

Et, laissant tomber sur M. de Peyras un regard de froid mépris, elle ouvrit la porte et sortit.

Un sourire ironique et implacable effleura alors les lèvres de M. Pierre de Peyras.

— Me prier de renoncer à cinq cent mille francs de dot et à deux millions d'espérances ! murmura-t-il ; en vérité, il y a des gens qui ne doutent de rien. Quant à ma future femme, je m'inquiète peu de son amour et n'exige d'elle que ce que lui commandent la religion et la loi : obéissance et résignation.

Et, reprenant son audace et son impertinence habituelles, il alla se mêler à la brillante cohue qui encom-

brait l'immense galerie, l'air plus ravi et plus triomphant que jamais.

Pendant ce temps une scène étrange se passait entre
la blonde madame Marcasse et la brune Mauresque que
nous avons montrée attachée à ses pas.

V

UNE SINISTRE PROPHÉTIE

Se rapprochant de plus en plus de madame Marcasse,
la Mauresque avait fini par se trouver à ses côtés ; alors
elle glissa doucement son bras sous le sien et lui dit,
d'une voix dont le timbre grave et mordant donnait une
valeur aux moindres mots :

— Belle patricienne, permettez-moi d'implorer une
grâce de Votre Seigneurie.

Un peu choquée d'abord, madame Marcasse examina
la Mauresque, et, la trouvant élégante et merveilleusement costumée, elle lui répondit de la meilleure
grâce.

— Disposez de moi, je suis tout à vous.

— Il s'agit de deux amoureux dont je vais vous conter
l'histoire en quelques mots. Ils sont jeunes et beaux l'un
et l'autre, et s'aiment de cet amour ardent et pur, naïf
et sans réserve qui se rencontre si rarement de nos
jours. C'est en Normandie qu'ils se sont connus, c'est
au printemps qu'ils se sont aimés, c'est en pleine campagne, le long des prairies, sous les pommiers en fleurs,
que leurs cœurs se sont épanouis, qu'ils ont échangé
leurs premiers aveux, et leur amour, s'imprégnant du

milieu où il est éclos, a toute la grâce, tout l'éclat, toute la fraîcheur de la nature au printemps ; bref ils sont dignes de tout votre intérêt.

— Oh ! mais ils sont fort gentils, vos petits amoureux, dit en riant madame Marcasse ; c'est du Florian tout pur ; je les vois d'ici avec une houlette, une panetière et des petits moutons frisés et ornés de faveurs roses ; il ne manque plus que le père barbare ordonnant au berger de passer le Gardon, comme il advint à ce pauvre Némorin.

— Eh bien ! non, madame, il ne manque rien, car les pauvres enfants sont au désespoir ; on veut marier la jeune fille à un autre, et cet autre... c'est M. Pierre de Peyras.

Madame Marcasse tourna brusquement la tête à cette conclusion inattendue.

— C'est de mademoiselle de Sordes que vous voulez parler ? dit-elle en changeant tout à coup de ton et de figure.

— Oui, madame, de mademoiselle de Sordes, qui aime M. Maxime de Sivrac, qui en est aimée et qu'il dépend de vous de faire la plus heureuse des femmes.

— Comment cela ?

— En usant de votre influence sur votre frère pour le résoudre à rompre ce mariage.

— Je n'en ferai rien, répondit madame Marcasse d'un ton bref, d'abord parce que je trouve que mon frère est un assez beau parti pour mademoiselle de Sordes, ensuite parce que je suis peu touchée de ces désespoirs de pensionnaire qui se dissipent devant une corbeille.

La Mauresque garda un instant le silence.

— Madame, reprit-elle d'une voix basse, en accentuant, et pour ainsi dire en martelant chaque syllabe, c'est une épreuve que j'ai voulu tenter et elle n'a pas tourné à votre avantage, j'ai ausculté votre cœur et je l'ai trouvé vide ; tant pis pour vous, car ce mariage ne se fera pas et vous n'aurez pas le mérite de l'avoir empêché.

Madame Marcasse répondit par un haussement d'épaules et un sourire dédaigneux ; puis elle reprit :

— Ah çà, vous ne savez donc pas que mon frère va être fiancé ce soir à mademoiselle Jeanne de Sordes ?

— Je sais... que ce mariage ne se fera pas, répliqua la Mauresque en appuyant sur chaque mot, voilà ce que je sais, et avant une heure, entendez-moi bien, avant une heure vous en serez convaincue vous-même. Vous vous repentirez cruellement alors d'avoir repoussé la prière que je viens de vous adresser, mais il ne sera plus temps, vous aurez déchaîné contre vous et votre frère une tempête dans laquelle vous serez impitoyablement broyés l'un et l'autre, ou plutôt vous aurez fait éclater vous-mêmes cette tempête depuis longtemps amassée sur vos deux têtes ; vous aurez hâté l'exécution de l'arrêt qui vous a condamnés l'un et l'autre à quelque chose de pire que la mort. Vous souriez... vous me prenez en pitié et ne voyez dans mes paroles que de vaines et ridicules menaces. Que faut-il donc faire pour vous convaincre ? Faut-il glacer à jamais ce sourire sur vos lèvres comme si elles étaient touchées par le doigt de la mort ? Eh bien, soit, c'est ce que je vais faire, et il me suffira d'un mot pour cela.

— Dites donc ce mot cabalistique, adorable Mauresque, répliqua Diane, d'un ton dédaigneux ; je vous jure que j'ai hâte de l'entendre.

— Je vais le dire... après vous avoir conté une seconde histoire, mais celle-là manque de houlettes, de panetières et de moutons frisés, celle-là est toute parisienne.

— J'aime mieux cela.

— Là aussi l'héroïne est une jeune fille, mais une

jeune fille du siècle, au ton tranchant, aux allures cavalières, au caractère déterminé, à l'esprit froidement calculateur. Sa seule passion ou du moins celle qui dominait toutes les autres, était la passion, ou plutôt le culte du *moi*; son rêve, le luxe sans limites, le bien-être le plus absolu, le plus raffiné, dans toutes les conditions de la vie, une soif de dominer, de briller et d'être admirée qui devait engloutir des millions.

Elle décida donc qu'elle épouserait celui dont la fortune pourrait réaliser ce rêve, acceptant d'avance, les yeux fermés, ce mari quel qu'il fût, et implacable dans sa résolution, elle repoussa tous les prétendus jeunes, élégants, distingués, qui aspiraient à sa main, même celui qu'elle aimait, car elle aimait. Oui, elle aimait, et comme elle voulait boire à toutes les coupes et goûter à toutes les voluptés de ce monde, elle ne renonça pas à cette passion, elle la réserva, l'étouffant résolûment en elle jusqu'au jour où, le mariage lui ayant donné toutes les satisfactions rêvées, elle put s'y abandonner sans danger.

A mesure que la Mauresque traçait ce portrait, la surprise, le trouble et la colère se peignaient sur les traits contractés de madame Marcasse, et ce fut avec un sourire forcé qu'elle répondit :

— Ne chargez-vous pas un peu les couleurs, belle Mauresque? Tant d'audace, de perversité, de machiavélisme me semblent bien invraisemblables chez une jeune fille !

— Chez une jeune fille de ce temps-ci, non ; une révolution et un renversement étranges se sont opérés dans les mœurs et dans les caractères depuis vingt ans.

Le temps est passé où l'on traînait les jeunes filles à l'autel. Aujourd'hui ce sont les mères qui parlent cœur et sentiment, ce sont les jeunes filles qui raillent ces rêveries et qui parlent raison, c'est-à-dire chiffres, pensent que chaque chose a son temps, qu'il faut songer au solide d'abord, et renvoyer les affaires de cœur à une autre époque, époque que quelques-unes entrevoient vaguement, que beaucoup d'autres ont fixée et déterminée d'avance.

Mais revenons à notre sujet. Notre héroïne, elle, noble, élégante et d'une suprême distinction, accepta pour époux un homme vulgaire, roturier de nom, de traits et de tournure, de vingt ans plus âgé qu'elle, mais trois ou quatre fois millionnaire et en passe de doubler cette fortune en quelques années; elle l'accepta, mais avec quelles arrière-pensées ! Ah ! si ce mari eût pu soupçonner les rêves qui se débattaient derrière ce front si calme, si pur, si radieux, au moment même où il s'inclinait sous la bénédiction du prêtre! Mais il ne devina rien, et voyant sa jeune épouse rayonnante de joie et d'orgueil, il se dit dans la naïveté de son âme : Enfin, je suis heureux! Pauvre mari! Tandis qu'il se réjouissait en dévorant des yeux la merveilleuse beauté de sa jeune femme, celle-ci concevait un plan dont l'audace et la profondeur vous donneront une idée de ce caractère, et qui se résumait tout entier par cette phrase :

« Les millions, oui; le mari, non! »

Madame Marcasse pâlit à ces derniers mots, et la Mauresque sentit son bras tressaillir sous le sien.

— En vérité, belle dame, répondit Diane dont la voix tremblait malgré ses efforts pour se montrer calme et souriante, on voit que vous êtes de Grenade et que vous datez de trois siècles, sans quoi vous sauriez qu'un pareil plan est tout simplement impossible, qu'il y a chez nous un code, et dans ce code un article...

— Oui, le code dit que la femme habitera avec son mari, mais qu'est-ce que la loi pour une femme habile et déterminée ? Au-dessus du code la femme a créé une puissance qui casse ses arrêts quand ils sont gênants pour elle.

— En vérité ! fit madame Marcasse, et cette puissance...

— C'est le médecin. Quinze jours après le mariage, le médecin de madame la déclarait très-malade, lui commandait les eaux d'abord, puis, à son retour, un appartement séparé.

Madame Marcasse voulut encore railler, mais la parole mourut sur ses lèvres contractées.

— Comment se révolter contre un tel arrêt ? reprit la Mauresque. Impossible ! le mari qui oserait le tenter passerait pour le plus odieux des monstres et le plus brutal des bourreaux. Le pauvre millionnaire dut donc se résigner, et sa charmante femme eut ainsi tous les bénéfices du contrat sans en subir les servitudes.

— Et le dénouement de cette fantastique histoire ? demanda madame Marcasse.

— Nous n'en sommes pas encore au dénouement, mais il est survenu une complication qui pourrait amener une péripétie assez dramatique.

— Voyons donc, cela m'intéresse.

— Cela vous intéresse d'autant plus que c'est ce mot qui, comme je vous l'ai dit tout à l'heure, va glacer pour toujours le sourire sur vos lèvres.

— Un coup de foudre, alors.

— Vous avez dit le mot.

— J'attends.

— Eh bien ! madame, la nature de cette complication vous a mise dans la nécessité de réclamer les conseils d'une amie, que vous avez vue plusieurs fois depuis quelques jours, chez laquelle vous étiez encore ce matin, à dix heures, et qui demeure rue Saint-Nicolas-d'Antin.

L'effet de ces paroles fut réellement foudroyant ; les traits de madame Marcasse, déjà altérés depuis quelques instants, se couvrirent d'une pâleur livide, et, portant la main à son front, comme saisie d'un éblouissement, elle chancela et parut sur le point de s'affaisser sur elle-même.

— Voulez-vous que je vous dise le nom de cette amie et le conseil qu'elle vous a donné? lui glissa à l'oreille l'impitoyable Mauresque.

— Assez! assez! balbutia Diane d'une voix étouffée et avec un geste plein de terreur.

— Adieu, superbe Diane, mais vous n'avez pas fini avec moi; je vous tiens, je ne vous lâche plus, et cette nuit même, quand vous serez rentrée chez vous, dans votre chambre, je me rappellerai encore de loin à votre souvenir; adieu..

Elle s'éloigna et se perdit dans la foule. Presqu'au même instant une voix bien connue frappa l'oreille de Diane, c'était celle de son frère.

— Diane, qu'avez-vous donc? lui demandait celui-ci, seriez-vous malade?

— Malade, moi, non, du tout; pourquoi? demanda Diane d'un air effaré.

— Vous êtes si pâle et si troublée! Que vous a dit cette femme?

— Ce qu'elle m'a dit, murmura madame Marcasse en passant la main sur son front, je ne puis le répéter à personne.

— Pas même à moi?

— Pas même à vous, Pierre.

Puis recouvrant peu à peu quelque sang-froid :

— Mais vous-même, vous paraissez inquiet.

— Inquiet, non, mais furieux.

— La raison?

— Ce vieux drôle de Lubin ne m'a pas apporté mes lettres, comme il me l'avait promis; il veut me faire chanter évidemment, mais j'irai le secouer demain de la bonne façon.

Pendant que le frère et la sœur se promenaient ensemble, la mystérieuse inconnue, en quittant celle-ci, s'était perdue dans la foule, où elle se glissait rapidement en regardant à droite et à gauche, comme si elle était en quête de quelqu'un.

Elle trouva enfin celui qu'elle cherchait.

C'était M. Marcasse.

M. Marcasse était une individualité curieuse : d'abord simple ouvrier dans une grande usine, mais studieux, piocheur, rangé dans sa vie et doué d'une aptitude exceptionnelle pour la mécanique, il n'avait pas tardé à se faire remarquer par ses patrons, qui l'avaient mis à la tête des machines, en qualité de contre-maître. Au bout de quelques mois, il faisait une découverte qui avait pour résultat de doubler la rapidité de la main-d'œuvre et d'économiser cinquante pour cent sur le combustible, et, quelques années plus tard, il inventait une machine à laminer, pour laquelle il prenait un brevet. Cette machine, très-supérieure à ce qui existait alors, lui était bientôt demandée de tous les points de l'Europe et de l'Amérique, et à quarante ans, c'est-à-dire quinze ans après avoir quitté la blouse de l'ouvrier, M. Marcasse était à la tête d'une fortune de quatre millions et d'une usine qui lui constituait un bénéfice de sept à huit cent mille francs par an.

C'est alors qu'il avait rencontré et bientôt après épousé mademoiselle Diane de Peyras.

Prosper Marcasse, d'une taille au-dessous de la moyenne, était épais, ramassé, lourd, et avait l'air gauche dans son habit noir, d'où sortaient des mains larges et courtes, avec des doigts écrasés du bout et des ongles presque invisibles, effet des rudes travaux auxquels il s'était livré toute sa vie.

La tête, très-forte, était comme une boule ; les traits, accentués outre mesure, étaient d'une laideur vulgaire, et il n'avait de remarquable que deux yeux noirs, enfoncés dans l'orbite, mais étincelants d'intelligence et d'énergie, sous un front carré et puissant.

— Monsieur Marcasse? lui dit la Mauresque.

Prosper Marcasse se retourna, examina la femme masquée et attendit prudemment.

— Monsieur Marcasse, reprit la jeune femme, je suis trop discrète pour vouloir pénétrer dans l'intimité de la vie conjugale, je me tairai donc sur les mystères de votre ménage, quoique je les connaisse parfaitement; mais écoutez bien ce que je vais vous dire : il s'opérera cette nuit, dans le caractère de madame Marcasse et dans ses habitudes à votre égard, un changement extraordinaire, inexplicable. Or, il n'y a rien d'inexplicable pour qui sait réfléchir. Réfléchissez donc, cherchez la raison de ce changement, et, si vous ne la trouvez pas, méfiez-vous, prenez garde de tomber dans un piége habilement tendu. Adieu! n'oubliez pas ma dernière parole : réfléchissez et méfiez-vous.

Et elle disparut, laissant M. Marcasse tout étourdi de ce qu'il venait d'entendre.

V

UNE CLAUSE SECRÈTE

Madame Marcasse s'était emparée du bras de Pierre de Peyras, et ils ne s'étaient plus quittés.

Une sympathie profonde, sincère, quoique basée sur des raisons d'une nature bizarre, unissait le frère et la sœur.

Lancé de bonne heure dans le monde de la haute galanterie parisienne, Pierre de Peyras s'était accoutumé à parler de ces dames devant sa sœur avec un laisser-aller qui avait dévoilé à celle-ci jusqu'aux moindres mystères de ces scandaleuses existences, et la belle Diane, trop dégagée des faiblesses de son sexe pour connaître les susceptibilités d'une vulgaire pudeur, n'avait pas caché le plaisir que lui causait la révélation de ce monde inconnu.

Madame de Peyras, leur mère, avait voulu d'abord leur imposer silence; mais, d'un caractère faible et portée à tout admirer chez ses enfants, elle s'était laissé persuader peu à peu qu'elle n'était plus à la hauteur, que l'éducation des jeunes filles était tout autre que de son temps, et que ce qui la choquait était la chose du monde la plus naturelle.

Et, comme autour d'elle elle voyait à peu près les mêmes façons entre frères et sœurs, elle avait fini par se faire à ces entretiens, où l'on passait en revue les grandes pécheresses à la mode, où l'on vantait la richesse de leurs équipages et la beauté de leurs diamants.

C'est à cette singulière école que s'était faite l'éducation de madame Marcasse; c'est sous cette influence que s'étaient développés son cœur et son esprit; enfin, c'est dans cette communauté de sentiments que s'était formée la sympathie qui l'unissait à son frère, dont elle admirait les vices aristocratiques, comme elle méprisait les qualités bourgeoises de son mari.

— Qu'as-tu donc, ma chère Diane? dit Pierre en examinant sa sœur. Tu étais tout à l'heure rayonnante, superbe, comme doit être la femme que tout le monde proclame à la fois la reine de la mode et la plus belle blonde de Paris, et te voilà devenue tout à coup pâle et sérieuse.

— C'est qu'il vient de se passer quelque chose d'effrayant, répondit Diane avec une émotion visible. Cette femme, cette Mauresque m'a dit tout à l'heure : « Je vais glacer le sourire sur vos lèvres, et il n'y reparaîtra plus ! » Et, tu le vois, je ne puis plus sourire.

— Qu'a-t-elle pu dire pour cela?

— Elle a découvert un secret... Comment ? Je m'y perds; enfin elle possède un secret dont la divulgation me tuerait, et dont la seule pensée me rendrait folle, si je n'avais le moyen de conjurer le péril cette nuit même.

— Et tu refuses toujours de me confier ?...

— Jamais ! jamais ! s'écria énergiquement madame Marcasse.

Elle reprit, après un moment de silence :

— Écoute, Pierre, après m'avoir donné cette preuve saisissante de ce qu'elle sait et de ce qu'elle peut, l'inconnue m'a annoncé que les plus grands malheurs allaient fondre sur nous si tu ne renonçais à épouser mademoiselle de Sordes. Réfléchis donc avant d'aller plus loin, je t'en supplie, car le ton et les paroles de cette femme m'ont pénétrée d'un froid mortel, je me sens enveloppée d'ennemis qui nous guettent dans l'ombre, et qui connaissent nos moindres actes, jusqu'à nos plus secrètes pensées, et il me semble que nous sommes l'un et l'autre sous le coup d'une épouvantable catastrophe.

— Nos ennemis, répliqua Pierre, sont habitués à trembler devant moi et je les méprise trop pour les craindre. Quant à me supplier de renoncer à ce mariage, autant voudrait m'engager à me suicider, attendu qu'il ne me reste pas d'autre parti à prendre, si les cinq cent mille francs de mademoiselle de Sordes ne viennent me tirer d'embarras.

— Ah ! Ce qui m'inquiète surtout en ce moment c'est la dette contractée envers cette Naoudah, c'est ce billet

et ces lettres qui en font foi. Comment as-tu pu demander un service d'argent à une telle femme?

— Eh! que veux-tu? répondit Pierre avec une fureur
concentrée, je lui ai emprunté cela dans une heure de
rage et de délire, une nuit où l'on avait joué un jeu d'enfer, après une déveine dont la persistance m'avait rendu
fou; je n'avais plus la conscience de mes actes.

Ses traits se contractèrent, et il ajouta d'une voix
sourde :

— Sais-tu pourquoi je jouais? C'est que je voulais
tuer une passion par une autre. Il me fallait dans le
cœur toutes les passions, toutes les rages, tous les dé-
lires du jeu pour y étouffer une image qui me torturait
au point de m'arracher des cris dans mes longues nuits
d'insomnie, l'image de cette Valentine dont je t'ai
parlé, qui m'a repoussé impitoyablement, et dont le
souvenir me brûle et me dévore sans relâche. Eh bien !
ni le jeu, ni les plaisirs auxquels je me livrais, ni l'armée
de créanciers qui me harcelait, ni la ruine de ma fortune, rien n'a pu éteindre cette passion.

— Oui, une telle passion explique et excuse bien des
fautes ; mais enfin, cette dette honteuse, voilà ce qu'il
fallait payer tout de suite, à tout prix ; pourquoi n'es-tu
pas allé trouver Fauconnier ?

— La source est tarie, là comme partout. D'ailleurs il
m'épouvante. Quand j'entame une affaire avec lui, je me
fais l'effet d'une mouche entre les pattes d'une arai-
gnée; ce n'est pas un homme, c'est un engrenage; on y
risque un doigt, et tout le corps y passe.

En ce moment, une main se posa doucement sur l'é-
paule de Peyras.

Il se retourna brusquement et se trouva en face d'un
homme masqué et en domino noir.

— Vous voulez me parler? demanda-t-il d'un ton
bref.

— Oui, monsieur de Peyras ; mais en particulier, et si vous voulez me suivre dans une petite pièce déserte que j'ai remarquée là-bas...

— Soit, mais pas avant de savoir à qui j'ai affaire.

Le domino ôta son masque, qu'il replaça aussitôt après avoir montré ses traits à Pierre de Peyras.

— Fauconnier ! s'écria celui-ci stupéfait ; Fauconnier ici, à cette fête, chez M. de Sordes !... Ah çà, qui diable vous a introduit ici ?

— Ça, c'est mon secret ; et il ajouta en faisant mine de se retirer :

— Monsieur de Peyras, quand vous voudrez.

Pierre de Peyras suivit l'homme d'affaires, et quelques instants après ils étaient installés tous deux dans une pièce réservée aux joueurs, et dont M. de Peyras ferma prudemment la porte en dedans.

— Ah çà, maître Fauconnier, dit le gentilhomme avec humeur, ce que vous avez à me dire est donc bien pressé pour que vous veniez me relancer au milieu d'une fête et jusque chez mon futur beau-père ?

— Le moment est on ne peut plus opportun pour l'entretien que je veux avoir avec vous, et vous en conviendrez tout à l'heure.

Voyons, monsieur de Peyras, causons affaires, car ce n'est pas pour autre chose que je suis venu, vous le pensez bien.

Et il tira un énorme portefeuille de sa poche, en sortit un dossier qu'il se mit à feuilleter rapidement ; puis, relevant la tête :

— Monsieur de Peyras, lui dit-il, vous êtes ruiné, vous ne pouvez l'ignorer.

Quoiqu'il sût à peu près à quoi s'en tenir sur ce point, le gentilhomme tressaillit à cette déclaration brutale et implacable.

— Entendons-nous, dit-il ; ma fortune est fortement, profondément entamée, je le sais ; mais...

— Oh ! pas d'illusions ! vous êtes ruiné, répliqua Fauconnier en appuyant sur le mot ; vous n'êtes plus au bord de l'abîme, vous êtes au fond, et un coup d'œil sur votre situation vous en convaincra tout de suite.

Toute votre fortune se composait de deux propriétés, votre immeuble de la rue Meslay et votre ferme de la Coudraie, estimées six cent mille francs, et sur lesquels j'ai pris deux hypothèques montant ensemble à quatre cent cinquante mille francs. Avec les frais de vente et les intérêts qui courent depuis ce temps, nous atteignons cinq cent mille francs au moins, et, en supposant une dépréciation toujours probable quand on est pressé de vendre, et que je considère comme certaine quant à la ferme, fort négligée depuis deux ans, comme je m'en suis assuré, il vous revient à peine cinquante mille francs.

Pierre était ahuri.

— Peste ! s'écria-t-il, comme vous jonglez avec les chiffres !

— Comme vous avec votre épée, monsieur de Peyras. A chacun sa science. Je dis donc qu'il vous revient environ cinquante mille francs ; mais vous avez pour deux cent mille francs de lettres de change et de billets protestés.

— Hein ! s'écria Pierre.

— Je puis vous garantir le chiffre, à cent francs près.

— Comment le connaissez-vous si bien ?

— Par une raison bien simple, j'ai tout acheté aujourd'hui même.

— Vous ! fit M. de Peyras en fixant sur l'homme d'affaires un regard stupéfait.

— Oui, moi, répondit Fauconnier avec calme ; tout

3.

est là, dans ce portefeuille, et c'est pour m'entendr
avec vous au sujet de cette opération que je suis ven
vous trouver ce soir, car il est bien naturel que j
prenne mes précautions pour rentrer dans ces deu
cent mille francs de créances que je viens de paye
comptant.

— Avec une réduction de soixante-quinze pour cen
n'est-ce pas ?

— Ça, c'est mon affaire ; je dis donc qu'il est toi
simple que je prenne mes sûretés.

— Fort bien ; et quelles sont ces sûretés ?

— Mon Dieu ! votre signature au bas d'un petit écri
que j'ai là, libellé d'avance, par lequel vous vous enga
gez à acquitter ces deux cent mille francs huit jour
après votre mariage avec mademoiselle Jeanne d
Sordes.

La stupeur et l'indignation paralysèrent un instan
le gentilhomme à cette cynique proposition.

Puis, se levant d'un bond et foudroyant Fauconnie
du regard :

— Et vous avez pu croire que je consentirais à un
pareille infamie ! s'écria-t-il.

L'homme d'affaires, habitué depuis vingt ans, par l
nature de ses opérations, à soulever de ces indignation
et de ces tempêtes, ne broncha pas.

— A votre aise, dit-il, vous avez le choix.

— Le choix ? que voulez-vous dire ?

— Ou vous signerez cet écrit, ou, en sortant d'ici, j
vais soumettre le bilan complet de votre situation
M. de Sordes.

Et comme Pierre de Peyras le regardait, tout frémis
sant de colère, il ajouta sans s'émouvoir :

— Vous comprenez maintenant pourquoi il fallai
que cette affaire fût traitée ce soir, avant les fian
çailles.

M. de Peyras ne répondit pas ; il se promenait, en proie à une violente agitation, plongeant parfois son front dans ses mains d'un air désespéré ou jetant de temps à autre une exclamation de rage.

Se calmant enfin peu à peu, il se se mit à réfléchir aux moyens de sortir de cette affreuse situation, car il connaissait l'homme d'affaires, il savait que ni colère, ni désespoir, ni menaces, ni supplications ne pourraient l'ébranler.

Il n'y avait qu'un moyen de se tirer de là : lui fournir un gage égal ou supérieur à celui qu'il exigeait, et c'est ce qu'il cherchait.

Au bout de quelques instants il crut enfin l'avoir trouvé.

— Écoutez, dit-il à Fauconnier, j'ai mieux que cela à vous offrir.

— Voyons.

— Vous connaissez mon oncle, le comte Jean de Peyras ?

— Oui, oui, un avare selon vous et madame Marcasse, un homme d'ordre selon moi ; dix millions de fortune nets et liquides, une vie sobre et des habitudes d'économie ; un homme celui-là.

— Et vous savez qu'il n'a pas d'autres héritiers que ma sœur et moi ; eh bien ! je vous propose de substituer à ces mots : « qu'il s'engage à me rembourser huit jours après son mariage avec mademoiselle de Sordes » ceux-ci : « huit jours après la mort de son oncle, le comte Jean de Peyras... »

— Oh ! fit Fauconnier, ça, c'est toujours l'inconnu ; aussi me suis-je fait en tout temps un devoir de considérer comme chimériques les héritages les plus certains et de ne jamais prêter sur testament ; et que de fois j'ai eu l'occasion de reconnaître la sagesse de cette mesure !

— Mais cette fois il est impossible de douter.

— Aussi ne douté-je pas, loin de là ; l'héritage vous est assuré, j'en mettrais ma main au feu ; mais je ne prêterais pas cent francs dessus ; c'est un principe ; à plus forte raison ne puis-je l'accepter comme gage d'une somme de deux cent mille francs.

— Ainsi vous persistez ?...

— Dans ma première idée, c'est la bonne.

— Oh ! misérable ! misérable ! s'écria Pierre, en arpentant le salon avec des gestes furieux.

— Mon Dieu ! ce n'est pas moi qu'il faut accuser, mais vous-même, qui avez tout fait pour vous créer cette situation. Ah ! monsieur de Peyras, que de beaux romans, que d'admirables drames, que d'excellentes comédies on pourrait faire avec ce seul titre et ce seul sujet : *le Désordre !* Le désordre ! que de gens il a poussés chez moi ! et combien de ceux-là j'ai vu finir par la police correctionnelle et la cour d'assises ! Plus heureux, vous en serez quitte pour un embarras passager et sans gravité pour un homme en passe d'hériter d'une fortune de cinq millions. Ne vous désolez donc pas pour si peu, prenez résolûment votre parti, et hâtez-vous de signer cela, car votre absence doit être remarquée, et dans un tel moment...

— Il a raison, murmura Pierre de Peyras, il faut en finir.

Et s'adressant à Fauconnier :

— Je crois inutile de vous faire observer que vous êtes aussi intéressé que moi à garder le secret sur cette affaire.

— Naturellement, puisqu'une indiscrétion ferait manquer le mariage, et que le mariage, c'est mon gage.

— Allons ! dit M. de Peyras.

Il signa...

Il signa, roula tous ses papiers dans une toile cirée, que Fauconnier voulut bien lui confier, fit porter ce paquet chez lui par son domestique, et rentra dans la salle de bal, dont l'aspect étrange et saisissant rappelait en ce moment certains contes de fées, car le plus profond silence y régnait, et la foule, éblouissante sous les flots de lumière qui l'inondaient, semblait frappée d'immobilité.

— Que se passe-t-il donc? murmura-t-il.

Et il avança lentement, pâle, effaré, se demandant s'il était bien éveillé et si l'acte infâme qu'il venait de commettre était bien réel.

VII

UNE EXÉCUTION

Il était onze heures, et mademoiselle de Sordes n'avait pas encore paru. Tout le monde s'en étonnait, on se livrait à des commentaires sur cet étrange incident, et le nom de Pierre de Peyras était dans toutes les bouches, prononcé partout avec une expression de malveillance visible.

Diane qui, après le départ de Pierre, s'était promenée seule dans la foule, avait compris ce qui se passait, et se rappelant les menaces de la Mauresque, elle se sentait l'âme oppressée des plus sombres pressentiments.

Inquiète de voir se prolonger l'absence de son frère, mais cachant sous un gracieux sourire toutes les angoisses dont elle était dévorée, elle promenait ses regards dans toutes les directions, en affectant le calme et l'insouciance, quand un jeune homme masqué et vêtu d'un élégant costume valaque, s'approcha d'elle jusqu'à la frôler, et, sans tourner la tête de son côté :

— Diane ! murmura-t-il de manière à être entendu d'elle seule.

Madame Marcasse se troubla.

— Diane, reprit le Valaque sur le même ton, marchant et regardant devant lui avec une parfaite nonchalance, je vous en supplie, laissez tomber votre main, que la mienne l'effleure, ne fût-ce qu'une seconde.

— Jacques, répondit Diane dont la voix tremblait et tout en agitant son éventail pour cacher à la fois son trouble et le mouvement de ses lèvres, pas un mot de plus et quittez-moi à l'instant, nous sommes épiés, je suis perdue peut-être ; je vous verrai, partez.

Le jeune homme s'éloigna de Diane peu à peu, lentement, la mort dans l'âme, la pâleur au front, mais le sourire aux lèvres.

A quelque distance de madame Marcasse venaient deux personnages que nous avons déjà signalés, l'un costumé en Ecossais, l'autre en page de François Ier.

Ce dernier était Maxime de Sivrac et l'autre Marcel Desvignes, son ami.

— Voyons, mon cher Maxime, disait ce dernier, sois raisonnable, que diable ! rappelle-toi les promesses et les menaces de M. Lubin et ne risque pas de tout compromettre par un accès de folie ; encore dix minutes de patience, voilà tout ce que je te demande.

— Dix minutes de lâcheté, veux-tu dire ! répliqua vivement le jeune homme ; eh bien ! c'est trop, je me suis assez contenu, je me suis assez avili à mes propres yeux pendant toute cette soirée, je me sens incapable de prolonger une minute de plus ce supplice et cette honte. Je mourrais d'un accès de fureur, j'aime mieux mourir d'un coup d'épée et me donner la joie de souffleter cet homme, qui, moi vivant, ne touchera pas la main de celle que j'aime.

— Ainsi, tu ne veux rien entendre ?

— Cela est indépendant de ma volonté ; nulle puissance, nulle considération humaine ne pourront m'empêcher de bondir sur ce misérable, au moment où je le verrai s'avancer vers mademoiselle de Sordes. Mon parti est bien arrêté, je vais guetter l'arrivée de Jeanne et au premier pas qu'il fera vers elle....

— Tu le soufflettes, c'est entendu ; allons, M. Lubin a été bien mal inspiré en te fournissant les moyens d'assister à cette fête, il aurait dû penser que la jeunesse et l'amour réunis constituent une véritable folie, et qu'il ne faut pas se fier aux fous.

— Il est facile d'être calme, quand on n'aime pas, répliqua Maxime.

— Plût à Dieu que j'eusse au cœur l'indifférence et la tranquillité que tu me supposes, dit Marcel.

— Tu aimes, toi?

— Imagine ce que le cœur humain peut éprouver de plus pur et de plus ardent, de plus élevé et de plus enthousiaste, et tu n'auras qu'une bien faible idée de cette passion qui m'absorbe, me mine et tue en moi tout autre sentiment.

— Et cette femme?

— Un rêve, un éblouissement. J'ai vu dans je ne sais quel musée de Hollande, une toile de Rembrandt, où, parmi quelques personnages noyés dans l'ombre, rayonnait une jeune fille merveilleuse de beauté, étincelante d'oripeaux comme une ballerine, dont le front lumineux s'encadrait d'une chevelure dorée, légère, transparente et comme pénétrée du soleil, création adorable, sans égale et sans analogue, unissant toutes les séductions de la femme à toutes les séductions de l'apparition ; je m'approchai et tout changea, le charme ne disparut pas, mais il se transforma.

La poétique ballerine était une espèce de petite mendiante, les splendides oripeaux étaient des haillons, les paillettes, les points rouges et jaunes du vêtement; la tête seule restait la même, éclatante de jeunesse, de fraîcheur et de lumière. Eh bien! c'est ainsi que m'est apparue la femme qui est tout pour moi désormais; un soir, je l'ai vue tout à coup à la fenêtre d'une obscure mansarde, enveloppée d'un flot de brouillard d'or, reflet de l'horizon, belle, pâle et triste au milieu de cette espèce d'auréole, qui faisait étinceler ses vêtements, presque des haillons; ébloui, charmé, ravi, plongé subitement dans une inexprimable extase, je sentis que mon âme m'échappait et que ma vie entière allait désormais dépendre de cette femme.

— Tu l'as revue? tu lui as parlé!

— Je ne l'ai jamais revue.

— Comment?

— La maison qu'elle habitait était un affreux hôtel garni de la rue Lacépède, en plein quartier Mouffetard; le surlendemain, après avoir passé la journée entière à rôder autour de cette maison, cédant enfin à une force invincible, j'allai m'informer d'elle.

— Eh bien?

— Elle était sortie la veille et n'avait pas reparu.

— Et depuis?

— On ne l'a pas revue. On l'appelait madame Mariani; j'ai visité presque tous les hôtels garnis de Paris, et je n'ai pu la retrouver; mais je la cherche toujours, car ma vie est toute en elle, vois-tu, et j'en mourrais si je ne devais plus la revoir.

— Et si un misérable, criblé de vices, capable d'un crime, osait souiller cette femme adorée en touchant sa main devant tous, que ferais-tu?

— Tu as raison, Maxime, je ne résisterais pas plus que toi à la tentation de m'élancer sur lui et de l'écraser sous mes pieds; aussi je ne te retiens plus.

En ce moment, un profond silence se fit tout à coup:

tous les regards se dirigèrent vers l'extrémité de la galerie, où venait d'apparaître mademoiselle Jeanne de Sordes entre son père et sa mère, et la foule brillante s'ouvrant d'elle-même comme si elle eût obéi à un mot d'ordre, tous trois complétement isolés purent s'avancer librement dans le large espace resté libre d'un bout à l'autre de la galerie.

C'est alors que Pierre de Peyras rentrait dans la salle de bal, pâle, tout étourdi de ce qui venait de se passer entre lui et l'homme d'affaires, et se demandant avec stupeur ce que signifiaient ce silence de mort et cette immobilité générale.

Dès qu'il parut, un petit vieillard, masqué et portant le costume d'un seigneur de la cour de Louis XIV se glissa jusqu'aux musiciens, et échangea quelques paroles avec le chef d'orchestre, auquel il parut donner un ordre, puis il alla se perdre dans la foule.

Mademoiselle de Sordes marchait lentement en s'appuyant sur le bras de son père : elle était entièrement vêtue de blanc, et ses traits, d'une grâce naïve et charmante, étaient si pâles, qu'ils se confondaient avec la blancheur de ses dentelles, et son visage était empreint d'une tristesse si profonde, si solennelle, qu'on eût dit que rien ne vivait plus sous ce masque de marbre, et qu'un murmure de douleur et de pitié s'éleva de toute part à son aspect.

Pierre de Peyras était près de sa sœur et à quelques pas de Maxime de Sivrac, qui le couvait du regard, et dont tout le corps frémissait d'impatience et de colère.

Quand mademoiselle de Sordes eut parcouru à peu près la moitié de la galerie, Pierre de Peyras, qui se trouvait presqu'en face d'elle, se détacha de la foule et fit quelques pas de son côté.

Alors Maxime fit un mouvement pour s'élancer sur

lui, mais au même instant une main pressa la sienne et une voix murmura à son oreille :

— Attendez !

Il se retourna. C'était une femme, c'était la Mauresque. Elle s'aperçut qu'il hésitait.

— Attendez, vous dis-je, reprit-elle, et tout à l'heure je vous laisse libre de le provoquer, si vous le jugez encore convenable.

Pierre de Peyras allait aborder mademoiselle de Sordes, quand l'orchestre, muet depuis quelques instants, commença le *Miserere* du *Trouvère*.

Dès les premières phrases de ce morceau, il s'arrêta court, comme s'il eût été pétrifié. La foudre tombant à ses pieds ne l'eût pas plus profondément bouleversé ; il frissonnait de tous ses membres ; une pâleur cadavéreuse s'était répandue sur ses traits, contractés comme ceux d'un épileptique, et sa main plongée dans ses cheveux, les yeux effarés et hagards, on eût dit que la folie envahissait son cerveau.

Tous les témoins de cette étrange scène se regardaient entre eux, stupéfaits et se demandant tout bas ce que cela signifiait.

Diane, inquiète et tremblante, s'adressait la même question, se rappelant avec une indicible épouvante la prophétie de la Mauresque et cherchant vainement à comprendre la mystérieuse relation qui pouvait exister entre les menaces de cette femme, un morceau du *Trouvère* et la terreur folle dont son frère était agité.

M. de Sordes s'approcha enfin de lui, et, lui prenant la main pour l'arracher à cette espèce d'allucination :

— Monsieur de Peyras, lui dit-il, qu'avez-vous donc ? Revenez à vous.

— Ce que j'ai ! balbutia Pierre en roulant autour de lui des regards éperdus, c'est... c'est cette musique, cette odieuse musique !

— Ce qu'il a, je vais vous le dire, moi ! cria une voix qui retentit sonore et vibrante au-dessus de l'assemblée silencieuse.

Et une femme, sortant de la foule, s'avança lentement vers le groupe isolé que formaient M. et madame de Sordes, Jeanne et Pierre de Peyras.

C'était la Mauresque.

— Elle ! murmura Diane d'une voix éteinte, mon Dieu ! que va-t-elle dire ? que va-t-elle faire ?

La Mauresque jeta à ses pieds sa mandoline, qui rendit un bruit sourd et lugubre, puis la main énergiquement tendue vers Pierre de Peyras, qui la regardait avec un étonnement stupide :

— Ce qu'il a, reprit-elle de sa voix mordante et avec une lenteur solennelle, il a l'âme bourrelée de remords, et je vais vous dire pourquoi.

A ces mots on eût dit qu'un suaire s'étendait sur les traits livides du malheureux ; c'était plus que la pâleur du cadavre, c'était l'insensibilité absolue de la pierre ; on eût dit une de ces statues de moine que les siècles ont creusée et couverte d'une teinte grisâtre.

— Non ! non ! balbutia-t-il avec des gestes insensés, ne dites pas...

Il ne put achever sa phrase, qu'on entendit à peine, tant sa voix était rauque et étouffée.

La Mauresque fit entendre un rire ironique, froid et implacable.

Puis elle reprit :

— Il a tant de sujets de remords, qu'il se méprend à cette heure.

Puis, se tournant vers M. et madame de Sordes :

— Pour confier à un homme la destinée, l'avenir de son enfant, il faut avoir en son honneur une foi bien profonde. Vous avez donc la plus haute opinion de M. Pierre de Peyras, vous le croyez incapable d'une indélicatesse, et il a dû vous persuader que sa vie entière serait consacrée à faire le bonheur de mademoiselle de Sordes, pour laquelle il a montré, je n'en doute pas, la plus violente passion. Eh bien ! vous avez été indignement trompés. Tous ces beaux sentiments ne sont qu'une infâme comédie. M. de Peyras est le dernier des misérables ; je vais arracher son masque et montrer à tous les yeux quel monstre il y a derrière.

Devant la grandeur et l'imminence du danger qui se dressait en face de lui, Pierre de Peyras avait senti s'opérer en lui une réaction dont l'énergie lui avait rendu subitement toute son audace et tout son sang-froid.

— Vous qui parlez de masque, dit-il à la Mauresque, ôtez donc le vôtre, avant de calomnier.

— C'est ce que je ferai, si je ne prouve pas jusqu'à la dernière évidence la vérité de ce que je vais avancer.

— En vérité, monsieur de Sordes, s'écria Pierre, je m'étonne que vous n'ayez pas déjà chassé cette impudente créature.

— Songez qu'il s'agit de ce que vous avez de plus cher, monsieur, dit la Mauresque à M. de Sordes, le bonheur de votre fille et l'honneur de votre nom.

Puis se tournant vers M. de Peyras :

— Quant à vous, monsieur, votre vœu sera exaucé, l'un de nous deux va être chassé tout à l'heure, mais je vous jure que ce ne sera pas moi !

VIII

LA MAURESQUE

Parmi tous ceux qui assistaient à ce duel étrange et en attendaient l'issue avec une ardente impatience, Pierre de Peyras comptait beaucoup d'ennemis, et l'on pouvait lire sur presque tous les visages la joie secrète que causait la profonde humiliation infligée à cet insolent bretteur.

Cette impression n'avait pas échappé à Diane, qui, rougissant et pâlissant tour à tour pendant ce cruel débat, se demandait avec une mortelle angoisse comment il allait finir.

Quant à Pierre de Peyras, il était en proie à un trouble qui ne lui permettait pas de voir ce qui se passait, mais il le devinait, il savait que ses procédés lui avaient fait beaucoup d'ennemis, et à la rage que lui faisait déjà éprouver cette lutte honteuse se joignait celle de savoir qu'il était à cette heure la risée de ceux qu'il avait bravés si souvent.

Cependant, ce n'était pas là son plus cruel supplice, une torture bien autrement intolérable pour lui et sous laquelle on voyait, pour ainsi dire, son âme se tordre et se débattre, c'était ce *Miserere*, qu'il écoutait, plus pâle, plus bouleversé que s'il eût entendu son arrêt de mort.

De temps à autre il se tournait du côté de l'orchestre, le visage inondé de sueur, la bouche entr'ouverte, la lèvre livide et contractée, comme si, brisé, vaincu, n'écoutant plus que l'éternelle souffrance sous l'excès de laquelle il succombait, il se fût décidé enfin à crier grâce.

La Mauresque dardait sur lui des regards brûlants à travers les trous de son masque, et, à voir le sourire cruel qui crispait sa bouche, on eût dit qu'elle était dans le secret de cette torture, et qu'elle suspendait ses coups pour la savourer.

Elle reprit enfin, en parcourant d'un regard l'assemblée :

— Ne me blâmez pas d'être impitoyable avec cet homme, car je n'ai d'autre moyen d'arracher à la plus affreuse destinée la plus chaste et la plus douce des victimes, et je considérerais comme un crime de laisser s'accomplir ce malheur, quand il dépend de moi de l'en empêcher.

Et elle reprit après une pause :

— Imaginez ce qu'il y a de plus avilissant pour un homme, et vous ne descendrez jamais jusqu'au degré d'abaissement où est arrivé M. de Peyras. Riche, il a dévoré en quelques années une immense fortune, il s'est ruiné dans les plaisirs et dans les orgies de toutes sortes, ruiné à ce point que l'appartement qu'il occupe, rue de Provence, a été loué au nom d'un ami, seul moyen de le soustraire aux huissiers. Je doute qu'il ait instruit M. de Sordes de ce détail : mais passons, ceci est une innocente supercherie, un péché véniel qui ne mérite pas qu'on s'y arrête.

— Mais, s'écria Pierre, je ne puis pourtant pas tolérer davantage...

Madame de Sordes l'interrompit.

— Monsieur de Peyras, lui dit-elle, au point où en sont venues les choses, accusé comme vous l'êtes devant trois cents témoins, votre honneur exige que cette femme aille jusqu'au bout afin de pouvoir la confondre quand

lle aura tout dit : je m'étonne que vous n'ayez pas commis cela.

Pierre ne répliqua pas et la Mauresque reprit :

— Tout cela n'est rien, je le répète ; mais, dans ces
habitudes de vice et d'orgies, il avait perdu peu à peu
toute conscience, tout scrupule, tout sentiment de dignité, et quand la gêne est venue, quand il a eu à choisir
entre une misère honorable et le luxe à tout prix, savez-
vous le choix qu'il a fait ? savez-vous de quoi il a vécu !

Tous les regards, en ce moment, étaient ardemment
fixés sur la femme, on respirait à peine, dans l'attente
de ce qu'elle allait dire, et Pierre lui-même l'examinait
avec autant de curiosité que d'angoisse, se demandant
quelle accusation allait sortir de sa bouche.

— Eh bien ! reprit la Mauresque au milieu d'un silence
de mort, lui, M. de Peyras, l'orgueilleux gentilhomme,
le fier duelliste si susceptible sur le point d'honneur,
il a vécu des libéralités d'une courtisane.

A ces mots, un murmure de stupeur et d'indignation
s'éleva de toutes parts.

Pierre de Peyras avait chancelé comme s'il eût été
frappé au cœur.

Mais il se redressa tout à coup et s'écria :

— C'est faux ! cette femme ment, et je la mets au défi de prouver...

— C'est faux ! répliqua la jeune femme avec une ironie méprisante, faut-il vous dire que cette courtisane
se nomme Naoudah et demeure rue Saint-Nicolas-d'Antin, n° 67 ? Ce ne sont pas là des preuves, direz-vous ?
Des preuves, en voici ! et celles-là vous paraîtront suffisantes, je l'espère.

Elle tira quelques papiers de sa poche et dit en les
montrant :

— Voici un billet de dix mille francs à l'ordre de mademoiselle Anna Deschiens, aujourd'hui Naoudah, signé

Pierre de Peyras, et voici trois lettres, signées du même nom, l'une remerciant ladite demoiselle de lui avoir prêté cette somme, les deux autres demandant un délai pour le paiement de ce billet, qui n'a jamais été payé. Tenez, madame, ajouta-t-elle en les remettant à madame de Sordes, c'est à vous qu'il appartient de garder ces précieux papiers.

Madame de Sordes les parcourut d'un coup d'œil, et, les montrant du doigt à Pierre de Peyras :

— C'est bien votre écriture et votre signature, lui dit-elle froidement, je les reconnais.

Puis se tournant vers Jeanne, que cette scène avait frappée de stupeur :

— Retirons-nous, ma fille, lui dit-elle, nous n'avons plus rien à faire.

— Pas encore, madame, lui dit la Mauresque. Oh! nous n'avons pas épuisé le dossier de M. de Peyras, il y reste des scènes bien autrement curieuses, mais je me contenterai de vous en montrer une seule qui intéresse directement mademoiselle de Sordes. Oh! c'est une amère et cruelle expérience de la vie et des hommes qu'elle fait en ce moment, mais plus terrible sera la leçon, mieux elle se gravera dans son esprit.

Cette fois encore, la curiosité de M. de Peyras parut aussi vivement excitée que celle de toute l'assemblée.

Pierre de Peyras écouta palpitant, attentif, ahuri, le front contracté, ne soupçonnant pas le nouveau coup de foudre dont il était menacé et se creusant la tête pour le deviner.

— Avec un esprit aussi fécond en ressources de tout genre que M. de Peyras, reprit l'inconnue, il faut s'attendre à tout et il faut tout prévoir. Ainsi, quoique l'emprunt Naoudah ne remonte pas à plus de huit mois, il vous dira peut-être qu'il est bien changé depuis ce temps-là, il pourra même ajouter que l'amour pur et profond que lui a inspiré mademoiselle de Sordes l'a transformé, miracle qui s'est vu quelquefois. Eh bien! je veux aller tout de suite au-devant de cet argument et vous donner la preuve la plus éclatante qu'il n'a pas été touché de la grâce. En effet, savez-vous à quel moment remonte son dernier crime, car c'est un crime que je vais vous révéler? Eh bien, il remonte à.... mais la date, mais la date, mieux que cela, l'heure précise est-là.

Pierre était plongé dans un étonnement stupide.

— Que veut-elle dire? murmura-t-il.

Elle tira un nouveau papier de sa robe et le remettant à M. de Sordes :

— Tenez, monsieur, lisez cela, c'est une pièce instructive, je vous en réponds.

De la place où il était, Pierre de Peyras dévora le papier du regard, mais il était trop loin pour pouvoir rien distinguer. M. de Sordes l'avait pris des mains de l'inconnue et il le lisait.

A la fin, madame de Sordes finit par s'inquiéter de cette immobilité et de l'expression d'horreur empreinte et comme figée sur ses traits, qui s'étaient empourprés tout à coup.

— Mon Dieu! mon ami, qu'avez-vous donc? lui demanda-t-elle toute tremblante.

— Oh! c'est infâme! c'est infâme ! murmura-t-il d'une voix basse, et que tout le monde entendit cependant, tant le silence était profond.

Puis s'élançant vers sa fille, l'enveloppant de ses bras et l'étreignant sur sa poitrine comme s'il eût craint qu'on ne la lui ravît :

— Oh! mon enfant! mon enfant! qu'allais-je faire ! s'écria-t-il en sanglotant.

Le papier s'était échappé de ses mains; Pierre voulut le ramasser, mais d'un geste rapide la Mauresque s'en empara.

— Vous vous êtes engagé devant tous à me convaincre de calomnie, monsieur de Peyras, lui dit-elle, c'est donc tout haut, devant ceux que vous avez pris et que j'accepte pour juges, que je dois lire cet écrit.

Pierre se demandait toujours ce que pouvait contenir ce papier.

Quand l'inconnue le lut enfin, il le comprit dès les premiers mots, et la secousse qu'il en éprouva fut si terrible, qu'il ne put retenir un cri.

Voici ce que contenait cet écrit :

« Je reconnais devoir à M. Fauconnier deux cent mille francs, que je m'engage à lui payer huit jours après mon mariage avec mademoiselle de Sordes. »

— Et maintenant, ajouta l'inconnue, voulez-vous que je vous dise la date précise à laquelle a été conclu cet honorable marché? La voilà là, en toutes lettres, au bas de l'écrit : Paris, 23 septembre 1865, dix heures du soir, c'est-à-dire aujourd'hui, il y a une heure.

Des chuchotements se firent entendre, et Pierre de Peyras put lire sur bien des visages l'expression de l'horreur et du mépris.

Quant à lui, il était aussi stupéfait qu'atterré, ne pouvant comprendre comment cette pièce avait pu sortir des mains de Fauconnier, si intéressé à ce qu'elle ne fût pas divulguée, puisqu'elle devait faire son mariage, dont la rupture entraînait pour lui la perte de ces deux cent mille francs.

Il cherchait la solution de cet effrayant problème, quand madame de Sordes lui dit :

— Monsieur de Peyras, qu'avez-vous à répondre?

Alors celui-ci, appelant à lui toute son énergie, toute son intelligence et toute sa volonté, réfléchit quelques instants, puis levant sur madame de Sordes un regard assuré :

— Madame, lui dit-il, c'est avec vous, mais avec vous

seule, que je veux me disculper, et quant à ceux qui
ont assisté à cette scène et qui ont pu croire aux préten-
dues preuves qu'on vient d'étaler devant eux, et qu'il
ne me plaît pas de discuter ici, ceux-là ne pourront
douter de mon honneur, quand ils verront des personnes aussi estimées que M. et madame de Sordes m'accueillir comme par le passé et donner suite
aux projets d'union qu'on a tenté de rompre aujour-
d'hui.

— Jamais ! s'écria M. de Sordes avec indignation.

— J'aurai l'honneur de vous voir demain, monsieur,
répliqua froidement M. de Peyras, et, je vous le répète,
les explications que je vous donnerai vous satisferont
pleinement. Jusque-là, je vous prie, vous et tous
ceux qui m'entendent, de vouloir bien suspendre votre
jugement.

Cela dit, il s'inclina profondément devant la famille
de Sordes, jeta un regard hautain sur toute l'assemblée,
et s'éloigna fièrement.

Au moment où il allait quitter la galerie, il rencontra
le chef d'orchestre, qui lui était connu, et lui demanda
avec humeur quelle étrange idée il avait eue de faire
exécuter ce soir-là un morceau comme le *Miserere*.

— Mais, monsieur de Peyras, je l'ai fait pour vous
être agréable.

— Comment cela ?

— C'est un petit vieillard qui est venu me prier de
votre part d'exécuter le *Miserere* au moment où vous
iriez au-devant de mademoiselle de Sordes.

— Encore ce Lubin ! murmura Pierre avec rage,
mais c'est donc l'enfer que cet homme-là !... Ah !
quel terrible compte nous aurons à régler demain ensemble !

IX

LA CONQUÊTE D'UN MARI

Au moment où Pierre de Peyras quittait l'hôtel de
Sordes, madame Marcasse se perdait dans la foule, bouleversée non-seulement par la scène à laquelle elle
venait d'assister, mais aussi à la pensée du secret que
possédait la redoutable inconnue et dont elle pouvait
faire un usage si terrible.

— Heureusement, pensa-t-elle, il est impossible
qu'elle ait parlé ce soir à Marcasse, en supposant même
qu'elle en ait eu la pensée, elle était trop absorbée pour
cela par le coup qu'elle méditait contre mon frère. Je
n'ai donc rien à craindre jusqu'à présent, et demain il
sera trop tard, demain le danger n'existera plus.

Et, dans la crainte d'une rencontre entre la Mauresque et Marcasse, elle se mit aussitôt à la recherche
de celui-ci.

Elle le trouva enfin. Il était seul et visiblement ému
de ce qui venait de se passer.

— Partons, lui dit-elle vivement en l'abordant, j'ai
hâte de rentrer.

Quelques instants après, leur voiture les emportait
vers la rue de la Ferme-des-Mathurins, et, au bout d'un
quart d'heure, ils entraient dans la cour de leur hôtel.

Ils trouvèrent, comme de coutume, deux domestiques qui les attendaient dans le vestibule : Jean, le
valet de M. Marcasse, et Mariette, la femme de chambre
de Diane.

Dès qu'ils parurent, ceux-ci, un flambeau à la main, se préparèrent, selon l'usage, à conduire leurs maîtres chacun à son appartement ; mais, comme Marcasse allait se séparer d'elle, Diane lui dit, avec un tremblement nerveux, un peu exagéré, peut-être :

— Après les événements de cette soirée, nous avons à causer ; veuillez donc m'accompagner jusque chez moi.

— Volontiers, répondit Marcasse.

Et les deux époux suivirent Mariette, qui allait devant eux pour éclairer leur marche.

Quand ils furent dans la chambre de Diane, celle-ci dit à sa femme de chambre :

— Je ne me coucherai pas de suite ; vous pouvez vous retirer, je me déshabillerai seule.

Cette façon d'agir, quoique entièrement opposée à ses habitudes, était trop bien justifiée par les circonstances pour ne pas paraître toute naturelle à M. Marcasse, qui ne songea nullement à s'en étonner.

Diane se débarrassa lentement de son manteau de fourrure, de sa coiffure, de ses bracelets et de son collier.

Elle réfléchissait, et la contraction de son front, l'expression soucieuse de ses traits accusaient l'inquiétude et l'anxiété dont elle était dévorée.

Après avoir déposé ses bijoux sur sa toilette, elle se retourna vers son mari, lui saisit la main et l'attira sur un canapé, où elle prit place à côté de lui.

Sa physionomie, tout à coup transformée, n'exprimait plus que la douleur et la tristesse.

— Mon ami, lui dit-elle.

Marcasse ne put retenir un geste de surprise, c'était la première fois qu'elle lui donnait ce titre.

Diane ne parut pas avoir remarqué cette impression et elle continua en pressant la main de son mari, qui se troubla profondément à ce contact.

4.

— Mon ami, vous n'avez pas ajouté foi, n'est-ce pas, aux odieuses calomnies de cette femme ?

Dans ce costume de bal si avantageux à son exhubé-rante beauté, Diane était pleine d'irrésistibles séduc-tions, et elle avait en ce moment un abandon, un charme, une grâce féminine qui faisaient une caresse de chaque geste et de chaque parole.

Elle se révélait à Marcasse sous un jour nouveau, tout à fait inconnu, et il la contemplait avec autant de surprise que d'émotion.

— Mais non, non, balbutia-t-il avec un trouble que trahissait le tremblement de sa voix, je ne puis croire... il a promis de se disculper et jusqu'à ce qu'il...

Marcasse ne put achever, sa langue se collait à son palais.

— Merci ! oh ! merci, vous êtes bon, mon ami.

Cette exclamation permettait à Diane de presser son mari contre sa poitrine nue et elle ne l'avait jetée que pour cela.

Elle étudia sournoisement sur son visage l'effet de cet élan. Il avait pâli.

Elle reprit avec une intonation d'une douceur exquise:

— J'ai horriblement souffert ce soir, mon ami ; mais s'il ne me restait quelque inquiétude pour mon frère, je serais tentée de bénir cette souffrance.

— Pourquoi cela, Diane ? répliqua Marcasse, qui marchait de surprises en surprises.

— Ah ! c'est que j'ai senti tout à coup la haine et le dé-goût du monde ; c'est que j'ai compris qu'à ces triom-phes d'amour-propre qu'on va y chercher et qu'il vous fait expier parfois par de mortelles humiliations, il y avait quelque chose de préférable : les joies si douces du foyer domestique, l'affection si dévouée d'un mari, voluptés pures, salutaires, éternelles, celles-là, et qui n'entraînent avec elles ni regrets, ni déceptions !

Et, en parlant ainsi, sa voix devenait de plus en plus pénétrante, et ses mains délicates et blanches pressaient avec effusion la main courte et épaisse de son mari.

Marcasse la regardait avec extase, se demandant s'il ne rêvait pas et si c'était bien là cette fière et implacable Diane qui semblait se douter à peine qu'il existât, dont la bouche n'avait jamais laissé échapper un mot d'amitié, et qui avait toujours raillé ces pures émotions de la vie de famille, dont elle faisait si vivement l'éloge en ce moment.

Il était ravi, éperdu, et, après une longue hésitation, il eut enfin l'audace de porter sa main à ses lèvres.

— Vous m'aimez donc toujours ? dit Diane en baissant la voix et en lui imprimant un tremolo qui ressemblait beaucoup à de l'émotion.

Elle ajouta en se penchant vers lui :

— Toujours, malgré la longue épreuve à laquelle j'ai soumis cet amour pour m'assurer de sa sincérité ?

— Quoi ! c'est pour cela que ?...

— Vous ne l'aviez pas deviné, Prosper ?

C'était la première fois aussi qu'il entendait cette bouche charmante prononcer son petit nom.

Diane se leva.

— J'ai renvoyé Mariette, dit-elle en souriant, faut-il la rappeler, ou vous sentez-vous capable de faire son service ?

— Non, non, ne la rappelez pas, s'écria Marcasse, je la remplacerai.

Et, fou de bonheur, mais plus troublé que jamais, il s'approcha de Diane en la priant de le guider et de lui dire d'abord par où il fallait commencer.

— Par mes bottines, répondit Diane, et pour cela il faut se mettre à genoux, si toutefois cela ne vous humilie pas trop.

— Cela me ravit, répondit Marcasse.

Il mit un genou en terre et Diane posa un pied sur l'autre.

Ce pied, petit, cambré, parfait de forme et admirablement chaussé, acheva de tourner la tête du pauvre Marcasse, qui le contempla quelques instants sans songer à déboutonner la bottine.

— Eh bien! à quoi songez-vous donc? lui demanda Diane de sa voix la plus caressante et en ôtant les diamants de ses oreilles.

Mais Marcasse se leva brusquement et jetant à sa femme un regard calme et froid:

— Décidément, lui dit-il, il faut appeler Mariette, je suis trop maladroit pour la suppléer.

Une transformation aussi complète que rapide venait de s'opérer en lui.

C'est qu'en se réjouissant tout bas du changement inouï, inexplicable, que venaient de subir les sentiments de sa femme à son égard, ce mot avait rappelé tout à coup à sa mémoire les conseils et les avertissements de la Mauresque, et ses dernières paroles: réfléchissez et méfiez-vous, venaient de se tracer à son esprit en lettres de feu.

Cette tendresse subite, cette femme de chambre renvoyée, ce réseau de séductions dont on l'enveloppait, c'était là le piége annoncé et contre lequel on l'avait mis en garde, il n'en pouvait douter.

La lumière venait de le frapper, mais si vive et si intense, qu'il voyait et appréciait maintenant, jusque dans ses moindres incidents, la comédie qui l'avait si violemment ému et dont il avait failli être dupe.

Diane le regardait et ne pouvait en croire ses yeux en voyant, sombre et impassible devant elle, l'homme qu'elle bouleversait tout à l'heure en effleurant sa main.

— Est-ce une plaisanterie, lui dit-elle enfin, en essayant encore de sourire, et faut-il réellement que j'appelle Mariette?

— C'est très-sérieusement, madame, que je vous y engage, ou plutôt je vais la prévenir moi-même, en me retirant.

Et il se dirigea vers la porte. Diane était anéantie, elle se disait que cela était impossible, invraisemblable, et elle se refusait à croire ce qu'elle voyait.

Enfin il allait franchir le seuil de sa chambre, il n'était plus permis de douter.

Alors, s'élançant vers lui, pâle et profondément troublée :

— Soit! lui dit-elle d'une voix saccadée, soit! allez chercher Mariette, mais sachez bien alors que nul à l'avenir ne la remplacera près de moi.

Et le regard ardemment fixé sur son mari, elle attendit sa réponse avec une angoisse qu'elle n'avait pas la force de dissimuler.

— Vous ferez bien, madame, répondit Marcasse, sans émotion apparente, et je vous approuve.

Et, ouvrant aussitôt la porte, il sortit.

Quand il eut disparu, elle resta quelques instants à la même place et dans la même position, inerte, sans regard et sans pensée ; puis, sortant enfin de cette torpeur, elle murmura en se touchant le front :

— Soupçonnerait-il?... Non, cela ne se peut pas, il était là, à mes pieds, tremblant, éperdu... Oh! je ne sais plus, je ne comprends plus, ma tête se perd.

En ce moment, on frappa à la porte.

— Il revient! s'écria-t-elle.

Elle courut ouvrir. C'était Mariette.

Dix minutes après elle était au lit, mais elle se levait le lendemain sans avoir fermé l'œil.

Vers trois heures, les visites lui arrivaient, et il fallait les recevoir le sourire aux lèvres.

Enfin, à cinq heures, elle était seule, heureuse de pouvoir se livrer sans contrainte aux pensées qui la torturaient, un domestique, ouvrant sa porte, annonça:

— M. Jacques de Sylva.

Celui-ci entra et salua profondément, mais dès que le domestique se fut retiré, il se laissa tomber sur un siége en murmurant d'une voix brisée:

— Diane, j'ai une affreuse nouvelle à vous annoncer.

Diane se soutint à un meuble, elle sentait ses jambes fléchir sous elle.

— Mon Dieu! balbutia-t-elle, quoi donc encore?

— Vos lettres m'ont été volées.

Diane jeta un cri.

— Oh! je suis perdue! je suis perdue! dit-elle en se tordant de désespoir.

Elle reprit au bout d'un instant:

— Mais qui donc?

— Mon domestique, qui a disparu ce matin.

— Mais il vous a volé autre chose sans doute, et aura pris ce coffret au hasard, sans savoir ce qu'il contenait...

— Non, non, il n'a emporté que cela et voilà ce qui m'épouvante.

— Oh! malheureuse! malheureuse!

Elle se mit à marcher en se frappant le front, en se tordant les mains, puis elle murmura, tout effarée, et se parlant à elle-même :

— Il n'a emporté que cela, des lettres sans valeur pour lui, il a donc été gagné, il n'a été qu'un instrument!.... l'instrument d'un ennemi; de cette femme, de cette infernale Mauresque! Oh! oui, oui, c'est elle! et qui me dit qu'elle n'a pas parlé à Marcasse? Ah! ma tête éclate, j'en deviendrai folle.

Elle saisit un cordon de sonnette et le tira violemment.

— Ma voiture, dit-elle au domestique qui parut aussitôt.

— Diane ! lui dit Jacques, effrayé de son exaltation, où voulez-vous aller ?

— Chez mon frère, nous sommes en butte aux mêmes haines, poursuivis par les mêmes ennemis, il faut que je lui parle.

Un instant après, on venait la prévenir que la voiture était prête, et elle partait.

X

BUCOLIQUE

Dans la matinée de ce même jour, c'est-à-dire quelques heures avant la visite de Jacques de Sylva à madame Marcasse, M. Lubin, rasé de frais, vêtu de son habit marron, sur lequel l'œil le plus perçant n'eût pas découvert un atome de poussière, la main recouverte de manchettes éclatantes de blancheur, mais longues et flottantes, comme on les portait sous Charles X, le pied chaussé d'escarpins vernis, la tête coiffée d'un chapeau bas déformé et à larges bords, mode qui remontait bien à quarante ans et à laquelle il restait obstinément attaché, en dépit des innombrables variations qu'avait subies le couvre-chef depuis cette époque, M. Lubin donc, accompagné de Jeannette, parcourait son jardin, une paire de longs ciseaux à la main.

Il cueillait ses plus beaux dahlias blancs et ses plus belles marguerites blanches et les donnait au fur et à

mesure à Jeannette, qui les recevait d'un air assez
maussade !

— Ah çà, monsieur, s'écria enfin la grosse servante,
qui, depuis quelques instants, avait beaucoup de peine
à se contenir, aurez-vous bientôt fini de saccager notre
jardin ? Au train dont vous y allez, il n'y restera bientôt
plus une fleur. Si au moins vous preniez celles qui sont
flétries, mais pas du tout, vous choisissez justement les
plus belles, et toutes les blanches encore !

— Jeannette, répondit M. Lubin, en continuant tranquillement à *saccager* ses plates-bandes, je veux que ce
bouquet soit l'emblème de la grâce, de la fraîcheur, de
la pureté immaculée de la jeune fille à laquelle il doit
être offert, et j'y parviendrai à point en choisissant mes
plus beaux dahlias, mes plus blanches marguerites.

— Seigneur Jésus ! s'écria Jeannette en posant à plat
sur sa tête sa grosse et large main, ce qui était sa manière d'exprimer sa surprise, est-ce que vous songeriez
à vous marier? Avec ça que vous êtes bien gaillard pour
épouser une jeunesse !

Et, saisie d'une gaîté folle à cette pensée, elle partit
d'un éclat de rire qui devait s'entendre dans toute la
longueur de la rue Beautreillis.

— Non, Jeannette, non, dit M. Lubin sans se scanda-
liser de cet accès d'hilarité, je ne songe pas à allumer
le flambeau de l'hyménée ; il s'agit bien de mariage, en
effet, mais je ne suis pas le fiancé.

— C'est bien heureux... pour la future, dit Jeannette
avec un nouvel éclat de rire.

Puis, montrant la brassée de fleurs, qu'elle tient dans
ses deux mains :

— Allons ! y en a-t-il assez, à la fin?

— Oui, oui, nous nous contenterons de cela, Jeannette.

— Je le crois bien !

— Maintenant, il s'agit d'arranger ce bouquet avec art ; viens par ici, à l'ombre, sous la tonnelle.

Jeannette obéit, le maître et la servante s'assirent sur un banc enveloppé d'ombre, et M. Lubin, prenant des mains de Jeannette tantôt un dahlia, tantôt une marguerite, composa avec le soin, le calme et la lenteur méthodiques qui présidaient à toutes ses actions, un bouquet devant lequel la sceptique Jeannette elle-même ne put retenir un cri d'admiration, quand il fut achevé.

— Ah çà, dit-elle en couvrant le bouquet d'un regard ravi, j'espère que vous n'allez pas traverser la ville à pied avec ça ; d'abord c'est qu'il est lourd, et puis il pourrait être éclaboussé, ce serait dommage.

— C'est mon avis, aussi vais-je aller prendre une voiture à la Bastille.

Et, s'emparant du bouquet qu'il avait déposé sur le banc :

— Allons, Jeannette, à tantôt.

— Vous rentrerez pour dîner, au moins ?

— Sois tranquille, je serai ici avant cinq heures.

Et calme, mais fier et contemplant son bouquet avec joie, il marcha lentement vers la porte de la rue.

Il allait l'ouvrir, quand se frappant le front tout à coup :

— Jeannette, cria-t-il, va me chercher ma tabatière, tu la trouveras...

— Sur votre bureau, pardine ! est-ce que je ne sais pas ?...

— Eh bien, pas du tout, tu la trouveras dans ma chambre, sur la commode et enveloppée dans du papier, que tu te garderas bien d'enlever.

— C'est bon, c'est bon.

Jeannette partit et revint bientôt, avec la tabatière soigneusement enveloppée.

I. 5

M. Lubin la glissa doucement dans la poche de son gilet et partit.

Cinq minutes après il montait en voiture à la place de la Bastille en criant au cocher d'un air tout joyeux :

— Rue de Varennes, 37.

— Le bourgeois est pressé? dit le cocher avec un sourire et en jetant sur le bouquet un regard significatif.

— Très-pressé, répondit M. Lubin avec sa bonhomie railleuse.

Et il murmurait tout bas :

— Encore un qui me prend pour un vieux en bonne fortune.

Il avait deviné juste ; telle était la pensée du cocher qui, sachant par expérience que les amoureux, jeunes ou vieux, ne lésinent pas sur le pourboire, se mit à toucher sa bête avec tant d'entrain, qu'il déposait son bourgeois à la rue de Varennes au bout de vingt minutes.

M. Lubin le paya largement, le congédia, franchit la porte cochère, son bouquet à la main, et, s'adressant au concierge :

— M. de Sivrac? demanda-t-il.

— Au quatrième, au fond de la cour.

M. Lubin traversa la cour, gravit assez lestement les quatre étages et sonna à l'unique porte qui ouvrait sur le palier.

— Ah ! c'est vous, monsieur Lubin, lui dit le vieux domestique qui vint lui ouvrir, mon jeune maître va être bien heureux de vous voir ; je ne sais ce qui lui est arrivé cette nuit, mais, contre son habitude depuis long-temps, il a l'air tout joyeux aujourd'hui.

— Je sais ce que c'est, répondit M. Lubin en suivant le vieux serviteur, qui l'introduisit dans la pièce où se trouvait Maxime de Sivrac.

— Mon cher monsieur Lubin, s'écria le jeune homme

en s'élançant au-devant de celui-ci, je serais chez vous depuis longtemps, si vous ne m'aviez écrit pour me prier de vous attendre chez moi.

— Oui, j'avais mes raisons pour cela, répondit le vieillard en déposant son bouquet sur un meuble.

— Eh mais! fit Maxime émerveillé, quelle est donc la beauté à laquelle vous allez faire hommage de ces fleurs?

— D'abord elle est aussi chaste que belle, comme l'exprime la couleur du bouquet.

— Hum! les bouquets se trompent quelquefois d'adresse, dit le jeune homme en riant.

— Pas celui-ci du moins, j'en réponds. Mais parlons de vos affaires; eh bien! avais-je tort de vous dire que nous nous amuserions à la fête de M. de Sordes?

— Ah! cher monsieur Lubin, répondit Maxime d'un ton pénétré, j'en suis sorti heureux, bien heureux, car les dernières paroles de ce misérable de Peyras n'avaient d'autre but que de dissimuler la honte de son échec, en laissant croire à une justification impossible; je suis certain maintenant que Jeanne ne sera pas la femme d'un pareil monstre, et mon bonheur dût-il se borner-là...

— Non pas, non pas, s'écria M. Lubin, je suis plus ambitieux que vous, moi; quand je me mêle d'une affaire, je mets mon amour-propre à la terminer, et un pareil dénoûment ne serait ni de mon goût, ni, j'en suis sûr, du goût de mademoiselle de Sordes.

— Chère Jeanne! murmura le jeune homme, oui, elle m'aime, mais M. de Sordes m'a déclaré formellement que je ne serais jamais l'époux de sa fille, et je le connais, jamais il ne revient sur une décision.

— Oui, oui, fit M. Lubin, c'est ce qu'il m'a dit ce matin.

— Vous l'avez vu? s'écria Maxime, qui se troubla tout à coup.

—Et je lui ai fait connaître tout de suite que j'étais pour quelque chose dans les révélations qui lui ont été faites sur le caractère et la vie intime de M. de Peyras.

— Ah ! dit le jeune homme, dont le trouble allait toujours croissant.

Il ajouta après une longue hésitation :

— Et il n'a pas parlé... il n'a rien dit de moi ?

— Peu de chose, dit le vieillard d'un ton indifférent.

— Ah ! fit Maxime en soupirant.

— Très peu de chose ; seulement il a été expressément décidé que ce serait dans mon jardin que serait cueilli le bouquet que vous êtes autorisé à offrir aujourd'hui à mademoiselle de Sordes.

— Hein ! vous dites ! balbutia le jeune homme, dont les traits se couvrirent d'une pâleur subite.

— Je dis, répondit en souriant M. Lubin, qu'on attend à cette heure mon bouquet, et que mademoiselle de Sordes, qui était présente à notre entretien, m'a promis, sans rien me dire, un bon pourboire pour le porteur.

— Ah ! monsieur Lubin, murmura Maxime en riant et pleurant à la fois, je ne peux pas vous dire...

— Eh bien ! qu'avez-vous donc ? Comme vous voilà pâle ! on dirait que ça vous contrarie ; il faut le dire, et alors je remporte mon bouquet.

— Vous ne me l'arracherez qu'avec la vie, s'écria Maxime en bondissant.

Puis se rapprochant du vieillard :

— A quelle heure ? dites, dites, monsieur Lubin, à quelle heure ?

— A quatre heures.

— Et il est trois heures trois quarts !

— Parbleu ! j'ai cueilli mon bouquet à la dernière minute pour qu'il arrivât tout frais.

— Attendez-moi là.

Maxime s'élança dans une pièce voisine et en revint bientôt les mains pleines de cols et de cravates de toutes couleurs.

— Monsieur Lubin, dit-il en les jetant sur un canapé, quelle cravate faut-il mettre ? Je vous en prie, conseillez-moi, car voyez-vous, je n'ai plus la tête à moi, je ne sais plus ce que je fais...

— Eh ! mon Dieu ! prenez la première venue ; je puis vous affirmer une chose, c'est que mademoiselle de Sordes ne verra pas de quelle couleur elle est.

— Jeanne aime le bleu ! s'écria Maxime, je vais mettre une cravate bleue.

— C'est cela ! s'écria à son tour M. Lubin, excellente inspiration ! mettez une cravate bleue.

Maxime prit une cravate bleue et retourna dans sa chambre.

Pendant qu'il s'habillait, M. Lubin s'était approché de la fenêtre et regardait machinalement dans la cour.

Tout à coup il jeta un cri de surprise à l'aspect d'un homme qui la traversait rapidement.

— Qu'avez-vous donc ? lui demanda Maxime qui rentrait en ce moment.

— Rien, rien, dit M. Lubin, mais écoutez, voulez-vous me promettre de vous conformer exactement à ce que je vais vous demander ?

— Oh ! avec vous, monsieur Lubin, je puis prendre sans crainte un tel engagement.

— Quelqu'un va entrer ici tout à l'heure.

— Qui donc ?

— Vous le saurez plus tard.

— Enfin qu'exigez-vous de moi ?

— Que vous vous enfermiez dans votre chambre, que vous me laissiez seul ici avec la personne que j'attends, libre de parler et d'agir comme il me plaira, et que vous

me donniez votre parole de ne pas vous montrer, quoi
que vous puissiez entendre.

— Vous avez ma parole, monsieur Lubin.

On frappa en ce moment.

— Le voilà, laissez-moi, dit le vieillard...

Maxime se retira dans sa chambre.

— Entrez, dit M. Lubin.

La porte du salon s'ouvrit et un homme entra brusquement, sans attendre qu'il fût annoncé.

C'était Pierre de Peyras, dont les traits violemment
contractés, trahissaient les plus sinistres desseins.

XI

UN CONCERT FANTASTIQUE

A l'aspect de M. Lubin, Pierre de Peyras resta un
instant frappé de stupeur ; puis, s'approchant de lui et
le toisant curieusement des pieds à la tête :

— Vous ici, chez M. de Sivrac ! s'écria-t-il avec un
rire qui fronçait sa lèvre comme celle du tigre, ah ! je
comprends tout maintenant, et cette rencontre est un
trait de lumière.

— Vraiment ! répliqua M. Lubin en jouant avec sa
tabatière, qu'il venait de tirer de sa poche, que vous
apprend-elle donc ?

— Elle me révèle enfin la cause secrète de vos tra-
mes infernales ; ainsi mon billet et mes lettres retirés
des mains de Naoudah et montrés publiquement par
cette Mauresque, votre complice ; le marché que Fauconnier m'avait contraint de signer, et qui, une heure
après était rendu public, tout cela n'avait d'autre but

que de réunir les deux tourtereaux dont je contrariais les amours.

— Ah ! vous avez deviné tout cela, dit M. Lubin avec son sourire calme et railleur.

— Le soupçon m'en est venu ce matin, et je venais demander à M. de Sivrac des éclaircissements dont je n'ai plus besoin maintenant que je vous trouve chez lui.

— De sorte que vous n'avez plus rien à lui demander ?

— Vous vous trompez, monsieur Lubin.

— Ah ! ah !

— J'ai à lui demander s'il persiste dans l'insolente prétention de marcher sur mes brisées.

— Et dans le ridicule espoir de se faire aimer de mademoiselle de Sordes ?

Il vous répondra peut-être que c'est vous qui marchez sur ses brisées et que son espoir n'a rien de ridicule, puisqu'il est complétement réalisé.

— Ainsi, murmura Pierre de Peyras d'une voix sourde et les dents serrées l'une contre l'autre, vous croyez qu'il oserait se présenter à l'hôtel de Sordes.

— Je puis non-seulement vous l'affirmer, mais vous en donner une preuve palpable.

— Une preuve !

— Tenez, voyez-vous ce bouquet ?

— Eh bien ?

— Eh bien ! il est destiné à mademoiselle de Sordes, à laquelle il sera offert dans quelques instants par M. Maxime de Sivrac.

Pierre de Peyras bondit de colère.

— Monsieur Lubin, dit-il au vieillard, puisque M. de Sivrac n'ose se montrer, puisqu'il se cache et se sert prudemment de votre vieillesse comme d'un rempart contre ma colère, dites-lui ceci de ma part : En sortant d'ici je vais me promener devant l'hôtel de Sordes, je lui défends d'en approcher, et, s'il s'y présente, s'il fait seulement mine d'en franchir le seuil, je le soufflette d'abord et le tue ensuite.

La tête légèrement inclinée, M. Lubin écoutait avec une inaltérable tranquillité les menaces que Pierre de Peyras lançait d'une voix tonnante, l'œil en feu et l'écume à la bouche.

Après avoir jeté un coup d'œil sur la porte de la chambre et s'être assuré qu'elle ne bougeait pas, il répondit du ton le plus calme :

— Le souffleter, c'est possible ; mais le tuer, je vous en défie.

— Il ne serait pas le premier.

— Oui, je sais que vous vous vantez, à juste titre, d'ailleurs, d'avoir eu quatre duels heureux, c'est-à-dire d'avoir laissé quatre morts sur le carreau, mais vous aurez beau faire, je vous déclare que M. de Sivrac ne fera pas le cinquième cadavre ; cela arrangerait trop bien vos affaires ; il n'aura pas cette naïveté.

Mais tenez, puisque vous m'en fournissez l'occasion, je veux vous faire connaître ma profession de foi et mon opinion bien arrêtée sur le duel et les duellistes.

Il ajouta en regardant machinalement la miniature enchâssée sur la tabatière et en élevant la voix de manière à être entendu de la chambre :

— A mes yeux, monsieur de Peyras, le duelliste n'est autre chose qu'un assassin; et quant à celui qui, sous prétexte de point d'honneur, consent bénévolement à se faire tuer par lui, c'est tout simplement la plus niaise et la moins intéressante des victimes, c'est assez vous dire que, conseillé par moi, M. de Sivrac ne se prêtera jamais à vos sinistres fantaisies. Comment ferez-vous pour l'y contraindre?

Vous l'insulterez publiquement? Il vous fera arrêter comme un vulgaire malfaiteur, et après ce qui s'est passé cette nuit à l'hôtel de Sordes, il sera approuvé par

es gens les plus raffinés sur le point d'honneur. Oh!
lors, je n'en doute pas, vous éprouverez une violente
entation de l'assassiner par le procédé Lacenaire, pro-
édé aussi féroce, mais moins lâche que le vôtre, car on
risque sa tête ; aussi cette tentation, vous n'y céderez
as, la peur de l'échafaud, beaucoup plus que votre cons-
ience, vous interdira toujours un autre mode d'assassi-
at que celui où un semblant de défense de la part de la
ictime vous absout devant la loi et devant l'opinion pu-
lique. Vous voyez donc bien qu'il faut renoncer à le tuer.

— Et si je déclare partout qu'il est un lâche, s'écria
Pierre pâle de fureur.

— Il répondra le contraire en déclarant à son tour
u'il se tient à la disposition de quiconque douterait de
on courage, pourvu que celui-là puisse trouver pour
émoins deux hommes honorables.

— Mais j'en trouverai vingt.

— Pas au Jockey-Club, dit M. Lubin, en aspirant len-
ement une prise.

— Là surtout, s'écria Pierre.

Le vieillard sourit doucement, puis il reprit après une
ause :

— Je vois que monsieur de Peyras ignore la mesure
ui vient d'être prise à son sujet par l'aristocratique
ompagnie.

Pierre se troubla.

— Une mesure! fit-il d'un air inquiet, que voulez-vous
ire?

— A quoi bon? monsieur de Peyras le saura toujours
ssez tôt.

— Votre main est encore là sans doute, dit Pierre, en
ondant la physionomie du vieillard, oh! prenez garde,
onsieur!

— Je ne suis pour rien dans cette affaire, ç'a été spon-
ané de la part de vos cosociétaires.

5.

— Alors, dit Pierre qui ne pouvait dissimuler l'anxiété dont il était dévoré, vous pouvez bien m'apprendre...

— Du tout, dit M. Lubin, je tiens à vous laisser le plaisir de la surprise.

Pierre de Peyras garda le silence; la pensée d'être l'objet d'une mesure humiliante de la part du Jockey-Club le jetait dans un trouble si violent, qu'il fut quelques instants avant de recouvrer son sang-froid.

— Ah çà! monsieur, s'écria enfin M. de Peyras, où se cache-t-il donc, ce monsieur de Sivrac? Il est donc impossible de le résoudre à se montrer? Ah! il faut convenir que, s'il n'a pas les qualités chevaleresques qui distinguent les héros de roman, ils les dépasse tous par la prudence. Étrange amoureux que celui-là! Un rival le supplante, et non-seulement il se garde bien de le provoquer, comme tout autre l'eût fait à sa place; mais, quand ce rival se présente chez lui, il court se cacher dans quelque coin de son appartement, chargeant un vieillard de recevoir et de transmettre les affronts qu'il pressent et auxquels il se sent incapable de répondre en homme de cœur! Allons, il faut en finir...

Mais un bruit violent l'interrompit tout à coup.

C'était la porte de la chambre qui venait de s'ouvrir, poussée par Maxime de Sivrac.

Le jeune homme était pâle et paraissait avoir peine à se contenir.

Il fit quelques pas vers Pierre de Peyras et M. Lubin, debout tous deux au milieu du salon, et, s'adressant à ce dernier :

— Monsieur Lubin, lui dit-il, quand vous m'avez fait jurer tout à l'heure de rester enfermé dans ma chambre, de vous laisser seul ici avec la personne qui allait rentrer, et de ne pas me montrer, quoi que je puisse entendre, j'ignorais quelle était cette personne.

— C'est parfaitement vrai, répondit M. Lubin.

— Si je l'avais su, je n'aurais pas pris l'engagement que vous me demandiez ; j'ai fait tous mes efforts pour le tenir, mais il est des outrages qu'on ne saurait supporter, et vous me pardonnerez, j'en suis sûr, d'avoir manqué à ma parole pour venir mettre fin aux impertinentes rodomontades de M. de Peyras.

Puis, se tournant vers celui-ci :

— Monsieur, lui dit-il avec une froideur hautaine, il se peut, en effet, que vous ayez peine à trouver deux témoins honorables ; car, il faut bien en convenir, les qualités chevaleresques dont vous me trouvez tout à fait dépourvu ne sont pas précisément celles qui ont été révélées cette nuit chez le héros de la fête de M. de Sordes ; mais, rassurez-vous, je vous accepte pour adversaire tel que vous êtes, et mes témoins recevront les vôtres, quels qu'ils soient.

Ce langage, froidement dédaigneux, porta au plus haut degré d'exaspération la colère de M. de Peyras.

— Monsieur de Sivrac, lui dit-il d'une voix sifflante, c'est sur le terrain que vous aurez ma réponse ; elle sera courte et sans réplique, je vous le jure. Réservez pour ce moment cette fière attitude. Quant à mademoiselle de Sordes, je verrai sa mère dès ce soir ; je lui prouverai l'infamie et l'absurdité des accusations sous lesquelles vous et les vôtres avez cru m'écraser, et il faudra bien qu'on croie à mon innocence le jour où l'on me verra entrer dans cette famille, l'une des plus honorables du faubourg Saint-Germain. Ma vie a pu être agitée, mais mon honneur est resté intact. Ma conscience ne me reproche rien qui puisse...

Pierre de Peyras s'interrompit tout à coup. Une musique étrange, légère, aérienne, assez semblable aux sons d'une harpe, venait de jaillir autour de lui, tout près de lui, pour ainsi dire à son oreille, et l'air qu'il entendait était précisément ce morceau du *Trouvère*, ce

Miserere qui l'avait si profondément bouleversé la veille, à l'hôtel de Sordes.

Pâle, atterré, les dents serrées comme un épileptique, il passa la main sur son front, puis jeta autour de lui des regards effarés, cherchant avec épouvante d'où venait cette musique, qui semblait flotter dans l'air, exécutée par des ombres.

Maxime paraissait aussi stupéfait que lui, et M. Lubin, les mains dans les poches, regardait le plafond d'un air absorbé.

— Continuez donc, dit ce dernier à M. de Peyras. Vous disiez donc que votre conscience ne vous reprochait rien qui...

Pierre voulut parler, mais ses lèvres restèrent collées. Le sinistre *Miserere* jetait toujours autour de lui ses notes mélancoliques et sombres, et il tremblait de tous ses membres en écoutant ce concert fantastique ; sa tête s'égarait.

— Nous vous écoutons, monsieur, lui dit M. Lubin.

— Je n'ai rien à dire, balbutia Pierre de Peyras, les traits livides et contractés. Mes témoins... oui... ils viendront.

Et, d'un geste nerveux, il saisit le bouton de la porte, vers laquelle il s'était dirigé tout en parlant, l'ouvrit violemment et s'élança dehors.

XII

UN RAYON DE SOLEIL

Maxime regardait tout étonné la porte par laquelle Pierre de Peyras venait de disparaître d'une façon si imprévue.

— Ah çà, qu'a-t-il donc ? demanda-t-il à M. Lubin.

— C'est l'effet du *Miserere*, qui, déjà la nuit dernière, l'hôtel de Sordes, a failli le rendre fou, comme vous avez dû remarquer.

— Et la raison de cette terreur?

— Je vous la dirai plus tard.

Pendant ce temps, le *Miserere* se faisait toujours entendre.

— Quant à cette musique, dit Maxime en regardant autour de lui, j'avoue que si elle ne me glace pas d'effroi comme M. de Peyras, elle m'étonne tout autant que lui; j'entends et ne vois rien, et je me demande si cela vient du ciel ou de l'enfer.

— Ni si haut ni si bas.

— Enfin, où se cache ce fantastique orchestre?

— Dans ma poche.

— Allons donc !

— Voyez plutôt.

M. Lubin tira sa tabatière d'or de sa poche et la posa sur la cheminée, où elle continua d'éxcuter le *Miserere*.

— C'est ma foi vrai, s'écria Maxime.

— Vous voyez, dit M. Lubin, ma tabatière est en même temps une boîte à musique, et bien autre chose encore; mais elle ne joue qu'un air, celui-là, et pour un seul homme, M. Pierre de Peyras.

— Qui s'en passerait bien, dit Maxime, car ce morceau-là n'est pas de son goût, c'est pour lui un véritable instrument de torture.

— Justement, répliqua M. Lubin, quand je veux le mettre hors de lui et le jeter dans un accès de folie qui, pour un moment, le réduise à l'impuissance en brisant toutes ses facultés physiques et morales, mon moyen est infaillible, je l'étends sur le *Miserere* et il est là comme sur le gril de saint Laurent. Ainsi, j'avais mes raisons tout à l'heure pour lui jouer son air favori, je voulais

éviter une altercation, une scène de violence entre
vous et lui devant l'hôtel de Sordes, et mon but est
atteint, vous ne le rencontrerez pas sur votre passage,
je vous le jure. Il en a pour plus de deux heures à reprendre son équilibre.

— J'ignore le mystère caché là-dessous, mais c'est
un cruel supplice que vous lui infligez là.

— Ce n'est rien que cela, il n'en est encore qu'aux
roses ; mais je lui ferai bientôt sentir les épines, et c'est
alors qu'il endurera de véritables tortures en attendant le
dénoûment, qu'il est loin de prévoir. Je vous l'ai dit un
jour, c'est une lutte terrible que nous engageons là,
mortelle pour quelques-uns, et, vous le voyez, votre vie
est déjà menacée ; mais, jusqu'à la fin de cette lutte, il
n'aura plus une heure de calme, plus une minute de sommeil paisible. Je l'ai saisi au collet, et je ne le lâche plus
que mort. Mais il est quatre heures, et mademoiselle de
Sordes a déjà plus que failli attendre, elle attend, prenez
donc vite votre bouquet, et rendez-vous à l'hôtel de
Sordes, qui heureusement est à cinq minutes d'ici.

— Je suis en retard ! s'écria Maxime tout troublé ;
mon Dieu ! que va-t-elle penser de moi ?

— Plus vous tarderez, plus elle pensera de mal, dit
M. Lubin en lui mettant son bouquet dans une main et
son chapeau dans l'autre ; donc, pas un mot de plus, et
partons.

— Et vous, cher monsieur Lubin ? dit Maxime en
ouvrant la porte.

— Moi, répondit le vieillard en souriant, ce n'est pas
précisément à un rendez-vous d'amour que je vais en
sortant d'ici, ce n'est pas dans un boudoir embaumé et
paré de fleurs que je vais passer les quelques heures qui
vont s'écouler pour vous si douces et si enivrantes... oh!
non !

— Mais où allez-vous donc ? vous m'inquiétez.

— Je vais,... je vais m'occuper de M. de Peyras ; que cela vous suffise.

M. Lubin avait accompagné Maxime jusqu'à l'hôtel de Sordes, situé à deux pas à peine de la maison habitée par celui-ci.

— Comme je l'avais prévu, lui dit-il, M. de Peyras n'a pas réalisé sa menace, il n'est pas là pour vous barrer le passage, ainsi qu'il l'avait annoncé ; cependant ne vous faites pas d'illusions, il reviendra à la charge près de M. de Sordes et tentera des efforts surhumains pour renouer l'union interrompue. Quelle infernale combinaison, quelle nouvelle infamie imaginera-t-il pour réussir ? Je ne sais ; mais il ne reculera devant rien, voilà ce qu'on peut affirmer, car son honneur, sa considération, sont à ce prix. Après ce qui s'est passé et après ce qu'il a déclaré la nuit dernière à l'hôtel de Sordes, toutes les maisons, toutes les familles, tous les cercles, lui sont fermés s'il ne parvient pas à s'y faire recevoir de nouveau à titre de prétendu. C'est une mort morale, en même temps que la ruine la plus absolue et la misère la plus complète ; rien ne sera donc épargné pour le succès. C'est pourquoi il faut nous tenir sur nos gardes et nous unir tous contre l'ennemi commun. Ce que je vous dis là, répétez-le à madame de Sordes, qui vous est particulièrement favorable, et recommandez-lui de m'appeler dès les premières hostilités de M. de Peyras.

— Oh ! oui, je parlerai de vous, je lui dirai qu'elle peut mettre toute sa confiance...

— Sa confiance, je la possède déjà, dit en souriant M. Lubin.

— Elle vous connaît ? s'écria Maxime stupéfait.

— Depuis deux jours, et, comme je ne veux pas me faire passer à vos yeux pour un sorcier, je dois vous dire que c'est à elle que je dois les cinq invitations dont j'avais besoin pour cette soirée.

— Cinq? fit Maxime.

— Oui, cinq, vous, votre ami, moi, la Mauresque et maître Fauconnier.

— Vous lui aviez donc confié?...

— Rien, elle ignorait entièrement l'usage que je voulais faire de ces invitations et ne savait qu'une chose, c'est que j'étais votre ami et surtout l'ennemi mortel de M. de Peyras, auquel je m'engageais à porter un coup fatal dans cette soirée.

— Mais il est une chose que je ne m'explique pas, c'est la trahison de ce Fauconnier, si intéressé à voir réussir le mariage de M. de Peyras.

— Fauconnier savait que j'avais déjà contre M. de Peyras une arme suffisante pour faire rompre cette union, il n'a donc pas hésité à se mettre de mon côté, et il a fait une très-bonne affaire, car cette masse de créances, montant à deux cent mille francs, achetée par lui vingt-cinq mille, lui était payée par moi, une heure après, cinquante mille francs, contre l'écrit signé de Pierre de Peyras.

— Alors, dit Maxime en se troublant, avec l'affaire Naoudah, cela fait soixante mille francs que je vous dois, puisque c'est pour moi.

— Ne vous inquiétez pas de ces petits déboursés, répondit en riant M. Lubin, cela ne regarde que moi... et la Mauresque.

L'étonnement de Maxime était au comble.

— Allons, entrez vite, lui dit M. Lubin.

Maxime pressa la main du vieillard et franchit le seuil de l'hôtel de Sordes.

Le domestique auquel il s'adressa le conduisit au salon, puis, n'y trouvant personne, il le pria de le suivre au jardin, sur lequel le salon ouvrait de plain-pied et où, pensait-il, devaient être ces dames.

Maxime suivit le domestique, en proie à une vive

motion, tremblant de bonheur à la pensée de revoir
Jeanne, qu'il avait crue perdue pour lui, mais se demandant si M. Lubin avait bien compris les intentions
de M. et madame de Sordes à son égard, et appréhendant l'accueil qu'ils allaient lui faire.

Il tressaillit bientôt en apercevant de loin madame de
Sordes et sa fille qui se promenaient sous une allée de
tilleuls. Elles lui tournaient le dos en ce moment, de
sorte qu'il put arriver tout près d'elles sans en être
aperçu; alors le bruit de ses pas ayant frappé leur
oreille, elles se retournèrent tout à coup l'une et l'autre.

— Maxime! murmura Jeanne d'une voix si faible qu'un
amoureux seul pouvait l'entendre.

Et rouge, oppressée, les traits doucement épanouis,
elle resta immobile et comme clouée à sa place, tandis
que madame de Sordes allait au-devant du jeune homme,
lui-même très-ému et très-embarrassé.

— Bonjour, cher enfant, lui dit-elle d'un ton qui le
rassura et lui rendit tout son courage.

Puis, le domestique s'étant retiré, elle prit le jeune
homme par la main, le conduisit près de Jeanne et lui
dit en souriant :

— Offrez votre bouquet, il sera le bienvenu.

— Est-il vrai, Jeanne? demanda tendrement Maxime.

La jeune fille avança la main, prit le bouquet, puis
laissa tomber sur Maxime un regard dans lequel elle
laissait voir, avec une candide franchise, tout le bonheur qu'elle éprouvait à le revoir.

Madame de Sordes s'était éloignée de vingt pas, sous
prétexte d'examiner certaines fleurs, qui paraissaient
absorber toute son attention, mais en réalité pour
laisser les jeunes gens échanger ces charmantes confidences que les amoureux se redisent sans cesse et dont
ils ne se lassent jamais.

Maxime passa deux heures entières près de Jeanne;

enfin six heures venaient de sonner et il allait se retirer, quand un domestique apporta une lettre à madame de Sordes, qui la décacheta et la parcourut rapidement.

Elle contenait ces lignes :

« Madame,

» J'aurai l'honneur de me présenter chez vous demain, avec mon ami le docteur Alfred, dont le témoignage, j'en suis certain, prouvera la fausseté des accusations dirigées contre moi et me rendra toute votre estime.

» Agréez, madame...

» Pierre de PEYRAS. »

— Le docteur Alfred! murmura madame de Sordes d'une voix défaillante, mon Dieu? est-ce que...

La lettre lui échappa et elle porta la main à sa poitrine comme si elle étouffait.

— Ma mère? s'écria Jeanne en s'élançant vers elle.

Pendant qu'elle l'entourait de ses bras, Maxime ramassait la lettre sur laquelle son regard tombait machinalement et saisissait ces deux mots : Pierre de Peyras et le docteur Alfred.

Quelques instants après, madame de Sordes, brisée par cette émotion, se retirait dans sa chambre, et Maxime prenait congé d'elle et de Jeanne en proie aux plus sombres appréhensions.

En sortant de l'hôtel, sa première pensée fut d'aller faire part à M. Lubin de ce nouvel incident.

— Qui sait s'il ne connaît pas ce docteur Alfred? pensa-t-il, il connaît tout Paris.

Et, arrêtant la première voiture qui passa vide, il se fit conduire rue Beautreillis, où nous le laisserons aller pour revenir à M. de Peyras, qui allait voir se dresser coup sur coup devant lui des événements autrement graves et autrement terribles que ceux qui l'avaient assailli jusque-là.

XIII

LE FRÈRE ET LA SŒUR

En rentrant chez lui, Pierre de Peyras trouva une lettre qu'il s'empressa de décacheter.

Voici ce qu'elle contenait :

« Mon cher Pierre,

» Il s'est passé aujourd'hui, au Jockey-Club, un fait dont je crois devoir vous prévenir sans retard. Dans une réunion spéciale, motivée par la scène dont l'hôtel de Sordes a été le théâtre et à laquelle assistaient beaucoup d'entre nous, on s'est demandé quelle conduite il y avait à tenir à votre égard après un événement aussi grave. Je ne dois pas vous cacher que plusieurs personnes ont demandé votre radiation immédiate de la liste des membres de la société ; mais, après une assez vive discussion, il a été décidé qu'on attendrait huit jours, et que si, ce terme écoulé, vous n'étiez rentré en grâce près de la famille de Sordes, en lui donnant des preuves irréfragables de la fausseté des accusations portées contre vous, alors la radiation serait prononcée. Cela équivaudrait pour un gentilhomme à une condamnation infamante ; hâtez-vous donc de vous réhabiliter près de M. de Sordes, votre honneur est à ce prix.

» Charles DE FRIÈS. »

Pierre de Peyras froissa la lettre avec colère.

— Et ce monsieur Lubin savait déjà cela ; murmura-t-il en jetant la lettre à terre, mais qu'est-ce que c'est donc que cet infernal vieillard ?

Il ajouta en fronçant le sourcil :

— Ah ! madame de Sordes, j'en suis fâché pour vous, mais tous les moyens sont bons quand on est acculé comme je le suis ; mon salut est dans ce mariage, il faut donc qu'il se fasse.

En ce moment sa porte s'ouvrit et son domestique lui annonça madame Marcasse.

Diane entra pâle et agitée.

— Qu'as-tu donc ? lui demanda Pierre, dès que le domestique eut disparu.

Diane fit machinalement quelques pas dans le salon ; puis, se jetant sur un siége :

— Pierre, dit-elle, le regard fixe et la voix tremblante, je suis perdue.

— Que veux-tu dire ?

Diane ne répondit pas, elle était oppressée et la contraction de ses traits accusait une violente agitation nerveuse.

— Voyons, que t'arrive-t-il ? lui demanda son frère, peut-être t'exagères-tu les choses ?

— C'est possible, car je ne vois plus clair dans ma pensée, et c'est pour cela que je viens à toi.

— Parle, Diane, dis-moi ce qui t'arrive, et peut-être en l'examinant avec calme trouverons-nous la situation moins grave que tu ne la fais.

— Eh bien ! écoute donc.

Il y eut une pause et elle reprit après un moment d'hésitation :

— J'ai commis une inconséquence, une légèreté, oh ! rien que cela ! J'ai consenti à recevoir des lettres de M. Jacques de Sylva.

— Mais tu les a brûlées, j'espère ?

— Toutes.

— Eh bien ?

— Mais... j'ai eu l'imprudence de répondre.

— Toujours la même folie !

— Et mes lettres ont été volées à M. de Sylva.

— Quand donc ?

— Ce matin.

— Par qui.

— Par son domestique ?

— Qui ignore ce qu'il a volé, sans doute !

— Non, car il y avait de l'or, des bijoux, des billets de banque, et il n'a emporté que le coffret qui contenait mes lettres.

— Diable ! fit Pierre.

Il se leva, fit quelques pas d'un air soucieux, puis se tournant vers sa sœur :

— Tu as raison, Diane, l'intention de ce valet n'est pas douteuse, le cas est donc grave, très-grave.

— Et maintenant que faire ? s'écria Diane avec désespoir, voilà ce que je viens te demander.

— Il faudrait d'abord savoir d'où part ce coup.

— Oh ! quant à cela, je suis fixée : ce ne peut être que la Mauresque.

— Qui te le fait supposer?

— Ses menaces, en partie réalisées par elle le soir même, comme j'en ai pu juger dans une scène qui s'est passée entre moi et Marcasse, auquel elle avait dû parler de M. de Sylva, car son étrange conduite à mon égard ne s'explique pas autrement.

— Et cette femme est la complice de Lubin, murmura Pierre, de Lubin, qui a payé dix mille francs à Naoudah mon billet et mes lettres, qui a donné cinquante mille francs à Fauconnier pour me tendre le piége dans lequel je suis tombé.

— Cinquante mille francs ! s'écria Diane.

— Je viens de voir Fauconnier qui m'a avoué cyniquement cette infamie, dans laquelle, il ne voit qu'une affaire. Or, suppose dix mille francs seulement au domestique de M. de Sylva, auquel il fallait tenir compte de la perte de sa place et de la nécessité de quitter Paris, et tu seras épouvantée, comme moi, de tout ce qu'il y a de profondeur, de combinaisons, d'audace et de calcul dans la haine qui nous enveloppe comme un réseau, et en même temps de la puissance et des moyens d'action dont disposent les ennemis acharnés à notre perte.

Il se tut un instant, puis il reprit en baissant la voix:

— Quand je songe à tout ce qu'ils savent, à ce *Miserere* qui me poursuit partout, j'avoue que j'ai peur.

Il ajouta en se parlant à lui-même, tant il était absorbé par cette pensée:

— A moins que le hasard seul... oui, oui, ce ne peut être que le hasard, personne au monde ne peut savoir: non, c'est impossible.

— Pierre, dit Diane, qui n'avait saisi que quelques syllabes de ce monologue, voyons, que me conseilles-tu? Songe que chaque minute qui s'écoule peut amener ma perte; qui me dit qu'à l'heure même où je te parle ces lettres fatales n'arrivent pas entre les mains de Marcasse?

Elle se leva tout à coup et s'écria dans un violent accès de désespoir:

— Ah! cette femme! je songe toujours à la parole qu'elle m'a jetée au milieu de la fête: je vais glacer le sourire sur vos lèvres et il n'y reparaîtra plus! Et depuis je n'ai cessé de me tordre dans les transes et dans les angoisses. Pierre! Pierre! mais dis-moi donc ce qu'il faut faire pour m'arracher à ces tortures.

— Ah! si je tenais cette femme! s'écria Pierre, mais où la trouver? comment découvrir sa trace? de quel côté diriger nos recherches?

— Il y a un moyen, dit vivement Diane.

— Lequel ?

— Cette femme est l'associée, la complice de M. Lu-
in, n'est-ce pas ?

— Impossible d'en douter.

— Ils se voient donc pour se concerter.

— Sans nul doute.

— Pour cela elle va chez lui ou il se rend chez elle ;
h bien ! faisons surveiller sa demeure et espionner les
émarches de M. Lubin, et nous serons bientôt sur la
iste de la Mauresque.

— Tu as raison, Diane, et alors seulement nous pour-
ons agir, car il faut les atteindre tous les deux à la fois,
ans quoi nous ne faisons qu'aggraver le danger et pré-
ipiter la catastrophe qu'ils méditent et préparent en-
mble.

— Tu te charges de cela ?

— Ce soir même je mets des hommes en campagne.

— C'est bien ; à demain !

Elle allait sortir quand des cris aigus se firent entendre
lans la rue de Provence, sur laquelle donnaient les fe-
êtres de M. de Peyras.

— Qu'est-ce que c'est que cela ? dit Diane tout émue.

Pierre ouvrit la fenêtre, et ils aperçurent une foule
groupée devant la maison en face, dont le rez-de-chaussée était entièrement fermé.

Il sonna son domestique, qui vint aussitôt.

— Que se passe-t-il donc là, Jolibois ? lui demanda-
t-il.

— C'est le marchand de curiosités qu'on vient de
trouver assassiné chez lui, monsieur ; les voisins, étonnés de voir sa boutique fermée à quatre heures, sont
allés prévenir ses enfants, une fille mariée et deux fils
u collége, et ce sont leurs cris que vous venez d'en-
endre.

Comme Jolibois se retirait, Pierre jeta un cri de sur prise.

— Que se passe-t-il donc ? lui demanda Diane.

— Un singulier hasard, tiens, regarde.

Il lui montra du doigt, aux premiers rangs de la foule un petit vieillard remarquable entre tous par son habi marron, son chapeau à larges bords et ses longues man chettes.

— Quel est cet homme ? demanda Diane.

— M. Lubin.

— C'est étrange, en effet,

Le commissaire arrivait en ce moment avec son secré taire et escorté de deux sergents de ville, qui firen évacuer la boutique.

Pierre vit sortir tous les curieux, excepté l'insinuan et obstiné M. Lubin, qui avait trouvé le moyen de fair tolérer sa présence là où nul autre ne pouvait rester.

Diane partit enfin.

Elle venait de sortir quand une porte, donnant su un couloir qui aboutissait à l'escalier de service, s'ouvri violemment.

Pierre se retourna et vit un homme vêtu d'une blouse la tête nue, les traits affreusement pâles et les main rouges de sang, se précipiter dans son salon.

XIV

UNE FACHEUSE RENCONTRE

Frappé de surprise à l'aspect de l'étrange personnage qui venait de faire irruption chez lui, Pierre de Peyras l'examina un instant en silence.

Il eût été difficile d'imaginer quelque chose de plus hideux, de plus terrible et de plus effrayant.

C'était un homme de trente ans environ, de taille moyenne, d'une excessive maigreur, dont les traits creusés, les pommettes saillantes, la lèvre flétrie, la pâleur terreuse accusaient les ravages de la phthisie ?

Un bourgeron déteint et sale, un pantalon de toile grise, un mouchoir à carreaux enroulé comme une corde autour du cou, des bottes éculées et crevassées de toutes parts composaient sa toilette.

Sa main gauche était enveloppée de linges ensanglantés, et sa main droite tenait un couteau également rouge de sang.

— Qui êtes-vous et d'où sortez-vous donc ? lui demanda enfin M. de Peyras, en se rapprochant lentement de la porte qui donnait dans l'antichambre.

— D'où je sors ? répondit l'inconnu en promenant autour de lui des regards inquiets et sinistres, je sors d'une mansarde de cette maison qui, heureusement pour moi, n'a pas de locataires en ce moment, de sorte que j'ai pu y passer la nuit, du moins une partie de la nuit, à partir du moment où j'ai eu fini de *travailler*.

Il appuya sur ce dernier mot avec un sourire effrayant.

— Mais, reprit Pierre, que signifient ce sang et ce couteau ?

— Le couteau, mon instrument de travail, le sang, un moment d'humeur du *pante*, qui s'est fâché et qui a mordu.

— Ah çà ! qui êtes-vous donc ? s'écria Pierre en avançant la main pour saisir le cordon de la sonnette.

— Oh ! pas du bruit, pas de scandale, vous vous en repentiriez.

— C'est ce que nous allons voir, dit Pierre, qui, voyant une menace, se prépara à sonner.

6

Alors l'inconnu jeta son couteau et, croisant les bra
sur sa poitrine :

— Décidément, on ne veut donc pas reconnaître le
amis ? dit-il du ton le plus calme.

— Hein ? fit Pierre avec un geste de dégoût.

— Approchez et contemplez, la vue n'en coûte rien
dit l'inconnu toujours immobile.

Pierre de Peyras se rapprocha de quelques pas, étudi
avec attention cette tête pâle et torturée, puis se trou
blant tout à coup :

— Robert ! balbutia-t-il.

— Oui, Robert Talbot, dans lequel on reconnaîtrai
difficilement à cette heure un des élégants flâneurs d
boulevard de Gand et l'ami le plus intime du fameu
Pierre de Peyras, qui lui fit l'honneur de le choisir pou
témoin dans deux duels.

— C'est bien lui ! murmura Pierre, qui reconnaissai
enfin cet ancien ami et se demandait s'il devait en croire
ses yeux.

— Pas d'indiscrétion à craindre ? dit Talbot en montrant la porte.

Pierre de Peyras courut la fermer à clef.

— A la bonne heure, c'est que je ne suis vraiment pas
présentable en ce moment.

— Et maintenant, lui dit Pierre, dites-moi donc ce que
signifient ce déguisement, ce costume de chourineur,
et surtout quel étrange hasard vous a conduit chez moi.

— Malheureusement, répondit Robert en se jetant
sur un siége, il n'y a pas là le moindre déguisement, ce
costume est le mien, mon seul, toilette de petit lever,
de travail et des dimanches ; de même que le couteau,
encore tout rouge, n'est pas un « accessoire », ni un
effet de mise en scène.

— Je ne vous comprends pas, dit Pierre en reculant
de quelques pas.

— Tenez, regardez dans la rue, il y a un attroupe-
ment, n'est-ce pas?

— Oui, un assassinat a été commis...

— Eh bien! dit Robert, je ne vous dirai pas le nom
e l'assassin, mais voici le sang de la victime.

Et du doigt il désignait la lame toute rouge de son
puteau.

— Horreur! s'écria Pierre en bondissant à l'autre ex-
rémité du salon.

Robert Talbot haussa les épaules.

— Voilà bien les hommes! dit-il.

Il ajouta avec une dédaigneuse froideur :

— Mais consultez donc votre mémoire et votre cons-
ience, monsieur Pierre de Peyras, cela affaiblira un
eu l'horreur dont vous êtes saisi.

Pierre ne répondit pas; il était atterré.

— Quant à la pensée de me présenter chez vous, reprit
Robert, je dois vous avouer que ce n'est pas au hasard
u'il faut l'attribuer.

— Quoi! s'écria Pierre, vous êtes venu chez moi?...

— Sachant parfaitement où j'allais.

— Et dans quelle intention?

— Oh! il ne s'agit pas de chantage, comme la mo-
lestie de ma situation pourrait le faire supposer, au
ontraire.

— Qu'entendez-vous par là?

— Le contraire d'exploiter un homme est de lui venir
en aide.

— Me venir en aide, vous?

— Cela n'a pas l'air vraisemblable, j'en conviens, et
pourtant c'est ainsi. Ma visite a encore un autre but.

— Lequel? demanda Pierre avec appréhension.

— Voilà; il se peut que j'aie été vu rôdant par là dans
la soirée; on va donner mon signalement à la police,
or, il s'agit de la dépister en échangeant toute cette dé-

froque contre une élégante toilette de gandin, et, comme
nous sommes à peu près de même taille, je suis sûr
que nous trouverons ce qu'il me faut dans votre garde-
robe.

— J'aimerais mieux vous donner la somme nécessaire
pour vous faire habiller chez un tailleur.

— Excellente idée ! si je veux me faire pincer tout de
suite, je n'ai qu'à me présenter tel que je suis chez un
tailleur et à le prier de m'habiller à la dernière mode;
il me confiera aux mains d'un sergent de ville, qui me
fera faire la connaissance d'un commissaire de police,
et, de fil en aiguille, j'arriverai... bien plus haut qu'il
ne convient à la simplicité de mes goûts. Non, c'est ici
que doit avoir lieu ma transformation, et quand on
verra sortir de cette maison un gentleman rasé de
frais, parfumé, cosmétiqué, ganté, mis au dernier goût,
le stick à la main et la rose à la boutonnière, je vous
jure que nul ne songera à voir en lui l'ignoble voyou
qui vient de chouriner ce bon M. Rochard.

Et remarquant la stupeur de Pierre de Peyras, qui
semblait se demander, en le regardant, s'il n'était pas
sous l'empire d'un cauchemar :

— Eh! mon cher Pierre, lui dit-il, en affectant un ton
de familiarité, nous avons suivi à peu près la même
voie, nous avons cultivé les mêmes vices; mais je n'ai
pas comme vous une famille riche et puissante, conséquemment un crédit presque illimité; de là la différence
des résultats, c'est-à-dire la facilité de faire des dupes
pour le fils de famille; la nécessité de voler pour vivre,
et d'assassiner au besoin, pour l'aventurier, que le
moindre échec devait jeter dans la misère, mais la misère noire, ignoble et sans fard, celle qu'on noie dans
l'absinthe ou dont on sort par le crime.

Une toux sèche lui coupa la parole, il reprit bientôt :

— Seulement il y a crime et crime, comme il y a

agot et fagot; il y a le crime intelligent, de haute volée, celui qui procède par millions, qui vous fait heureux et considéré d'un seul coup et vous met à même de vivre en honnête homme, celui que je médite en ce moment et dont nous causerons tout à l'heure; il y a le crime par entraînement, le crime niais, où l'on risque bêtement sa tête pour dix mille francs, au bout desquels il faut recommencer, celui que je viens de commettre et dont je me repens d'autant plus que j'ai laissé là une pièce à conviction des plus irrécusables.

— Ah! fit machinalement Pierre de Peyras, qui depuis le commencement de cette scène, semblait toujours dans un état de somnambulisme.

— Tenez, dit Robert, voilà ce qui me manque; et, enlevant le linge qui enveloppait sa main gauche, il la montra à Pierre de Peyras qui ne put s'empêcher de frissonner.

Il manquait la moitié du petit doigt.

— Dans la lutte, reprit Robert, mon doigt s'est trouvé engagé dans la bouche du père Rochard, qui l'a coupé net. Enfin, espérons qu'on ne le trouvera pas.

— Mais comment a pu vous venir la pensée de ce crime? demanda Pierre.

— Mon Dieu! c'est en cherchant votre adresse.

— Ah! vous cherchiez...

— Oui, je voulais vous voir, car j'ai bien des choses à vous apprendre et une proposition à vous faire.

— Et comment avez-vous pu découvrir mon adresser.

— Par un hasard que je vous dirai tout à l'heure, mais qui ne m'apprenait que votre rue, ce qui me mit dans la nécessité de demander M. Pierre de Peyras chez plusieurs concierges et boutiquiers de la rue de Provence et finalement chez le marchand de curiosités que je trouvai en train de compter une liasse de billets de banque.

— Vous avez demandé mon nom chez lui! s'écria Pierre épouvanté.

— Naturellement, il fallait bien...

— Mais était-il seul au moins.

— Non.

— Il y avait là quelqu'un qui a pu vous entendre? reprit Pierre tout tremblant.

— Oh! un client qui a quitté la boutique aussitôt.

— Ainsi, s'écria Pierre, fou de terreur et de désespoir, il y a quelqu'un qui sait et qui pourra venir déclarer que l'assassin connaît M. de Peyras et qu'il demandait ce nom à la victime quelques heures avant le meurtre! Ah! malheureux! qu'avez-vous fait?

— C'est fâcheux, dit froidement Talbot, mais vous n'en comprendrez que mieux la nécessité de me procurer de suite les moyens d'opérer dans ma personne une rapide et complète transformation.

— Oui, oui, balbutia Pierre, venez vite dans ma chambre.

XV

UN SOUVENIR

Une heure après, la transformation était opérée, et Robert Talbot, rasé, peigné, la moustache brillante, vêtu d'un pantalon gris, d'une élégante jaquette bleue, d'un gilet noir, dont la coupe évasée laissait voir une chemise éclatante de blancheur, était complétement méconnaissable.

Cependant Pierre de Peyras n'en était pas plus rasré ; en se rappelant l'imprudence commise par Robert, n nom prononcé dans plusieurs boutiques, chez la ctime elle-même et devant un témoin, il se disait que concours qu'il lui prêtait en ce moment pour l'aider échapper aux recherches de la police pourrait être onsidéré comme un acte de complicité de sa part, et, l'aspect de l'assassin installé chez lui et couvert de ses ropres vêtements, il se sentit défaillir.

Pendant qu'il le considérait, pendant qu'il était as- ailli par ses sinistres pensées, une image se présentait ans cesse à son esprit, malgré ses efforts pour la re- ousser, se mêlant, railleuse et menaçante, à ses plus ombres appréhensions, c'était l'image de M. Lubin, ce iabolique vieillard qu'il sentait toujours sur ses pas, ui connaissait ou soupçonnait déjà de si terribles se- rets et auquel il semblait impossible de rien cacher.

D'ailleurs, tout se réunissait pour accroître la terreur uperstitieuse que lui inspirait ce singulier personnage. e hasard ne l'avait-il pas amené là, au moment même ù le crime venait d'être découvert? Ne l'avait-il pas vu ntrer dans la boutique, mêlé aux curieux qui l'enva- issaient?

Oui, le hasard seul, sans nul doute, avait amené cette trange coïncidence, mais enfin cet homme traversait n événement dans lequel il se trouvait fatalement com- promis, et, hasard ou fatalité, cela suffisait pour qu'il prît à ses yeux des proportions de plus en plus fantasti- ques et une physionomie de plus en plus effrayante.

Sa toilette achevée, Robert fit un paquet des guenilles qu'il venait de quitter, et le cacha dans un coin, avec l'intention de l'emporter, la nuit venue, et de le jeter loin de là, à quelque borne.

— Quant à votre adresse, dit-il en continuant la onversation commencée, voici comment je l'ai connue : j'étais sur le boulevard Montmartre, en train de ramasser un bout de cigare que venait de jeter un de mes anciens amis, car il ne faut rien négliger, et le bout de cigare nourrit son homme, quand je l'entends dire à son compagnon :

« — Tu connais l'affaire de Peyras?

» — Nullement, répond l'autre.

» — Oh! mais c'est très-amusant, une scène terrible en plein bal, chez le futur beau-père et en face de sa fiancée, les révélations les plus humiliantes, suivies de la rupture solennelle du mariage, tu vois d'ici le tableau! Mais rien ne saurait te donner une idée de la rage de ce pauvre de Peyras qui, réduit aux plus honteux expédients pour vivre, n'avait plus d'espoir que dans les cinq cent mille francs de dot de mademoiselle de Sordes.

» — Et il n'a pas menacé de sa grande épée l'audacieux qui...

» — Impossible! l'audacieux était une femme.

» — Nous ne sommes pas loin de la rue de Provence, si nous allions lui faire une visite de condoléance! »

Ils s'éloignèrent en riant, et moi je me rendis rue de Provence, où je parvins à découvrir votre adresse, qui me fut indiquée précisément par l'infortuné Rochard.

Pour la suite de l'affaire, voilà ce qui s'est passé. J'avais remarqué l'endroit où le marchand de curiosités cachait ses billets de banque, je revins vers deux heures du matin, sûr de le trouver seul, car il l'avait dit devant moi à son client, et une demi-heure après, j'avais crocheté la porte que défendait très-mal une fermeture naïve. Malheureusement le bonhomme entendit du bruit et accourut; une lutte s'ensuivit, dans laquelle je laissai un doigt et lui la vie, et bientôt après je sonnais à la porte de votre maison, dont le concierge tirait le cordon et me laissait passer sans m'inquiéter, suivant la coutume de ces vigilants gardiens.

Aller frapper à votre porte, c'était m'exposer aux regards et aux commentaires malveillants de votre domestique, vis-à-vis duquel, d'ailleurs, je ne voulais pas vous compromettre, je cherchai donc un autre gîte, et je parvins à trouver une mansarde vide, où je suis resté jusqu'à cette heure, qui m'a paru propice pour vous trouver seul chez vous. Voilà, j'ai dit.

— Mais ce que vous n'avez pas dit, répliqua Pierre de Peyras, c'est la raison pour laquelle vous cherchiez mon adresse avec tant d'ardeur.

— Dites les raisons, car il y en a plusieurs, et toutes de la plus haute gravité.

— Voyons-les.

— Depuis... comment dirai-je ? l'événement du 25 décembre 1862, avez-vous eu la curiosité d'aller revoir le domaine de Fougeraie ?

Pierre de Peyras se troubla visiblement à cette question.

— Non, balbutia-t-il, non jamais.

— Eh bien ! j'y suis allé, moi.

— Étrange idée !

— Idée judicieuse, monsieur de Peyras, et vous allez en convenir tout à l'heure. Il y a trois mois que je suis allé visiter Fougeraie, et je fus frappé de l'état d'abandon dans lequel on laissait le domaine tout entier, ferme et maison d'habitation. Je portais les vêtements qui sont là, dans ce paquet ; je m'assis à la porte de la ferme, sous prétexte de me reposer et de manger un morceau de pain, mais en réalité pour guetter au passage le premier domestique ou paysan que le hasard amènerait de ce côté, ce qui ne tarda pas. Au bout de dix minutes, un vieux berger sortait de la ferme ; je liais conversation avec lui et j'apprenais que le frère du feu comte de Fougeraie ne venait que bien rarement habiter la maison, et qu'il ne surveillait nullement l'exploitation de la ferme, ce qu'on attribuait au violent chagrin que lui causait la mort de son frère. Vous pensez si cela me donna à réfléchir.

— A vous! que vous importe qu'on soigne ou qu'on néglige cette ferme?

— Cela m'importe beaucoup, et à vous aussi.

— Je ne vous comprends pas.

— C'est pourtant bien simple, le propriétaire actuel de Fougeraie ne saurait avoir l'intention de garder longtemps un domaine qu'il habite à peine, qu'il néglige complétement et qui lui est évidemment antipathique.

— Eh bien?

— Eh bien! il est clair qu'il le vendra un jour ou l'autre, et la ferme se trouvant au milieu d'une très-belle voie, toute peuplée de villas, il est évident que la première pensée du nouveau propriétaire serait de faire bâtir une belle villa sur l'emplacement de cette ferme.

— Oui, en effet, murmura M. de Peyras, qui manifesta une émotion violente en écoutant cette simple explication.

— Car, reprit Robert Talbot, pour bâtir, il faudra commencer par détruire la ferme, et je crois inutile de vous dire ce qu'on trouvera sous les dalles de l'étable.

— Assez! assez! dit Pierre de Peyras, dont les traits se couvrirent d'une pâleur mortelle à ces derniers mots.

— Je dois ajouter, reprit Robert, que l'étable est bâtie au-dessus d'une carrière de grès qui, dit-on, a la propriété de conserver les...

— C'est bien, interrompit vivement M. de Peyras, je comprends.

Et, le corps agité d'un tremblement nerveux, il se laissa tomber sur un siége, où il demeura morne et affaissé.

— Enfin, dit encore l'impitoyable Robert, une société

'entrepreneurs s'occupait activement d'exploiter toute
ette partie de la contére, il y a trois mois; il est
mpossible que des offres n'aient pas été faites au nou-
eau comte de Fougeraie, et je ne serais pas surpris
ue déjà...

Pierre de Peyras se leva tout à coup, et la main tendue vers Talbot :

— Ah ! de grâce ! s'écria-t-il, laissez-moi respirer.

Il se promena quelques instants dans sa chambre, en
roie à une violente agitation, puis, s'arrêtant brusquement devant Robert :

— Que voulez-vous ? lui dit-il ; nous ne pouvons pas
empêcher un propriétaire de vendre son domaine.

— Non, mais nous pouvons l'acheter.

Il ajouta, après une pause :

— Et il faut absolument l'acheter.

— Avec quoi ? où trouver la somme qu'il faudrait pour
cela ?

— C'est ce que je vais vous dire, répliqua Robert en
baissant la voix.

Ils furent interrompus en ce moment par deux coups
rappés à la porte du salon.

Pierre passa dans cette pièce.

— Entrez ! cria-t-il.

Jolibois parut.

— C'est le journal de monsieur, dit-il en le lui remettant.

— C'est bien, dit Pierre, qui affecta de déplier son
journal avec le plus grand calme.

Mais à peine eût-il jeté un coup d'œil sur la première
page, qu'il laissa échapper un cri et resta atterré, le regard fixé sur le titre du feuilleton.

Le domestique était sorti.

Robert accourut.

— Qu'y a-t-il donc ? demanda-t-il à M. de Peyras.

Celui-ci ne put répondre, mais il mit le journal so
ses yeux en posant le doigt sur le feuilleton qui porta
ce titre :

Le Drame de Fougeraie.

XVI

LE RETOUR DU MARI

Robert Talbot, le regard fixé sur le titre fatal, rest
quelques instants paralysé par la surprise.

— Après tout, dit-il enfin, ce nom peut être tout sim
plement sorti de l'imagination d'un romancier qui n
se doute probablement pas qu'il y ait une famille d
Fougeraie de par le monde.

— Cela se peut en effet, répondit Pierre ; mais quel
que chose me dit que cette histoire est bien celle... qu
nous savons, et que c'est avec intention qu'elle a ét
écrite et publiée dans ce journal.

— C'est-à-dire qu'on peut avoir bâti un roman sur l
disparition du comte, mais quant à l'histoire même
nul ne la sait, nul ne peut la savoir, hors vous et moi
Au reste, il est un moyen bien simple de savoir à quo
nous en tenir, c'est de lire ce feuilleton.

— Lisez-le donc à haute voix, dit Pierre en remettant
le journal à Talbot.

Il ferma de nouveau sa porte à clef et vint s'asseoir en
face de Robert, qui commença la lecture du *Drame de
Fougeraie :*

« Le château de Fougeraie s'élève au milieu d'un som-
bre paysage, dans un pays de montagnes et de forêts,
mais que nous ne pouvons désigner autrement... »

Robert s'interrompit.

— Cela n'a aucun rapport avec le domaine que nous connaissons, dit-il.

— C'est vrai, mais cela ne prouve rien ; si l'on raconte un drame vrai, on devait naturellement donner le change sur le lieu où il s'est passé.

Robert reprit sa lecture.

« Par une froide soirée d'hiver, deux personnages, un homme et une femme, étaient assis en face l'un de l'autre devant une cheminée où flambait un grand feu. La femme, éblouissante de beauté, âgée de vingt-deux ans à peine, était la comtesse de Fougeraie ; l'homme, de quatre ou cinq ans plus âgé, était le vicomte Lucien de Fleurange.

» Le salon, meublé avec autant de goût que de richesse, était splendidement éclairé ; les bougies du piano étaient allumées, et la comtesse portait une toilette qui faisait admirablement valoir les perfections de sa taille, la pureté de ses épaules et la pâleur mate de son teint.

» On eût pu croire qu'on attendait ce soir-là une nombreuse compagnie : il n'en était rien ; tous ces préparatifs étaient faits pour une seule personne, le comte de Fougeraie, que son service dans la marine impériale retenait loin de son pays depuis plus de deux ans et qui revenait ce soir-là... »

— Eh bien ? dit Robert à M. de Peyras.

— C'est bien cela, répondit celui-ci en proie à une vive anxiété ; mon nom seul est changé.

— Je poursuis.

« Deux amis du comte de Fougeraie avaient voulu attendre et se joindre à la comtesse pour fêter son retour : l'un était Lucien de Fleurange, qui était resté près de la comtesse ; l'autre, Albert d'Orival, qui était allé au devant du comte, à la gare du chemin de fer, située à deux cents pas du château... »

7

— Albert d'Orival, c'est moi, dit Robert.

Il poursuivit :

« Cela se passait le 25 décembre, jour de Noël, vers minuit ; tous les domestiques étaient allés entendre la messe à une demi-lieue de là, de sorte que la comtesse se trouvait absolument seule à cette heure avec Lucien de Fleurange.

» Il y avait dix minutes qu'ils étaient assis devant la cheminée, et ils n'avaient pas encore échangé une parole.

» Lucien de Fleurange, immobile et le regard fixé sur la flamme, était plongé dans des réflexions qui devaient être bien sombres, à en juger par l'expression de ses traits, vivement éclairés par la clarté du foyer.

» La comtesse, sous l'empire d'une agitation intérieure, qu'elle cherchait à dissimuler, tournait souvent ses regards du côté de la fenêtre, contre laquelle la neige, poussée par de violentes rafales, venait s'abattre avec un grésillement sinistre.

» Tout à coup Lucien de Fleurange se leva et, dardant sur la jeune femme un regard plein d'anxiété et de passion :

» — Louise ! lui dit-il, croyez-moi, vous vous exposez aux plus grands dangers en restant ici ; il en est temps encore, consentez à fuir avec moi au lieu d'attendre votre mari, qui, j'en ai le pressentiment, doit être instruit de tout et ne revient peut-être qu'avec des projets de vengeance.

» La comtesse tourna lentement la tête vers lui, et avec un accent plein d'une ironie froide et mordante :

» — Fuir mon mari ! partir avec vous ! murmura-t-elle, mais vous ne savez donc pas que ce serait m'infliger deux tortures à la fois ! Vous ne savez donc pas que j'aime et que j'estime mon mari autant que je vous hais et vous méprise.

» Lucien pâlit à ces paroles.

» — Vous me haïssez ! répliqua-t-il ; cependant...

» La comtesse se leva à son tour, et le regard brillant d'indignation, la lèvre frémissante, elle murmura d'une voix basse, toute vibrante d'émotion :

» — Cependant !... je vous ai appartenu, voilà ce que vous voulez dire. Oh ! misérable ! misérable ! qui ose rappeler un pareil souvenir ! Lâche et infâme ! qui ose me parler d'amour, parce qu'une nuit, pendant mon sommeil, et grâce à la trahison d'une domestique gagnée par lui, il a pu pénétrer dans ma chambre et me perdre !...

» Elle plongea son visage dans ses deux mains et demeura quelques instants ainsi, immobile et comme foudroyé par l'horreur de ce souvenir.

» — Et depuis cette nuit fatale, lui dit-elle, avez-vous reçu de moi autre chose que des marques de haine et de dégoût ?

» Le vicomte frissonna sous ce regard et sous cette parole.

» — Pourtant, murmura-t-il, je suis ici.

» — Oui, j'ai continué à vous recevoir, mais pourquoi ? Faut-il vous rappeler que vous avez employé la menace d'abord et la prière ensuite pour me résoudre à tolérer vos visites ? Vous m'avez dit : Recevez-moi comme ami, et jamais vous n'entendrez sortir de ma bouche une parole d'amour, et ce qui s'est passé dans cette nuit, dont seul j'ai à rougir, restera enseveli dans un éternel mystère. Si, au contraire, vous me privez du bonheur de vous voir, de vous contempler dans un respectueux silence, alors le désespoir me rendra fou. Voilà ce que vous m'avez dit, et, vaincue par cette dernière considération, par la crainte de me voir méprisée et abandonnée par lui, par mon Paul, tout mon bonheur et toute ma vie en ce monde, j'ai consenti, vous savez bien que c'est là la vérité.

» —J'en conviens, et, si je manque à la parole que j
vous avais donnée, si je vous engage à fuir, c'est que j
crains pour vous ; c'est que je veux vous soustraire a
malheur que je redoute, et dont la lettre du comte
d'abord éveillé en vous le pressentiment, vous l'avez di

» — Je me suis trompée... Comment saurait-il ?...

» — Vous oubliez cette femme de chambre... qui vou
a quittée, il y a trois mois.

» — Ah ! oui ! votre complice ! s'écria Louise avec u
éclat de colère.

» — Et rappelez-vous l'inquiétude que vous caus
d'abord sa lettre, dans laquelle il vous apprend qu'
vient de vendre la maison où il est né ; qu'il arrive ave
deux cent mille francs en billets de banque, et vou
prie de vous tenir prête pour un voyage en Suisse o
ailleurs, pourvu que ce soit loin de la France.

» — Eh bien ! je le répète, je me suis trompée : il n
peut rien savoir ; il est impossible que j'aie perdu so
amour ; et, d'ailleurs, si un tel malheur m'était réservé
ah ! que m'importerait de perdre la vie ! Enfin, voic
mon dernier mot : j'aimerais mieux mourir de sa mai
que de vivre près de vous.

» Lucien de Fleurange allait répondre, quand il cru
entendre un bruit au dehors.

» C'était un bruit de pas résonnant sourdement su
un chemin couvert de neige.

» — Ce sont eux, dit le vicomte.

» Puis s'avançant vers la comtesse qui, l'oreille ten
due, l'air à la fois inquiet et ravi, écoutait le bruit de
pas qui se rapprochait rapidement :

» — Louise, dit-il avec un accent si froidement déter
miné que la jeune femme en pâlit, je ne sais ce qui v
se passer ici tout à l'heure, mais vivre loin de vous
sans vous, m'est impossible, et dussé-je laisser ma vi
dans la lutte, je ne céderai à personne, entendez-vous

à personne, le bonheur dont je suis privé moi-même.

» — Oh ! je vous en supplie, murmura la comtesse en joignant les mains, ne le provoquez pas, ne le tuez pas ? Que vous a-t-il fait ?

» Elle allait continuer quand la porte s'ouvrit.

» Albert d'Orival entra le premier, après avoir secoué avec soin dans le vestibule la neige dont ses vêtements étaient couverts.

» Paul de Fougeraie parut ensuite.

» Enveloppé dans un vaste manteau, il était blanc de neige des pieds à la tête.

» — Paul ! s'écria la comtesse en s'élançant vers lui.

» — Prenez garde, mon amie, lui dit le comte en la repoussant doucement, voulez-vous donc vous rendre malade en couvrant de neige ces belles épaules ?

» Et déroulant son manteau, il le jeta, sans même le secouer, sur un magnifique fauteuil doré et recouvert de satin rose.

» — Maintenant, mon amie, dit-il en effleurant des lèvres le front de la jeune femme, nous pouvons nous embrasser.

XVII

LE MISERERE

» Il se fit un long silence.

» La comtesse, immobile en face de son mari, glacée par le froid baiser qui avait effleuré son front, attachait sur le comte un regard troublé où se lisaient les plus cruelles angoisses.

» Le comte de Fougeraie, dont la belle tête, énergique et loyale, avait en ce moment une expression étrange, distraite et absorbée, promenait autour de lui des regards curieux, d'où se dégageait un sentiment indéfinissable, quelque chose d'intime et d'ému, qui pouvait exprimer également une douleur secrète ou une joie contenue.

» Quant au vicomte de Fleurange et à Albert d'Orival, ils échangeaient à la dérobée des regards d'intelligence, mais si rapides et si furtifs qu'il eût été impossible d'en deviner la signification.

» Ce fut la comtesse qui rompit ce silence pénible.

» — Mon ami, dit-elle au comte, d'une voix dans laquelle on sentait trembler des larmes, vous devez avoir besoin de manger, voulez-vous que je vous serve quelque chose ?

» — Rien, oh ! absolument rien, répondit le comte, j'ai dîné au dernier buffet.

» — Mais vous avez froid, reprit-elle en lui prenant la main, pourquoi ne vous approchez-vous pas du feu ?

» Le comte dégagea sa main pour ôter sa casquette de marin, car il était vêtu de son uniforme.

» — Le froid, dit-il, je n'y songeais pas.

» — Mais qu'avez-vous donc, mon ami? dit la jeune femme qui, les yeux humides et la poitrine oppressée, eût voulu se jeter dans les bras de son mari et se trouvait arrêtée à la fois par la froideur de celui-ci et par la dernière menace du vicomte de Fleurange.

» — Mais, répondit M. de Fougeraie, je suis absorbé et même un peu étourdi par le bonheur, et c'est tout simple, après deux années d'absence! Aussi est-ce avec une joie profonde que je contemple ici tout ce qui me rappelle le passé, ces tableaux, ce piano, ces meubles, qui, installés ici la veille de notre mariage, se confondent dans mon imagination avec toutes les émotions du

plus beau jour de ma vie. Oh! oui, il fut beau, il fut radieux, et enchanté entre tous ce jour si longtemps et si
ardemment rêvé ! et plus beau peut-être, plus rayonnant encore l'avenir qui nous était promis.

» En ce moment deux larmes jaillirent des yeux de la
comtesse et roulèrent silencieusement sur ses joues plus
pâles que de coutume.

» — A votre tour, qu'avez-vous donc et que signifient
ces larmes? lui demanda son mari avec une exquise
douceur.

» Il ajouta aussitôt :

» — Oh! je comprends, l'excès du bonheur, comme
moi. C'est une si grande joie de se revoir après une longue
absence, quand on s'aime, quand on n'a cessé de penser l'un à l'autre.

» La jeune femme se mordit la lèvre pour ne pas éclater en sanglots.

» — Et puis, reprit le comte avec cet accent vague et
pour ainsi dire sans couleur sous lequel il était impossible de deviner ses véritables impressions, vous êtes
véritablement délicate et raffinée dans vos attentions.
Une autre se fût contentée de me recevoir seule, mais
vous avez voulu me procurer le plaisir de passer cette
première soirée avec deux amis dévoués et je sais gré de
cette prévenance à M. de Fleurange surtout, si répandu dans le monde et qui vous a fait là, j'en suis sûr, un
véritable sacrifice.

» — Vous ne le pensez pas, cher comte, répondit Lucien en tendant la main à Paul de Fougeraie.

» Celui-ci ne parut pas s'en apercevoir et il reprit sans
ôter les mains de ses poches :

» — Je vous remercie donc, chère amie, de toutes les
joies que vous avez accumulées autour de moi, il n'en
manque plus qu'une pour que cette soirée soit une des
plus charmantes de ma vie, ou plutôt elle ne manque

même pas, car je vois que vous avez prévenu mon désir.

» — Que voulez-vous dire, Paul ? demanda la comtesse, qui se troublait à chaque parole.

» — Je veux parler de ce piano, qui m'a fait passer de
si heureux instants, touché par vos jolis doigts, et dont
les bougies allumées me prouvent que vous avez voulu
me rendre en une heure toutes les joies du passé.

» — Mais, dit la comtesse, toute surprise d'une demande à laquelle elle ne s'attendait pas en ce moment,
je suis à votre disposition, mon ami, et si vous voulez
m'indiquer un morceau de votre goût...

» — Il en est un que vous exécutiez avec un sentiment
si large et si profond, que l'impression m'en est toujours restée, et que je l'éprouve en ce moment, vive et
puissante comme il y a deux ans.

» — Et ce morceau ? demanda la femme.

» — C'est le *Miserere* du *Trouvère*.

» — Volontiers, mon ami.

» Et, cachant sous un sourire la profonde tristesse
dont son âme était pénétrée, elle se dirigea vers son
piano, devant lequel elle s'assit en proie aux plus
navrantes pensées.

» Paul de Fougeraie s'assit près du feu, le visage tourné
vers sa femme, sur laquelle son regard se fixa pour ne
plus s'en détacher jusqu'à la dernière note du morceau.

» La comtesse commença, et sous ses doigts agiles,
dirigés par un goût parfait et un sentiment toujours juste,
le *Miserere* découla ce poëme lamentable et lugubre,
que traverse un chant d'amour, comme un rayon de
soleil glissant dans un ciel noir.

» Quand la dernière vibration de l'instrument se fut
fait entendre, le comte de Fougeraie se leva, croisa ses
bras sur sa poitrine, et, promenant ses regards autour
de lui :

» — Eh bien ! mes amis, dit-il d'une voix qui fit tressaillir ses auditeurs, qu'en dites-vous? N'est-ce pas que c'est là un beau chant de mort?

» Cette fois encore, le vicomte et Albert d'Orival échangèrent un regard ; puis le premier, se tournant vers le comte, lui répondit :

» — Je ne vois pas les choses sous un jour aussi lugubre que vous, cher comte, c'est une musique un peu sombre, en effet, mais si noire que...

» Le comte l'interrompit :

» — Et moi, s'écria-t-il d'une voix frémissante et en foudroyant tour à tour du regard le vicomte et sa femme, je vous répète que c'est un chant de mort que vous venez d'entendre, vous et madame.

» — Ah çà, monsieur le comte, qu'avez-vous donc? lui demanda Lucien de Fleurange, en se levant à son tour.

» — Paul, mon ami ! s'écria en même temps la comtesse, effrayée du ton et de l'attitude que venait de prendre son mari, dont le visage s'empourprant tout à coup trahissait une résolution implacable.

» — Un ami ! répliqua le comte en repoussant sa femme qui s'était élancée vers lui, non, non, madame, il n'y a plus ici d'ami, mais un époux indignement trompé, odieusement trahi, qui vous demande compte de son honneur.

» La comtesse jeta un cri déchirant et, tombant à genoux, se traînant toute en larmes aux pieds de son mari :

» — Paul ! mon ami, balbutia-t-elle, je suis innocente ; ah ! par tout ce que j'ai de plus cher au monde, je suis innocente, je te le jure.

» — Vous êtes innocente, madame ! s'écria le comte, dont la colère allait toujours croissant à mesure qu'il parlait, alors il est donc faux que cet homme, que cet ami dévoué, ait passé une nuit dans votre chambre ?

7.

Jurez-moi donc aussi cela sur tout ce que vous avez de plus cher; l'oserez-vous, madame?

» — Non, je ne puis mentir.

» — Ainsi, c'est vrai! murmura le comte qui, de pourpre qu'il était, devint aussitôt d'une pâleur livide.

» — C'est vrai! murmura la comtesse courbée jusqu'à terre.

» — Oh! infâme! infâme! s'écria le comte d'une voix dans laquelle il y avait à la fois de la rage et des sanglots.

» — C'est vrai, mais je le répète, je suis innocente, dit la comtesse.

» Puis se relevant brusquement et s'adressant au vicomte de Fleurange :

» — Mais dites donc la vérité, monsieur, dites donc que j'ai été victime de la violence et de la trahison et que je suis innocente.

» Il y eut une pause pendant laquelle le vicomte décida froidement de répondre de manière à amener une séparation entre la femme et le mari, convaincu que celle-ci serait bientôt à sa discrétion :

» — Je n'ai qu'une chose à dire à M. le comte, répondit-il, c'est que je me tiens à sa disposition pour telle réparation qu'il exigera de moi.

» — Et rien, rien pour moi, dit la comtesse en le regardant fixement, pas un mot pour attester mon innocence?

» Et elle attendit, haletante, la réponse du vicomte.

» Celui-ci s'inclina froidement devant elle.

» — C'est bien, ce silence est facile à comprendre, dit le comte.

» Et s'adressant à sa femme :

» — Lui, au moins, il ne sait pas mentir.

» L'infortunée comprit qu'elle était perdue sans retour.

» Elle jeta un cri déchirant.

» — Ah! c'est trop! c'est trop! balbutia-t-elle en se tordant de désespoir.

» — Allons! il faut en finir, s'écria le comte, je vous ai dit que c'était un chant de mort que vous veniez d'entendre, c'est le vôtre à tous les deux.

» Et tirant un revolver de sa poche, il l'arma rapidement.

» — Ah! ne me tue pas, je suis innocente, ne me tue pas! s'écria la jeune femme.

» Et, affolée de peur, elle s'élança à l'autre extrémité du salon.

» — Toi d'abord et lui ensuite, répondit le comte en l'ajustant.

» Le coup partit et un flot de sang ruissela sur la peau blanche de la comtesse, qui, atteinte à l'épaule, tomba la face sur le parquet, où elle resta immobile.

» Au même instant Albert d'Orival et le vicomte sautaient à la gorge du comte de Fougeraie, qui tombait, frappé au cœur d'un coup de couteau.

XVIII

L'ÉTABLE

» Quand le comte de Fougeraie fut étendu à terre, les deux meurtriers se regardèrent un instant en silence, épouvantés de ce qu'ils venaient de faire.

» — Après tout, murmura le vicomte, j'avais ma vie à défendre, il était armé, décidé à me tuer à bout portant, c'est un duel et non un assassinat.

» — Oh! répliqua vivement Albert d'Orival qui, lui, avait probablement recouvré son sang-froid, nous ne sommes pas devant un juge d'instruction, du moins pas encore: il ne s'agit donc pas de plaider les circonstances atténuantes, même pour apaiser notre conscience ; nous avons quelque chose de mieux et de plus pressé à faire.

» — Quoi donc? demanda M. de Fleurange en parcourant le salon d'un regard terrifié.

» C'était un étrange et lugubre tableau que celui qu'il avait sous les yeux.

» Ce magnifique salon, décoré de blanc et or, ces meubles or et rose, ce piano avec ses bougies allumées, le cahier de musique encore ouvert, aux deux extrémités deux corps étendus sur le parquet, rigides et sanglants, l'immobilité et le silence de la mort planant sur cette scène, dont toutes les parties étaient éclairées par une éblouissante lumière et par la flamme éclatante du foyer; enfin ce contraste terrible, cette fête et ce crime, ce parfum de fleurs et cette odeur de sang, tout cela donnait le frisson et saisissait l'âme d'une inexprimable horreur.

» Domptant le premier cette impression, Albert d'Orival s'agenouilla tout à coup près du comte et se mit à déboutonner son vêtement.

» — Oui, oui, voyez donc s'il vit encore, lui dit le vicomte.

» — Oh! ce n'est pas là ce qui m'occupe en ce moment, répondit Albert.

» Il plongea sa main dans la poche du vêtement, sans s'inquiéter du sang dont il était couvert, et en retira un portefeuille, si gonflé de billets de banque, qu'on les voyait déborder de toutes parts.

» — C'est cela, dit-il en le montrant à son compagnon, ce sont les deux cent mille francs annoncés et que je n'ai garde d'oublier.

» Et glissant le portefeuille dans sa poche :

» — Avec cela, dit-il, plus de misère, plus de gêne, mais une fortune certaine, incalculable ; car, avec deux cent mille francs et d'habiles combinaisons, on fait sauter la banque de Bade.

» — Mais, dit le vicomte, vous disiez tout à l'heure : Nous avons quelque chose de plus pressé à faire.

» — En effet, dit Albert en se relevant vivement, et le plus pressé, c'est de faire disparaître ce cadavre avant le retour des domestiques.

» Il jeta un coup d'œil sur la pendule.

» — Il est minuit et demi, dit-il, la messe doit finir à une heure, et il y a une heure de chemin d'ici à l'église, ils ne seront donc pas de retour avant une heure, nous avons le temps.

» — Mais, demanda le vicomte, est-il bien mort ?

» — Je viens de poser la main sur son cœur, dit Albert en montrant sa main rouge de sang, il ne bat plus.

» — Et elle ! elle ! s'écria le vicomte en s'élançant vers la comtesse.

» — Oh ! pas de sensibleries ! dit Albert, ou nous sommes flambés ; nous n'avons pas une minute à perdre pour faire disparaître le comte et laver le sang qui couvre ce parquet.

» Pendant qu'il parlait, le vicomte avait examiné la blessure de la comtesse.

» La balle l'avait atteinte à l'épaule et devait être restée dans la plaie, d'où le sang s'échappait abondamment.

» Elle était tombée en avant et était restée dans la même position, la face sur le parquet.

» Le vicomte arracha un rideau de mousseline, le tamponna sur l'épaule de la jeune femme, puis il posa sa tête sur un coussin.

» Ses yeux étaient fermés, elle était évanouie, mais

elle respirait et son cœur battait, c'est tout ce qu'il voulait savoir.

» — Allons, lui cria Albert d'Orival, occupons-nous du comte, enlevons le cadavre d'abord, nous reviendrons à elle ensuite.

» — Mais où le cacher? où le porter? demanda le vicomte, pas de puits, pas de rivière de ce côté, qu'en faire?

» — D'ailleurs, puits et rivières ne gardent pas longtemps les secrets de ce genre, répondit Albert d'Orival, il faudrait trouver autre chose.

» — Eh bien! cherchons, parcourons la cour et le jardin, et peut-être...

» — Allons, hâtons-nous, dit Albert.

» Ils prirent un flambeau et sortirent tous deux.

» Un instant après, ils arrivaient dans la cour de la ferme.

» — Si nous le cachions là-dessous, dit le vicomte en montrant une montagne de fumier.

» — Dans quinze jours, on aura tout enlevé pour fumer les terres, répondit d'Orival, mauvaise idée.

» Une porte se trouva devant lui, il la poussa et entra.

» C'était une étable.

» Quatre vaches dormaient.

» Albert d'Orival éleva le flambeau au-dessus de sa tête et promena autour de lui un regard scrutateur.

» — J'ai trouvé, dit-il enfin.

» — Où donc? demanda le vicomte.

» — Là, répondit Albert en frappant du pied une des larges dalles qui pavaient l'étable.

» — Oui, mais comment soulever cette dalle?

» — Ce doit être facile; tenez, prenez ce flambeau et éclairez-moi.

» Le vicomte saisit le flambeau, et Albert se mit à fureter par toute l'étable.

» — Voilà mon affaire, dit-il en mettant la main sur une fourche.

» Alors il se mit à examiner les dalles l'une après l'autre, et en ayant avisé une dont les bords étaient cassés, il introduisit les dents de la fourche dans l'interstice, pesa de tout le poids de son corps sur le manche de l'instrument, et vit la dalle se soulever.

» Le vicomte l'aida à la renverser, puis il avança son flambeau dans le large espace laissé vide, et ils virent au-dessous d'eux comme une immense crevasse aux parois irrégulières et au sol inégal, qui leur parut être une carrière abandonnée.

» — Une vraie trouvaille, dit Albert, il n'y a pas à craindre qu'on aille jamais le chercher là. Allons, vite à l'œuvre !

» Ils retournèrent au salon.

» Le vicomte avait laissé son flambeau dans l'étable, de sorte qu'il put aider Albert à emporter le corps.

» — Enveloppons-le dans son manteau, dit ce dernier, cela empêchera le sang de couler sur le chemin qu'il va parcourir.

» Le vicomte l'aida à transporter le corps sur le manteau, qu'ils avaient étendu sur le parquet.

» — Il est encore chaud, dit-il en frissonnant, s'il n'était pas mort ?

» — Raison de plus pour le jeter au fond de la carrière, répondit son compagnon, s'il ne meurt pas de sa blessure, il mourra de sa chute, nous sommes sûrs au moins qu'il ne reviendra pas, et c'est l'essentiel.

» Il se pencha vers le corps, puis se releva aussitôt, saisi d'une violente émotion.

» La tête du comte, extrêmement pâle, mais non défigurée, était imposante dans son immobilité, et ses yeux, fixes et sans regard, étaient d'un aspect effrayant.

» Mais, surmontant aussitôt cette impression, Albert d'Orival le roula dans le manteau, puis il souleva la tête, le vicomte prit les pieds, et ils emportèrent le mort.

» Arrivés dans l'étable, ils déposèrent leur fardeau à terre.

» Un tremblement nerveux agitait le corps du vicomte, et la sueur inondait son visage.

» — Allons ! dit Albert au bout d'un instant, assez de transes et d'hésitations comme cela, il faut en finir.

» — Je n'ai plus la force de le soulever, répondit le vicomte, qui fléchissait sur ses jambes.

» — Je vais donc tâcher de me passer de vous, lui dit son ami.

» Il prit le cadavre par la tête, le traîna jusqu'à l'ouverture, puis un bruit sourd se fit entendre.

» Le corps avait disparu.

» — Vicomte, dit-il alors, il faut pourtant m'aider à remettre cette dalle en place ; encore cinq minutes d'énergie, c'est tout ce que je vous demande, et nous sommes sauvés.

» Le vicomte de Fleurange fi tun suprême effort, et bientôt après il ne restait plus de trace de ce qui venait de se passer.

» Ils achevaient cette opération quand un éclat de rire aigu, retentissant, prolongé, vint les glacer tout à coup.

» — Qu'est-ce que c'est que cela ? balbutia le vicomte en tremblant.

» Albert d'Orival, affreusement pâle, lui montra du doigt la porte de l'étable sans pouvoir proférer une parole.

» Le vicomte se retourna, et il resta frappé d'horreur à l'aspect de la comtesse, qui, les cheveux épars, les épaules découvertes et les vêtements tout couverts de sang, les regardait faire et continuait de rire aux éclats.

» — Il a une belle fosse, lui, s'écria-t-elle enfin, une bien belle fosse, large et profonde.

» Et, se reprenant à rire, elle partit en courant.

» — Folle! elle est folle! s'écria le vicomte.

» Et il voulut s'élancer à sa poursuite.

Mais en ce moment, le vent, qui soufflait avec violence, s'engouffra dans l'étable et éteignit le flambeau.

» La nuit était noire, la neige tombait toujours à gros flocons, de sorte que le vicomte, loin de pouvoir courir après la comtesse, ne put que se diriger lentement et avec peine vers la maison d'habitation, où, d'ailleurs, il comptait bien la retrouver.

» Mais en entrant dans le salon, où son ami le rejoignit aussitôt, il fut surpris de le trouver désert.

» — Où peut-elle être? murmura-t-il; si elle est sortie, si elle court la campagne par cette neige et avec cette horrible blessure, c'en est fait d'elle.

» Il voulut s'élancer dehors et chercher ses traces, mais Albert lui barra le passage.

» — Pardon, vicomte, lui dit-il, mais il y a temps pour tout, songeons d'abord à sauver notre tête, et, pour cela, faisons vite disparaître ces traces de sang, vous penserez plus tard à vos amours.

» Ils trouvèrent à la cuisine de l'eau et des éponges, et au bout de dix minutes il ne restait plus une tache de sang sur le parquet.

» Alors tous deux se mirent à la recherche de la comtesse, mais vainement : il fut impossible de la trouver dans la maison, ni dans la ferme, et il fallut admettre alors qu'elle avait dû s'enfuir à travers la campagne.

» — Oh! il faut que je la retrouve, dit le vicomte.

» De larges taches de sang, qui rougissaient la neige, ne lui laissèrent bientôt aucun doute à ce sujet, et cette trace l'ayant conduit au bord d'un étang, à un quart de lieue du château de Fougeraie, il rentra avec la terrible conviction que la pauvre folle avait trouvé la mort dans cet étang.

» Et maintenant, disait l'auteur du *Drame de Fougeraie*, en terminant son récit, c'est probablement en cour d'assises que nous aurons le dénoûment de cette affaire, car on est sur la piste des assassins du comte de Fougeraie, et ils ne sauraient tarder à tomber entre les mains de la justice. »

XIX

MONSIEUR X...

Pierre de Peyras et son compagnon frissonnèrent à la lecture de ces dernières lignes, puis le journal s'échappa des mains de celui-ci et il se fit un long silence pendant lequel ils restèrent plongés tous deux dans un état de stupeur et d'ahurissement.

— Mais quel est donc celui qui a pu connaître tous ces détails ? s'écria enfin Robert Talbot en se frappant le front, voilà qui est inexplicable ; plus j'y songe, plus cela me semble impossible, plus ma raison se refuse à croire ce que mes yeux viennent de lire.

Il se promena quelques instants, plongé dans ses réflexions, puis, s'arrêtant en face de M. de Peyras, qui, lui, était resté comme hébété et n'essayait même pas de réfléchir :

— Voyons, lui dit-il, rappelons ensemble nos souvenirs et tâchons de découvrir comment cette histoire aurait pu venir à la connaissance de quelqu'un et quel peut être celui-là.

— Oui, oui, cherchons, dit machinalement Pierre.

— A quelle heure sommes-nous arrivés chez la comtesse de Fougeraie ?

Et remarquant l'air atterré de M. de Peyras :

— Oh ! je vous en supplie, lui dit-il, faites trêve pour un instant à vos terreurs et appelez à vous toute votre énergie et toute votre lucidité d'esprit, il s'agit de défendre notre vie.

— Je vous écoute, dit Pierre, qui parut faire un effort pour lui accorder toute son attention.

— Répondez donc, à quelle heure sommes-nous arrivés chez madame de Fougeraie ?

— Moi, à minuit, et vous à minuit un quart avec le comte de Fougeraie.

— Y avait-il quelqu'un au château quand vous y êtes arrivé ?

— La comtesse était seule.

— Pas un domestique ?

— Pas un.

— Vous en êtes bien sûr ?

— Très-sûr ?

— Ils étaient déjà partis pour la messe de minuit ?

— Tous.

— Et vous n'avez rencontré personne en chemin ou au moment d'entrer au château ?

— Pas une âme.

— Les domestiques étaient-ils prévenus de notre arrivée ?

— Non.

— Comment avez-vous su cela ?

— Par la surprise qu'a manifestée la comtesse en me voyant entrer ; elle avait oublié notre convention de la veille.

— Allons, vos souvenirs s'accordent avec les miens ; il est donc bien prouvé que nous étions entièrement

seuls avec le comte et la comtesse, et pourtant il y a
quelqu'un qui sait tout ce qui s'est dit, tout ce qui s'est
fait dans cette nuit fatale ; mais qui peut être celui-là ?
Voilà où ma tête se perd.

Pierre de Peyras gardait toujours le silence.

— Oh ! mais cherchez, cherchez donc ! lui dit Robert
avec impatience, je suis prêt à tout, je suis capable
de tout pour sauver ma tête et la vôtre du même
coup ; mais pour cela, vous le comprenez, il faut que
je connaisse notre ennemi ; car c'est un ennemi, un ennemi terrible, acharné à notre perte, que cet homme
qui, depuis si longtemps, nous suit patiemment dans
l'ombre, et qui, par ces dernières lignes, nous donne
rendez-vous sur les bancs de la cour d'assises.

Ces derniers mots, en rappelant tout à coup à M. de
Peyras la grandeur et l'imminence du danger dont il
était menacé, dissipèrent comme par enchantement les
nuages qui enveloppaient son esprit et lui rendirent tout
son sang-froid.

— Attendez donc, s'écria-t-il, cet ennemi, je le connais.

— Hein ? fit Robert en se rapprochant de lui ; vous le
connaissez ?

— Sans doute, et je parierais qu'il est l'auteur du récit
que nous venons de lire.

— Quel est donc cet homme ?

— On l'appelle M. Lubin.

— Je n'ai jamais entendu prononcer ce nom chez la
comtesse de Fougeraie.

— Moi, je ne l'ai jamais vu, et je suis presque certain
qu'il y était inconnu.

— Comment alors aurait-il pu savoir ?...

— Voilà ce que je ne puis comprendre, mais quant à
savoir, il sait.

— Quelles preuves en avez-vous ?

— Je vais vous le dire.

Il se mit à raconter à Robert les mystérieuses persécutions qu'il avait subies de la part de M. Lubin, ainsi que l'exécution du *Miserere*, de cette lugubre musique dont chaque note se trouvait liée aux terribles souvenirs du 25 décembre, et que l'orchestre avait jouée sur son ordre au moment même où il allait offrir la main à mademoiselle de Sordes.

— Il y a là une grande probabilité, et rien de plus, répondit Robert après avoir écouté attentivement ce récit.

— Mais il m'a fait entendre une seconde fois cet air maudit.

— Où donc et dans quelle circonstance ?

Pierre raconta la scène qui s'était passée chez Maxime de Sivrac et son épouvante en entendant tout à coup le terrible *Miserere* exécuté près de lui, sous ses yeux, à ses oreilles, par un orchestre invisible, phénomène qu'il n'était pas encore parvenu à s'expliquer.

— Oui, dit Robert, il y a dans cette insistance une intention évidente, mais cela ne constitue pas une certitude, et je voudrais quelque chose de...

Il s'interrompit tout à coup ; puis, après un moment de réflexion :

— Mais, s'écria-il, nous pouvons connaître notre ennemi avant une heure.

— Comment cela ?

— Le moyen est fort simple. De quel nom est signé le *Drame de Fougeraie?*

Pierre ramassa le journal qui était resté à terre, et chercha la signature à la fin de l'article.

— C'est signé X..., dit-il.

— Bien, dit-il ; maintenant voyez donc en tête du journal le siége de son administration.

— Rue Coq-Héron, n° 5.

— Eh bien ! rendons-nous rue Coq-Héron, et là nous saurons le nom et l'adresse de ce M. X...

— C'est très-simple, en effet, dit Pierre ; partons de suite.

Mais se reprenant aussitôt :

— C'est-à-dire, partons l'un après l'autre, chacun de son côté, et nous nous retrouverons rue Coq-Héron.

— Je comprends, vous avez peur de vous compromettre, monsieur de Peyras.

— Un peu, je l'avoue, et vous devez le comprendre, mais il y a un autre motif.

— Et ce motif ?

— Personne ne vous ayant vu entrer chez moi, nous ne pouvons sortir ensemble de mon appartement.

— C'est juste, je vais reprendre l'escalier de service, et nous nous rejoindrons au journal.

— Et ce paquet ? dit Pierre en montrant avec une expression de dégoût le paquet de guenilles que Robert avait jeté dans un coin.

— Diable ! dit celui-ci, c'est qu'il fait encore jour.

— Je ne puis pourtant pas garder cela ici.

— Impossible, j'en conviens. Eh bien , donnez-moi une ficelle et un journal.

Pierre s'empressa de donner les deux objets demandés.

— Voilà, dit-il.

Robert Talbot s'agenouilla à terre, entassa les haillons l'un sur l'autre, mit le couteau au milieu, fit de tout cela un rouleau aussi serré et aussi mince que possible, ficela le tout dans son journal et montra à M. de Peyras un paquet microscopique.

— Avec cela, dit-il en le glissant dans une poche de sa jaquette, où il était à peine visible, je puis passer devant tous les agents de police de Paris sans rien craindre.

Puis il reprit le chemin par lequel il était venu, conduit par Pierre de Peyras, qui ouvrit doucement la
porte donnant sur l'escalier de service.

— Assurez-vous d'abord qu'il n'y a personne dans
l'escalier, dit Pierre à Robert, car, si l'on vous voyait
sortir par là, avec la toilette que vous portez, cela éveil-
lerait les soupçons.

— Soyez sans crainte, répondit Robert.

Il scruta l'escalier du haut en bas, puis s'y engagea,
le descendit d'un pas léger.

Un instant après, il traversait la cour.

Pierre de Peyras respira, le danger était passé.

Il rentra chez lui, prit ses gants, sa canne et son chapeau, s'assura qu'il ne restait aucun vestige de la métamorphose de Robert Talbot, et sortit en prévenant son
domestique qu'il ne rentrerait pas avant minuit.

Dix minutes après, une voiture le déposait rue Coq-
Héron.

Robert Talbot l'attendait sous la porte cochère
du n° 5.

Un écusson leur indiqua à quel étage se trouvait l'administration du journal.

Ils gravirent l'escalier, et se trouvèrent bientôt en
face de l'administrateur.

— Monsieur, lui dit Robert, je viens vous prier de
vouloir bien me dire le nom et l'adresse de l'écrivain
qui vient de publier une nouvelle dans votre journal.

— Quelle nouvelle, monsieur? demanda l'administrateur.

— *Le Drame de Fougeraie.*

— Mais, monsieur, c'est signé.

— Oui, c'est signé X..., et X... n'est pas un nom.

— Apparemment, monsieur, c'est celui que veut
prendre l'auteur vis-à-vis du public, et je ne me reconnais pas le droit de dévoiler son incognito.

Un peu déconcerté d'abord, Robert Talbot reprit :

— Vous n'y verrez aucun inconvénient, j'en suis sûr, quand vous saurez le motif qui me fait désirer de connaître cet écrivain.

— Dites, monsieur.

— Je suis auteur dramatique, monsieur, un confrère, j'ai vu dans cette nouvelle le sujet d'une pièce intéressante et je veux lui proposer de la faire en collaboration.

— L'auteur sera sans doute très-flatté de cette proposition, et, si vous voulez bien la lui faire par écrit, il décidera s'il lui convient de vous répondre seulement ou de vous recevoir et de se faire connaître.

— Lui écrire? dit Robert avec une hésitation marquée, je... je ne sais, je verrai, oui, je lui écrirai chez moi, à tête reposée, et lui adresserai ma lettre ici.

— Comme il vous plaira, monsieur.

Robert et Pierre de Peyras saluèrent et se retirèrent peu satisfaits du résultat de leur démarche et sentant s'accroître leur inquiétude devant le mystère et les précautions dont s'entourait l'auteur du *Drame de Fougeraie*.

— Que faire maintenant? dit Robert, quand ils furent dehors.

— Nous reparlerons de cela demain, car il faut que je vous quitte.

— Un rendez-vous?

— D'affaire, et une affaire fort grave, dit Pierre avec un sourire cruel, un bon docteur qui se charge de me réconcilier avec madame de Sordes.

— Allez donc et à demain matin.

En quittant Robert, Pierre de Peyras se dirigea du côté des Halles, puis il gagna la rue Aubry-le-Boucher.

Vers le milieu de la rue, il quitta le trottoir qu'il avait suivi jusque-là et marcha vers un café borgne qui avait pour enseigne : *Au Café polonais.*

Il n'en était plus qu'à dix pas quand il en vit sortir un homme dont l'aspect le cloua à sa place et lui arracha cette exclamation :

— Encore lui ! lui, sortant de ce café !

Cet homme, c'était M. Lubin.

Comment se trouvait-il là ! c'est-ce que nous allons apprendre au lecteur.

XX

LE DOCTEUR ALFRED

Le *Café polonais* était un établissement plus que modeste. Un boyau long et étroit, garni à droite et à gauche de petites tables de marbre, solidement encastrées dans le sol et dans la muraille, coupé au milieu par la cage d'un escalier en colimaçon, orné d'un rideau de calicot rouge avec une grecque jaune pour bordure, et sous cette cage un comptoir en acajou, dans lequel pouvait tenir une seule personne, telle était la physionomie du *Café polonais*.

Sa clientèle, des plus mêlées, se composait d'hommes et de femmes de la halle, de *placiers* pour les sucres et les cafés, de garçons de magasin, de garçons de recette et de quelques petits rentiers, qui se réunissaient là tous les soirs pour faire la partie et y prendre la demi-tasse, le gloria ou le petit café, trois consommations qu'il ne faut pas confondre, quoiqu'elles aient pour base la même substance.

Dans ces sortes d'établissements, la demi-tasse coûte

8

quarante centimes, le gloria trente, et le petit café vingt.

A tort ou à raison, les petits rentiers avaient remarqué que les morceaux de sucre du *Café polonais* étaient plus gros que ceux de ses confrères, et comme on n'a droit qu'à deux morceaux pour un gloria, cette considération avait déterminé leur préférence.

Là, comme dans tous les cafés et estaminets de Paris, il y avait un client immuable, qu'on était toujours sûr de rencontrer, qui arrivait le premier et sortait le dernier, et qui, comme une des tables de l'établissement, semblait incrusté à la place qu'il occupait invariablement du matin au soir, et depuis vingt ans.

Cette place était un angle faisant face au comptoir, et on l'appelait le coin du docteur.

Ceux qui avaient connu le docteur Alfred vingt ans auparavant s'accordaient à dire que c'était un jeune homme de beaucoup d'avenir, très-estimé de ses confrères, au double point de vue du caractère et du talent, avec cela homme du monde, beau cavalier, admis dans les salons les plus aristocratiques, où il commençait à se faire une belle clientèle, et en passe de s'y fixer par un beau mariage.

Il eût été difficile de reconnaître ce cavalier accompli dans le docteur Alfred du *Café polonais*.

Grand, maigre, le teint parcheminé par l'abus des liqueurs, l'œil atone, l'air sombre et taciturne, poussant la négligence dans son linge et dans ses vêtements jusqu'à la saleté, ne vivant réellement que dans son *coin*, absorbé dans une seule pensée, *consommer*, il inspirait à la fois l'étonnement, le dégoût et la pitié.

Cette métamorphose qui, au lieu de se faire graduellement, avait été subite, presque instantanée, était attribuée à un désespoir d'amour.

Sa clientèle était pauvre et comme il la négligeait

aucoup, ayant peine à s'arracher aux douceurs de son bin, à l'habitude de son entourage, à l'atmosphère du afé qui était devenu son univers, la gêne, puis la misère aient venues.

Alors un autre changement s'était opéré dans la vie t dans les habitudes du docteur Alfred ; on avait vu enir des femmes qui, après un moment de conversa- ion, l'emmenaient avec elles, et on n'avait pas tardé à avoir que ces mystérieuses clientes n'étaient autres ue des sages-femmes venant demander au docteur des onseils ou un concours qui devaient être d'une nature ien délicate, car ils lui étaient largement payés.

Tous les habitués du *Café polonais* connaissaient le octeur, tous allaient échanger quelques mots avec lui ans le cours de la soirée, et presque tous lui payaient ne consommation quelconque.

Cependant il était peu estimé de ceux mêmes qui royaient devoir lui parler et le *régaler* tous les soirs. es braves gens comprenaient que ce n'était pas là sa lace et que ce genre de vie, bon pour eux, n'était pas onvenable pour un médecin.

Il était sept heures environ, quand M. Lubin était ntré au *Café polonais;* c'était l'heure où, après leur iner, tous les clients arrivaient, et comme tous fu- maient, M. Lubin fut saisi à la gorge par les exhalai- ions du tabac et eut une quinte de toux qui, pendant uelques instants, l'empêcha de faire un pas en avant.

L'accès passé, il porta ses regards de tous côtés et ses eux ayant enfin réussi à pénétrer l'épaisse atmos- hère qui enveloppait la masse des clients, il alla pren- dre une place restée libre près du docteur Alfred.

Un garçon accourut.

—Que faut-il servir à monsieur? demanda-t-il en assant machinalement sa serviette sur la table de arbre.

Cette question parut embarrasser M. Lubin, peu versé sans doute dans la connaissance des consommations.

— Un verre d'eau sucrée ? s'écria-t-il enfin.

Le garçon le considéra avec stupeur et partit comme un trait, la serviette sous le bras.

— En usez-vous, monsieur ! dit alors M. Lubin au docteur en lui présentant sa tabatière ouverte.

— Jamais, monsieur, répondit celui-ci d'un ton bourru.

— Tant pis pour vous, monsieur, riposta le vieillard en fermant sa tabatière après y avoir puisé une prise.

— Pourquoi cela, monsieur ?

— Parce qu'on prétend, une superstition de priseur, peut-être, qu'une prise éclaircit les idées.

— Et qui vous dit que les miennes aient besoin d'être éclaircies ?

— C'est moi qui dis cela, répondit M. Lubin du ton le plus indifférent,

— Vous ! s'écria le docteur, dont le visage inerte s'anima tout à coup.

Puis le regardant fixement :

— Ah çà, monsieur, votre intention est-elle de m'insulter.

— Au contraire, mon intention est de vous éclairer.

— Que signifie cette plaisanterie ?

— Je plaisante quelquefois, mais pas en ce moment, dit M. Lubin, tout en tournant sa tabatière entre ses doigts avec une aisance qui dénotait de sa part l'habitude de ce genre d'exercice.

— Allons donc ! s'écria le docteur, je ne vous connais pas et je vous suis inconnu.

— Permettez-moi de retirer la dernière de ces deux assertions, répliqua M. Lubin avec son inaltérable tranquillité ; vous ne me connaissez pas, c'est vrai, mais quant à m'être inconnu, c'est différent.

— Vous me connaissez, vous?

— Dame! à moins que vous ne soyez pas le docteur Alfred.

Il y eut un moment de silence. Le docteur observait M. Lubin avec une nuance d'inquiétude.

— Est-ce bien cela? demanda le vieillard.

— Oui, répondit laconiquement le docteur.

Il reprit, après un moment d'hésitation et avec une défiance visible :

— Mais qui donc vous a dit qu'on me trouvait ici?

— Un de vos clients.

— Que vous nommez?

— Fauconnier.

— L'homme d'affaires?

— Juste.

— Et puis-je vous demander en quoi je puis vous être utile?

— En rien.

— Eh bien! alors...

— Alors c'est moi qui veux vous être utile.

— Comment cela?

— En vous donnant un conseil.

— Je vous écoute.

— C'est que pour vous donner ce conseil, il faut que je sois mis d'abord au courant d'une affaire que je ne connais qu'imparfaitement.

— Ah! et c'est sur moi que vous comptez pour...

— Pour me faire une petite confession qui vous coûtera peut-être un peu, mais dont vous serez récompensé par le conseil que je vous promets.

— Tout cela est bien énigmatique, dit le docteur Alfred, se tenant toujours sur ses gardes.

— Jusqu'à présent, oui, j'en conviens.

— Avant d'aller plus loin, permettez-moi de vous demander d'abord à qui j'ai l'honneur de parler.

— C'est trop juste ; je me nomme M. Lubin.

Le docteur attendait toujours.

— Sans profession, ajouta le vieillard en souriant.

— Et la confession que vous avez à me demander?

— Voilà ce que c'est ; vous connaissez madame la comtesse de Sordes?

Le docteur se troubla à ce nom.

Cette impression n'échappa pas à M. Lubin qui l'observait.

— Oui, répondit le docteur Alfred, je la connais.

— Depuis longtemps?

— Depuis plus de vingt ans, dit le docteur avec une imperceptible émotion dans la voix.

— Fort bien.

Il reprit en observant toujours le docteur, mais à la dérobée et en affectant une parfaite indifférence :

— Vous connaissez aussi M. Pierre de Peyras?

— En effet.

— Eh bien ! le rapprochement seul de ces deux noms doit vous indiquer la confidence que j'attends de vous.

— Nullement, répondit froidement le docteur.

— Vous me comprenez fort bien, au contraire, mais vous manquez de confiance.

— Je ne sais ce que vous voulez dire.

— Et pourtant, poursuivit M. Lubin, vous avez en moi un ami, un véritable ami, qui possède vos secrets les plus graves, les plus compromettants, qui pourrait vous perdre d'un mot et qui ne dira jamais ce mot... si vous lui donnez la preuve de confiance qu'il vous demande.

— Mais, dit le docteur avec un trouble visible, je n'ai pas de secrets compromettants, je ne sais ce que vous voulez dire.

— Eh ! mon Dieu ! dit M. Lubin en baissant la voix, je veux parler tout simplement des services que vous

ez rendus, depuis quelque temps surtout, à madame
audouin, sage-femme, rue Saint-Nicolas-d'Antin, ser-
ces dont quelques-uns ont mal tourné, si mal, qu'on
enterré deux des clientes de ladite dame Beaudouin,
sistée par vous dans ces deux cas. Faut-il vous nom-
er les deux victimes, vous dire de quoi elles sont
ortes, et quel rôle vous avez joué dans cette affaire ?
bien voulez-vous que nous demandions à M. le pré-
t de police son opinion sur ce sujet ? ou bien encore
ulez-vous me conter ce que vous savez concernant
Pierre de Peyras et madame de Sordes ?

— Je vais tout vous dire, répondit le docteur qui,
epuis un instant, écoutait M. Lubin d'un air boule-
ersé.

XXI

MARCELINE

M. Lubin but une gorgée d'eau sucrée ; puis, se pen-
hant vers le docteur Alfred pour ne rien perdre de ses
aroles au milieu du brouhaha qui se faisait autour de
ui :

— Je vous écoute, lui dit-il, et d'abord rassurez-vous
uant aux secrets qui sont venus à ma connaissance, il
épendra de vous qu'ils ne soient jamais divulgués, et
espère que vous ferez ce qu'il faut pour cela.

Le docteur commença :

— J'avais vingt-deux ans, dit-il, quand après quatre
nnées de séjour à Paris, où je venais d'être reçu doc-
eur, je partis pour Navarreinx, petite ville du Béarn où

je suis né, et où je voulais me retremper au sein de la famille avant d'entreprendre la terrible tâche de me faire un nom et une clientèle dans cette capitale du monde, encombrée de talents et où sombrent souvent les plus grands génies et les plus énergiques volontés.

Il y avait un mois environ que j'étais chez mon père, établi sellier dans la longue rue qui traverse la ville, lorsque, un jour de marché, je vis entrer dans la boutique deux personnes, la mère et la fille. Je restai comme ébloui à l'aspect de celle-ci ; grande et bien développée, la taille droite et un peu cambrée comme les femmes de ce pays, elle avait cet éclat et cette fraîcheur des brunes dont la séduction est irrésistible.

Quand son grand œil noir s'attacha sur moi, à la fois plein d'innocence et d'ardeur, je me sentis pris d'un trouble que nulle femme à Paris ne m'avait jamais fait éprouver, et il me sembla que quelque chose de pareil se passait en elle,

La mère fit marché pour quelques harnais, que notre domestique porta dans sa charrette, attachée à la porte, puis elle partit avec sa fille en recommandant à mon père d'envoyer le lendemain toucher la note de ce qu'elle avait pris chez lui pendant un an.

Le lendemain, sous prétexte de faire une promenade à travers les campagnes que j'avais si souvent parcourues dans mon enfance, je priais mon père de me charger de cette commission et je partais à cheval pour le village où habitait Marceline.

Ils occupaient une grande ferme ; il était midi, l'heure du dîner, quand j'entrai dans la cuisine, vaste pièce où autour d'une table massive, étaient réunis une vingtaine d'ouvriers, hommes et femmes, car c'était l'époque de la moisson.

Le père et la mère étaient attablés et mangeaient

mme les autres, et c'était elle qui, debout, la cuiller
la main, puisait dans une immense soupière et servait
hacun à la ronde.

Je la vois encore. Son beau bras nu jusqu'au-dessus
u coude, son abondante chevelure noire enveloppée,
uivant la délicieuse mode du pays, dans un petit fichu
ui ne laissait de visible que deux bandeaux étroits, l'air
rave et digne d'une matrone avec son éclatante beauté
e dix-huit ans, aussi simple dans sa mise que les paysan-
es qu'elle servait, et si purement, et si magistralement
elle ainsi, que j'eus peine à retenir un cri d'admiration
son aspect.

Soit embarras de se voir surprise dans ces vulgaires
onctions et dans cette simple toilette, soit tout autre
entiment, elle rougit en m'apercevant sur le seuil de
a cuisine, où je m'étais arrêté dans une involontaire
xtase ; mais, se remettant aussitôt, elle m'engagea, avec
ne cordialité toute naturelle, à prendre place à la table,
ntre son père et sa mère, qui lui faisaient face.

J'étais trop accoutumé aux façons hospitalières des
éarnais pour hésiter à accepter cette offre, je pris donc
a place qui m'était désignée et me mis à manger avec
'entrain d'un appétit de vingt-deux ans.

Au bout d'une demi-heure, le repas était terminé, et
moissonneurs et moissonneuses quittaient la table pour
aller faire la sieste avant de se remettre au travail.

Le père était parti avec eux, la mère était restée pour
xaminer et payer la note que je lui apportais, et Marce-
ine essuyait et serrait la vaisselle et les verres à mesure
qu'ils étaient lavés par un domestique.

J'avais vu souvent à Paris de belles et élégantes jeunes
illes travailler dans leurs salons à de gracieux ouvrages
lle broderie ou de tapisserie, pas une ne m'avait offert
un tableau aussi charmant que Marceline allant, venant,
rangeant dans sa vaste cuisine où son beau corps dé-

ployait ses voluptueuses proportions dans les poses les
plus naturelles et les travaux les plus vulgaires.

Quand la mère eut reconnu l'exactitude de son compte,
elle me paya ; puis, s'adressant à sa fille :

— Marceline, lui dit-elle, conduis donc M. Alfred par
l'allée des Peupliers, ça lui évitera un grand détour pour
gagner la route.

La jeune fille ôta son tablier, quitta la cuisine avec
moi, et un instant après nous parcourions ensemble
une belle prairie, au milieu de laquelle s'élevait une
double rangée de peupliers.

Je tenais mon cheval par la bride et je marchais près
d'elle.

Au bout de l'allée de peupliers la prairie était traversée par un large ruisseau qui se déversait dans un petit
étang où en ce moment une douzaine de canards s'ébat-
taient joyeusement au soleil, et au-dessus duquel
étaient jetées deux planches en guise de pont. Marceline
le traversa d'abord, je la suivis en tirant mon cheval après
moi, et bientôt nous nous trouvâmes dans un large sentier bordé de tilleuls dont les branches le couvraient
d'un dôme épais.

C'était là que nous devions nous quitter, et la route
passait au bout du sentier.

— Allons, voilà votre chemin, adieu, monsieur
Alfred, me dit Marceline avec un sourire un peu
contraint.

— Adieu, mademoiselle Marceline.

L'ombre épaisse qui nous enveloppait m'ayant un peu
enhardi, je m'emparai de sa main.

Elle ne fit aucun effort pour la retirer, mais je la
sentis trembler dans la mienne.

Une minute s'écoula ; nous n'avions pas échangé une
parole, mais nos mains s'étaient serrées, nous nous
étions tout dit.

— Marceline, murmurai-je à son oreille, reviendrez-vous à Navarreinx ?

— Oh! non, répondit-elle d'une voix si douce et si émue que mon cœur en fut tout pénétré, pas de longtemps.

— Mais moi, Marceline, je puis revenir, je puis vous revoir ?

Ce serait m'exposer aux mauvais propos.

— Mais le soir, à l'heure où tout le monde repose dans le village?

Elle ne répondit pas.

Ma tête se rapprocha de la sienne, un baiser fut échangé.

— Oui, murmura-t-elle.

Et elle me quitta.

J'étais fou de bonheur ; j'errai à travers la campagne jusqu'au soir, ne pouvant me résoudre à rentrer, prononçant son nom à haute voix, me rappelant et répétant ses moindres paroles, fermant les yeux pour mieux la voir dans ma pensée, me la représentant à table, servant tout le monde, si belle dans son calme, puis dans la prairie, marchant près de moi, si naturellement élégante dans sa démarche, ensuite dans l'ombre du sentier couvert, oh! là surtout, la main dans la mienne, hésitante et émue, si adorable dans son embarras ; puis enfin ce baiser, oh ! ce baiser !

Je la revis souvent, toujours le soir, quelquefois la nuit, si souvent, qu'un jour, cédant à mes prières, ne pouvant résister plus longtemps à une passion qu'elle partageait, elle oublia tout.

Cela dura un mois, un mois d'ivresse, au bout duquel je repartis pour Paris, lui jurant de redoubler d'énergie, de travail, de volonté, pour me créer une situation et venir ensuite la demander à son père.

Et, me donnant à moi-même un stimulant qui devait

me rendre capable de briser tous les obstacles, je m'engageai vis-à-vis d'elle à ne revenir au pays que le jour où j'aurais enfin conquis cette position, convaincu que je puiserais dans les tortures de l'absence un courage surhumain.

Je partis ; ce que je souffris de cette séparation, nulle parole ne saurait l'exprimer ; je serais mort de cette douleur, si je ne l'avais absorbée dans un travail acharné, travail auquel je ne m'arrachais que pour aller dans le monde, non pour y chercher le plaisir, mais pour y nouer des relations, pour y faire la chasse à la clientèle.

J'étais jeune, je passais pour un cavalier distingué, je puis l'avouer, aujourd'hui que ce brillant passé retombe sur moi comme une honte ; j'étais l'aborieux rangé, sans maîtresses, sans vices ; on me reconnaissait du talent, les plus célèbres médecins me prédisaient un magnifique avenir, je devins bientôt le point de mire de toutes les mères qui avaient des filles à marier, et les partis les plus brillants me furent offerts.

Je les refusai tous, et n'eus besoin pour cela d'aucun effort, j'aimais tant Marceline ! Quelle vie eût été la mienne, séparé d'elle ! et qu'aurais-je fait des millions que m'eût apportés une autre femme ?

Je lui écrivais fréquemment, et j'adressais mes lettres chez une amie, qui les lui remettait et se chargeait de mettre les siennes à Navarreinx, le petit village de Marceline n'ayant pas de boîte aux lettres et le facteur se chargeant de les prendre en passant chaque matin.

Mais, au bout d'une année, ce bonheur me fut enlevé, Marceline m'apprit que, cette amie se mariant et quittant le pays, tout moyen de correspondance nous était enlevé, et que, dans l'intérêt de son honneur et de son repos, elle me suppliait de me résigner à vivre désormais sans nouvelles l'un de l'autre, ajoutant qu'elle n'avait pas besoin de cela pour savoir qu'elle pouvait compter

ur ma parole et qu'elle attendait sinon avec patience,
u moins avec une entière sécurité, le jour où je vien-
rais enfin la demander pour femme à son père.

Cette nouvelle privation ne fit que me rendre plus
pre et plus ardent au travail, et sept ou huit mois après
e me trouvais enfin à la tête d'une clientèle assez riche
t assez nombreuse pour aller soumettre ma situation
u père de Marceline et le prier de m'agréer pour
endre.

Ayant enfin fixé le jour de mon départ pour Navar-
einx, j'allai, le cœur tout joyeux, passer une dernière
oirée chez un des princes de la médecine qui recevait
a meilleure société de Paris et avait gracieusement
nsisté pour m'avoir à sa fête.

J'y étais à onze heures ; vers minuit, les invités arri-
aient en foule, j'assistais curieusement au défilé le plus
harmant et le plus aristocratique, quand le valet
hargé d'annóncer les nouveaux venus cria d'une voix
etentissante :

— M. le comte et madame la comtesse de Sordes.

Je regarde ! je jette un cri et je tombe foudroyé !

La comtesse de Sordes, c'était Marceline.

L'impassible M. Lubin ne put réprimer un mouvement de surprise, à ce dénoûment imprévu.

— Diable ! dit-il, il paraît que la belle Marceline
n'avait pas au même degré que vous le culte du souvenir
et de la foi jurée.

Le docteur Alfred ne répondit pas et ne parut même
pas avoir entendu ; le front dans la main, l'air sombre
et absorbé, il semblait ressentir de nouveau la terrible
sensation sous laquelle il avait succombé ce soir-là.

Il reprit au bout d'un instant :

— Quand je revins à moi, j'étais dans mon lit, veillé
par un ami qui se trouvait à cette fête et qui m'apprit
mon évanouissement subit, sans cause apparente, mais

I.   9

attribué par lui et par ceux qui me connaissaient intimement à un excès de travail. Quant à moi, je compris
que j'étais perdu.

Il ajouta après une pause :

— J'ai vu ou lu quelque part l'histoire fantastique
d'un personnage qui perd coup sur coup l'usage de tous
ses membres, puis de ses facultés morales et finit par
n'avoir plus qu'une existence végétative, semblable à
celle du légume, jusqu'à ce qu'un bon génie lui rende
successivement toutes les forces physiques et intellec-
tuelles qui lui ont été ravies. Eh bien ! je sentis ce phénomène s'opérer en moi, l'intelligence, l'énergie, la
pensée, la dignité, tout cela croula, s'affaissa, s'évanouit, se retira de mon cœur et de mon âme, et me
laissa sans muscles et sans nerfs, sans courage et sans
volonté, plus nul, plus vide, plus flasque et plus avachi
qu'une poupée vidée par un enfant et dont il ne reste
plus que la peau.

Le docteur vida d'un trait un verre d'absinthe pure,
puis il poursuivit :

— Je laissai là mes études, je vendis mes livres, je
me logeai dans une mansarde, je cherchai un bouge où
je pusse m'abrutir sans être exposé à y rencontrer d'anciens amis, et au bout de six mois j'étais devenu... ce
que vous voyez. Ce n'est pas tout ; ce genre de vie dans
lequel je m'étais jeté d'abord par désespoir, je finis par
m'y habituer peu à peu, puis je le continuai par goût,
puis enfin la gangrène se mettant au cœur et gagnant
chaque jour, j'en suis arrivé à rendre à madame Beaudoin et à ses pareilles de ces services qui, un jour ou
l'autre, finissent par vous conduire sur les bancs de la
police correctionnelle, quelquefois même en cour d'assises.

C'est sans doute ainsi que je finirai, car il faut vivre,
et bientôt je n'aurai plus le choix qu'entre ces pratiques

iminelles et le suicide; mais le suicide, que j'avais en-
evu et accepté comme une solution naturelle, comme
 moyen de salut contre le crime ou l'avilissement, le
icide me révolte aujourd'hui, je suis devenu lâche, j'ai
rdu tous les généreux sentiments que je devais à une
ble ambition, et j'en suis arrivé à préférer le déshon-
ur à la mort.

M. Lubin attacha sur le docteur un regard plein d'une
ofonde pitié.

— Ainsi, lui dit-il, rien ne vous touche plus, rien ne
us tente, ni ne vous intéresse?

— Vous vous trompez, dit le docteur, j'aime encore
elque chose.

— Tant mieux.

— Tant pis, car ce que j'aime, c'est ce café, c'est ce
it coin, c'est ce bruit, ce va-et-vient, cette atmos-
ère, cette pipe culottée, cet entourage et cette per-
tuelle demi-ivresse dans laquelle j'endors ma pensée
 ma conscience; je ne saurais plus vivre ailleurs qu'ici,
 pour me procurer de quoi y passer mes journées en-
res, je suis capable de tout.

— Même d'empoisonner la vie de celle que vous avez
nt aimée, n'est-ce pas? dit M. Lubin en lui jetant un
gard sévère.

— Ah! vous voulez parler de Marceline? répliqua le
cteur Alfred, dont le front s'assombrit tout à coup.

— Et de M. de Peyras, qui ne peut vous demander
'une infamie.

— Vous le connaissez donc? demanda naïvement le
cteur.

— Assez pour être convaincu qu'il ne saurait vous
pposer qu'un crime ou une lâcheté?

— Crime, lâcheté, bah! des mots, murmura le doc-
r avec un mélange d'amertume et d'indolence.

— Mais, reprit M. Lubin, comment donc avez-vous

connu M. de Peyras et comment a-t-il su lui-même que
vous connaissiez madame de Sordes?

— Tout cela est arrivé par ricochets.

— Contez-moi donc cela, dit M. Lubin, dont l'œi
étincela de curiosité.

— Vous connaissez madame Beaudoin?

— Parfaitement.

— Connaissez-vous madame Turmole?

— Fort peu, répondit prudemment le vieillard.

— Et M. Fauconnier?

— Un homme d'affaires, n'est-ce pas?

— C'est cela.

— J'en ai entendu parler.

— Eh bien! ces trois individus sont liés d'intérêts, il
ont formé entre eux une société anonyme pour l'explo
tation du vice en général, et, chacun apportant dan
l'association ses aptitudes, ses relations, son influenc
particulière, la société réalise de très-beaux bénéfices
dont la plus grande part revient à Fauconnier.

— Qui représente l'infâme capital, dit en sourian
M. Lubin.

— Ainsi, poursuivit le docteur, madame Turmole
par sa double industrie de marchande à la toilette e
d'émailleuse, se trouve en perpétuel contact avec tou
ce qu'il y a d'équivoque ou de gêné dans toutes les cla
ses de la société, elle reçoit toutes les confidences e
peut ainsi procurer d'excellentes affaires à madam
Beaudoin.

— Je comprends, mais M. Fauconnier, qu'a-t-il
faire dans tout cela?

— Dès qu'elle a pénétré dans une maison, madam
Beaudoin en a bientôt sondé tous les mystères, les res
sources et les embarras; elle y parle de Fauconnier, o
le demande, on l'accueille comme une providence, et

e tarde pas à consommer la ruine qu'on eût peut-être
u éviter sans lui.

— Très-gentille, la société anonyme.

— Ce n'est pas tout ; madame Turmole, comptant
ans sa clientèle toutes les illustrations du quartier
réda et toujours au courant des grandeurs et des déca-
ences de ces reines d'un jour, guette sans cesse et sai-
t à propos le moment de les donner à dévorer à l'usu-
er. C'est ainsi que Fauconnier fait chaque jour de
plendides razzias de diamants, de cachemires, de den-
elles, de mobiliers, et même d'actions, qu'il faut réaliser
la minute.

— Oui, une jolie mine à exploiter.

— Vous comprenez maintenant par quelle suite de
cochets je me suis trouvé en relations avec M. de
eyras.

— Pas tout à fait.

— M. de Peyras est un des meilleurs clients de Fau-
onnier, entre les mains duquel un jeu de bascule a
is tous les biens du gentilhomme. Ruiné, absolument
ans ressources, celui-ci s'est mis en quête d'un riche
ariage et est parvenu à s'insinuer dans la famille de
ordes. A peine reçu à titre de futur, il a voulu emprun-
r sur la dot et s'est adressé à Fauconnier, sa fatale
rovidence ; or les trois associés ayant coutume de dis-
uter en commun toute espèce d'affaires avant de la
ésoudre, madame Beaudoin déclara qu'elle connais-
ait sur le compte de madame de Sordes certaines
articularités grâce auxquelles on pourrait lui forcer la
ain au besoin. Elle conta l'histoire de mes amours
vec Marceline, dont je lui avais fait le récit un jour, à
suite d'un certain nombre de petits verres, et le tout
t confié à M. de Peyras, pour qu'il fût toujours en
esure d'en tirer parti en cas de résistance de la part
la mère. Ce cas se présenta comme il était facile de

le prévoir, et c'est alors que M. de Peyras, repouss;
publiquement, avec un éclat des plus humiliants, es
venu me demander mon concours.

— Et en quoi consiste ce concours? c'est là que j'at
tends de vous la plus entière confiance.

— A l'accompagner chez madame de Sordes, à l'heur
où on est sûr de la trouver seule.

— Et alors?

— Alors il lui tiendra à peu près ce langage: Madam
ou j'épouserai mademoiselle de Sordes, et je serai reç
dès demain au même titre qu'autrefois, ou les lettre
écrites jadis par Marceline au docteur Alfred, que voilà
seront remises après-demain à votre mari. Quant au
moyens de convaincre celui-ci, que j'ai été victime d'un
calomnie, et qu'il ne saurait hésiter à m'accepter pou:
gendre, cela vous regarde.

— Eh bien! écoutez-moi, docteur, je viens de vou
prouver tout à l'heure qu'il était dangereux de m'avoi
pour ennemi, je vais vous donner maintenant la preuv
qu'on gagne quelque chose à être mon ami, car nou
allons le devenir, je n'en doute pas. Vous êtes faibl
abattu, découragé, capable d'une mauvaise action pa
entraînement, mais non par méchanceté; je veux vou
relever et faire de vous ce que vous étiez autrefois, u
homme.

L'œil du docteur Alfred s'anima, mais ce fut un éclair
il laissa tomber sa tête sur sa poitrine et répondit:

— C'est impossible.

— Je n'en aurai que plus de mérite à réussir; o
d'abord je commence par vous empêcher de commettr
une infamie, qui vous laisserait au cœur un éterne
remords, vous n'accompagnerez pas M. de Peyras che
madame de Sordes.

— Mais...

— Vous aviez besoin d'argent, voilà pourquoi vous ave

onsenti ; tenez, faites semblant d'accepter une prise et vous retirerez de ma tabatière, sans que personne s'en perçoive, le billet de cinq cents francs que je vais y glisser.

Le docteur rougit et se troubla.

— Oh! pas de fausse honte; il s'agit de votre réhabilitation, je vous prête cette somme et je vous mettrai à même de me la rendre plus tard.

Pendant ce temps le jeu de la tabatière s'opérait entre lui et le docteur, qui paraissait très-ému.

— Mais que dirai-je à M. de Peyras quand il va venir ce soir m'indiquer l'heure à laquelle nous devons nous rendre ensemble demain à l'hôtel de Sordes ?

— Dites-lui tout simplement que vous refusez. Quant aux lettres...

— Les lettres, interrompit vivement le docteur, mais je les lui ai données.

— Ah ! malédiction! s'écria M. Lubin en se frappant le front avec colère.

— J'avais besoin de cent francs et il a exigé...

M. Lubin avait pour principe que la colère n'avançait à rien, la sienne était déjà dissipée, il réfléchissait.

— Que faire ? lui dit le docteur.

— Dites-lui d'aller les porter seul.

— C'est bien.

— Combien y en a-t-il ?

— Cinq.

M. Lubin se leva, et, serrant la main du docteur :

— A demain, docteur Alfred; surtout pas un mot à M. de Peyras de ce qui vient de se passer entre nous, M. Lubin vous est complétement inconnu, ne l'oubliez pas.

XXII

HUMILIATIONS

Quand il eut vu M. Lubin disparaître au coin de la rue
Aubry-le-Boucher, marchant toujours d'un pas lent et
paisible et choisissant les pavés pour ne pas crotter ses
escarpins vernis, M. de Peyras entra au *Café polonais* en
murmurant :

— Il y a quelque chose là-dessous, il est impossible
que le hasard seul ait amené cet homme dans une rue si
éloignée de son quartier et dans un établissement qui
ne peut être qu'antipathique à son caractère et à ses habitudes.

Quoique aveuglé par la fumée du tabac, il n'eut pas
de peine à trouver le docteur Alfred, immobile dans ce
petit coin qui semblait être sa propriété.

Il alla droit à lui, et, prenant place sur le tabouret que
venait de quitter M. Lubin :

— Docteur, lui dit-il vivement, connaissez-vous l'individu qui vient de sortir d'ici ?

— Quel individu ? demanda le docteur.

— Un petit vieillard vêtu d'un habit marron et coiffé
d'un chapeau à larges bords ?

— Connais pas.

— Il ne vous a pas parlé ?

— Quand cela ?

— Tout à l'heure, vous dis-je, puisqu'il vient de se
croiser avec moi.

— Personne ne m'a parlé depuis plus d'une heure.

Pierre de Peyras fixa sur lui un regard perçant, mais ne vit sur ses traits d'autre expression que l'apathie qui lui était habituelle.

— Maintenant, reprit-il, causons de notre affaire ; j'ai pris mes informations, le comte de Sordes sort tous les jours à deux heures et ne rentre qu'à cinq.

Le docteur Alfred ne proféra pas une syllabe. Il écoutait, froid et impassible.

Un peu surpris de cette indifférence, M. de Peyras ajouta :

— J'ai résolu que nous nous présenterions à quatre heures à l'hôtel de Sordes ; tenez-vous donc prêt, je viendrai vous prendre ici en voiture, à trois heures trois quarts.

— C'est inutile, ne vous dérangez pas, répondit le docteur.

Pierre de Peyras bondit sur son tabouret.

— Hein ! s'écria-t-il, vous refusez de m'accompagner ?

— Écoutez, monsieur de Peyras, j'avais trop compté sur mes forces ; depuis hier j'ai réfléchi, je me suis tâté, et, je vous l'avoue, je me sens incapable d'aller faire, en face, à une femme que j'ai adorée, une menace aussi infâme.

— Mais elle, vous a-t-elle ménagé, cette femme ? Dès que le comte de Sordes, ébloui par sa beauté, s'est mis à tourner autour d'elle et à lui faire sa cour, a-t-elle hésité à recevoir ses hommages, à sacrifier son amour à son ambition ? N'a-t-elle pas trouvé dans sa perfidie le moyen de cesser une correspondance qui pouvait compromettre ses projets, et cela sans éveiller vos soupçons ? En vérité, je vous trouve bien sensible pour une femme aussi impitoyable.

— Pas si sensible que cela, puisque je vous ai livré les lettres qui peuvent la perdre ; or, ces lettres, n'est-ce

9.

pas l'essentiel ? Qu'est-ce que ma présence pourrait y ajouter de plus ?

Cette observation frappa M. de Peyras.

— Vous avez raison, dit-il, les lettres, tout est là ; c'est l'arme foudroyante qui vaincra sa résistance vis-à-vis de moi, et lui fera accomplir des miracles à l'égard de son mari.

Il ajouta, avec une affectation de douceur qui allait mal à sa physionomie :

— Après tout, je comprends votre faiblesse, et il est probable que j'agirais de même à votre place ; je n'insiste donc pas pour que vous veniez ; je m'en tirerai seul..

Il baissa la voix pour jeter ces derniers mots au docteur :

— Vous savez ce qui est convenu : 2,000 francs pour vous le lendemain de mon mariage.

— C'est entendu, dit froidement le docteur.

Pierre de Peyras se leva et partit enchanté, toute réflexion faite, de traiter cette affaire seul ; la présence du docteur était inutile pour intimider la comtesse, et pouvait au contraire devenir une gêne pour lui.

Il était entièrement rassuré au sujet de M. Lubin, dont la rencontre au seuil du *Café polonais* avait d'abord excité sa défiance ; il n'hésitait plus maintenant à attribuer au hasard seul sa présence dans ce quartier et dans cet établissement.

En effet, comment admettre qu'il connût le docteur Alfred, et surtout le lien mystérieux qui le reliait à la comtesse de Sordes et à lui-même ? C'était plus qu'invraisemblable, c'était impossible.

D'ailleurs, ne venait-il pas d'en acquérir la preuve ? Si M. Lubin eût été au courant de tous ses secrets, n'eût-il pas tout tenté près du docteur pour le résoudre à reprendre ses lettres ? Et celui-là, excité ou payé par M. Lubin, ne les lui aurait-il pas demandées ?

Loin de là, il les avait laissées, en lui faisant même valoir l'effet inévitable qu'elles allaient produire. Il fallait donc se rendre à l'évidence et convenir qu'il ne connaissait même pas M. Lubin, comme il le lui avait affirmé.

Délivré de toute inquiétude sur ce point, Pierre de Peyras songea alors à son duel et aux deux témoins qu'il lui fallait trouver.

Avant l'affront qu'il avait reçu à l'hôtel de Sordes, rien ne lui eût été plus facile, et il n'eût eu que le choix parmi tous ceux qui se seraient offerts d'eux-mêmes. Mais, aujourd'hui, la mesure prise à son égard par le Jockey-Club lui enlevait tous ceux sur lesquels il eût pu compter, et l'exposait à la honte d'avouer à M. de Civrac qu'il ne pouvait se battre faute de témoins.

Cette pensée le mettait hors de lui et le jetait dans des accès de rage.

— Et cependant, murmurait-il, il me faut ces témoins. Je fouillerai plutôt tout Paris pour les trouver.

Après s'être longtemps creusé la tête, il se décida à se rendre au boulevard des Italiens, où il était sûr de rencontrer de nombreux amis.

Il prit une voiture et se fit conduire au café Riche, en face duquel il descendait au bout de dix minutes.

Il y avait là beaucoup de figures de connaissance parmi les consommateurs assis devant l'aristocratique café ; mais tous appartenaient à la société qui l'avait mis à l'index.

— Bah ! pensa-t-il, ils n'oseraient me refuser.

Et, sûr que personne ne voudrait s'exposer à avoir une affaire avec lui, il sauta sur le trottoir, recouvra pour un instant toute son audace passée et alla s'asseoir près d'un groupe de jeunes gens dont il était particulièrement connu.

Il s'attendait à voir toutes les mains se tendre vers

lui; mais, à son extrême surprise, on se contenta de le
saluer, et nul ne l'invita à s'approcher, comme on l'a-
vait fait vingt fois.

Pierre de Peyras rougit de honte et de colère; cette
froide politesse était une de ces insultes flagrantes, pal-
pables, qui équivalent à un soufflet, et dont cependant
il est impossible de demander raison.

Pour la première fois, il comprit que la force brutale
n'est pas tout. Un moment tenté de chercher querelle à
l'un de ceux qui l'écrasaient si hautement de leur dédain, il fut arrêté par la pensée qu'il avait à côté de lui
toute une société d'hommes honorables dont la vie pouvait s'étaler au grand jour, dont le droit et le devoir
étaient d'exiger la même honorabilité chez un adversaire, et, paralysé par le sentiment de son infériorité
morale, il se résigna avec stupeur à courber la tête sous
la réprobation dont il était l'objet.

— Heureusement, pensa-t-il, ma rentrée à l'hôtel de
Sordes, c'est-à-dire ma justification éclatante, aura lieu
demain, et dans vingt-quatre heures je serai redevenu
leur égal.

Sur cette consolante pensée, il se leva, salua fièrement ses dédaigneux amis et partit.

Ne sachant que faire de sa soirée, peu disposé à la
passer au spectacle, et appréhendant quelque rencontre
qui l'exposerait à un affront pareil à celui qu'il venait
de subir, il se décida à rentrer chez lui.

Il y trouva deux lettres, dont il rompit le cachet d'une
main fiévreuse, car, depuis quelques jours, tout devenait pour lui un sujet de crainte.

La première contenait ces lignes :

« Je m'étonne de n'avoir pas encore reçu le nom et
l'adresse de vos témoins; les miens sont : M. le comte
de Sivrac, mon parent, demeurant rue Saint-Domini-
que, n° 80, et M. Ernest de Hal, rue de Bourgogne, n° 9.

espère que la journée de demain ne s'écoulera pas
ns qu'ils aient reçu la visite de vos témoins, qu'ils
étonnent, comme moi, de n'avoir pas encore vus.

» J'ai l'honneur de vous saluer.

» Maxime de SIVRAC. »

— Encore un affront! s'écria Pierre en laissant enfin
éborder la colère qu'il contenait depuis si longtemps;
ncore un qui m'insulte et me raille du haut de son ho-
orabilité! Oh! mais celui-là, il le payera de sa vie! Des
émoins! Dans vingt-quatre heures, j'en trouverai dix
our un; alors, monsieur de Sivrac, j'aurai la joie de
ous tenir au bout de mon épée, et une fois là, je vous
ure que vous êtes un homme mort.

L'autre était de sa sœur.

« Mon cher Pierre, lui disait-elle, viens me voir demain; je suis à la veille de prendre une détermination
dont la seule pensée me rend folle et devant laquelle
je ne puis reculer. Je ne puis t'en dire davantage. A demain.

» DIANE. »

— Elle aussi! murmura Pierre de Peyras, harcelée,
traquée, torturée, comme moi et par les mêmes bourreaux, ce vieillard et cette Mauresque! car ses angoisses
doivent venir de là, sans nul doute. Mais que signifient
donc ces mystérieuses et effroyables persécutions et
quand finiront-elles?

Il se mit au lit et passa la nuit sans dormir, poursuivi
par les plus sombres pensées.

Le lendemain matin il était à sa toilette, quand son
domestique vint lui annoncer la visite de M. Robert
Talbot.

— Faites entrer, dit Pierre, qui frissonna, dans l'attente de quelque nouvelle catastrophe.

Robert Talbot parut bientôt.

— A quoi dois-je attribuer cette visite matinale ? lui demanda vivement M. de Peyras.

— Vous n'avez donc pas mis la tête à la fenêtre depuis que vous êtes levé ? lui dit Robert, qui paraissait en proie à une violente agitation.

— Non, pourquoi ?

— Eh bien, venez.

Il l'entraîna à l'une des fenêtres de son salon qui donnait sur la rue de Provence, et lui montrant une affiche colossale collée sur les volets de la boutique du malheureux Rochard :

— Tenez, lui dit-il, lisez.

Et Pierre de Peyras lut sur cette affiche :

Vente en 4 lots
du château et de la ferme de Fougeraie.

XXIII

PLANS DE CAMPAGNE

— Eh bien ! que dites-vous de cela ? dit Robert en refermant la fenêtre.

Pierre de Peyras était d'une pâleur livide, il voulut parler et ne put proférer une syllabe.

C'est que la vente du domaine de Fougeraie entraînait fatalement la découverte du crime, dont la preuve sanglante reposait au fond de la carrière de grès, au-dessous des dalles de l'étable.

Vu l'importance et le rapide accroissement que prenait depuis quelque temps la colonie parisienne dans le pays et la position qu'occupait le domaine de Fou-

eraie, sur l'alignement d'une belle voie toute bâtie de
racieuses villas, il était impossible, comme l'avait dé-
laré précédemment Robert Talbot, qu'on n'eût pas la
pensée d'élever une maison de luxe sur l'emplacement
de la ferme.

Cette prévision, justifiée à la fois par l'heureuse situation de la ferme et par le prix élevé du terrain, cette
prévision redoutable, que Pierre de Peyras avait relé-
guée dans un avenir éloigné, était peut-être à la veille
de se réaliser, et à cette pensée, il sentait son sang se
glacer dans ses veines.

— Oui, lui dit Robert, cela devient effrayant, j'en
conviens, et nous ne sommes pas sur un lit de roses,
car l'annonce de cette vente, c'est une épée de Damo-
clès incessamment suspendue sur notre tête, pour ne
pas dire le couteau de la guill...

Pierre l'interrompit.

— Je vous en supplie, lui dit-il, ne faites jamais de ces
plaisanteries devant moi.

Ses membres tremblaient comme s'ils eussent été
agités par la fièvre.

— Oh! je ne suis pas en humeur de plaisanter, répliqua Robert; c'est très-sérieusement que je fais allusion à une perspective qui n'est pas gaie, je l'avoue,
mais qui n'a rien d'invraisemblable.

— Vous êtes fou! s'écria M. de Peyras tout effaré.

— La folie, monsieur de Peyras, répondit Robert,
c'est de fermer les yeux pour ne pas voir l'abîme au
fond duquel on va rouler. Un crime a été commis; la
victime est là-bas, sous l'étable, elle peut être découverte, et alors c'est l'échafaud pour les coupables. Voilà
la réalité, voilà ce qui est, et ce que tous vos désespoirs,
tous vos regrets et toutes vos terreurs ne sauraient effacer, voilà enfin le péril qu'il faut regarder en face: c'est
le seul moyen d'y échapper.

— Eh bien! que faire? dites, que faire? murmura Pierre, qui, évidemment, n'avait plus la tête à lui.

Robert Talbot se promena quelques instants, l'air soucieux et le front contracté.

— Maintenant que de nouveaux faits sont venus m'é- clairer, dit-il enfin, je crois comme vous que la main de M. Lubin est dans tout cela, sauf toutefois la vente de Fougeraie, à laquelle il doit être étranger; le hasard seul a jeté au milieu de nos embarras cette terrible complication, qui, au reste, s'il vous souvient de mes paroles, n'a rien d'imprévu pour moi.

— Enfin quel parti prendre?

— C'est là que je voulais en venir, et c'est ce qu'il faut décider à l'instant, car nos ennemis marchent sans relâche à leur but, qui est notre perte, et nous ne pouvons nous soustraire à leurs coups qu'en frappant les premiers. Il y a deux mesures à prendre.

— Lesquelles?

— D'abord nous emparer de M. Lubin.

— Ma sœur et moi, nous y avions déjà songé. Après?

— Il faut acheter la Fougeraie, je vous l'ai déjà dit.

— Il faudrait cinq cent mille francs au moins, c'est impossible!

— Erreur! il faudra cinquante mille francs à peine.

— Le domaine de la Fougeraie? y songez-vous?

— C'est vous qui oubliez qu'on vend ce domaine par lots.

— En effet, l'affiche dit quatre lots.

— La mise à prix des trois premiers lots varie de cent à deux cent mille francs.

— Vous êtes sûr?

— Je viens de lire l'affiche.

— Et le quatrième?

— Le quatrième, dans lequel est comprise l'étable.

— Ah! s'écria Pierre.

Il ajouta d'un air inquiet :

— Et la mise à prix de celui-là ?

— Quarante-cinq mille francs.

— Il sera à nous ; oh ! il faut qu'il soit à nous ! s'écria Pierre avec un rire nerveux.

Il demanda aussitôt :

— Le jour de la vente ?

— Dimanche prochain.

— Huit jours ! fit Pierre avec désespoir.

— Pas davantage.

— Dans huit jours, je ne serai pas encore marié, et tout notre espoir est là, dans la dot de mademoiselle de Bordes.

— Cinq cent mille francs, m'avez-vous dit ?

— C'est cela.

— Obtenez la reprise des relations matrimoniales, et je me charge de trouver cela.

— Où et comment ?

— Chez un usurier de mes amis et au taux de cent pour cent, soit un billet de cent mille francs signé de vous contre la remise de cinquante mille francs.

— C'est dur.

— Vous me forcez de vous rappeler qu'il s'agit de notre tête, et que la dot dût-elle y passer tout entière...

— Vous avez raison.

— Il n'y a pas à marchander, trop heureux encore si nous réussissons.

— Oui, oui, trop heureux, murmura Pierre.

— Résumons-nous. Voici le double but que nous poursuivons : acheter le quatrième lot du domaine de Fougeraie pour avoir entre nos mains le corps du délit, et nous emparer de M. Lubin pour arrêter le cours de ses persécutions et l'empêcher de réaliser la promesse qu'il a faite aux lecteurs du *Drame de Fougeraie*, l'arrestation des coupables et leur comparution sur les bancs

de la Cour d'assises ; car ce morceau de littérature est
de lui, je n'en doute plus maintenant.

Il se leva.

— N'est-ce pas aujourd'hui qu'a lieu la scène de réconciliation entre vous et madame de Sordes ?

— Oui.

— Je vous laisse ; moi, je vais m'occuper de M. Lubin
Dès ce soir, je connaîtrai sa demeure, son personnel
ses habitudes, et mon plan sera tout fait pour le
prendre au piége comme un renard. Adieu ! et réussis-
sez près de madame de Sordes, cela nous dispensera de
chercher à une autre source que je connais, que je vous
signalerai au besoin, la somme qu'il nous faut absolument et à tout prix.

— Que voulez-vous dire ?

— Nous reparlerons de cela plus tard.

Quand il fut parti, Pierre de Peyras resta quelques
instants immobile. Puis, jetant autour de lui des regards
effrayés :

— Mon Dieu ! mon Dieu ! murmura-t-il en frissonnant, comment cela finira-t-il ?

Il se remit à sa toilette, à laquelle il consacra beaucoup de temps, malgré les soucis dont il était dévoré
car il ne voulait rien négliger pour se présenter chez
madame de Sordes, puis il sortit pour déjeuner d'abord
et se rendre ensuite chez madame Marcasse.

Il était deux heures à peine quand il se présenta chez
elle et cependant elle était déjà habillée et prête à sortir.

Il la trouva pâle et sous l'empire d'une agitation nerveuse qui modifiait étrangement sa physionomie habituelle.

— Eh ! ma chère Diane, qu'as-tu donc ? lui demanda-
t-il en lui serrant la main.

— Sais-tu ce qui m'arrive ? lui dit-elle d'une voix
que la colère faisait trembler.

— J'attends que tu m'en instruises.

— Tiens, regarde.

Elle lui montra du doigt un papier qui avait été jeté tout froissé sur un fauteuil.

Pierre de Peyras le déplia et y jeta un coup d'œil.

C'était une lettre ainsi conçue :

« Madame, M. Marcasse ayant refusé d'acquitter ma note, je me vois, à mon grand regret, dans l'impossibilité de vous livrer la parure de vingt mille francs que vous avez choisie chez moi.

» Agréez, madame, l'expression…

» SIGRIED. »

— A combien se montait donc cette note? demanda Pierre à sa sœur.

— A seize mille francs, une misère.

— Une misère pour Marcasse, en effet, comment se fait-il donc qu'il ait refusé?...

— Ah ! voilà : après avoir débattu ensemble le chiffre de mon budget personnel, nous l'avons fixé à quarante mille francs par an, les bijoux compris ; cette somme ne m'a pas suffi, je suis criblée de dettes ; mon joaillier a présenté sa note à Marcasse avant de me faire livraison d'une nouvelle parure, tu vois, il a refusé.

— Dame ! dit Pierre, il me semble que quarante mille francs, même pour tenir l'emploi de reine de la mode, c'est raisonnable.

— Ce n'est pas assez, puisque je suis gênée, s'écria brusquement Diane.

Elle se jeta sur un canapé, froissa son mouchoir dans ses doigts crispés, puis se relevant d'un bond, elle s'écria d'une voix frémissante d'indignation :

— Est-ce que je devrais être limitée dans mes dépenses? est-ce que M. Marcasse devrait compter avec moi ? pourquoi ai-je épousé cet homme ? est-ce pour son nom,

pour sa tournure, pour ses qualités chevaleresques ?
est-ce pour lui enfin ? voilà ce qu'il devait se demander,
il oublie trop que je me nomme madame Marcasse, et
que s'il est des noms qui, comme de purs diamants,
brillent de leur propre éclat, il en est d'autres qui doivent
disparaître dans une auréole de luxe.

Elle se tut un instant comme pour refouler les dé-
bordements de cette colère, puis elle reprit d'un ton un
peu plus calme :

— Reine de la monde, dis-tu ! je ne le serai plus demain peut-être, mon sceptre aura passé entre les mains
d'une autre.

— En vérité ?

— As-tu entendu parler de la princesse Nubia ?

— Beaucoup depuis quelque temps ; mais qu'est-ce
que c'est donc que cette femme dont s'occupe tout
Paris ?

— Une princesse des contes de fées, s'il faut croire
tout ce qu'on en dit. Elle est à Paris depuis trois mois
à peine, et son salon est devenu le rendez-vous de tous
les personnages éminents de la politique, de la littérature et des arts. Elle reçoit des ministres, des poëtes,
des philosophes, et, sans cesser d'être la plus charmante
et la plus gracieuse des femmes, elle traite tour à tour
les sujets les plus graves et les plus légers avec une
facilité qui ravit d'autant plus son entourage, qu'elle a
vingt-cinq ans à peine et qu'elle est d'une beauté accomplie. On vante en même temps son luxe et son goût.
Avec cela, dame patronnesse, à la tête de trois ou quatre
œuvres de bienfaisance, si bien qu'au faubourg Saint-
Germain, hommes et femmes, jeunes et vieux, tout le
monde en raffole. Voilà ce que c'est que la princesse
Nubia.

— Cette femme paraît te préoccuper beaucoup ?

— Je l'avoue.

— Pourquoi ?

— Je vais te le dire.

XXIV

RUSE CONTRE RUSE

Madame Marcasse resta quelques instants absorbée, puis elle reprit :

— Encore une fois, pourquoi ai-je consenti à devenir la femme de M. Marcasse, un homme qui, comme nom, comme physique et comme tournure, était exactement l'antithèse de l'idéal que je portais dans mon imagination ? Parce que je voyais dans ses millions le moyen de réaliser le rêve de toute ma vie. Ce rêve, c'était de jouer à Paris même, au centre de toutes les supériorités, le rôle de reine de la mode et de la beauté ; c'était d'être au milieu des femmes les plus belles, les plus merveilleuses de grâce, de luxe et d'élégance, comme un splendide diamant dans une parure de perles fines, la plus éblouissante et la plus admirée entre toutes. Ainsi, dans la soif de domination qui me dévorait, le plus bel attelage de Paris, si parfait qu'il fût, ne pouvait me satisfaire, car une femme de millionnaire quelconque pouvait en avoir un pareil ; ce que je rêvais, moi, c'était un attelage d'hémiones, coursiers de contes de fées, presque inconnus, presque indisciplinables et qu'on n'eût vus à nulle autre voiture qu'à la mienne. Et de même en tout je voulais posséder la chose unique, merveilleuse, introuvable ; c'est à cette condition que je consentais à épouser cet homme, et il vient aujourd'hui marchander mes dépenses ! Ah ! voilà ce que je ne puis tolérer.

Elle fit quelques pas dans son salon, en proie à une agitation toujours croissante ; puis s'arrêtant devant son frère, les bras croisés sur la poitrine :

— Sais-tu ce qui peut arriver un de ces jours, ce qui arrivera inévitablement tôt ou tard ? Ah ! quelque chose de fort glorieux pour nous. Que je me présente à quelque fête aristocratique en même temps que cette femme, vois-tu d'ici la fière et triomphante entrée que fera ta sœur quand le laquais, après avoir annoncé à la noble assemblée madame la princesse Nubia de Villaflor, lui jettera d'une voix retentissante le beau nom de *madame Marcasse !*

Elle se replongea dans son fauteuil en s'écriant d'une voix saccadée :

— Marcasse ! Marcasse ! jamais ce nom ne m'a paru si ridiculement odieux.

— Que veux-tu ? lui dit Pierre, c'est toi qui l'as choisi, et même après mûre réflexion.

— A qui la faute ? répliqua Diane en relevant la tête par un mouvement plein de violence, à cet oncle Jean ; à cet odieux Harpagon qui eût pu me soustraire à cette honte en me dotant d'un million ! à ce parent maladroit qui ne sait rien faire à temps, pas même mourir, car il est parfaitement rétabli de l'attaque d'apoplexie dont il a été frappé il y a quinze jours.

— Il est certain que si cette attaque eût eu l'issue... fatale à laquelle il n'a échappé que par miracle, tu étais tirée d'embarras et moi... moi j'étais sauvé.

— Enfin, tu comprends maintenant pourquoi cette princesse Nubia me préoccupe.

— Eh bien, non, je ne le comprends pas, répliqua Pierre ; non, je ne puis concevoir que tu t'inquiètes d'un succès de vanité quand tu as dans l'âme de si graves

ts de crainte, quand, d'un moment à l'autre, cette
le correspondance peut tomber entre les mains de
mari.

— Oh! dit Diane, le premier moment d'effroi passé, j'ai
chi et je suis demeurée convaincue que ce domes-
e ne peut avoir volé mes lettres que pour les re-
dre très-cher à M. de Sylva, près duquel, sans doute,
va faire quelque démarche un de ces matins.

— Mais n'avais-tu pas un autre sujet d'inquiétude,
sé dans la conduite de Marcasse à ton égard?

— Oui, un changement inexplicable, si extraordinaire,
après une nuit de fièvre et d'insomnie, je t'ai écrit
pour te faire part...

— D'une résolution terrible et pourtant inévitable ;
voulais-tu dire par là?

— Eh bien? je voulais fuir, quitter ma maison et dis-
aître pour toujours de la scène du monde parisien ;
is quitter Paris ! je ne me suis pas senti ce courage,
cherché et j'ai enfin trouvé un autre moyen de sortir
la situation embarrassante dans laquelle je me trouve
à-vis de mon mari.

— Ah! fit Pierre, de ce ton qui provoque une ré-
se.

— Eh! mon Dieu! oui, ma santé, un voyage, les
ux, cela me tirera d'affaire.

— Tu vas lui demander?...

— Non pas ; je vais lui faire part que mon médecin
ordonne les eaux, les distractions et que je quitte
ris.

Elle parut chercher.

— Quand? demanda Pierre.

— Ah ! dans quatre ou cinq mois.

— Et tu resteras?...

— Trois ou quatre mois.

— Tout ce temps aux eaux ?

— Non, je ferai un voyage en Suisse ou en Italie.

— S'il allait s'y opposer?

— Allons donc ! une ordonnance de médecin.

— Tu as raison, c'est impossible.

Il ajouta :

— Quand lui parles-tu de ton projet?

— De ma résolution, veux-tu dire.

— En effet.

— Tout à l'heure.

— Si tôt !

— J'ai beaucoup de préparatifs à faire, il les verra, m'en demanderait la raison, je préfère prendre les devants.

— Alors te voilà plus calme, et tu n'as plus rien à m dire ?

— En ce qui me concerne, non ; mais j'ai à te demander où tu en es avec les de Sordes.

— J'y vais en ce moment.

— Et tu espères ?

— Je dirai comme toi, je n'espère pas, je suis sûr.

— A merveille !

Pierre se leva.

— Je passerai par ici en sortant de l'hôtel de Sorde dit-il à sa sœur.

— Va, moi, je vais parler à Marcasse.

Dès que son frère fut sorti, Diane se rendit chez so mari.

M. Marcasse avait deux domiciles. L'un où étaie installés ses bureaux, comprenant un rez-de-chaussée un premier étage, au nº 80 de la rue Caumartin. C'éta là que se gagnaient les millions.

L'autre, au nº 82, était un magnifique hôtel, compo d'un rez-de-chaussée et de deux étages, avec combl pour les chambres de domestiques.

Une vaste cour, un perron de dix marches, pr

é par une marquise, une antichambre spacieuse,
ù partaient, à droite et à gauche, deux escaliers d'un
le monumental, partout des tableaux, des statues de
rbre, des vases de bronze, ornés de plantes exotiques ;
e était l'entrée de cette demeure, d'un aspect tout
ait princier.

M. et madame Marcasse occupaient seuls ce splendide
el.

Prosper Marcasse avait voulu y installer ses bureaux,
quels on eût pu facilement consacrer une partie du
-de-chaussée, mais Diane s'y était opposée, décla-
t qu'elle ne voulait souffrir ni bureaux, ni caisses, ni
nptes, ni quoi que ce fût qui rappelât l'industrie dans
hôtel où elle devait recevoir la plus aristocratique
iété de Paris.

Les deux maisons lui appartenant, Marcasse avait fait
tiquer, dans son cabinet, un passage qui permettait
communiquer des bureaux à l'hôtel ; c'est par là que
ne se rendit chez lui.

Quand elle entra dans son cabinet, il était accoudé
un registre et paraissait profondément absorbé, mais
regard fixe, immuable, attestait que sa pensée était
eurs que sur les chiffres qu'il avait sous les yeux.

Depuis la scène qui avait suivi la fête de l'hôtel de
des, Diane ne l'avait pas revu ; elle n'avait donc pas
cœur cette superbe confiance qui la rendait si hau-
ae et si sûre d'elle-même vis-à-vis de lui ; mais plus
appréhendait, plus elle voulait montrer d'assurance.

— Monsieur Marcasse, lui dit-elle en lui remettant
ettre de son joaillier, veuillez donc me donner l'explica-
a de cette lettre, qui ne peut être que le résultat d'une
eur.

Prosper Marcasse avança un siége à sa femme, prit la
re, la lut ; puis, la lui rendant avec le plus grand
me :

I.   10

— Il n'y a pas d'erreur, madame, lui dit-il.

— Ainsi, dit Diane avec une colère contenue, v
avez refusé de payer cette note ?

— Oui, madame.

— Et la raison ?

— Vous la connaissez aussi bien que moi : cette
pense est comprise dans votre budget.

— Ah ! il faut en convenir, monsieur, répliqua-t-
avec un dédain marqué, vous êtes un homme supérieu
en matière de chiffres.

— C'est ce qui m'a permis de gagner les millions a
quels je dois la préférence que vous m'avez accor
sur de jeunes et brillants gentilshommes, répondit N
casse en s'inclinant ; permettez-moi donc d'être
d'une supériorité qui m'a valu un tel honneur.

Diane tressaillit.

Le coup avait porté juste.

— Qui vous dit, reprit-elle, que vos millions a
été pour quelque chose dans mon choix?

— Ma modestie, madame, et un peu aussi vos faç
d'être à mon égard, qui me rappellent les allures ca
lières de mademoiselle de Sottenville vis-à-vis de
pauvre imbécile de Georges Dandin, son époux.

Diane pâlit.

— Vous avez d'étranges comparaisons, monsieur,
dit-elle.

— Ah ! répliqua-t-il, je ne fais allusion ici qu'
grands airs et aux dédains de la noble demoiselle à
gard de son vulgaire mari et suis convaincu que la
semblance entre lui et moi s'arrête là.

— C'est heureux, fit Diane d'un ton de raillerie
prisante.

Elle reprit d'un air dégagé, mais en étudiant sur
traits de Marcasse l'effet de ses paroles :

— Il est heureux aussi, vu la voie de réformes éco

ues dans laquelle vous entrez, que je ne passe pas
ver à Paris.

Prosper Marcasse réprima un mouvement de surprise
levant les yeux sur elle.

— Ah! dit-il tranquillement, vous ne passez pas?...

— Cet hiver à Paris, non.

— Et trouverez-vous indiscret, de la part de votre
ri, de vous demander où vous comptez le passer?

— Mais là où m'envoie mon médecin.

— Ah! encore, toujours le médecin, dit Marcasse.

— Que voulez-vous dire par là? s'écria la jeune
mme, en regardant fixement son mari.

— Je veux dire que ce médecin a une façon toute
rticulière de soigner ses malades, mais après tout je
mprends la confiance qu'il vous inspire, car sa pre-
ière ordonnance vous a merveilleusement réussi.

— Et j'espère qu'il en sera de même de celle-ci, dit
iane d'une voix brève.

— C'est le même, n'est-ce pas, les eaux?

— Oui, monsieur, les eaux.

— Mais pas celles d'Enghien? les eaux loin de Paris?

— Précisément.

— Je l'avais deviné.

Puis il reprit :

— Cela ne saurait me déplaire, madame, et je suis le
remier à vous y engager.

Il ajouta d'un ton indifférent :

— Quand comptez-vous partir?

— Je ne sais au juste, dans quatre mois, cinq mois
eut-être.

— C'est bien, je prendrai mes mesures en consé-
uence.

— Vos mesures? dit Diane étonnée, que voulez-vous
re?

— Mes mesures pour pouvoir vous accompagner.

Diane se troubla visiblement.

— M'accompagner! vous! dit-elle.

— Mais, oui, moi, à moins qu'une autre ordonnance de votre médecin ne m'impose le séjour de Paris.

— C'est bien, c'est bien, fit Diane, en proie à une émotion qu'elle ne pouvait contenir.

— Ainsi, c'est entendu, choisissez telle époque qu'il vous plaira, et rien ne pourra me retenir à Paris, nous partirons ensemble.

— C'est bien, répéta machinalement Diane, qui se leva, et sortit toute bouleversée.

XXV

PROJETS DE FUITE

En rentrant chez elle, Diane sonna sa femme de chambre.

Celle-ci parut aussitôt.

Mais Diane était si profondément absorbée dans ses pensées qu'elle ne l'entendit pas entrer.

Après avoir attendu quelque temps que sa maîtresse lui adressât la parole, la femme de chambre se décida à lui parler.

— Madame, m'a sonnée.

— Oui, oui, en effet, dit Diane.

Et après une pause, pendant laquelle elle semblait chercher à se rappeler quelque chose :

— Ah! Mariette, dit-elle enfin, donnez ordre qu'on elle.

Mariette sortit. Restée seule, madame Marcasse se li- à un de ces monologues incohérents, inintelligibles, la pensée s'ébauche par monosyllabes et se fait jour r échappées.

En proie à un trouble profond, elle marchait, s'as-yait, se relevait aussitôt, touchait quelques chiffons, arrêtait devant sa glace sans s'y regarder, donnait en-à tous les signes d'une préoccupation qui ressemblait de la folie.

Au bout d'un quart d'heure on vint la prévenir que sa iture était prête.

Un instant après elle y prenait place.

— Où faut-il aller? demanda le valet qui avait ouvert portière.

— Aux Tuileries, dit Diane.

Le valet transmit l'ordre au cocher et la voiture partit. Elle déposait bientôt madame Marcasse devant la rille des Tuileries qui fait face à la rue de la Paix.

— Vous m'attendrez dans une heure à l'entrée des hamps-Élysées, dit-elle en mettant pied à terre.

La voiture partit. Diane entra dans le jardin. Mais au out de deux minutes elle revint sur ses pas, traversa la ue de Rivoli, prit la rue Castiglione, tourna la rue du Monthabor et entra au nº 7, après avoir jeté autour d'elle un rapide coup d'œil.

Passant tout droit devant la loge du concierge, elle gagna rapidement un escalier, gravit trois étages, s'ar-rêta à l'unique porte qui se trouvait sur le palier et sonna.

La porte s'ouvrit aussitôt et elle entra.

— Diane! chère Diane! s'écria le jeune homme qui lui avait ouvert.

Voyant qu'elle ne répondait pas, il la regarda en face et fut effrayé de sa pâleur.

10.

— Grand Dieu ! dit-il, qu'avez-vous donc?

Il l'entraîna dans un petit salon, où elle s'assit toujours paralysée par l'émotion.

— Diane ! oh ! mais parlez donc, vous m'effrayez, lui dit-il.

Et il couvrait de baiser ses mains gantées.

— Ah ! j'en deviendrai folle ! s'écria enfin Diane avec explosion et en plongeant son front dans ses deux mains.

— Par pitié, calmez-vous et dites-moi ce que vous avez, reprit le jeune homme.

Diane parvint peu à peu à recouvrer quelque calme.

— Jacques, dit-elle enfin au jeune homme dont les yeux noirs étaient fixés sur elle avec une ardente sollicitude, ma position devient chaque jour plus horrible, plus intolérable, il faut prendre un parti, décider quelque chose aujourd'hui, à l'instant même.

— Parlez, Diane, dites-moi ce qu'il y a, ce qui s'est passé de nouveau, et nous verrons ce qu'il convient de faire.

— Quand j'ai su que bientôt ma honte ne pourrait plus se cacher, je vous ai dit : Partons, quittons la France, allons nous réfugier au fond de l'Espagne, dans votre pays, où nous vivrons l'un pour l'autre, morts pour tous, et bientôt oubliés de tous. Mais, vous, songeant à mon honneur, à mon repos, à ma considération, vous avez cherché et vous avez trouvé un autre moyen de salut, celui qui, déjà, m'avait soustrait à l'odieuse passion... de mon mari.

— Eh bien? demanda avec inquiétude Jacques de Sylva.

— Eh bien ! mon médecin m'a trouvée malade, m'a ordonné les eaux, des distractions, un long voyage, tout ce qu'il fallait enfin. Oh ! tout a bien été de ce côté.

— Et votre mari, sait-il cette décision de votre médecin ?

— Oui.

— Ah ! fit le jeune homme.

— Depuis une heure.

— Il ne peut s'opposer...

— Il ne s'oppose à rien.

— Alors vous êtes sauvée ?

— Au contraire.

— Comment cela ?

— Il me laisse partir où il me plaira, quand je vou-
drai et pour aussi longtemps qu'il me conviendra.

— Eh bien ?

— Mais il m'accompagne.

— Lui ! s'écria Jacques stupéfait.

— Oui, lui, dont la présence dans ses bureaux et dans
son usine est indispensable, lui que nul autre ne peut
remplacer, lui qui, par une absence de quelques mois,
peut perdre des millions et compromettre la prospérité
de sa maison !

— Alors je comprends toutes vos angoisses, Diane ;
une telle détermination cache quelque chose de grave,
et je commence à craindre comme vous que cette Mauresque...

— Oui, cette femme a dû lui parler, dit Diane ; mais
comment a-t-elle pu connaître votre secret ?

— Et ces lettres, ces lettres volées ! s'écria Jacques
de Sylva avec désespoir.

— Ah ! voilà ma plus cruelle torture, dit Diane en se
frappant le front, c'est de me demander si sa défiance
est seulement éveillée ou s'il sait quelque chose, et
alors jusqu'à quel point il est instruit. Ah ! si je savais
cela !

— Partir avec lui ! mais c'est impossible ! s'écria
Jacques.

— Comprenez-vous ? Voyager ensemble, l'avoir là san
cesse à mes côtés, partout, à l'hôtel, à la promenade, a
théâtre, au chemin de fer, ne pouvoir lui échapper u
jour, pas même une heure ! Ne serais-je pas autremen
surveillée, bien autrement perdue qu'à Paris ? Non, non
cela ne se peut pas, et il faut prendre résolûment l
seul parti qui puisse me sauver, fuir ensemble et pou
toujours.

— Vous avez raison, Diane ; devant la grave et inquié
tante résolution que prend votre mari, devant l'ef
frayante facilité avec laquelle il fait le sacrifice d
ce qui a été l'œuvre de toute sa vie, de cette source
de gloire et de fortune, il n'y a pas à hésiter, il fau
partir.

— Ah ! murmura Diane en jetant autour d'elle de
regards effrayés, je voudrais que ce fût de suite, demai
au plus tard ; car j'ai peur, je sens le malheur plane
au-dessus de ma tête, il me semble toujours qu'il v
fondre sur moi, et j'ai hâte de fuir.

— Demain, c'est impossible, dit Jacques.

— Pourquoi ?

— Pour avoir accès dans la maison de M. Marcasse e
pouvoir vous rendre visite librement, il fallait une rai
son, un lien quelconque, et vous vous rappelez que
pour cela, j'ai placé quinze cent mille francs, ma for
tune, ainsi que celle de ma mère et de ma sœur, dans s
maison, qui d'ailleurs offrait toutes les garanties désira
bles. Or, avant de partir, il me faut retirer cette fortun
de ses mains.

— Oh ! dit Diane, nul retard ne peut venir de là, il es
en mesure de vous rendre ces quinze cent mille franc
le jour même où vous les demanderez.

— Je le sais, aussi pouvons-nous nous préparer, si
non pour demain, au moins pour après-demain.

— Oh ! oui, pas plus tard, murmura Diane ; je suii

saillie des plus affreux pressentiments et ne serai rassurée qu'après avoir franchi la frontière.

— Prenez courage, Diane, dans trois jours nous serons en Espagne.

Etrange bizarrerie du sort, cette femme orgueilleuse,
qui avait fait le plus grand des sacrifices pour éblouir
de son luxe Paris, qu'elle aimait par-dessus tout, pour
jouer le rôle de reine du goût, du luxe et de l'élégance
dans cette capitale dont le suffrage lui était si cher, cette
femme allait quitter Paris pour n'y jamais rentrer et renoncer pour toujours à ces triomphes d'amour-propre
qui étaient toute sa vie.

Et peut-être se demandait-elle en ce moment si elle
trouvait dans sa passion pour Jacques de Sylva une com-
pensation à l'immense et douloureux sacrifice qu'elle
était obligée de lui faire.

Mais, quels que fussent ses regrets, elle n'avait plus
le choix : une inexorable nécessité la contraignait de
partir et de dire à Paris un éternel adieu.

Au bout d'une heure elle quittait Jacques de Sylva
et se rendait à pied aux Champs-Elysées, où elle trouvait
sa voiture, et dix minutes après elle rentrait à son hôtel.

Elle se rendit aussitôt à sa chambre, ouvrit un petit
meuble en bois de rose, en retira tous ses bijoux, représentant une valeur de deux cent mille francs, les divisa
en quatre ou cinq petits paquets dont chacun fut soigneusement enveloppé dans un mouchoir, puis elle
murmura :

— Tout cela tiendra facilement dans mes poches ; allons, quand le moment sera venu, je suis prête.

Elle rangea ensuite ses paquets dans le tiroir d'une
commode qu'elle ferma et dont elle mit la clef dans sa
poche, et elle quitta sa chambre.

Alors le rideau de l'alcôve s'ouvrit et une femme se
montra.

C'était Mariette, la femme de chambre de madam
Marcasse, qui, ayant eu la fantaisie d'essayer le chapea
de sa maîtresse pendant son absence, et entendant tou
à coup les pas de celle-ci dans le petit salon qui précé
dait la chambre, s'était précipitée dans l'alcôve.

De là elle avait vu tout ce qui venait de se passer.

— Tiens, tiens, dit-elle en se débarrassant à la hât
du chapeau qui avait amené la découverte de ce secret
tous les bijoux préparés en cinq paquets faciles à em
porter dans les poches, qu'est-ce que ça signifie ?

Elle réfléchit un instant, se gratta l'oreille et mur
mura :

— Qui faut-il trahir ? Monsieur ou madame ?

Nouvelles réflexions ; puis elle poursuivit :

— Si madame devait rester, je n'hésiterais pas à tra
hir monsieur, ça me rapporterait davantage, car je con
nais bien des petites choses concernant M. Jacques d
Sylva ; mais ces bijoux arrangés en petits paquets e
certaines observations que j'ai faites, tout me prouv
que madame prépare une fuite, j'ai donc intérêt à trahi
madame.

Elle ajouta, en se regardant complaisamment dan
une glace :

— Et puis une fois madame partie et monsieur tou
seul, sans femme !... qui sait ?

C'est décidé, allons trouver monsieur.

XXVI

UNE MÈRE

Sachons ce qui se passait pendant ce temps à l'hôtel
e Soades.

La comtesse de Sordes avait été prévenue la veille, par
né lettre de Pierre de Peyras, que celui-ci se présen-
rait chez elle, le lendemain à quatre heures, accom-
agné de son ami, le docteur Alfred.

Après le dîner, auquel elle avait à peine touché, elle
était retirée dans sa chambre, disant qu'elle avait
esoin de repos, avait fait fermer les persiennes et tirer
es doubles rideaux par sa femme de chambre, et après
e départ de celle-ci, s'était enfermée à clef.

Puis ayant disposé sur un secrétaire des plumes, de
'encre et du papier, elle s'était mise à écrire et n'avait
essé qu'au petit jour.

Alors elle s'était jetée sur son lit, s'y était reposée
quelques heures, mais sans pouvoir dormir, puis avait
ait sa toilette comme de coutume et avait paru au déjeuner sans que personne soupçonnât comment elle avait
assé la nuit !

Un peu avant quatre heures, elle avait laissé sa fille
au jardin et s'était rendue au salon.

Elle y était depuis quelques instants quand un domestique vint lui dire que quelqu'un demandait à lui parler.

— Deux personnes, sans doute? demanda la comtesse.

— Non, madame la comtesse, répondit le domestique,
une seule personne.

Madame de Sordes se troubla.

— Lui, sans doute, pensa-t-elle.

Et se tournant vers le domestique :

— Son nom ?

— Pierre de Peyras, répondit celui-ci.

La comtesse respira.

— J'aime mieux cela, murmura-t-elle ; j'ai été si cruelle envers l'autre, et il a tant souffert par moi !

Elle jeta un regard sur une lettre cachetée de noir, qu'elle avait posée sur un meuble, à portée de sa main, et ordonna au domestique de faire entrer M. de Peyras.

Celui-ci parut, et la comtesse, après avoir répondu à son salut par une faible inclinaison de tête, lui désigna du doigt un siége à quelques pas d'elle.

Sa pâleur effrayante, ses yeux rougis par l'insomnie et par les larmes, la tristesse solennelle empreinte sur ses traits, immobiles comme s'ils eussent été de marbre, frappèrent M. de Peyras, qui, devant cette tête ascétique, lugubre et froidement désolée, sentit remuer en lui quelque chose qui ressemblait à la pitié.

Mais cela passa vite.

— Je croyais que vous deviez être accompagné de..... quelqu'un ? lui demanda la comtesse.

— En effet, madame, répondit Pierre, le docteur Alfred, qui a l'honneur d'être connu de vous, devait saisir cette occasion de vous présenter ses hommages ; mais il a craint l'impression que pourraient lui causer d'anciens souvenirs, et, au dernier moment, il a refusé.

Les traits de la comtesse s'éclairèrent d'un pâle rayon de joie intérieure, et une vague espérance brilla dans son regard.

M. de Peyras comprit ce qui se passait en elle, et un cruel sourire effleura ses lèvres.

— Eh bien ? monsieur, reprit madame de Sordes d'une voix un peu plus assurée, qu'avez-vous à me dire ?

— Vous connaissez le but de ma visite, madame, répondit Pierre, c'est de renouer des relations, des projets qui étaient devenus tout mon bonheur, tout le rêve de ma vie.

— C'est surtout, je pense, répliqua la comtesse, de prouver la fausseté des graves accusations dont vous avez été l'objet et de confondre la calomnie, comme vous vous y êtes publiquement engagé.

— Ces calomnies, madame, sont tellement absurdes, dit dédaigneusement Pierre de Peyras, que votre bon sens a déjà dû en faire justice, aussi ne prendrai-je même pas la peine de les discuter.

— C'est pourtant ce qu'il faudrait faire, monsieur, et de la façon la plus claire, la plus éclatante, la plus irrécusable, si vous voulez être reçu de nouveau à l'hôtel de Sordes.

— Et si j'ai le malheur de ne pouvoir pas me procurer les preuves que vous me demandez, madame ? dit M. de Peyras en attachant sur la comtesse un regard plein d'audace.

— En ce cas, monsieur, répondit la comtesse, il faudrait renoncer à une alliance que les traditions d'honneur de la famille de Sordes rendraient impossible.

Il y eut un moment de silence.

Une joie féroce, et à peine contenue étincelait dans le regard de M. de Peyras, attaché sur la comtesse.

Cette expression était telle que celle-ci, envahie, peu à peu, par la peur, rompit tout à coup le silence pour se soustraire à l'effet de ce regard sinistre.

— Mais, monsieur, dit-elle d'une voix émue, qu'avez-vous donc ? Parlez.

— Mon Dieu, madame, répondit M. de Peyras d'une voix lente et comme s'il eût voulu savourer longuement la vengeance qu'il méditait, je ne puis vous fournir le

I.   11

genre de justification auquel vous paraissez tant tenir, j
l'avoue, mais j'ai mieux que cela.

— Mieux que cela ! expliquez-vous, monsieur, dit l
comtesse, que le ton et les regards de Pierre boulever
saient de plus en plus.

— J'ai cinq lettres fort curieuses, dont voici la pre
mière et la plus innocente.

Et tirant les lettres de sa poche, il en remit une à l
comtesse.

Celle-ci y jeta un coup d'œil, et alors un soupir s'é
chappa de sa poitrine, ses yeux se fermèrent et elle sem
bla sur le point de défaillir.

— L'écriture ne vous est pas inconnue, n'est-ce pas
madame ? reprit impitoyablement M. de Peyras.

Madame de Sordes n'eut pas la force de répondre
elle pouvait respirer à peine.

Après un long silence, elle reprit enfin, en attachan
sur M. de Peyras un regard troublé :

— Je ne comprends pas ce que vous voulez, monsieur
parlez.

— Je veux être l'époux de mademoiselle de Sordes
madame, répondit Pierre d'une voix brève et résolue
je suis décidé à tout pour cela, et si je n'ai pas demai
votre consentement et celui de M. de Sordes, ces lettre
seront après-demain entre les mains de votre mari.

La comtesse demeura quelques instants atterrée sou
cette déclaration.

— Ainsi, dit-elle enfin, mon déshonneur ou le malheur de ma fille, voici l'alternative que vous m'offrez.

— *Malheur* est dur, dit Pierre.

— Enfin, j'ai compris, n'est-ce pas ? reprit madam
de Sordes en regardant fixement son ennemi, Jeann
votre femme, ou sa mère déshonorée aux yeux de so
époux.

Pierre de Peyras ne répondit pas.

—C'est bien, dit la comtesse dont les traits, se transfigurant comme par enchantement, prirent tout à coup un air de résolution et de sérénité qui stupéfia M. de Peyras.

Puis elle posa le doigt sur un timbre.

Un domestique entra.

Elle prit la lettre cachetée de noir, celle qu'elle avait écrite la nuit dernière, la considéra un instant avec une expression étrange, et la remettant au valet :

—François, lui dit-elle d'une voix qui tremblait légèrement, M. le comte est-il entré ?

— Non, madame la comtesse.

— Dès qu'il rentrera, vous lui remettrez cette lettre.

Le domestique se retirait avec la lettre.

— Vous entendez, François, reprit la comtesse, dès qu'il rentrera.

— Madame sera obéie, répondit François.

Et il sortit.

— Savez-vous ce que c'est que cette lettre, monsieur ? dit alors la comtesse.

— Non, madame.

— Elle vous intéresse pourtant.

— Moi ?

— Oui, car elle vous empêche de commettre une lâcheté en la rendant inutile.

— Madame ! s'écria Pierre.

— Cette lettre contient deux choses, mon testament et ma confession.

Pierre de Peyras se troubla.

— J'ai passé la nuit à écrire l'un et l'autre, car j'avais deviné l'infamie que cachait cette menace d'une visite du docteur Alfred. Le secret que contiennent ces lettres, je le révèle tout entier au comte, et lui fais connaître la circonstance qui me détermine à cette confession, c'est-à-dire votre infâme procédé, monsieur ;

j'ajoute qu'ayant à choisir entre ma fille et moi, je
puis hésiter à me sacrifier et que, lorsqu'il lira cet
lettre, j'aurai cessé de vivre.

M. de Peyras pâlit à ces derniers mots.

— Ah ! vous n'aviez pas prévu cela, monsieur, s'éci
la comtesse en le foudroyant d'un regard plein de m
pris ; l'idée de sacrifice et de dévouement, même de
part d'une mère, ne pouvait entrer dans une âme comr
la vôtre ! Ah ! vous n'aviez pas réfléchi que je pouv:
sauver ma fille par l'aveu de ma honte et par ma mo
Quelle opinion aviez-vous donc de moi, monsieur ?

Pierre de Peyras était atterré.

— Eh bien ! monsieur, reprit la comtesse, que devie
nent vos lâches et odieuses combinaisons devant cei
résolution !

Elle tira de sa poche un petit flacon qu'elle posa d
vant elle, et le montrant à M. de Peyras :

— Avec trois gouttes de cette liqueur, lui dit-elle,
déjoue toutes vos habiletés et renverse tous vos éch
faudages.

En ce moment on frappa à la porte, et la comtes
n'ayant pas répondu, on entra. C'était François.

— Que voulez-vous ? lui demanda madame de Sord(

— Il y a là quelqu'un qui demande à parler à madar
la comtesse.

— Je ne puis recevoir personne, dites qu'on atten
M. le comte.

— C'est que c'est à madame la comtesse elle-mêr
que veut parler ce monsieur, il me l'a déclaré très-fc
mellement.

— Encore une fois je ne puis, je ne veux pas le rec
voir, dites-lui de s'adresser à M. le comte.

— Je vais le lui dire, madame la comtesse.

— C'est inutile, j'ai parfaitement entendu, dit en
montrant le personnage dont il était question.

Et il entra avec autant de calme que s'il y eût été invité. C'était M. Lubin.

XXVII

LA MINIATURE

Toute l'audace de M. de Peyras s'évanouit à l'entrée de M. Lubin.

C'est que le petit vieillard était lié à toutes les scènes terribles et inexplicables, à tous les pronostics effrayants et mystérieux qui, depuis le jour où il avait rencontré sur son chemin cet étrange personnage, faisaient de sa vie une torture sans fin.

L'éclatant affront qui lui avait été infligé à l'hôtel de Bordes, la rupture de son mariage, qui en avait été la suite, ce redoutable *Miserere* qu'il lui avait fait entendre deux fois comme un sinistre avertissement, enfin ce roman intitulé : *le Drame de Fougeraie*, qui ne pouvait être que de lui, et qui attestait qu'aucun incident de la fatale nuit ne lui était inconnu, toutes ces circonstances se déroulèrent tout à coup devant son imagination et lui montrèrent dans M. Lubin non un être humain, mais un mauvais génie attaché à sa perte.

D'un autre côté, le danger même dont il était menacé, le cercle effroyable qui l'enveloppait et à tous les points auquel il voyait se dresser un échafaud, se présentèrent à son esprit avec non moins de force et lui communiquèrent une énergie qui le rendirent capable de tout braver et de tout accomplir.

Plus grand était le péril, plus il comprenait la néce[s]
sité d'un mariage dans lequel il voyait sa seule chan[ce]
de salut, car il en ressortait pour lui deux avantag[es]
inappréciables, la possession d'une fortune pour fai[re]
face à toutes les circonstances fâcheuses, comme [la]
vente de Fougeraie, et l'absorption de son redoutab[le]
ennemi qui, dévoué à la famille de Sordes, se trouver[a]
dans l'impossibilité de rien tenter contre lui, du jour [où]
il ferait partie de cette famille.

Le premier mouvement passé, il se remit donc prom[p]
tement de son épouvante et résolut d'affronter réso[lu]
ment M. Lubin pour arriver, par tous les moyens po[s]
sibles, à la conclusion de ce mariage, sa seule chan[ce]
de salut.

— Ah ! monsieur de Peyras ici, dit M. Lubin en s[a]
luant celui-ci avec une politesse un peu ironique, [je]
vous en félicite, madame la comtesse, il ne peut ven[ir]
que dans de bonnes intentions, car partout où il pas[se]
il laisse d'agréables souvenirs.

— Trêve de railleries, monsieur, répliqua Pierre, [je]
ne suis venu que pour madame la comtesse et ne ve[ux]
avoir affaire qu'à elle.

— Si cependant madame la comtesse voulait m'a[d]
mettre à l'honneur de glisser mon petit mot dans c[et]
entretien, vous seriez trop galant pour vous y oppose[r,]
répliqua le vieillard.

— Je suis heureuse de vous voir et vous prie de pre[n]
dre ce siége, monsieur Lubin, dit la comtesse.

— Fort bien ! dit Pierre avec une colère contenue, [je]
vois avec plaisir que M. Lubin a su s'insinuer dans l[es]
bonnes grâces de madame la comtesse.

— J'ai eu cette bonne fortune, dit le vieillard.

Il s'assit, puisa une prise dans sa tabatière d'or, con[
sidéra quelques instants la miniature dont elle éta[it]
ornée et la posa sur le petit meuble qui le séparait [de]

Pierre de Peyras, mais de manière à ce qu'elle frappât les regards de celui-ci.

— Mon Dieu ! monsieur, dit-il ensuite à ce dernier, vous étiez condamné à me voir aujourd'hui, car je suis passé chez vous avant de venir.

— Chez moi ! vous ! monsieur ?

— Moi-même.

— Et dans quelle intention, s'il vous plaît ?

— Pour vous demander, de la part de M. Maxime de Sivrac, mon jeune ami et mon protégé, comme vous savez, si vous avez trouvé enfin dans Paris deux hommes honorables qui consentent à vous servir de témoins.

M. de Peyras rougit de honte à cette question.

— Je les trouverai toujours trop tôt pour M. de Sivrac, dit-il enfin.

— Permettez-moi de vous dire que ce n'est pas à répondre, reprit le petit vieillard ; enfin je dirai à M. de Sivrac que vous n'avez pas encore trouvé. Mais quant à présent, ce n'est pas là l'affaire qui doit nous occuper ; voyons, j'arrive à temps pour traiter la question des lettres, n'est-ce pas ?

Pierre de Peyras et la comtesse eurent un mouvement de surprise.

— Oh ! je sais tout, dit M. Lubin à la comtesse, et demandez à M. de Peyras, il vous dira que de ma part cela n'a rien d'étonnant.

Il poursuivit en regardant Pierre de Peyras :

— Nous disons donc qu'il y a des lettres à l'aide desquelles monsieur, plus friand que jamais de la dot de mademoiselle de Sordes, espère revenir sur l'eau et devenir votre gendre.

— C'était son espoir, il n'y a encore qu'un instant, répondit la comtesse, mais j'ai trouvé le moyen d'annuler la valeur de ces lettres, et M. de Peyras comprend qu'elles lui sont désormais inutiles.

— Eh bien ! vous vous trompez, madame ! s'éc
tout à coup Pierre de Peyras qui, depuis un insta
semblait réfléchir profondément.

Et, ressaisissant comme une proie, les lettres qu
avait laissées sur le meuble où M. Lubin venait
poser sa tabatière :

— Oui, madame, vous vous trompez, répéta-t-il
les agitant avec une joie féroce, elles ont toujours
même valeur et la même puissance, car elles représe
tent toujours ou l'accomplissement du plus cher
mes vœux; ou la plus terrible des vengeances !

— Une vengeance ! dit la comtesse avec un amer s
rire. Eh ! monsieur, que pourrez-vous faire contre n
quand je serai dans la tombe ?

— Ce que je pourrai faire, madame!.... Je vais v
l'apprendre.

Et, dardant sur elle un regard dont la froide mécha
ceté la fit tressaillir :

— Ah ! s'écria-t-il d'une voix triomphante, v
croyez qu'après avoir résolu de faire à votre fille le
crifice de votre vie, me voilà paralysé, que tout est
et que vous pourrez mourir en paix. Eh bien ! enc
une fois, madame, vous vous trompez : la mort ne v
soustrait pas à ma haine ; ma vengeance vous po
suivra et vous atteindra jusqu'au delà de la tombe.

La comtesse le regardait avec stupeur, et M. Lu
lui-même était muet de surprise.

— Que veut-il dire? murmura enfin madame
Sordes.

— C'est de la folie, répliqua M. Lubin.

— Ah ! vous ne comprenez pas ! reprit M. de Peyr
dont les traits rayonnaient à la pensée du coup qu
allait porter, et vous vous demandez toujours ce que
pourrai faire contre une femme étendue dans
tombe.

Il se rapprocha de la comtesse, et, la tenant effarée sous son regard :

— Ce que je ferai, madame ! murmura-t-il d'une voix basse, je mettrai ces lettres sous les yeux de votre fille, de cette fille adorée pour laquelle vous serez morte, et je la forcerai de mépriser la mémoire de sa mère.

La comtesse jeta un cri d'horreur, puis, s'affaissant sur elle-même, si pâle qu'il semblait voir la vie se retirer d'elle :

— Ah ! le malheureux ! le malheureux ! murmura-t-elle d'une voix éteinte.

Quant à M. Lubin, il souriait et semblait ravi.

Il se leva, s'approcha de M. de Peyras et lui prenant la main :

— Mon cher monsieur de Peyras, lui dit-il du ton le plus sérieux, recevez mes remercîments, il y a long-temps que je n'ai éprouvé une joie aussi parfaite qu'en ce moment.

A son tour, ce fut sur lui que se fixèrent les regards stupéfaits de madame de Sordes et de Pierre de Peyras.

— Et le motif de cette joie ? lui demanda ce dernier avec un mélange de hauteur et de défiance.

— Le motif, c'est que je suis heureux de rencontrer un homme aussi complet que vous. Chacun a sa passion en ce monde, la mienne est de rechercher et de com-battre les natures féroces ; j'ai cela de commun avec certain oiseau de l'Inde dont l'instinct est d'attaquer et de détruire les reptiles les plus dangereux, et plus atroce est la méchanceté de l'ennemi auquel je m'attache, plus profonde est ma joie, plus ardente est ma haine, et plus je me sens fort, car je suis certain que jamais la pitié ne viendra m'arrêter dans mon œuvre ; vous com-prenez maintenant, mon cher monsieur de Peyras, pourquoi je suis si heureux en ce moment.

11.

Pierre était tremblant de colère.

Il enveloppa d'un regard M. Lubin et la comtesse
leur montrant les lettres qu'il tenait toujours à
main :

— Eh bien ! réjouissez-vous donc tous les de
s'écria-t-il, et puisque la haine et la méchanceté v
rendent si heureux, je vais tout faire pour que vo
bonheur soit complet.

Il fit un mouvement pour se retirer.

— Pardon, lui dit M. Lubin, est-ce que réellem
vous tenez beaucoup à ces lettres ?

Un sourire haineux fut toute la réponse de Pierre
Peyras.

— Cependant, reprit M. Lubin, si je vous les dem
dais au nom d'un ami qui, je le sais, vous est très-ch

— Je ne sais ce que vous voulez dire.

— Vous le saurez si vous voulez bien jeter un co
d'œil sur ma tabatière.

Il prit sa tabatière et mit sous les yeux de M.
Peyras la miniature enchâssée dans le couvercle.

Ce n'était plus un portrait de femme ; cette miniat
représentait un jeune homme portant l'uniforme d'
ficier de marine.

Si préparé qu'il fût contre une surprise, Pierre
Peyras ne put retenir un cri d'horreur à cette vue.

Ce portrait était celui du comte de Fougeraie. Il s'
tendait à tout excepté à cela.

Incapable de s'observer ni de se contenir, tant l'ém
tion avait été foudroyante, il s'appuya d'une main s
le meuble et porta l'autre à son front, où le sang ven
de se porter avec une telle violence, qu'il se sentit d
faillir et perdit un instant jusqu'au sentiment du li
où il se trouvait et de ce qui se passait autour de l

M. Lubin profita de cet affaissement passager po
lui enlever les lettres que sa main retenait à peine.

— Les voilà, madame, dit-il en les remettant à la comtesse.

Et il appuya en même temps sur le timbre.

La défaillance de Pierre de Peyras dura peu, il reprit rapidement ses forces et sa lucidité d'esprit, et sa première pensée fut pour ses lettres.

Les voyant entre les mains de la comtesse, il poussa un rugissement et fit un mouvement pour s'élancer sur elle.

Mais M. Lubin avait prévu le danger, et c'est pour cela qu'il avait sonné.

— François, dit-il au domestique qui attendait au seuil de la porte, madame la comtesse vous prie de reconduire monsieur.

François était taillé en Hercule.

Pierre de Peyras jeta autour de lui un regard de sanglier pris au piége, puis arrachant son chapeau des mains de M. Lubin, qui le lui tendait poliment, il sortit.

— François, cria la comtesse à son domestique au moment où il franchissait le seuil du salon, M. le comte est-il rentré ?

— Depuis un quart d'heure, madame la comtesse, répondit François en sortant.

— Depuis un quart d'heure ! murmura la comtesse atterrée, alors il a ma lettre, je suis perdue !

Et elle saisit avidement le petit flacon qui se trouvait à portée de sa main.

Au moment où, après avoir débouché le flacon, la comtesse allait le porter à ses lèvres, M. Lubin lui arrêta le bras.

— Pardon, madame la comtesse, lui dit-il, permettez-moi de vous demander ce que c'est que cette liqueur.

Madame de Sordes ne répondit pas, mais ses yeux hagards et ses traits défigurés trahissaient clairement son sinistre projet.

M. Lubin profita de son trouble pour arracher le
con de ses mains, et, le portant sous ses narines :

— Ceci est un poison, dit-il.

— C'est vrai, murmura la comtesse.

— Ainsi vous voulez vous suicider ?

— Il le faut.

— Et moi, je m'y oppose.

— Je vais vous dire ce qui se passe et vous compr
drez que je n'ai plus qu'à mourir.

— Je le comprenais tout à l'heure, quand M. de I
ras vous tenait en son pouvoir et quand votre n
seule pouvait sauver votre fille du malheur d'appart
à un tel homme, mais maintenant...

— Ecoutez, monsieur Lubin, décidée à mourir j'a
écrit à mon mari une lettre qui contient la confes
de ma faute.

— Eh bien ?

— Eh bien, cette lettre, je l'ai remise à François
lui recommandant de la donner à mon mari dès qu'
verrait rentrer, et vous venez d'entendre François
comte est à l'hôtel depuis un quart d'heure, il sait d
tout à l'heure qu'il est et je ne puis plus hésiter.

— Ah ! dit M. Lubin, mais attendez donc ! une le
cachetée de noir, n'est-ce pas ?

— C'est cela.

— Assez semblable à celle-ci.

Il tira une lettre de sa poche et la remit à la comte
qui jeta un cri de surprise à cette vue.

Cette lettre était la sienne.

Elle la regarda, la palpa, la tourna quatre ou c
fois entre ses doigts, puis se décida à l'ouvrir pour s
surer que c'était bien elle.

Elle était frappée de stupeur.

M. Lubin la regardait en souriant.

— Ma lettre dans votre poche, s'écria-t-elle enfin, comment se fait-il...

Je vais vous donner l'explication du mystère. Il faut vous dire d'abord que j'ai vu hier le docteur Alfred.

— Infortuné, murmura la comtesse, dont j'ai tué l'âme et brisé la carrière.

— Cela peut se réparer peut-être, en partie, du moins ; nous reparlerons de cela. Je l'ai donc vu hier ; il m'a conté son histoire et a fini par m'avouer qu'il avait vendu vos lettres à M. de Peyras, pour en faire l'usage que vous savez. Moi qui comprends mieux que M. de Peyras de quoi peut être capable une mère pour sauver son enfant, j'ai eu le pressentiment de quelque grand malheur, je suis accouru pour l'empêcher et pour arracher à notre ennemi l'arme dont il voulait se servir contre vous, et, comme j'attendais dans l'antichambre, pendant que François m'annonçait ici, j'ai vu cette lettre sur un meuble. J'ai reconnu votre écriture, et, en voyant une lettre cachetée de noir, adressée par vous à votre mari, j'ai aussitôt soupçonné une partie de ce qu'elle contenait. Je dois l'avouer, je n'ai pas hésité une minute à me l'approprier, pensant qu'en tous cas un quart d'heure de retard ne serait pas une affaire, et, comme vous le voyez, j'ai été bien inspiré, puisque, grâce à cette petite indélicatesse, j'ai pu empêcher un grand malheur.

— Ah ! monsieur Lubin, que de reconnaissance ! s'écria madame de Sordes, en pressant avec effusion la main du vieillard.

— Bah ! ne parlons pas de ça.

— Mais songez donc qu'en quelques minutes vous venez de me sauver à la fois la vie et l'honneur.

— Le hasard m'a favorisé, voilà tout ; mais hâtons-nous de détruire jusqu'au moindre vestige de ce mauvais rêve.

Le feu brillait au foyer.

Sans consulter la comtesse, M. Lubin jeta les lettres dans les flammes et vida le flacon dans les cendres.

Il se frottait les mains, ravi de son ouvrage, quand la porte s'ouvrit brusquement.

Une jeune fille entra.

C'était mademoiselle Jeanne de Sordes.

Elle était très pâle et paraissait en proie à une violente émotion.

— Chère enfant ! qu'as-tu donc ? s'écria sa mère en courant au-devant d'elle.

— Ma mère, murmura la jeune fille d'une voix tremblante, M. de Sivrac va se battre en duel.

— Qui t'a dit cela ?

— Tout à l'heure je regardais dans la cour, quand je le vois entrer. J'étais heureuse, ah ! je l'avoue, bien heureuse, lorsqu'au même instant je vois M. de Peyras sortir de l'hôtel, traverser la cour en sens contraire et s'arrêter en face de Maxime. Alors je me mis à trembler, et ce n'était pas sans raison ; car, après s'être regardés un instant d'un air menaçant, ils ont échangé quelques paroles avec colère, et, je vous le répète, ma mère, je suis sûre qu'il s'agit d'un duel.

Puis elle s'écria en sanglotant :

— Oh ! M. de Peyras le tuera ; on le dit si habile et si méchant.

— Il ne l'égratignera même pas, dit M. Lubin, je vous en réponds.

— Qui vous donne cette confiance ? lui demanda la comtesse.

— Ce duel est résolu depuis deux jours.

— Ah ! s'écria Jeanne, vous voyez bien, ma mère, que je ne me trompais pas.

— Mais il n'a pas eu lieu, vous le voyez.

— Et quelle raison l'a empêché?

— La déconsidération qui pèse sur M. de Peyras depuis les honteuses révélations qui ont été faites sur son compte à votre dernière fête ; il lui est impossible de trouver deux témoins pour l'accompagner sur le terrain ; voilà pourquoi il ne s'est pas battu et pourquoi il ne se battra pas.

— Ah ! monsieur ! que Dieu vous entende ! s'écria la jeune fille avec un élan naïf.

Au même instant, le domestique ouvrait la porte et annonçait M. Maxime de Sivrac.

Jeanne, pâle, émue, des larmes dans les yeux, eut peine à se contenir et à ne pas s'élancer vers lui.

— Or çà, mon jeune ami, lui dit M. Lubin, quand il eut présenté ses hommages à madame et à mademoiselle de Sordes, que s'est-il passé tout à l'heure entre vous et M. de Peyras ?

— Entre moi et... mais je ne sais ce que vous voulez dire, répondit Maxime d'un air embarrassé.

— Et moi, je vous dis que vous venez de le rencontrer et de lui parler. Ah ! ne niez pas, il y a ici deux beaux yeux qui vous connaissent bien et qui vous ont vu.

Jeanne rougit, mais son regard resta attaché sur Maxime, dont elle cherchait à deviner la pensée.

— J'ai dit qu'une rencontre avait été résolue entre vous et quelle raison s'y était opposée, reprit M. Lubin ; ne nous cachez donc pas cela, et dites-nous très-franchement ce qui vient de se passer entre vous et M. de Peyras, là, tout à l'heure, dans la cour de l'hôtel.

— Eh bien ! dit Maxime, je lui ai demandé l'adresse de ses témoins ; il m'a répondu qu'ils seraient chez les miens avant la fin de la journée ; j'ai souri d'un air peu convaincu et peu respectueux, je l'avoue, et il m'a quitté furieux. Voilà toute l'histoire ; vous voyez qu'elle n'a rien de tragique.

— Tout va donc à merveille ! s'écria M. Lubin, et maintenant causons tranquillement de choses agréables, de noces, par exemple, de corbeille, de bijoux, du bonheur de vivre à deux quand on s'adore, et surtout n'attristons pas l'entretien en y introduisant le mot de duel et le nom de Peyras.

On n'eut pas de peine à suivre le conseil de M. Lubin ; la comtesse, qui venait de traverser les plus cruelles émotions, s'épanouit doucement à la vue de sa fille et à la pensée de son bonheur ; Jeanne, délivrée de la crainte d'un duel dans lequel elle voyait Maxime exposé à une mort presque inévitable, se montra d'une gaîté charmante, d'un abandon plein de grâce et de candeur, et Maxime déploya l'esprit naturel et facile, la gaîté entraînante et communicative d'un amoureux fou de passion et sûr d'être aimé.

Deux heures se passèrent ainsi, puis il fallut enfin se séparer. M. Lubin et Maxime se levèrent et partirent ensemble.

— Ah çà ! mon cher monsieur de Sivrac, dit le vieillard au jeune homme, quand ils furent dehors, ces dames ont bien voulu accepter le récit que vous venez de faire, concernant M. de Peyras ; mais moi qui connais le personnage, moi qui sais dans quelles dispositions il sortait d'ici et quelle a dû être sa fureur en vous y voyant entrer, je ne crois pas beaucoup à la solution pacifique de cet entretien et vous prie de me dire sans détour comment il s'est terminé.

— Eh bien ! vous avez deviné, monsieur Lubin, les choses se sont passées tout autrement que je l'ai dit.

— Et enfin ?...

— Remarquant chez M. de Peyras un air plus rageur et plus impertinent que jamais, je l'ai abordé en lui disant que je m'étonnais de le retrouver dans une maison d'où il avait été chassé.

— Cette observation n'a pas suffi pour le calmer naturellement, dit M. Lubin en puisant une prise dans sa tabatière.

— Vous avez deviné.

— Et qu'a-t-il répliqué ?

— Que je puisais mon courage dans la difficulté qu'il éprouvait de trouver des témoins, mais que bientôt il dissiperait la calomnie qui, pour un moment, éloignait de lui ses amis, et qu'alors ma couardise n'aurait plus de prétexte pour éviter le combat.

— Un piége tendu à votre orgueil.

— Pour la deuxième fois mon courage était mis en doute ; d'ailleurs, ceux-mêmes qui approuveraient aujourd'hui ma conduite ne manqueraient pas plus tard de faire observer que j'avais affaire, en M. de Peyras, à un redoutable adversaire, que j'ai su habilement éviter un duel avec lui, et autres propos, d'autant plus dangereux pour mon honneur, qu'ils ne viendraient pas jusqu'à moi, qu'ils circuleraient dans l'ombre et me feraient une réputation de lâcheté dont je subirais la honte sans rien soupçonner. Toutes ces considérations m'ont décidé à aplanir moi-même l'obstacle qui reculait indéfiniment une rencontre entre M. de Peyras et moi. Je lui ai dit que, pour en finir, je me chargerais de décider deux de ses anciens amis à surmonter leur répugnance pour lui servir de témoins, et il a été convenu que nous nous rencontrerions demain matin au bois de Vincennes.

— Soyez convaincu d'une chose : dans l'effroyable position où il se trouve, le cœur plein de rage et de haine contre tous, contre vous surtout, il n'a qu'un rêve : c'est de vous tuer.

— Je n'en doute pas, répondit Maxime ; mais, de mon

côté, je suis animé d'un ardent désir de ne pas me prêter à la réalisation de ce rêve, et je vous jure que je ferai tous mes efforts pour cela.

— Mauvaise affaire ! dit M. Lubin d'un air soucieux.
Il ajouta :

— L'heure du rendez-vous ?

— Six heures.

— Je serai chez vous avant cinq heures.

XXVIII

COMPLICATIONS

En sortant de l'hôtel de Sordes, M. de Peyras se rendit chez lui.

Il avait rendez-vous là avec Robert Talbot, qui devait
lui faire part de ses observations concernant la demeure
de M. Lubin, son personnel, ses habitudes et les moyens
de s'emparer de sa personne.

Lui-même devait apprendre à Robert le résultat de sa
visite à la comtesse de Sordes, ou plutôt lui faire connaître l'époque précise de son mariage, et il avait affirmé
que, grâce aux lettres du docteur, rien au monde ne
pouvait plus s'y opposer.

Et il rentrait, non-seulement repoussé honteusement
et à jamais de cette famille, dans laquelle il avait cru
entrer, mais dépouillé de cette redoutable correspondance, de cette arme terrible qui, avait-il dit, devait
faire tomber la mère à ses genoux et la fille dans ses
bras.

Cette pensée le jetait tour à tour dans des accès de

rage furieuse et de morne désespoir dans lesquels il semblait que sa raison allait sombrer.

Cinq heures venaient de sonner quand on frappa à sa porte.

— Entrez ! cria-t-il, convaincu que c'était Robert.

Et il se troubla en songeant à l'effet qu'allait produire sur lui la mauvaise nouvelle qu'il avait à lui apprendre.

Mais ce fut son domestique qui entra une lettre à la main.

Il la remit à M. de Peyras et se retira. Cette lettre ne contenait que ces mots sans signature :

« La prudence m'empêche de me rendre chez vous, je vous attends à sept heures, la nuit tombée, rue Saint-Jacques, 5, dans l'arrière-boutique du liquoriste. Entrez sans rien demander. »

Pierre de Peyras reconnut l'écriture : c'était celle de Robert Talbot.

— Que signifie cette précaution ? pensa-t-il. Encore quelque nouveau danger !

Il se jeta dans un fauteuil en murmurant d'un air découragé :

— Ah ! quelle horrible existence !

Pour échapper aux pensées qui le torturaient, il voulut se mettre à la fenêtre.

Mais il se retira et la referma aussitôt.

Les volets fermés du marchand de curiosités et l'affiche annonçant la vente du domaine de Fougeraie venaient de faire flamboyer à ses yeux les souvenirs auxquels il voulait se soustraire, le lien qui l'attachait au meurtrier du marchand, le drame qui s'était passé dans le château et enfin l'impossibilité où il se voyait désormais d'acheter ce lot qui renfermait le cadavre de sa victime.

Il attendit avec impatience le moment de se rendre rue Saint-Jacques.

Enfin à six heures et demie il descendit, prit une voiture au boulevard et se fit conduire à la place Notre-Dame, ne jugeant pas prudent de descendre à la porte même de l'établissement que lui désignait Robert et qui, à coup sûr, devait recevoir une société peu aristocratique.

Il se rendit donc à pied de la place Notre-Dame à l'entrée de la rue Saint-Jacques.

L'établissement du liquoriste répondait assez exactement à l'idée qu'il s'en était faite et s'harmonisait fort bien du reste avec l'emplacement qu'il occupait à l'entrée de cette rue étroite, boueuse, sombre, bordée de maisons noires et d'allées humides où deux personnes ne pouvaient passer de face.

La boutique, qu'il fallait éclairer en plein jour, formait un long boyau, près duquel le *Café polonais* représentait une vaste galerie, et, au bout de cet étroit et lugubre couloir, s'ouvrait une porte, garnie de rideaux et donnant sur une petite pièce carrée éclairée par un bec de gaz.

C'était l'arrière-boutique désignée par Robert Talbot.

Pierre de Peyras s'y rendit tout droit.

Une seule personne s'y trouvait, c'était Robert Talbot.

Il avait tressailli en entendant ouvrir la porte.

— Ah! c'est vous! dit-il d'un ton rassuré en voyant entrer Pierre.

Pierre venait de s'asseoir à peine quand un garçon vint demander ce que voulait monsieur.

— Ce que vous voudrez, répondit dédaigneusement M. de Peyras.

— Deux absinthes! cria aussitôt Robert.

Et quand le garçon fut sorti :

— On n'est pas forcé de consommer, dit-il, mais l'absinthe, ça vous pose bien dans la maison, et par ici surtout il faut éviter de paraître étrange.

Le garçon revint avec les deux absinthes et disparut aussitôt.

— Ah çà, dit alors Pierre, qu'est-ce que cela signifie ? Pourquoi n'êtes-vous pas venu chez moi, et pourquoi me donner rendez-vous dans un pareil bouge ?

— Voilà pourquoi : tenez, lisez cela.

Il avait devant lui deux journaux.

Il en déplia un et, désignant un article :

— C'est là, dit-il à Pierre.

Celui-ci lut les lignes suivantes :

« *Le crime de la rue de Provence.*

» Voici quelques détails sur le meurtre accompli avant-hier sur la personne du marchand de curiosités de la rue de Provence. Trois voisins de l'infortuné Rochard déclarent avoir vu entrer dans la boutique un individu de mauvaise mine, vêtu d'un bourgeron, coiffé d'une casquette, et l'une de ces trois personnes prétend avoir vu passer le lendemain dans la rue de Provence et devant le magasin de la victime, le voyou de la veille habillé en petit crevé, de manière à faire croire que le premier vêtement était un déguisement ; au reste, on a trouvé, sur le lieu du crime, une pièce des plus convaincantes, mais dont nous devons nous abstenir de faire connaître la nature, dans l'intérêt de la justice. »

— Eh bien ! comprenez-vous maintenant ? demanda Robert à M. de Peyras.

— Oui, répondit celui-ci devenu tout soucieux, je comprends que la rue de Provence vous soit devenue antipathique et que vous ayez préféré me parler ici que chez moi.

Il ajouta, après avoir de nouveau parcouru l'article d'un coup d'œil :

— Mais quelle peut être cette preuve convaincante que vous auriez laissée dans la boutique du marchand ?

— Oh ! murmura Robert en baissant la voix, je sais bien ce qu'on veut dire, et il n'est que trop vrai, la preuve est accablante, irrécusable.

— Enfin, quelle est donc cette preuve ?

Robert montra sa main enveloppée d'un linge.

— La preuve laissée là-bas, dit-il, c'est ce qui manque là.

— Ah ! je me rappelle, le petit doigt.

— La moitié ici, dit Robert, l'autre moitié là-bas. Or, vous comprenez : qu'on rapproche les deux parties, la preuve est faite, aussi claire, aussi palpable que si j'eusse été pris le couteau dans la gorge de la victime. Il serait inutile de nier ; il n'y aurait plus qu'à tendre le cou et attendre le bon plaisir de Monsieur de Paris.

Pierre de Peyras frissonna.

— Encore une fois, dit-il, épargnez-moi vos plaisanteries sur un pareil sujet.

— Eh ! mon Dieu ! dit Robert en grimaçant un affreux sourire, je cherche à me familiariser avec cette idée... Vous devriez m'imiter.

M. de Peyras tressaillit de nouveau et ne put même pas répondre.

— Ce n'est pas tout, reprit Robert Talbot ; j'ai à vous montrer un autre document non moins curieux, mais qui vous intéresse plus directement que celui-ci.

— Qu'est-ce donc encore ? murmura Pierre de Peyras en pâlissant.

— Oh ! rassurez-vous, c'est un document historique.

Et, lui passant l'autre journal :

— Tenez, là, au haut de la troisième page.

Pierre de Peyras lut à voix basse :

« Le domaine de Fougeraie, qui va être vendu ces jours-ci, a été, il y a trois ans, le théâtre d'un drame

sté inexplicable, malgré toutes les recherches de la
stice et dont le mystère ne sera peut-être jamais
lairci.

« Voici les faits :

» Le jour de Noël, après la messe de minuit, à laquelle
s avaient assisté tous, les domestiques du château fu-
nt étonnés, en rentrant, de trouver ouverte la grande
rte cochère, qu'on fermait toujours avec grand soin.
ur inquiétude redoubla, lorsqu'à la clarté de la lune
s aperçurent dans la neige de grandes taches de sang,
nt la trace se voyait à la fois dans la cour du château
dans la campagne. Effrayés, ils courent au salon, où
s avaient laissé leur jeune maîtresse, la belle comtesse
Fougeraie, dont le mari, officier de marine, devait
venir cette nuit-là, et qu'elle avait voulu attendre, di-
nt qu'elle n'avait rien à craindre. La comtesse n'était
us là, mais, à la lumière des bougies qui éclairaient le
lon, les domestiques voient des taches de sang qui
aient rejailli sur le papier, sur les meubles et sur les
eaux. Ils se livrent alors à un examen minutieux, et
perçoivent que le parquet a été lavé, probablement
ur effacer les traces de sang. Ils en acquièrent bientôt
certitude en retrouvant dans la cuisine deux seaux
eins, dont l'un est rouge de sang, ainsi que deux
onges qui ont servi à laver le parquet.

» Les recherches continuent ; on fouille dans le
âteau sans pouvoir trouver la comtesse ; mais un do-
estique découvre une casquette sous un canapé du
on : c'est la casquette d'un officier de marine, celle
 comte de Fougeraie, découverte qui complique le
ame et rend le mystère de plus en plus impénétrable.
comte est venu, impossible d'en douter, et il a dis-
ru, comme sa femme, en même temps que sa femme,
is où ? comment ? et pourquoi ? Et ce sang, que si-
nifie-t-il ? lequel des deux a été tué ? l'ont-ils été l'un

et l'autre ? sont-ils blessés seulement ? et par qui ? Dan
ce dernier cas, où se sont-ils réfugiés ? Dans le premi
cas, où sont les cadavres ? Toutes questions restées sa
réponse.

» Après le château, on a visité la ferme, et là nouve
mystère ; des traces de pas, parmi lesquels des pas
femme, sont remarquées dans la cour et ont piétiné pa
ticulièrement du côté de l'étable. On pense d'abord q
la comtesse a été entraînée de ce côté, mais en con
nuant les recherches on retrouve la trace de ses p
dans la campagne, qu'elle a parcourue seule jusqu'à
étang, que la justice a fait vider et où elle n'a ri
trouvé.

» Et ce qui achève de rendre ce drame mystérieux
incompréhensible, c'est que rien n'a été volé dans
château. »

XXIX

L'ENGRENAGE

Pierre de Peyras resta immobile et le regard fixé s
le journal, longtemps encore après l'avoir lu.

— Eh bien, qu'avez-vous donc ? lui demanda Rob
Talbot.

— Si cela dure, je crois que j'en deviendrai fo
s'écria Pierre en portant la main à son front.

— Que voulez-vous dire ?

Pierre de Peyras posa le doigt sur l'article, et il mi
mura d'un air atterré :

— Partout, toujours, sous toutes les formes, dans to
les coins de Paris, tout à l'heure à l'hôtel de Sordes,

ce moment dans un bouge infect, partout quelque chose qui me rappelle cette épouvantable nuit ; partout un incident qui parle du meurtre et me montre le spectre sanglant. Oh ! c'est horrible ! c'est horrible !

— Oui, répliqua Robert à voix basse, le spectre sanglant au fond de la carrière et le châtiment à l'horizon : le remords et la peur.

— Oh ! assez, assez ! s'écria Pierre.

— C'est que je veux vous rappeler à la réalité qui est terrible, menaçante, et à laquelle il faut nous hâter de faire face.

Il poursuivit, après avoir jeté un coup d'œil du côté de la boutique :

— Oui, les souvenirs se dressent à chaque pas sur notre chemin avec une telle insistance, un tel acharnement, qu'on dirait autant de fantômes s'attachant à nous et nous poursuivant sous les formes les plus diverses ; mais où vous voyez des remords, moi je vois des avertissements ; plus nous sommes enveloppés, pressés, harcelés, plus nous devons déployer d'énergie pour sortir du cercle fatal. Mettons-nous donc vite à l'œuvre ; vous avez vu la comtesse de Sordes ?

— Oui, répondit Pierre en se troublant tout à coup.

— A quand le mariage ?

— Il n'y a plus de mariage, répondit M. de Peyras.

— Un retard ?

— Non, une rupture irrévocable.

— Mais ces lettres qui devaient vaincre la résistance de la comtesse de Sordes ?

— On me les a arrachées des mains.

— Arrachées... mais qui donc ?

— M. Lubin.

— Encore cet infernal vieillard ?

— Toujours lui !

— Mais comment ?...

— Il est entré chez madame de Sordes, s'est mêlé
l'entretien comme s'il était au courant de tout ce qu
se passait entre moi et la comtesse, puis savez-vous c
qu'il m'a montré sur sa tabatière, au lieu du portrait d
femme que j'y avais toujours vu ?

— Quoi donc ?

— Le portrait du comte de Fougeraie en costum
d'officier de marine, exactement semblable à celui qu'
portait dans l'horrible nuit du 25 décembre.

— Voilà qui est inexplicable ; comment avait-il pu s
procurer ce portrait ?

— C'est ce que je ne puis comprendre.

— En vérité, il y a quelque chose de fantastique che
ce diabolique vieillard.

— A la subite apparition de cette image, je me su
troublé, j'ai failli perdre connaissance, et il a profité d
mon émotion pour m'enlever les lettres du docteur.

— Malédiction ! s'écria Robert, et maintenant con
ment acheter le quatrième lot du domaine de Fougerai
qu'il nous faut absolument ?

— Il n'y faut plus songer, dit M. de Peyras avec l'ex
pression d'un profond découragement.

— Il n'y faut plus songer ! s'écria Robert, c'est-à-dir
abandonner à un autre l'étable, la carrière où se trouv
ce corps que nul ne soupçonne là, sur lequel on n'a aucu
indice et dont la découverte peut nous perdre ! Oh
non pas ! non pas ! il faut que le quatrième lot du domain
de Fougeraie soit à nous, notre salut est à ce prix, e
avant de livrer ma tête au bourreau, j'aurai mis e
œuvre toutes les ressources qui sont en mon pouvoi
pour la sauver.

— Des ressources ! Eh ! quelle est celle qui nou
reste, maintenant que le mariage est rompu ; mainte
nant que nous n'avons plus de dot à hypothéquer ?

— Si vous n'avez plus de dot, vous avez encore un oncle, dit Robert.

— Hein ? fit Pierre stupéfait.

— Oui, l'oncle Jean de Peyras.

— Je ne vous comprends pas.

— Le comte Jean de Peyras est riche de huit millions.

— Je le sais aussi bien que vous, mais il est aussi avare que riche et ne me prêterait pas mille francs.

— Et c'est cent mille francs qu'il nous faut.

— Alors que faire?

— Il n'a pas d'autres héritiers que vous et votre sœur, n'est-ce pas?

— Non.

— Eh bien, nous n'avons que deux moyens de sortir d'embarras.

— Qui sont?

— Le premier, c'est d'avancer l'époque de l'héritage.

— Que voulez-vous dire?

— C'est pourtant bien simple.

— Je ne comprends pas.

— Quand hériterez-vous de votre oncle?

— Mais quand il mourra.

— Eh bien! murmura Robert en regardant M. de Peyras entre les deux yeux, pour avancer l'héritage, il faut avancer l'époque de sa mort.

— Un assassinat! s'écria Pierre de Peyras avec un frisson d'horreur.

— La pente vous entraîne fatalement, monsieur de Peyras, il faudra en arriver là un jour.

— Jamais, s'écria Pierre.

— C'est ce que vous auriez répondu si on vous eût prédit ce qui s'est passé au château de Fougeraie.

— C'est différent, j'avais ma vie à défendre.

— C'est absolument la même chose: ce jour-là vous défendiez votre vie contre un homme, aujourd'hui il s'agit de la défendre contre la justice, qui voudrait bien la faire tomber, et qui ne tardera pas à l'atteindre si vous ne vous hâtez pas de l'emporter à l'étranger.

— Qui m'empêche de fuir?

— Tout.

— Cependant...

— Tout, vous dis-je; d'abord la nécessité de faire disparaître le témoignage sanglant qui est là-bas; puis l'impossibilité de vivre à l'étranger sans ressources, et enfin moi.

— Vous! s'écria M. de Peyras.

— Moi, qui, plus logique, plus prudent et plus résolu que vous, tiens absolument à faire disparaître ce cadavre, que des fouilles vont faire découvrir, si d'autres que vous deviennent propriétaires de ce quatrième lot; moi qui m'attache à vous, et qui ne vous lâcherai que le jour où, joignant vos efforts aux miens, nous serons parvenus à anéantir toute trace du passé.

— Alors trouvez autre chose, car je ne consentirai jamais à ce que vous me proposez.

— Je vous ai dit qu'il y avait un second moyen.

— Voyons celui-là.

— Celui-là est fort simple, il consiste à escompter un billet de deux cent mille francs, contre lequel on vous donnerait les cinquante mille francs nécessaires à l'acquisition du lot en question.

— Nous avions déjà parlé de cela.

— Et vous aviez consenti.

— Sans doute, mais aujourd'hui que je n'ai plus à offrir à votre usurier un gage de cinq cent mille francs, consentirait-il encore, lui?

— Toujours.

— Bah!

— Avec une multiplication dans la signature.

— Comment?

— C'est-à-dire que le billet serait signé J. de Peyras au lieu de Pierre de Peyras, un simple changement de prénom, voilà tout.

— C'est-à-dire un faux ! s'écria M. de Peyras en pâlissant ; ce moyen ne me convient pas mieux que l'autre, monsieur Talbot.

— Il faut pourtant qu'il vous convienne, monsieur de Peyras, murmura Robert en attachant sur Pierre un regard sinistre.

Il ajouta après une pause :

— Ah çà, monsieur de Peyras, croyez-vous donc qu'on ait le choix des moyens pour réparer... ce que vous avez fait ? Détrompez-vous, le mal engendre le mal, le crime pousse au crime, c'est un engrenage logique, fatal, inévitable, auquel nous n'échapperons pas plus l'un et l'autre que tous ceux qui nous ont précédés dans cette terrible voie, avec la résolution, qui était la vôtre et la mienne, de s'arrêter au premier degré.

Il reprit en changeant de ton :

— D'ailleurs, vous vous faites un monstre du mot, sans examiner le cas tout exceptionnel qui, pour vous, atténue la portée et les conséquences de l'acte au point de le rendre presque innocent.

— Allons donc ! s'écria Pierre.

— La signature que vous imitez est celle de votre oncle, qui, en mettant les choses au pis, ne demanderait qu'à étouffer l'affaire en payant.

— Ou en me déshonorant.

— C'est ce que comprendrait parfaitement notre escompteur, qui, moyennant certains avantages, attendrait patiemment que l'héritage vous arrive.

Pierre de Peyras réfléchit quelques instants.

— Nous avons encore quelques jours pour trouver autre chose, enfin, nous verrons.

XXX

RUE DU PAS DE-LA-MULE

— Ainsi, dit Robert Talbot, voilà qui est bien entendu, si nous ne trouvons pas d'autre moyen de nous procurer cinquante mille francs d'ici à huit jours, nous escompterons le billet de cent mille francs, signé comte Jean de Peyras.

— Oui, oui, c'est entendu, répondit Pierre avec impatience.

— Cela ne paraît pas vous sourire et je ne vous crois pas bien décidé à tenir cet engagement, mais je vous préviens que, si vous refusez, je me passe de votre consentement.

— Vous vous passez?... Ah çà! que voulez-vous dire?

— Je veux dire que le premier venu peut signer Jean de Peyras et que, si ce n'est pas vous, ce sera moi.

— Vous! s'écria Pierre de Peyras, vous oseriez!

— J'oserai tout pour sauver ma peau; ainsi, vous le voyez, il faut absolument en passer par là et autant vous exécuter de bonne grâce, puisque vous n'avez pas le choix.

— Mais je vous répète que je m'expose à perdre un héritage de quatre millions.

— Et moi, je vous dis que vous ne courez aucun risque et que mon homme est trop intelligent pour ne pas attendre patiemment la mort de votre oncle, moyennant un sacrifice qui s'élèvera à deux cent mille francs

u plus, et qu'est-ce que deux cent mille francs sur
quatre millions, si vous songez surtout que c'est le prix
le votre tête ?

Pierre se troubla à ces derniers mots, comme il lui
arrivait chaque fois que Robert faisait allusion à ce dé-
sagréable sujet.

— En effet, dit-il enfin, il est incontestable que l'intérêt de l'escompteur est d'attendre, que cette opération
sera toujours ignorée, et qu'elle n'a rien de coupable,
puisqu'elle ne fera de tort à personne ; je consens donc.

— Vous voyez bien, monsieur de Peyras, qu'il ne s'a-
git que de raisonner froidement les faits pour dissiper
les fantômes que créent certains mots.

— Et vous, dit Pierre de Peyras à Robert, quel a été
le résultat de vos investigations concernant M. Lubin ?

— Notre autre spectre, dit Robert, est non moins effrayant que celui qui dort sous les dalles de l'étable, car
il parle, il agit, il nous guette et nous traque sans relâche, attendant le moment de nous cueillir comme un
fruit mûr, et de faire hommage de nos personnes à la
justice.

— Tout est énigme dans la conduite de ce maudit
vieillard, dit M. de Peyras ; ainsi il connaît tous les détails de l'horrible nuit ; il connaît au moins l'un des
coupables, moi il me hait mortellement, tout le prouve,
et d'ailleurs, il me l'a déclaré tantôt à l'hôtel de Sordes,
et il se contente de me tenir dans une perpétuelle
anxiété. Cela est inexplicable.

— Cela prouve que quelque raison mystérieuse para-
lyse sa haine ; mais cette raison, que nous ignorons, peut
cesser tout à coup, et alors nous serions perdus : c'est
pourquoi il faut le prévenir sans retard.

— Enfin, qu'avez-vous fait de ce côté ? demanda Pierre.

— J'ai passé toute la soirée d'hier autour de sa maison : j'ai observé et j'ai interrogé.

— Eh bien ?

— Mon observation a été forcément très-limitée, car je me suis trouvé en face d'une porte cochère et d'un grand mur au-delà desquels le regard ne pouvait pénétrer.

— Je vous l'avais dit d'avance, impossible de voir chez lui. Le vieux drôle a tout prévu, et s'est entouré de toutes les précautions imaginables.

— Je suis monté au deuxième étage de la maison qui fait face à la sienne, et, me suis mis à la fenêtre de l'escalier, d'où mon regard embrassait le jardin et le bâtiment.

— Excellente idée !

— Mais qui n'a amené aucun résultat.

— Qu'avez-vous vu ?

— Rien.

— Quoi? absolument rien ?

— J'ai vu des portes et des persiennes hermétiquement fermées, laissant filtrer à peine une vague et pâle lumière, encore affaiblie par des rideaux soigneusement tirés.

— Et c'est tout ?

— Pas davantage.

— C'est peu.

— Alors je suis descendu et j'ai interrogé.

— C'était dangereux... Il pouvait l'apprendre et se tenir sur ses gardes.

— Me croyez-vous donc assez naïf pour avoir demandé des renseignements sur le compte de M. Lubin?

— Sur qui donc ont porté vos soupçons ?

— Sur sa bonne.

— On a dû penser que vous en étiez amoureux?

— Que m'importe !

— Elle a quarante ans.

— Cela m'est bien égal.

— Enfin ?

— J'ai demandé à une charbonnière si elle connais-
t la bonne de M. Lubin, à laquelle j'ai feint de porter
plus vif intérêt, ce qui justifiait mes questions sur son
nre de vie et amenait tout naturellement les rensei-
ements les plus détaillés sur les habitudes de son
aître. C'est ainsi que j'appris deux choses très bonnes
avoir : d'abord qu'il n'avait pas d'autre domestique
e cette bonne ; ensuite, qu'il passait toutes ses soirées
café du Pas-de-la-Mule, où il fait régulièrement sa
rtie de dominos avec quelques vieux rentiers comme
, jusqu'à onze heures, heure à laquelle, invariable-
ent, il se lève et rentre chez lui.

— C'est fort bien à vous, et vous avez fait preuve de
aucoup d'intelligence ; mais à quoi tout cela peut-il
us servir ?

— A quoi ? mais à réaliser le dessein que nous avons
nçu et qui nous intéresse aussi vivement que l'acqui-
ion du domaine de Fougeraie, c'est-à-dire l'enlève-
ent de M. Lubin.

— L'enlever ! mais où ? comment ? à quelle heure ?

— J'ai un plan que je crois infaillible.

— Infaillible ! fit Pierre de Peyras d'un ton incrédule,
enez garde, nous avons affaire à forte partie.

— Je le sais, aussi ai-je longuement médité mon
an et je crois avoir tout prévu.

— Si vous voulez me le communiquer, nous allons le
scuter ensemble, car avec un adversaire de cette
rce il ne faut rien laisser au hasard.

— Partons, nous causerons de cela en route. Où al-
ms-nous ?

— Place Royale, à cinquante pas du café du Pas-de-
-Mule.

Pierre de Peyras se leva.

— Ne laissons pas nos verres pleins, dit Robert, il ne

faut pas avoir l'air de mépriser les consommations c
l'endroit, nous aurions l'air d'aristos, de naturels d
boulevard de Gand, et c'est ce qu'il faut éviter avai
tout.

Il jeta sous la table les deux verres d'absinthe et a
pela le garçon, qui accourut aussitôt.

— Combien ? demanda Robert.

— Trente centimes.

— Excellente, votre absinthe.

— Dame ! monsieur ; ici, tout est comme ça, premiè
qualité.

Robert Talbot paya et sortit, suivi de M. Pierre (
Peyras.

Ils prirent une voiture sur le quai et se firent co
duire place Royale.

Là, ils descendirent, se dirigèrent vers le haut de
rue et s'arrêtèrent au coin du boulevard, où se trouva
un café.

C'était le café du Pas-de-la Mule.

Ils allaient se coller aux vitres, dans l'espoir de di
tinguer les habitués à travers les rideaux et de reconna
tre M. Lubin, quand Robert, se rapprochant viveme
de Pierre de Peyras et le repoussant dans l'ombre :

— Le voilà, dit-il.

Ils s'effacèrent contre la muraille, et, invisibles eu
mêmes, ils virent M. Lubin s'avancer de son pas caln
et méthodique et entrer dans le café.

Il se dirigea vers une table, autour de laquelle étaie
déjà réunis trois vieillards dont la mine paisible et p
terne rappelait à l'imagination le Marais d'autrefois.

Une place était restée libre entre eux, c'était celle (
M. Lubin, et à la façon dont chacun se rangea pour
laisser passer, au geste lent et pour ainsi dire caden
par lequel il accrocha son chapeau à la patère placée a
dessus de sa tête, posa son mouchoir à sa droite et

batière à sa gauche, on devinait tout de suite que ces
atre vieillards se réunissaient tous les soirs à cette
ême table, arrivaient et se plaçaient dans le même
dre et s'arrangeaient aussi commodément que possi-
e et chacun suivant sa manie.

C'était ordonné et réglé comme un cérémonial de cour.

Quand M. Lubin fut assis et bien assis à sa place, un
rçon de café, sans rien demander, apporta quatre de-
-tasses, un petit tapis vert et un jeu de piquet.

Puis, sans rien dire et toujours conformément à une
gle convenue, invariable, M. Lubin coupa le premier,
autres à la suite, et celui que le sort avait favorisé
mpara des cartes.

M. Lubin ingurgita à petits coups les trois quarts de
demi-tasse, versa dans le reste le petit verre de co-
ac qui lui avait été servi et attendit ses cartes, après
oir cassé en deux parties parfaitement égales, le mor-
au de sucre qu'il avait mis en réserve.

On se mit à jouer.

Au bout d'une heure, M. Lubin laissait tomber dans
tasse son dernier morceau de sucre, quand un com-
ssionnaire entra et demanda à un garçon s'il connais-
it M. Lubin.

— Le voilà, dit le garçon en désignant le petit vieil-
d.

Le commissionnaire alla à lui.

— Vous êtes bien monsieur Lubin ? lui demanda-t-il.

— Oui, oui, je suis M. Lubin, que me voulez-vous ?

— Et vous connaissez bien madame la comtesse de
rdes ?

— Je la connais parfaitement.

— Ah ! c'est qu'on m'a dit de prendre des précautions.

— Après ?

— Eh bien ! madame la comtesse de Sordes vous
ie de venir lui parler tout de suite.

— Tout de suite ?

— Et de vous retenir une voiture pour ne pas perdre de temps.

M. Lubin regarda le commissionnaire entre les deux
yeux.

— Qui vous a dit que j'étais là ? lui demanda-t-il.

— Votre bonne, car je suis allé d'abord rue Beautreillis.

— Et la voiture m'attend ?

— Là, à la porte, monsieur.

— J'y vais.

Il se leva, et, sans témoigner la moindre contrariété,
il salua ses trois amis et partit.

XXXI

GUET-APENS

La voiture était là, en face du café.

M. Lubin y prit place.

— Rue de Varennes, cria le commissionnaire.

Le cocher toucha légèrement son cheval, et la voiture
partit.

— Que s'était-il donc passé à l'hôtel de Sordes, pensait M. Lubin, pour qu'on m'envoie chercher à pareille
heure ?

Il voulut voir quel chemin prenait le cocher, mais la
nuit était noire et un brouillard épais l'obscurcissait
encore, de sorte qu'il ne distinguait que vaguement les
boutiques.

Il dut donc renoncer à se rendre compte des rues
qu'il traversait.

Alors, il se plongea au fond de la voiture et se mit à creuser la tête pour deviner l'événement qui pouvait ger sa présence immédiate à l'hôtel de Sordes.

— Encore quelque tentative de M. de Peyras, pensa-, mais qu'a-t-il pu faire, maintenant que je lui ai en-é l'appui et les lettres du docteur Alfred? Enfin, nous arons cela tout à l'heure.

Cependant il y avait trois quarts d'heure que la voi-e roulait, et sans se rendre exactement compte du mps, M. Lubin commençait à s'étonner de n'être pas core arrivé rue de Varennes, lorsque enfin les che-ux s'arrêtèrent brusquement.

— Nous y voilà, dit-il.

Il se préparait à descendre, mais à son extrême sur-ise les deux portières s'ouvrirent à la fois.

Au même instant deux hommes s'élancèrent dans la iture, se jetèrent sur lui, et, tandis que l'un d'eux le illonnait, l'autre lui nouait un mouchoir autour des ux. M. Lubin ne tenta pas la moindre résistance.

Quand ils se furent assurés qu'il ne pouvait ni voir, crier, les deux inconnus, dans lesquels le lecteur a viné Pierre de Peyras et Robert Talbot, échangèrent nelques mots à voix basse avec le cocher, qui remonta ur son siége et se remit en marche.

Au bout de dix minutes il s'arrêtait à l'entrée d'une es plus hideuses rues du quartier Saint-Marcel, la rue u Banquier.

Le brouillard s'était dissipé, mais une pluie torren-elle mitraillait les vitres et les toits de zinc avec un ruit sinistre.

La voiture s'était arrêtée devant un établissement qui umulait les deux professions de marchand de vin et de ogeur à la nuit, comme l'indiquaient le comptoir qui garnissait le fond de la boutique, et une lanterne en erre dépoli sur lequel on lisait : *Hôtel Rubens.*

13

Ce titre avait été inspiré au maître de l'hôtel par
rue de ce nom qui, à quelques pas de là, relie le boul
vard de l'Hôpital à la rue du Banquier.

La façade du marchand de vins, peinte en rouge
faiblement éclairée par la lumière de la lanterne, jeta
des reflets sanglants sur les mille petites flaques d'ea
que la pluie avait formées entre les pavés, de sorte qu
cette boutique, la seule qui fût ouverte dans cette ru
bordée de longs murs et de rares maisons, lui donna
un aspect plus sinistre que si elle eût été fermée comm
les autres.

Le cocher descendit de son siége, ouvrit une portiè
et alors Robert, prenant M. Lubin à bras-le-corps,
manière à lui interdire l'usage de ses mains, l'empor
dans la boutique du marchand de vin.

Celui-ci, espèce d'hercule Farnèse, petit, trapu, le
épaules larges, le cou court, le front bas, le teint cr
moisi, sortit de son comptoir, et, faisant un signe
Robert Talbot :

— Par ici, dit-il à voix basse.

Il passa devant, traversa un long couloir, entra dan
une petite pièce, souleva une trappe pratiquée dans l
parquet; puis s'approchant de Robe ..

— Passez-moi le colis, dit-il, toujours à voix basse

Il prit M. Lubin, le plaça sous son bras gauche
comme il eût fait d'un enfant, et, tenant de la mai
droite une petite lampe, il descendit les degrés d'un
échelle.

Arrivé au bas de l'échelle, il se débarrassa de sa lampe
et assit M. Lubin à terre; le débarrassant du mouchoi
qui le bâillonnait et de celui qui était posé sur ses yeux

— A présent, mon petit vieux, lui dit-il, vous pou
vez regarder et jaboter tout à votre aise, si le cœur
vous en dit.

M. Lubin promena tranquillement ses regards autour

ii et reconnut qu'il était dans une cave humide,
e, et de l'aspect le plus sinistre.

Ce n'est pas précisément un boudoir, murmura-

iis, défripant ses manchettes et son habit marron,
avaient été traités un peu brutalement dans cette
irre, il dit au marchand de vins, tout en étudiant
costume et sa physionomie ?

— Serait-il indiscret de vous demander quels ordres
s avez reçus à mon égard ?

— Non, répondit l'Hercule, mais ce serait inutile.

— Il serait également inutile de vous demander où
iis?

— Vous êtes dans une cave, c'est tout ce que je puis
s dire.

— C'est une preuve de confiance dont je ne puis vous
oir gré, dit M. Lubin avec un sourire ironique.

l ajouta :

— Mais si vous ne pouvez pas parler, moi, je puis de-
er.

— A votre aise.

— C'est donc moi qui vais vous dire où je suis, ou à
près.

— Pour un homme qui est venu en voiture, les yeux
idés, ça me paraît difficile.

— D'abord, je suis ici chez un marchand de vin.

— Bah ! fit l'Hercule en laissant voir naïvement sa sur-
se, comment diable savez-vous ?

— Par l'odeur de la boutique que je viens de traverser.

— Comment ! ça sent le vin ?

— Ça vous étonne, n'est-ce pas ? dit en souriant M. Lu-
. Eh bien, oui, ça sent le vin, le vin de barrière avec
e forte dose de bois de campêche.

l ajouta :

— Quant au quartier....

— Vous le savez aussi ! s'écria le marchand de vin.

— Parfaitement.

— Ça, c'est plus fort. Comment auriez-vous pu le r
connaître dans l'état où vous étiez?

— Comme votre boutique, par l'odorat; car si l'o
m'a mis des mouchoirs sur la bouche et sur les yeu
on m'a laissé le nez libre, et je m'en suis servi. Dame
on ne pense pas à tout.

— Et pour en revenir à votre nez, qu'est-ce qu'il vo
a dit?

— Il m'a dit qu'il sentait fortement le tan, et q
nous devions être en plein quartier Saint-Marcel.

Le marchand de vin fit un bond.

— Diable d'homme, dit-il, en considérant avec stupe
M. Lubin qui, de son côté, le regardait d'un air narquoi

— Ah! dit ce dernier, c'est que je connais Par
comme vous connaissez vos caves.

— Je m'en aperçois.

— Ah çà, ceux qui m'ont trouvé ce petit logement n
sont pas partis, n'est-ce pas? Oh! ils ne partiront p
sans m'avoir vu; allez donc leur dire que je demande
parler à M. Pierre de Peyras.

— Je veux bien tout de même, dit le marchand
vin en mettant le pied sur l'échelle.

— Ah! dit M. Lubin, comme il commençait à monte

— Quoi?

— Dites au cocher de rester, je le prendrai.

L'hercule se mit à rire.

— Quant à ça, par exemple, mon petit vieux, faut p
y compter.

— Vous croyez?

— Je ne voudrais pas vous faire de peine, mais vo
n'êtes pas près de sortir d'ici, à moins que vous ne soy
de taille à défoncer la trappe, les portes et à me roule
ensuite.

- Non, je ne suis pas de force à accomplir ces mi-
es et pourtant je sortirai d'ici.

- Comment diable! vous y prendrez-vous? je ne
iis pas fâché de connaître votre secret, car vous me
es l'effet d'un roublard, premier numéro.

- Mon secret? faites comme moi, devinez-le.

- Allons, je vais chercher monsieur... comment
s-vous?

- Pierre de Peyras.

uelques instants s'écoulèrent, puis M. Lubin enten-
bientôt un bruit de pas au-dessus de sa tête.

l prêta attentivement l'oreille et reconnut, à un cer-
a craquement, que ceux qui venaient était finement
ussés.

- Monsieur de Peyras! murmura-t-il en se frottant
mains, il vient, je suis sûr de mon affaire.

Jn instant après deux hommes descendaient les de-
s de l'échelle et se trouvaient bientôt en face de
Lubin.

'étaient MM. de Peyras et Robert Talbot.

Pierre de Peyras toisa dédaigneusement M. Lubin.

- Ah! lui dit-il, vous avez deviné que c'était entre
s mains que vous étiez tombé!

- Immédiatement, monsieur de Peyras, répondit
Lubin en ouvrant tranquillement sa tabatière.

- Et comment, s'il vous plaît!

- D'abord, je n'ai d'autre ennemi que vous dans
ris, et puis votre faux commissionnaire se sert du
m de madame de Sordes pour me faire tomber dans
piége, il eût fallu être bien naïf pour ne pas deviner.

- Fort bien! mais à quoi cela vous avancera-t-il?

- Sachant que c'était vous, j'ai pu vous prier de
ir, et, maintenant que vous êtes venu, je vous prie
me laisser sortir de ce trou, un vrai caveau de mélo-
me.

— Vous croyez que je vais bénévolement vous ouvrir la porte ?

— J'en suis convaincu.

— Vous êtes donc disposé à prendre vis-à-vis de moi tous les engagements que je vais vous demander ?

— C'est peu probable, mais dictez toujours vos conditions, je suis curieux de les connaître.

— Écoutez donc.

XXXII

UNE IDÉE DE M. LUBIN

Pierre de Peyras regarda un instant M. Lubin d'un air triomphant, puis, prenant un ton de parfaite bonhomie :

— Mon cher monsieur Lubin, lui dit-il, laissez-moi vous dire d'abord que je vous en veux de m'avoir enlevé une illusion.

— Je comprends cela, vous deviez en avoir si peu, répliqua M. Lubin, mais quelle est donc l'illusion que j'ai eu le malheur de vous supprimer ?

— Celle de votre infaillibilité.

— Ah bah !

Il reprit en aspirant une prise :

— Ah ! vous aviez la bonté de me croire ?...

— Infaillible, positivement.

— Vous me faisiez beaucoup d'honneur.

— Non, je n'exagère pas : partout, au boulevard, au théâtre, dans le monde et même chez moi, j'avais peur de vous, partout je croyais sentir votre regard peser sur

i, partout votre image me poursuivait, et à votre
le pensée je frissonnais et ne me croyais en sûreté
le part.

— C'est très-flatteur pour mon amour-propre et je
s fier d'avoir exercé une telle influence sur l'intré-
le duelliste dont le nom seul est un sujet d'effroi pour
at d'autres.

Il ajouta en fermant sa tabatière :

— Et maintenant ?

— Et maintenant, je vous le répète, le prestige est
truit.

— Et qui m'a valu cette humiliation ?

— La facilité avec laquelle vous avez donné dans le
ège que je vous ai tendu ce soir.

— Oh ! fit M. Lubin, si ce n'est que cela, j'espère re-
nquérir bientôt ce prestige, auquel j'attache le plus
and prix.

— Comment cela, s'il vous plaît ? demanda M. de
yras d'un ton railleur.

— En vous prouvant que la victime de ce piége, dont
us paraissez si fier, ce n'est pas moi, mais vous-
ême.

— Voilà ce dont vous aurez peine à me convaincre.

— Il faudra bien en convenir quand, au lieu de me
tenir ici, vous vous verrez obligé de me prier d'en
rtir.

Pierre de Peyras se mit à rire.

— Quant à cela, monsieur Lubin, répliqua-t-il, voilà
n rêve auquel je vous engage à renoncer.

— Nous verrons cela tout à l'heure. Mais voyons,
ites-moi enfin le motif de cette séquestr..... ou plutôt
e cette tentative de séquestration, puisqu'elle va
urner à votre honte.

M. de Peyras haussa les épaules et reprit :

— Monsieur Lubin, je ne vous connaissais pas ; et je

crois pouvoir affirmer que je vous étais inconnu il y a
quelques jours ; vous ne pouviez donc avoir contre moi
aucun motif de haine ; cependant, soit par amitié pour
M. de Sivrac, soit par intérêt pour mademoiselle de
Sordes, soit pour toute autre cause, vous vous êtes mis
tout à coup à la traverse de mes projets de mariage, et,
usant sans scrupule de tous les moyens pour le faire
rompre, vous avez acheté à Naoudah mes lettres et mon
billet ; vous avez organisé avec Fauconnier une machination infâme, et, avec la complicité d'une femme que
j'ai vainement cherchée, mais qui ne m'échappera pas
toujours, vous m'avez fait subir publiquement le plus
sanglant des affronts. Voilà pourquoi je me suis emparé
de votre personne, et je la garderai jusqu'à ce que je
croie pouvoir lui rendre la liberté sans danger pour
moi.

Pendant toute la durée de ce petit discours, M. Lubin
avait tenu ses regards constamment fixés, tantôt sur le
petit doigt enveloppé de soie noire de Robert Talbot,
tantôt sur la manche de sa jaquette, et, tout en écoutant il paraissait très-absorbé par ces deux objets.

— Eh bien ! monsieur Lubin, lui demanda Pierre de
Peyras, qu'avez-vous à dire à cela ?

— J'ai à dire qu'il n'y a qu'un reproche à faire à ce
réquisitoire, car c'en est un.

— Ah !... et ce reproche ?

— Trop d'indulgence pour l'accusé, dont vous passez
sous silence les fautes les plus graves.

— Il ne doit pas m'en savoir gré, car ce n'est pas avec
intention.

— En êtes-vous bien sûr ?

— Je ne comprends pas... monsieur Lubin...

— Permettez-moi donc de rappeler les griefs que
vous écartez par oubli ou par excès de bonté.

Ainsi, par exemple, le *Miserere* que je vous ai fait en-

ire deux fois, la première à l'hôtel de Sordes et la
nde chez M. de Sivrac, le portrait de cet officier de
ine que je vous ai montré hier, et qui, comme l'air
Trouvère, vous a causé une émotion foudroyante, ce
m'a permis de vous enlever les lettres sur lesquelles
s comptiez pour contraindre madame de Sordes à
s donner sa fille, voilà vos véritables griefs contre
; voilà enfin pourquoi vous avez voulu vous défaire
noi... pour un temps, entendons-nous, une simple
usion de quelques minutes. Eh bien ! monsieur de
ras, ai-je deviné, oui ou non ?

ierre de Peyras garda le silence ; aux regards qu'il
it de temps à autre sur M. Lubin, à l'extrême agita-
qui se lisait sur ses traits, on devinait qu'il était
battu entre le désir et la crainte d'aborder quelque
e sujet.

endant ce temps, M. Lubin, aussi calme que s'il eût
au café du Pas-de-la-Mule, continuait à examiner,
dérobée, le petit doigt, la manche et le visage de
ert Talbot.

étudiait attentivement, et paraissait beaucoup
chir.

out à coup il se frappa le front comme s'il eût trouvé
olution du problème qu'il cherchait.

uis ayant gardé le silence quelques instants encore,
t à M. de Peyras du ton le plus indifférent :

– Tenez, monsieur de Peyras, je ne me console pas
re tombé dans votre estime, et je tiens à vous
ner une preuve que, si je ne suis pas infaillible,
me vous vouliez bien le supposer, je puis cependant
croire doué de quelque pénétration.

– Je n'en doute pas, dit Pierre de Peyras, tout entier
pensée qui le préoccupait.

– Voulez-vous que je vous dise quel est le nom qui
inscrit derrière le col de la jaquette de votre ami ?

13.

— Ah çà, est-ce que vous seriez sorcier? répondit Robert.

— Non ; mais, sans être sorcier, je puis vous dire que ce nom est celui du tailleur Renard.

— Vous avez deviné cela à la coupe du vêtement ?

— Pas du tout.

— A quoi donc ?

— Je vais bien vous étonner, je l'ai deviné au bouton de cette manche, dont l'étoffe est coupée par l'usure.

— Ah ! fit Robert en riant, à votre avis, c'est à ce signe qu'on distingue les jaquettes de Renard.

— Non, mais c'est à ce signe que je reconnais que cette jaquette appartient à M. de Peyras, qui la portait il y a huit jours et qui vous l'a prêtée.

Le front de Robert se rembrunit.

— Et vos remarques s'arrêtent-elles là, maître Lubin? demanda-t-il au vieillard.

— Je vous dirai cela plus tard, répondit celui-ci.

Robert Talbot allait répliquer, mais Pierre de Peyras s'avança brusquement ; l'air inquiet et irrésolu qu'il avait depuis quelques instants venait de disparaître; il avait pris un parti.

— Ecoutez, monsieur Lubin, il règne sur certains faits qui sont à votre connaissance ou qui viennent de vous, un mystère dont je veux avoir l'explication.

— Je ne demande pas mieux, parlez, monsieur de Peyras.

— Pourquoi avez-vous fait exécuter le *Miserere* du *Trouvère* à l'hôtel de Sordes et chez M. de Sivrac ?

— Je répondrai à votre question par une autre pourquoi le *Miserere* vous a-t-il si violemment ému dans ces deux circonstances ?

Pierre de Peyras resta troublé et interdit à cette question.

Il lui était impossible de répondre.

— Ainsi, dit-il, vous refusez de me dire...

— Répondez à ma question et je vous donnerai ensuite toutes les explications que vous me demanderez, soit sur le *Miserere*, soit sur la miniature qui ornait hier ma tabatière.

Pierre se tut quelques instants ; puis, après une longue hésitation, il reprit :

— Connaissez-vous un feuilleton publié dans un journal sous le titre de : *Drame de Fougeraie?*

— Connais pas ça.

— Non-seulement je pense le contraire, mais je crois que c'est vous qui l'avez écrit.

— Vous me flattez, monsieur de Peyras.

— Eh bien ! s'écria M. de Peyras avec colère, puisque vous me refusez les explications que je vous demande, puisque vous ne voulez pas éclaircir le mystère dont s'enveloppe toute votre conduite à mon égard, vous trouverez bon que je vous laisse ici jusqu'à ce que je juge convenable de vous rendre la liberté.

M. Lubin sourit doucement.

— M. de Peyras, dit-il, il y a longtemps que je m'attends à ce qui m'arrive aujourd'hui ou à quelque chose d'approchant, et si vous voulez bien me reconnaître un peu de jugement et de prévoyance, vous devez bien penser que j'ai pris mes mesures pour me mettre à l'abri d'un coup de Jarnac pareil à celui-ci.

— Il paraît que vous les aviez mal prises, vos mesures, dit Pierre de Peyras en ricanant, puisque vous êtes en mon pouvoir.

— Quelle erreur est la vôtre, monsieur de Peyras ! dit M. Lubin.

Et tirant sa montre de sa poche :

— Il est dix heures, dit-il, avant une heure, vous m'aurez déposé où vous m'avez pris, au café du Pas-de-la-Mule, où j'ai laissé une partie en train, et que je tiens à finir.

— En vérité! dit M. de Peyras en haussant les épaules.

— Comme je viens de vous le dire. J'attendais de jour en jour ce qui m'arrive aujourd'hui, or, dans cette prévision, je suis convenu avec un ami que, le jour où il ne me verrait pas chez lui à onze heures, il porterait immédiatement à M. le préfet de police une lettre qui contient tous les détails que vous me demandiez tout à l'heure concernant la signification du *Miserere* et du portrait de l'officier de marine. Réfléchissez à ce que peut contenir cette lettre, dans laquelle sont exactement mentionnés votre nom et votre adresse, et voyez s'il convient qu'elle soit remise ce soir à la rue de Jérusalem, ce qui va arriver infailliblement si je ne parais pas à onze heures chez mon ami.

Pierre de Peyras se troubla tout à coup à cette déclaration et jeta du côté de Robert un regard épouvanté.

XXXIII

UNE RECONNAISSANCE

Robert Talbot ne partageait pas la frayeur de Pierre de Peyras.

— Allons donc! lui dit-il, vous ne voyez pas que M. Lubin vient d'imaginer un truc pour se tirer de vos griffes.

M. de Peyras regarda tour à tour Robert et M. Lubin.

Il se demandait évidemment lequel des deux il devait
oire.

Mais s'il était tenté de partager l'opinion du premier,
craignait que l'assertion de l'autre ne fût vraie.

— Monsieur Lubin, reprit Robert Talbot, je parierais
ne vous avez vu jouer le fameux drame de *la Tour de
esle*.

— Vous gagneriez, monsieur, répondit tranquillement
. Lubin, je l'ai vu jouer trois fois : la première, par
ocage; la seconde, par Frédérick Lemaître, et la troi-
ème, par Mélingue.

— Eh bien! mon cher monsieur Lubin, c'est une des
ènes de ce drame, l'acte de la prison, qui vous a ins-
iré l'idée de la petite histoire que vous venez d'ima-
iner pour décider M. de Peyras à vous rendre la
berté. Mais le truc a réussi trop de fois au théâtre
our avoir quelque chance de succès dans la vie
rivée.

— Eh bien! cher monsieur, répondit M. Lubin, vous
aites preuve en ce moment d'une étrange perspicacité.

— J'ai deviné, n'est-ce pas?

— A peu près. C'est-à-dire que l'idée, *le truc*, comme
ous dites, dont il est question, m'a réellement été ins-
iré par la *Tour de Nesle;* seulement, au lieu d'y puiser
'idée d'un petit mensonge pour me tirer d'affaire j'ai
ait mieux.

— Vraiment! fit Robert.

— Oui, j'ai copié l'auteur servilement, j'ai réellement
écrit la lettre dont je viens de vous parler, avec recom-
mandation expresse de la porter à la préfecture de police si je restais un seul jour sans voir l'ami que je
chargeais de cette délicate mission.

— Allons donc! s'écria Robert Talbot, c'est une ruse
de guerre inventée après coup, pas autre chose.

— Peut-être bien, dit M. Lubin, en croisant ses mains et tournant ses pouces l'un sur l'autre.

Cette tranquillité accrut au plus haut point l'inquiétude de Pierre de Peyras; cependant, il n'en voulut rien laisser voir, et, s'adressant d'un air dégagé à M. Lubin :

— Allons, lui dit-il, vous voyez bien que nous ne coupons pas dans votre petite invention; convenez donc franchement que mon ami a deviné juste. .

— Mon Dieu! répondit M. Lubin avec une bonhomie toute naturelle, je ne puis convenir de cela; mais il est un moyen certain de savoir de quel côté est la vérité.

— Et quel est ce moyen? demanda Robert.

— Il est bien simple; que M. de Peyras me laisse dans cette cave et rentre chez lui : si on l'y laisse tranquille cette nuit et toute la matinée, il est clair que c'est vous qui avez raison, et que vous avez pénétré la ruse au moyen de laquelle je tentais de me tirer d'affaire, si au contraire il voit arriver chez lui, entre minuit et six heures du matin, un agent de la rue de Jérusalem qui l'invite à venir trouver son patron, et si celui-ci, poussant l'insistance jusqu'à l'importunité veut absolument le retenir à son hôtel, il verra là une preuve palpable que je ne mentais pas en lui affirmant que j'étais préparé depuis longtemps à ce qui m'arrive, et que j'avais pris les précautions que je viens de lui dire.

Pierre de Peyras était en proie à une véritable torture.

Ses regards inquiets s'attachaient sur M. Lubin, et il ne savait quel parti prendre.

— Si au moins, lui dit-il enfin, vous vouliez conclure avec moi un traité de paix et me promettre de...

— Je ne promets rien, absolument rien, interrompit

M. Lubin ; d'ailleurs, non-seulement je n'implore ni
grâce, ni pitié, mais je me trouve bien ici et ne demande qu'à y rester.

Ces dernières paroles et le calme parfait de M. Lubin
achevèrent de bouleverser Pierre de Peyras.

— Mon Dieu ! dit-il, je ne vous veux pas de mal, moi,
et ce que j'en ai fait, c'était tout simplement pour me
défendre, pour me mettre en garde contre je ne sais
quels mystérieux projets dont...

M. Lubin tournait sa tabatière entre ses doigts, en la
considérant avec un sourire presque béat.

Cette inaltérable sérénité déconcerta encore une fois
Pierre de Peyras, qui s'arrêta tout court, incapable d'a-
chever sa phrase.

M. Lubin tira sa montre, y jeta un coup d'œil, et, la
remettant lentement dans son gousset :

— Il est dix heures dix minutes, dit-il ; dans cinq minutes il sera trop tard, puisqu'il faut trois quarts
d'heure pour se rendre d'ici chez mon ami, qui demeure rue du Pas-de-la-Mule. Croyez-moi donc, monsieur de Peyras, ne vous donnez pas de souci, et attendons tranquillement les événements au fond de cette
petite cave, à laquelle, je vous jure, je commence déjà à
m'habituer.

— Trop tard dans cinq minutes, dites-vous?

— Mon Dieu ! oui ; c'est pourquoi je vous engage...

— Cinq minutes ! murmura M. de Peyras d'une voix
altérée.

Puis il s'écria, comme cédant tout à coup à un généreux élan :

— Non, il ne sera pas dit que j'aurai lâchement torturé un vieillard qui, après tout, n'a aucune raison de
m'en vouloir. Partons, monsieur Lubin.

— Quand vous voudrez, dit M. Lubin sans bouger de
place. Quant à moi, je ne suis pas pressé.

— Allons, allons, monsieur Lubin, partons ; j'ai hâte de vous rendre à votre café et à vos amis de la rue du Pas-de-la-Mule, qui pourraient s'inquiéter de votre absence.

— Partons donc, puisque vous y tenez, répondit M. Lubin.

Il s'approcha lentement de l'échelle, puis la regardant d'un air indécis :

— Vilain escalier ! dit-il, une vraie machine à casser les reins.

— Ne craignez rien, monsieur Lubin, je monte derrière vous et vais veiller à ce qu'il ne vous arrive rien.

Robert Talbot ne raillait plus et ne songeait nullement à s'opposer au départ de M. Lubin ; il partageait enfin l'opinion et les craintes de M. de Peyras, et, comme lui, il suivait avec une tendre inquiétude l'ascension du vieillard.

C'est qu'une chute eût retardé son départ, et dix minutes de retard pouvaient causer leur perte.

C'est ce que comprenait aussi bien qu'eux le malicieux M. Lubin, qui se vengeait d'eux en gravissant l'échelle avec une lenteur désespérante.

Enfin il parvint à sortir de la trappe.

Il fut rapidement rejoint par Pierre de Peyras et Robert Talbot, qui, le prenant chacun par un bras, l'entraînèrent plus rapidement encore hors de la maison du marchand de vin et ne lui permirent pas de poser le pied sur le marche-pied de la voiture, dans laquelle ils le hissèrent comme un enfant.

— Rue du Pas-de-la-Mule ! cria Robert au cocher, qui recevait cet ordre avec stupeur et brûla le pavé.

Puis il prit place dans la voiture, où Pierre était déjà monté. La voiture partit au grand trot.

Il se passa quelques instants sans qu'on échangeât une seule parole.

M. Lubin, enfoui dans un coin, ne paraissait nullement tenté d'entamer l'entretien.

Pierre de Peyras et Robert se sentaient fort mal à
aise, comprenant fort bien l'impossibilité de justifier
leur conduite et de faire prendre le change à un homme
qui avait donné tant de preuves d'intelligence et de
finesse.

Le silence le plus profond, le plus embarrassant pour
ces deux derniers, régnait donc dans la voiture.

Ce fut Robert qui se décida à le rompre.

— Monsieur Lubin, dit-il, voulez-vous me permettre
une question ?

— Ne suis-je pas encore votre prisonnier ? répondit
M. Lubin ; dites donc, j'attends vos ordres.

— Eh bien, monsieur Lubin, quand vous avez reconnu tout à l'heure ce vêtement pour avoir appartenu
à M. de Peyras, je vous ai demandé quelle induction
vous tiriez de ce fait, et vous m'avez répondu : « Je vous
dirai cela plus tard. »

— Je crois m'en souvenir, en effet.

— Eh bien ! le moment est-il venu pour vous de me
donner cette explication ?

— Oui, cher monsieur, et je n'y vois qu'un inconvénient.

— Lequel ?

— Le bruit des roues qui nous empêche de nous entendre ; nous causerons beaucoup plus commodément
au café du Pas-de-la-Mule.

— Comme il vous plaira, dit Robert.

Il se fit un nouveau silence.

Une demi-heure s'écoula ainsi, puis la voiture s'arrêta.

On était arrivé.

M. Lubin descendit le premier.

Il regarda l'heure à sa montre.

— Onze heures moins dix minutes, dit-il à Pierre de Peyras, qui venait de mettre pied à terre, je vais me montrer à mon ami, qui demeure ici près, entrez au café, je vous y rejoins tout à l'heure.

Pierre et Robert entrèrent dans le café du Pas-de-la-Mule, où ils furent bientôt rejoints, en effet, par M. Lubin.

Quand ils furent attablés devant trois grogs, ce dernier prit la parole :

— Monsieur, dit-il à Robert, regardez-moi bien et cherchez dans votre mémoire ; est-ce que vous ne vous rappelez pas m'avoir vu, il y a... fort peu de temps?

Robert Talbot regarda le petit vieillard avec attention.

— Quant à moi, dit-il, je suis certain de ne vous avoir jamais vu jusqu'à ce jour, et il est probable que vous vous trompez vous-même en...

— Non, interrompit M. Lubin, moi, je ne puis me tromper; je vous reconnais à deux signes infaillibles.

— Deux signes ? dit Robert.

— D'abord, cette jaquette que vous ne portiez pas quand je vous ai vu, et que j'ai reconnue pour celle de M. de Peyras, comme je vous l'ai dit.

— Et l'autre signe?

— La blessure que vous avez à ce petit doigt.

Robert Talbot pâlit légèrement.

— Vous n'avez pas vu cette blessure, dit-il, comment pouvez-vous la reconnaître?

— C'est que je crois savoir où et comment elle a été faite.

Le trouble de Robert devint de plus en plus visible. M. Lubin reprit, en étudiant sur ses traits l'effet de ses paroles :

— Est-ce que vous ne vous rappelez pas avoir vu un

client dans la boutique du malheureux Rochard, le marchand de curiosités... quelques heures avant sa mort ?

Robert était devenu livide.

— Mais non... non... balbutia-t-il.

— Eh bien ! moi, je vous reconnais parfaitement, et j'ai quelque mérite à cela, car vous étiez alors fort modestement vêtu.

Puis se levant aussitôt :

— Maintenant, dit-il, nous pouvons rentrer chacun chez nous, mais je dois vous prévenir que je viens de laisser une seconde lettre à mon ami, qui la porterait avec l'autre à la préfecture, dans le cas où je disparaîtrais plus de vingt-quatre heures ; celle-là vous concerne, cher monsieur.

XXXIV

MADAME BEAUDOIN

Robert Talbot fut longtemps à se remettre de l'état de stupeur où l'avaient jeté les paroles de M. Lubin.

Celui-ci le regardait avec l'expression de bonhomie railleuse qui formait le trait caractéristique de sa physionomie.

— Maintenant, monsieur Robert Talbot, dit enfin ce dernier.

Robert bondit sur son siége.

— Vous connaissez mon nom ? s'écria-t-il tout effaré.

— Je ne faisais que le soupçonner, répondit finement M. Lubin, j'en suis sûr à présent.

Robert resta interdit.

— Diable de vieillard, murmura-t-il, avec lui il faudrait toujours être sur ses gardes.

M. Lubin reprit :

— Maintenant, dit-il à Robert, vous devez comprendre pourquoi je n'ai voulu vous dire qu'ici ce que j'ai deviné là-bas, dans ma petite cave ; ici, je puis vous faire cette confidence en toute sécurité tandis que, là-bas, ce n'était pas prudent.

— Mon Dieu ! répliqua Robert en essayant de paraître indifférent, je ne comprends pas bien ce que vous voulez dire.

— Vous comprenez suffisamment, et je crois inutile d'en dire davantage, dit M. Lubin.

Puis, s'adressant à Pierre de Peyras :

— Quant à vous, monsieur de Peyras, voulez-vous me permettre de vous donner un conseil ?

— Volontiers, monsieur Lubin.

— Pour mieux vous le faire apprécier, je vais vous conter une petite histoire dont tous les détails sont venus à ma connaissance.

— Je vous écoute, monsieur Lubin, dit Pierre en étudiant avec quelque inquiétude la physionomie du vieillard.

— Il y a deux ans environ un meurtre fut commis dans un faubourg de Blois et les précautions avaient été si bien prises par les coupables que toutes les recherches de la police pour les découvrir étaient demeurées vaines. Une année entière s'était écoulée et les assassins devaient se croire assurés de l'impunité, lorsqu'un jour une dispute s'éleva sur la place du Marché entre deux paysannes à propos d'une livre de raisin. On en vint aux gros mots et l'une des deux femmes, ayant été traitée de voleuse par l'autre, lui répliqua avec colère : Tu cries bien haut, parce que tu as des gros sous, mais

ds garde que les juges ne te demandent un jour
où ils viennent.

Un gendarme qui passait par là entendit le propos,
la paysanne à laquelle il avait été adressé fut appelée
devant le juge d'instruction et, bientôt reconnue coupable avec son mari, ils étaient exécutés tous deux à un
bois de là.

— Cette histoire est fort curieuse, répondit M. de
Peyras, mais je ne vois pas quel rapport elle peut avoir...

— Avec le conseil que je veux vous donner, vous
allez le comprendre tout de suite, vous devez vous battre demain avec M. de Sivrac.

— Demain, à six heures du matin.

— Et naturellement votre plus vif désir est de le laisser mort sur le terrain.

— C'est mon désir et mon espoir.

— Eh bien ! si vous vouliez m'en croire, vous renon-
ceriez à ce duel.

— Moi ! s'écria M. de Peyras en frissonnant de colère.

— Vous écririez à M. de Sivrac qu'il ne vous convient
pas d'accepter des témoins choisis par lui et qu'il veuille
bien attendre ceux que vous choisirez vous-même et que
vous lui enverrez... plus tard.

— Moi ! reprit Pierre avec une colère croissante,
que je fasse grâce d'un jour à M. de Sivrac, quand il se
jette lui-même au-devant de ma vengeance !... que je
m'expose à être traité par lui de lâche quand...

— Pardon ! dit vivement M. Lubin, vous n'avez rien
de pareil à redouter, votre réputation d'habileté et de
bravoure est trop bien établie pour cela. Enfin, voilà
mon conseil ; maintenant rappelez-vous l'incident de la
grappe de raisin et ses terribles conséquences, songez
qu'un duel, surtout s'il a un dénoûment tragique pour
votre adversaire, vous mettra immédiatement en relation avec la justice et jugez si vous devez désirer ou

craindre les investigations auxquelles elle peut se livrer sur votre passé, ou même les révélations qui peuvent lui venir de quelque mystérieux ennemi.

Il appuya sur ces derniers mots avec une intention qui n'échappa pas à M. de Peyras.

Il réfléchit quelques instants.

— Je vous comprends, dit-il enfin, et je crois en effet que ce duel pourrait m'attirer de graves désagréments.

— Et vous suivrez mon conseil, n'est-ce pas ?

— C'est entendu.

— Croyez-moi, monsieur de Peyras, dit M. Lubin en se frottant les mains, en toutes choses le pire moyen à employer pour réussir, c'est la violence. D'ailleurs, vous avez éprouvé cette vérité au moins une fois en votre vie.

— Quand cela? demanda Pierre.

— Il y a sept ou huit mois.

— Je n'étais pas à Paris.

— Aussi n'est-ce pas à Paris ?

— Où donc ?

— A Orléans.

M. de Peyras se troubla tout à coup.

— A Orléans, reprit M. Lubin, où ne pouvant vous faire aimer de mademoiselle Valentine Savari, vous eûtes l'idée fort originale de provoquer et de blesser son frère, la menaçant de le tuer dans un second duel si elle persistait à vous refuser pour époux.

— Qui vous a dit cela ? demanda Pierre, qui paraissait en proie à une violente émotion.

— Mademoiselle Valentine.

— Elle est à Paris ?

— Oui.

A ses traits subitement altérés, au léger frisson qui agitait tous ses membres, on devinait que ce nom de femme venait de bouleverser M. de Peyras.

demeura quelques instants sans pouvoir parler, et était profonde l'impression qu'il venait de ressentir.

— Ainsi, dit-il d'une voix qui tremblait légèrement, vous l'avez vue, vous lui avez parlé?

— Plusieurs fois.

— Eh bien, je vous en supplie, veuillez me dire où elle demeure.

— Pour achever son frère? demanda M. Lubin.

— Pour lui demander pardon du mal que je lui ai fait.

— Non, monsieur de Peyras, non, je n'ai pas confiance et je ne vous dirai rien.

Pierre de Peyras devint sombre.

Il reprit d'une voix basse et presque avec l'accent de prière :

— Je vous jure que je n'ai pas d'autre intention en demandant à la voir une fois, une seule, et je m'engage à ne pas même lui adresser la parole si elle refuse de m'entendre, à la quitter dès qu'elle me l'ordonnera, et à ne jamais reparaître devant elle si ma présence lui déplaît.

— Vous devez être suffisamment édifié sur ce dernier point, il est donc inutile de recommencer l'épreuve.

M. de Peyras garda encore quelques instants le silence.

Il était horriblement pâle et on lisait dans son regard qu'il était en proie à une cruelle torture.

— Écoutez, monsieur Lubin, reprit-il après un moment d'hésitation, tout ce que j'ai souffert depuis quelques jours, je ne saurais l'exprimer, eh bien, toutes les angoisses, toutes les anxiétés que j'ai éprouvées ne sont rien auprès de l'intolérable supplice que j'endure à cette heure, et il dépend de vous d'y mettre fin.

— Je ne compatis nullement à vos souffrances,

répondit froidement M. Lubin, et votre passion pour mademoiselle Savari ne m'inspire que de l'épouvante.

Et se levant aussitôt.

— Mais en voilà assez, dit-il, vous me permettrez bien d'aller me reposer après la soirée agitée que vous m'avez fait passer.

Il se leva, salua Pierre de Peyras et Robert Talbot, et sortit en recommandant au premier de faire parvenir sa lettre à M. de Sivrac le lendemain avant cinq heures.

Quand il fut parti, Pierre de Peyras plongea son front dans ses deux mains en murmurant :

— Oh ! cette femme ! cette femme ! que ne donnerais-je pas pour la revoir !

— Qui sait ! votre part d'héritage de l'oncle Jean ?

— Peut-être ? répondit Pierre, le regard fixe et les traits contractés.

Il était près de minuit, on fermait le café du Pas-de-la-Mule, où ils étaient restés seuls ; ils sortirent.

— Mon cher Pierre, dit Robert, au moment où ils allaient se séparer, j'ai un service à vous demander.

— De quoi s'agit-il? répondit Pierre d'un air distrait.

— J'ai déjà vu deux médecins pour mon doigt, qui me fait horriblement souffrir, mais je n'ose retourner chez aucun d'eux, ni aller en consulter un troisième.

— Pourquoi ?

— Parce que je crains que les médecins de Paris ne soient prévenus par la police de la mutilation qu'a subie le meurtrier de Rochard.

— Ce n'est pas impossible, mais que puis-je y faire?

— Vous pouvez me recommander aux soins d'un homme dont je n'aurais rien à redouter.

— Quel est cet homme?

— Le docteur Alfred.

— Encore une apparence de complicité, si on venait savoir...

— Cependant je ne puis avoir confiance qu'en cet omme.

— Eh bien, soit! trouvez-vous demain, de cinq à x heures du soir, au *Café polonais*, rue Aubry-le-Bou-ier.

— A demain donc.

Ils se tournèrent le dos, et Pierre de Peyras prit les ulevards pour gagner la rue de Provence.

Il fit lentement le chemin, absorbé par la pensée de tte Valentine Savari, dont il prononçait sans cesse le om, tantôt avec rage, tantôt avec amour, de sorte 'il était plus d'une heure quand il arriva chez lui.

Le lendemain matin, vers onze heures, il se rendait ez Marcasse :

Comme il entr'ouvrait doucement la porte de son ca-net, n'ayant trouvé personne pour l'annoncer, il en-ndit cette fin de dialogue entre deux individus, dont n était une femme et l'autre M. Marcasse.

— Oui, monsieur, disait la femme, vous pouvez me oire, tout ce que je viens de vous dire est l'exacte vé-té, je suis incapable de mentir, surtout quand il s'agit une chose aussi grave.

— Et vous dites qu'elle doit bientôt vous rendre une ouvelle visite ?

— A moins qu'elle n'ait changé d'avis, car c'était our demain et elle devait me faire prévenir ce matin.

— Si elle vous prévient la veille d'une visite pour le ndemain, faites-moi avertir.

— Je n'y manquerai pas, monsieur.

— C'est bien ; veuillez accepter cela.

Pierre entendit le froissement de plusieurs billets de nque.

— Merci monsieur, dit la femme d'un ton ravi.

— Maintenant, votre adresse?

— Madame Beaudoin, sage-femme, rue de la Chaus sée-d'Antin, 17.

Pierre de Peyras ne voulut pas s'exposer à être sur pris; il frappa, ouvrit la porte et entra.

XXXV

ANGOISSES

La visite de Pierre de Peyras à son beau-frère n'éta nullement désintéressée ; il venait trouver le million naire Marcasse poursuivi par la pensée qui ne le quit tait plus, la vente du domaine de Fougeraie, et voulan à tout prix échapper au redoutable expédient propos par Robert Talbot, l'escompte d'un billet signé Jea de Peyras.

L'immense fortune de Marcasse, qui s'accroissait d cinq ou six cent mille francs chaque année, lui renda très-facile le service que venait lui demander M. d Peyras, cependant celui-ci n'avait pas absolument con fiance dans le succès de sa démarche.

Une fois déjà, dans une grave circonstance, il étai venu frapper à sa caisse et elle était restée fermée pou lui.

C'était à l'époque du drame de Fougeraie, Pierre d Peyras traversait une de ces crises que rendait si fré quentes sa vie de luxe et de plaisir, et il ne pouvait ce pendant se résoudre à accepter sa part des deux cen mille francs saisis par Robert dans la poche de la vic

me et qui avait été pour celui-ci le véritable mobile
à meurtre.

Pour échapper à cette terrible extrémité, il était allé
rier Marcasse de lui prêter vingt mille francs, qu'il
engageait à lui rendre au bout de quelques mois,
mais pour lesquels il n'avait aucune garantie à lui offrir, Fauconnier ayant pris sur ses propriétés ce
qu'elles pouvaient supporter d'hypothèques.

Marcasse, qui avait d'excellentes raisons pour ne pas
aimer la famille de Peyras, avait répondu à son beau-
père qu'il s'était toujours fait une loi de ne jamais prêter
que sur hypothèque ou contre d'excellentes valeurs ; et,
Pierre, n'ayant ni l'une ni l'autre à lui offrir, l'affaire
n'avait pu être conclue.

Et Pierre de Peyras, acculé, ne sachant plus de quel
bois faire flèche, cédant à l'impérieuse nécessité que lui
avaient créé ses vices, avait ajouté l'ignominie au crime
en partageant avec Robert les deux cent mille francs du
mort.

Mais le proverbe qui dit que bien mal acquis ne pro-
fite pas s'était bien vite réalisé pour eux : partis ensemble
avec une combinaison infaillible, pour faire sauter la
Banque de Bade, ils étaient revenus à Paris, au bout
d'un mois à peine, complétement ruinés, fort mécon-
tents l'un de l'autre, comme il arrive toujours en pareil
cas, et se séparant avec l'intention de ne jamais se revoir.

On sait par quelle fatalité le meurtre du marchand
Rochard les avait réunis de nouveau.

Et, malgré cette épreuve peu encourageante, M. de
Peyras, cédant pour la seconde fois aux exigences d'une
situation dont l'horreur imposait silence à son orgueil,
allait demander à M. Marcasse le service qu'il lui avait
déjà refusé, et avec d'autant moins de chance de succès cette fois qu'il s'agissait de cinquante mille francs

au lieu de vingt mille, et que sa gêne devenait de plus en plus visible.

Il se croisa dans le cabinet de Marcasse avec la femme dont il venait d'entendre la conversation sans la comprendre, et quand celle-ci se fut retirée, il aborda tout de suite le sujet dont il venait entretenir son beau-frère.

— Mon cher Marcasse, lui dit-il d'un ton dégagé, je me fais sérieux, très-sérieux, je veux réparer les brèches que j'ai faites depuis quelque temps à ma fortune, et pour mon coup d'essai j'ai eu la main heureuse ; à force de chercher, je viens de découvrir une excellente affaire, mais là, une affaire d'or.

— Tant mieux, mon cher Pierre, répondit Marcasse, que ce début mit sur ses gardes et qui ne l'accueillit qu'avec un enthousiasme modéré.

— Il s'agit d'une immense propriété qui se vend par lots, tout près de Paris, à Châtenay, et je suis informé par un ami que l'un de ces lots est une véritable occasion ; mis à prix à cinquante mille francs, il en vaut plus de cent mille.

— Superbe affaire, en effet, dit froidement Marcasse.

— Malheureusement c'est dans quelques jours que se fait la vente, et je n'ai pas les cinquante mille francs tout prêts.

— C'est fâcheux.

— Mais j'ai cru pouvoir compter sur vous pour une affaire aussi avantageuse, qui peut me procurer en quelques jours un bénéfice de quarante à cinquante mille francs.

— Vous avez eu tort, mon cher Pierre, dit tranquillement M. Marcasse, vous connaissez mes principes sur ce point, je n'en démordrai jamais.

— Vous pourriez vous assurer par vous-même de la valeur de cette propriété.

— C'est inutile.

— Permettez-moi cependant de vous faire observer...

— Encore une fois, mon cher Pierre, ma résolution
et irrévocable et tout ce que vous pourriez dire ne m'en
ra pas changer.

Devant ce refus absolu, inflexible, Pierre de Peyras
e pouvait conserver aucun espoir, toute nouvelle insis-
nce devenait inutile.

Il le comprit et il en fut à la fois désespéré et épou-
anté.

Il sentait là quelque chose comme la main visible et
alpable de son mauvais génie le poussant de chute en
hute et d'abîme en abîme.

Il le voyait lui mettant la plume entre les doigts et le
ontraignant à tracer ce fatal billet, ce faux, devant
equel il avait reculé avec horreur et qu'il ne pouvait
lus éviter.

— Allons, dit-il en affectant une parfaite liberté d'es-
rit, puisque vous me refusez, je vais chercher ailleurs.

— Et vous trouverez sans peine, je n'en doute pas,
épondit Prosper Marcasse, toujours sur le même ton.

Il quitta son beau-frère du même air dégagé qu'il
vait en entrant et se rendit chez sa sœur la mort dans
âme.

Il la trouva déjà habillée, quoiqu'il fût à peine midi,
et en proie à une agitation qu'elle tâchait de dissimuler ;
car, ainsi que lui, elle ne pouvait en dire la cause.

En effet, elle attendait en ce moment la visite de
Jacques de Sylva, qui devait se rendre à peu près à cette
heure chez M. Marcasse, et passer ensuite chez elle
pour lui faire savoir si rien ne s'opposait à ce qu'il eût
le lendemain ses quinze cent mille francs et prendre les
derniers arrangements pour leur fuite en Espagne.

— Bonjour, Diane, dit-il en entrant.

Et se jetant d'un air sombre sur un fauteuil :

14.

— Je sors de chez Marcasse, dit-il.

— Ah ! fit indifféremment Diane, trop absorbée par ses propres soucis pour s'intéresser à autre chose.

— Oui, et j'en sors furieux, reprit Pierre.

— Pourquoi cela ?

— Il m'a refusé un service qu'il pouvait me rendre.

— Service d'argent ?

— Parbleu ! que puis-je lui demander, si ce n'est cela ?

— Si tu m'avais consultée, je t'aurais épargné cette humiliation.

— Bah ! j'aurais encore tenté; je ne sais ce que je n'affronterais pas pour trouver cinquante mille francs !

— Ce sera difficile.

Elle ajouta tout à coup :

— N'as-tu rencontré personne chez Marcasse ?

— Oui.

— Qui donc ? demanda vivement Diane, pensant que ce devait être Jacques de Sylva.

— Oh ! une personne insignifiante, une femme.

— Quelle espèce de femme ?

— Fort ordinaire, une sage-femme.

Diane se retourna comme une lionne.

— Hein ? fit-elle en bondissant vers son frère, une sage-femme, dis-tu ?

— Sans doute, répondit Pierre stupéfait, qu'est-ce que cela peut te faire ?

— Et son nom ? son nom, le sais-tu ? l'a-t-elle dit ?

Et comme son frère la regardait sans répondre, ne comprenant rien à cette violente agitation :

— Mais parle donc, dit-elle d'une voix brève et tremblante, son nom, le sais-tu ?

— Oui, car je l'ai entendue donner son adresse à Marcasse.

— Eh bien ?

— Elle demeure rue Saint-Nicolas-d'Antin et se
omme madame...

— Beaudoin? s'écria Diane en attachant sur son frère
n regard brûlant.

— Beaudoin, c'est cela.

Diane jeta un cri, ses traits se couvrirent d'une pâ-
ur livide et elle plongea sa tête dans ses deux main
n murmurant d'une voix brisée :

— Oh ! la malheureuse ! elle a tout dit.

Il y eut un moment de silence.

— Mais qu'as-tu donc? dit enfin Pierre à sa sœur,
ue t'arrive-t-il et que signifie ce désespoir à propos
une sage-femme qui...

Il s'interrompit tout à coup.

Ces derniers mots prononcés par lui l'avaient éclairé
ubitement et il avait compris, ou tout au moins deviné
ne partie de la vérité.

Alors il se tut, puis, sentant qu'il ne pouvait ni inter-
oger, ni conseiller sa sœur, il se leva pour prendre
ongé d'elle.

— Oh ! cette femme ! murmura Diane, le regard fixe
t désespéré, cette Mauresque ! elle avait bien dit que
e ne sourirais plus ! C'est à elle, à elle seule que je dois
outes ces tortures ; oh ! mais comment me soustraire
ux persécutions de cette créature infernale?

— Allons ! dit Pierre en lui pressant la main, je ne
ais rien, je ne puis donc rien que te donner ce seul
onseil : pas de coups de tête, pas d'imprudences.
Adieu.

Il était sorti depuis dix minutes à peine quand on
rappa à sa porte.

— Lui ! s'écria-t-elle.

— Elle courut ouvrir.

Elle ne s'était pas trompée, c'était Jacques de Sylva.

Il paraissait presque aussi agité qu'elle.

— Eh bien? demanda-t-elle en le regardant fixement

— Je sors de chez lui, répondit le jeune homme.

— Qu'a-t-il dit?

— Quand je lui ai demandé mes quinze cent mill francs, il m'a répondu de la façon la plus cordiale Quand vous voudrez.

— Alors vous avez dit?...

— J'ai dit demain, mais...

— Mais... quoi donc? demanda Diane, qui se mit trembler d'impatience et d'angoisse...

— Mais alors, reprit le jeune homme, il me regard: tout à coup d'un air étrange, réfléchit quelques ins- tants, puis me répondit : Demain, c'est un peu tôt pou une pareille somme, mais dans cinq ou six jours, s vous voulez.

— Six jours! murmura Diane.

— J'avais la mort dans l'âme, mais je m'aperçus qu'i m'observait et j'eus la force de dissimuler.

— C'est bien, lui dis-je, fixez vous-même le jour.

— Et ce jour?

— Eh bien! m'a-t-il dit, samedi prochain, les quinze cent mille francs seront à votre disposition.

Je le quittai sur cette parole, voyant bien qu'il y avait dans toute sa conduite quelque chose d'équivoque et me demandant avec inquiétude ce que cela signifiait.

— Ce que cela signifie, s'écria Diane avec un geste désespéré, je vais vous le dire.

XXXVI

TRAHISON

Diane était pâle et ses traits altérés trahissaient l'exaltion de la souffrance.

Elle reprit, en fixant sur le jeune homme un regard ii avait quelque chose d'égaré :

— Si vous étiez venu chez mon mari quelques insnts. plus tôt, vous vous seriez croisé avec une femme ii en sortait, et savez-vous ce que c'était que cette mme ? C'était celle à laquelle j'avais été contrainte de nfier mon secret.

Elle pressa son front dans sa main comme pour y mprimer les pensées désespérées qui troublaient son rveau, puis elle reprit :

— Cette femme, à laquelle j'avais caché mon nom et a demeure, comment a-t-elle pu venir chez Marcasse que venait-elle y faire ! Ah ! il n'est que trop facile de deviner, il est impossible de se faire illusion : cette mme, connue de l'infernale Mauresque, instruite et oussée par elle, sans nul doute, venait tout dévoiler à on mari.

— Quoi ! s'écria Jacques avec émotion, vous croyez ue M. Marcasse ?

— Il sait tout ! il sait tout, vous dis-je ! s'écria Diane en e tordant de désespoir.

Elle reprit après une pause, en s'arrêtant brusque-ent devant lui :

— Et comprenez-vous maintenant, comprenez-vous ourquoi il vous a renvoyé à cinq ou six jours, après

vous avoir dit que l'argent était à votre disposition
Pourquoi il s'est mis à attacher sur vous ce regar
étrange, dont l'expression vous a frappé? pourquoi? Ah
je le comprends bien, moi. Instruit par cette femme d'un
partie de la vérité, mais ne sachant à qui s'en prendre
cherchant autour de lui quel pouvait être l'autre cou
pable, ses soupçons ont été subitement éveillés pa
cette demande de quinze cent mille francs dont vou
n'aviez rien dit jusque-là et qu'il vous fallait tout d
suite.

— Peut-être, dit Jacques; mais, après tout, ce n
sont que des soupçons.

— Oui, mais dans quelques mois, vous le savez,
aura une certitude complète, visible, indéniable. Oh
tenez, Jacques, ma tête se perd quand je songe à tou
ce qu'il sait, à tous les dangers que je cours, aux my
térieux ennemis qui m'enveloppent, qui me harcèler
et s'acharnent à ma perte, oui, je me sens devenir foll
et je le deviendrais à coup sûr si je restais ici un jour d
plus.

Et promenant autour d'elle des yeux hagards :

— Jacques, murmura-t-elle d'une voix brève et d'u
ton résolu, il faut partir, partir tout de suite.

— Partir tout de suite, dit Jacques; mais c'est impo
sible, Diane, absolument impossible.

— Oh! ne me dites pas cela, s'écria Diane tout eff
rée, il n'y a pour moi qu'une chose impossible, c'est d
rester ici, j'y suis sur des charbons ardents: Jacques,
veux partir.

— Diane, calmez-vous et écoutez-moi : non-seule
ment il nous faut de quoi vivre en Espagne, mais je n
puis partir, fuir avec vous, sans avoir retiré des mai
de M. Marcasse et placé ailleurs la fortune de ma sœu
et de ma mère.

— Jacques, je ne veux rien entendre, répliqua Dia

c cette obstination du désespoir que nulle raison ne
ut convaincre, j'ai le pressentiment des plus affreuses
astrophes, tout se réunit, se groupe et s'entasse au-
ur de moi pour jeter l'épouvante dans mon âme, tout
e crie qu'il faut fuir, et je veux fuir. De l'argent, j'en
j'ai là pour plus de deux cent mille francs de bijoux,
sont dans ma chambre, tout préparés, je cours les
ercher, attendez-moi et nous déciderons l'heure en-
ite.

Jacques de Sylva voulut répliquer, mais elle lui im-
osa silence d'un geste et quitta le salon d'un pas
pide, le laissant ahuri, épouvanté de cette détermi-
tion insensée et ne voyant aucun moyen de s'y sous-
aire.

Il l'attendit dix minutes environ.

Quand elle reparut, il ne put retenir un cri.

Ses traits étaient si affreusement défigurés qu'ils en
aient méconnaissables ; on eût dit le masque du dé-
espoir posé sur son visage.

— Grand Dieu ! qu'avez-vous, Diane ? que vous arri-
e-t-il ? s'écria-t-il en s'élançant vers elle.

Diane le regarda fixement, resta quelques instants
ans parler, puis elle s'écria, en se laissant tomber sur
n siége :

— Volés ! ils sont volés !

— Volés ! quoi ? que voulez-vous dire ?

Diane se releva d'un bond, se mit à parcourir son
alon, les lèvres serrées, l'œil enflammé, frappant ses
ains l'une contre l'autre, et murmurant d'une voix fré-
issante :

— Oui, oui, volés, mes diamants, volés ! comprenez-
ous ? mes bijoux ! ma seule ressource, volés !

Elle s'arrêta tout à coup, et s'écria en se frappant le
ront :

— Volés ! mais par qui ? par qui ?

Elle s'approcha de Jacques, et lui dit à voix basse :

Une horrible pensée me vient en ce moment : si c'était Marcasse !

— C'est impossible ! dit le jeune homme.

— Il a tout appris, il a pu fureter dans ma chambre, y trouver mes bijoux préparés en petits paquets commodes, tout prêts pour l'heure de la fuite, et alors...

Elle se frappa le front avec désespoir.

— Oh ! mais c'est horrible, c'est horrible ! s'écria-telle. Arrêtée par cette crainte, je ne puis aller lui dire ce qui m'arrive, je ne puis faire aucune démarche, et, faute de prévenir la police, je perds toute chance de retrouver ce qui m'a été volé, je laisse fuir tranquillement les coupables quand il faudrait ne pas perdre une minute pour trouver leurs traces.

Elle se tut, resta quelques instants comme écrasée sous le coup qui l'accablait, puis elle reprit :

— Si ce n'est pas lui, comment lui avouer ce vol ? que dire quand il me demandera pourquoi je ne suis pas accourue lui en faire part afin qu'il fît les démarches nécessaires auprès de la police ?

Et elle s'écria avec un accent déchirant :

— Ah ! j'en deviendrai folle !

Elle se mit à parcourir son salon, en proie à une agitation fiévreuse, puis se frappant le front, elle reprit, avec un rayon d'espoir dans les yeux :

— Qui sait si Mariette ne les a pas trouvés et serrés ailleurs ?

Elle se jeta aussitôt sur un cordon de sonnette.

La femme de chambre ne tarda pas à paraître.

— Mariette, lui dit-elle, avez-vous rangé mes bijoux ?

— J'ai voulu les ranger, madame, répondit Mariette avec le clame de l'innocence, mais je ne les ai pas trouvés et j'ai pensé naturellement que madame avait pris cette peine elle-même.

— Ainsi, vous ne les avez pas touchés depuis hier?

— Je ne les ai même pas vus, madame.

Diane ferma les yeux et resta un instant immobile et silencieuse.

Elle perdait sa dernière espérance.

— C'est bien ! dit-elle enfin ; vous pouvez vous retirer.

Mariette sortit, l'air tranquille et dégagé comme de coutume.

— Et maintenant, que dois-je penser? Que sont devenus ces bijoux? Quel parti prendre? Voilà des questions qui se présentent à mon esprit et que je ne puis résoudre. Partir ! Voilà mon vœu le plus ardent, voilà mon idée fixe, et, par une incroyable fatalité, les ressources dont nous pouvions disposer l'un et l'autre nous sont ravies à la fois. Oh ! mais je ne veux pourtant pas rester ici ! Non, non, je ne le veux pas !

— Diane, je vous en supplie, dit Jacques de Sylva, partir en pays étranger dans de pareilles conditions, est impossible,; attendons quelques jours encore.

— Quelques jours ! s'écria Diane ; mais, dans quelques jours, la catastrophe que je redoute, que je pressentais depuis quelque temps, et qui est devenue imminente, peut éclater tout à coup, terrible, irréparable. Songez que mon mari sait tout, il est impossible d'en douter, et vous croyez qu'avec cette pensée dans le cœur je puis rester tranquillement près de lui quelques jours !.. Mais quelques jours, pour moi, c'est un siècle de tortures ; c'est une vie de transes et d'anxiétés à laquelle je préférerais la mort.... Encore une fois, non, je ne resterai pas.

Elle allait continuer quand on frappa à la porte.

Diane s'efforça de reprendre quelque empire sur elle même.

La porte s'ouvrit et on entra.

1.   15

C'était M. Marcasse.

Il alla à Jacques de Sylva de l'air le plus naturel, lui donna une poignée de main et lui dit en souriant :

— Vous n'avez pas voulu partir sans présenter vos hommages à madame, monsieur de Sylva, je vous en remercie.

Puis, se tournant vers sa femme :

— Ma chère Diane, lui dit-il, je viens vous prévenir que, dans quelques jours, après que j'aurai réglé une petite affaire avec M. Jacques de Sylva, je quitterai Paris pour deux ou trois jours.

— Je vous remercie de cette attention, répondit Diane en étudiant avec attention la physionomie de son mari, mais vous ne m'avez pas accoutumée à me faire part de vos absences.

— C'est que cette fois mon voyage sera court, agréable sous tous les rapports, et, sauf une affaire qui prendra quelques heures seulement, n'offrira que des plaisirs sans fatigue et sans ennui ; or, dans le cas où il vous eût convenu de m'accompagner, je voulais que vous eussiez le temps vous préparer.

Diane continuait d'examiner son mari, ne comprenant rien à cette façon d'être toute nouvelle à son égard et que rendait plus extraordinaire encore la révélation qui lui avait été faite il y avait une heure à peine.

Fallait-il voir là un piége ou une inspiration généreuse ? une vengeance ou un pardon ?

La plus favorable hypothèse, le pardon, entraînait forcément la réconciliation avec toutes ses conséquences.

Cette perspective révolta Diane, qui lui répondit :

— Je vous remercie, je ne suis pas en humeur de voyager en ce moment, permettez-moi donc de ne pas accepter votre offre.

— Comme il vous plaira.

Il salua sa femme et sortit avec Jacques de Sylva qui ne crut pas devoir rester.

— Il part ! s'écria Diane avec une joie fiévreuse, tant mieux, il ne me trouvera pas au retour.

XXXVII

LES CHERCHEURS D'OR

Quelques jours après cette scène, nous retrouvons Pierre de Peyras au *Café polonais* avec Robert Talbot et le docteur Alfred, qui soigne chaque jour la blessure de ce dernier.

Pierre de Peyras qui, on s'en souvient, avait vu M. Lubin sortir du *Café polonais* au moment où il allait entrer lui-même et qui, le lendemain, s'était vu arracher par lui les lettres que lui avait vendues le docteur, avait d'abord soupçonné une connivence entre eux ; mais le docteur lui avait affirmé que ce vieillard, qu'il avait vu et reconnu depuis au portrait qu'il lui en avait fait, venait là quelquefois pour y voir un vieil habitué de l'établissement.

Et comme aucun changement ne s'était opéré dans la condition du docteur Alfred, comme, d'un autre côté, il était peu probable qu'il eût gratuitement livré ce secret à M. Lubin, qui, d'ailleurs, payait cher les services de cette nature, comme il avait fait pour les affaires Roudah et Fauconnier, Pierre avait été facilement persuadé que ses soupçons étaient mal fondés et avait rendu toute sa confiance au docteur.

C'était là que Robert et lui se donnaient rendez-vous

tous les soirs, pour parler de la grande affaire qui les absorbait tout entiers, la vente du domaine de Fouge-raie, dont le terme se rapprochait de jour en jour.

Chaque soir Pierre venait rendre compte à Talbot des démarches qu'il avait faites dans la journée pour trouver les cinquante mille francs qu'il lui fallait, et régulièrement il avait à lui annoncer qu'il avait échoué partout.

Cette fois encore, il était entré au *Café polonais* avec un visage sombre et découragé.

En l'apercevant, Robert s'était retiré dans un coin, où Pierre le suivit, après avoir fait un signe de tête au docteur en passant.

— Eh bien? lui demanda Robert.

— Toujours la même chose, répondit Pierre.

— Toujours rien, j'ai deviné cela en vous voyant entrer.

— J'ai frappé à toutes les portes, j'ai vu tous les usuriers de Paris, tous mes amis; ce qui est bien autrement humiliant, j'ai fait pis, j'ai imposé à mon amour-propre, à mon orgueil, à ma dignité une démarche dégradante, infâme, je suis allé demander ce service à M. Jacques de Sylva, un homme auquel, pour des raisons que je ne puis dire, je ne devrais pas même rendre son salut.

— Oh! ces raisons je les connais, dit Robert avec un sourire.

— Vous? répliqua Pierre en lui jetant un regard menaçant.

— Oui, moi et tous ceux qui ont des yeux et qui voient M. de Sylva partout où se trouve madame Marcasse, au Bois, au théâtre et à toutes ses soirées.

— Et qu'ose-t-on induire de ses assiduités?

— Ce que vous avez deviné vous-même et ce que vous venez d'avouer aussi clairement que possible.

— C'est vrai, dit Pierre de Peyras ; eh bien ! voilà jusqu'où je n'ai pas craint de m'abaisser pour trouver cette somme.

— Et pour sauver nos têtes, permettez-moi d'insister sur ce point. Au reste, ce résultat ne m'étonne nullement et je vous répéterai ce que je vous dis chaque soir : il faudra toujours en revenir à mon homme.

— Oui, et à ce faux, murmura Pierre, en jetant autour de lui des regards inquiets, ah ! voilà ce que j'ai voulu éviter au prix même des plus dures humiliations.

— C'est une satisfaction que vous avez voulu vous donner, je vous ai laissé faire, mais il ne doit plus vous rester d'illusions à cet égard, et, d'ailleurs, le temps des irrésolutions et des tâtonnements est passé, c'est après-demain qu'on vend Fougeraie, et c'est demain qu'il nous faut de l'argent, c'est donc demain, avant midi, qu'il faut aller trouver mon homme avec le billet de cent mille francs à la main.

Pierre de Peyras s'accouda sur la table et resta quelques instants dans cette position, l'œil fixe et sans regard.

Puis, après un long silence, il murmura tout bas :

— Un faux ! voilà donc où j'en suis arrivé !

Fauconnier m'a dit un jour : Le désordre mène à tout, même sur les bancs de la cour d'assises. Qui sait si ce n'était pas une prophétie ?

Il frissonna à ces derniers mots.

— Oh ! pas de pensées décourageantes, lui dit Robert, nous avons besoin de toute notre énergie. Au lieu de vous désoler de faire un faux, qui d'ailleurs ne peut avoir d'autre conséquence que de vous attirer un sermon de M. votre oncle, estimez-vous heureux de trouver un homme qui veuille bien vous l'escompter.

— Mais rappelez-vous donc que c'est un héritage de quatre millions que je m'expose à perdre.

— Il serait bien autrement perdu, si nous laissions

vendre l'étable de Fougeraie ; une fois la tête dans l
panier, adieu l'héritage.

Cette phrase cynique fit pâlir M. de Peyras, qui n
pouvait entrevoir sans trembler l'épouvantable perspec
tive que Robert se plaisait à lui remettre sous les yeu
dès qu'il le voyait faiblir.

— Ainsi, dit ce dernier, à ce soir dix heures, chez l
père Boulart, rue des Cinq-Diamants.

— Soit, finissons-en ce soir, répondit Pierre.

— Il nous reste deux heures, allons les passer avec l
docteur Alfred, que j'ai le plus grand intérêt à ménager

Et tous deux allèrent s'asseoir à la table du docteur
Celui-ci fumait en *sirotant* un gloria avec son apathi
habituelle, l'œil vague, suivant indolemment du regar
le nuage qui sortait de sa pipe.

— Monsieur de Peyras, dit-il à celui-ci, voulez-vou
me permettre de faire une supposition à votre égard ?

— Supposez, docteur, je n'y vois aucun inconvénien

— Eh bien ! voici quatre jours de suite que je vou
vois causer dans ce petit coin avec M. Talbot, et vou
paraissez tous deux fort inquiets et fort découragés.

— Eh bien ! docteur ?

— Eh bien ! monsieur de Peyras, j'ai vu cent fois ce
air-là à d'autres qu'à vous, et il avait toujours la même
signification.

— Et c'était ?

— L'argent... ou plutôt la recherche de l'argent.

— Vous êtes observateur, dit Pierre, évitant de ré
pondre.

— Je suppose donc que vous êtes l'un et l'autre tour
mentés de cette maladie, et, si je me permets de vou
dire ma pensée sur ce point, c'est que je puis vous in
diquer un médecin spécialiste qui a tout ce qu'il fau
pour guérir cette maladie.

— Sa spécialité est l'usure ? demanda Robert.

— Naturellement.

— Peut-être aurons-nous besoin de le consulter, quoique ce soit peu probable maintenant. Donnez-nous donc son adresse.

— Oh ! il est fort défiant et ne vous recevrait pas seuls. Je vous accompagnerai chez lui quand vous aurez besoin de son ministère.

— Merci, c'est bon à savoir.

A partir de ce moment on causa de la pluie et du beau temps, politique et littérature, beaux-arts et théâtre, et l'on gagna ainsi dix heures.

Alors Robert Talbot et Pierre de Peyras se levèrent, saluèrent le docteur et sortirent.

La rue des Cinq-Diamants est tout près de la rue Aubry-le-Boucher ; ils y étaient au bout de quelques minutes.

Cette rue, ainsi que celle de Quincampoix, qui lui fait suite, est un reste du vieux Paris.

Voie étroite, bordée de maisons hautes et noires, avec un sol toujours boueux, sur lequel n'a jamais brillé un rayon de soleil, tel est l'aspect de la rue des Cinq-Diamants, d'où s'échappent en tout temps des émanations écœurantes.

Là, comme au bas de la rue Saint-Jacques, les boutiques, dont la plupart sont occupées par des distillateurs, sont éclairées en plein jour.

— Voilà, dit Robert en montrant à Pierre de Peyras une allée étroite et noire.

Au bout de l'allée, une petite lanterne triangulaire était une lumière incertaine et guidait à peu près les gens jusqu'aux premières marches d'un escalier aussi sombre et aussi étroit que l'allée.

Robert passa le premier, et tous deux gravirent l'escalier jusqu'au quatrième étage.

Une seconde lanterne triangulaire éclairait vaguement le palier, sur lequel donnaient deux portes.

On entendit un pas lourd, puis une voix cria :

— Qui est là ?

— Robert et son ami.

— Bien.

Deux verrous furent tirés, la clef joua dans la serrure et la porte s'ouvrit.

Robert et son ami pénétrèrent dans une petite pièce garnie de meubles vulgaires et disparates et dont tout l'aspect était froid et attristant.

Le père Boulart était un homme de cinquante ans environ, de taille moyenne, carré des épaules, lourd d'allure, de geste et de [physionomie, mais dont l'œil dénotait le bon sens, la ruse et la circonspection.

— Asseyez-vous, messieurs, dit-il, avec une politesse un peu équivoque.

Il prit place lui-même sur une chaise de paille en face de ses deux visiteurs, sur lesquels tombait en plein la lumière d'une lampe.

— Monsieur de Peyras ? demanda le père Boulart en désignant celui-ci du doigt.

Pierre s'inclina.

— Eh bien ! monsieur de Peyras, reprit le père Boulart, veuillez donc me donner quelques renseignements sur votre oncle, M. le comte Jean de Peyras.

— Mon oncle, répondit Pierre, est un homme de soixante ans, maladif, morose, taciturne, ayant le monde en horreur, l'espèce humaine en exécration sans excepter sa famille, car il nous a instamment prié de ne venir le voir que lorsqu'il nous ferait appeler. vit retiré au fond d'un vieux château, près de Saint Germain, ne sort presque pas de sa chambre, s'habille plus mal que son concierge, se nourrit comme il s'habille, et ne s'intéresse qu'à une chose de ce monde l'argent.

Enfin, un détail qui ne sera pas sans importance

vos yeux, sa santé, depuis longtemps fort délabrée, a été très-gravement ébranlée, il y a un mois par une attaque d'apoplexie qui a failli l'emporter.

Le père Boulart qui avait écouté ce portrait avec une grande attention, sourit légèrement, et dit à Pierre :

— Ainsi, voilà votre comte de Peyras, à vous.

— Le voilà tel qu'il est, répondit Pierre.

— Vous voulez dire tel qu'il était, reprit le père Boulart, eh bien ! c'est moi qui vais vous faire connaître le vrai comte de Peyras, et je vous préviens que je vais vous causer de fâcheuses surprises.

XXXVIII

LA CHASSE A L'USURIER

Ce préambule avait vivement inquiété M. de Peyras, qui attendit avec impatience la surprise que venait de lui promettre le père Boulart.

— J'étais allé un jour à Saint-Germain pour affaires, dit l'usurier, je traversais une des rues les plus désertes de la ville avec mon client, un charmant jeune homme qui jetait l'argent par les fenêtres comme un marquis de l'ancien régime, une nature chevaleresque, tout à fait sympathique.

— Oui, sympathique aux usuriers, dit Robert Talbot.

— Ainsi qu'aux femmes, car il est à remarquer que les femmes et nous, nous avons un grand faible pour les mauvais sujets.

— Mais pour des motifs opposés : ils inspirent de l'intérêt aux unes et en payent aux autres.

15.

— J'aime mieux mon rôle que celui de ces dames, il est plus lucratif et moins dangereux. Mais je reprends : je traversais donc cette rue avec mon jeune client, lorsque, m'arrêtant tout à coup :

— Père Boulart, me dit-il, je veux vous montrer un spectacle dont l'imposante grandeur va peut-être vous jeter à la renverse.

— Bah ! lui dis-je, où est-il donc ce spectacle ?

— Ici même.

— A Saint-Germain ?

— Dans cette rue.

Je jette les regards de tous côtés et je ne vois rien.

— Ah çà, m'écriai-je, où diable se cache-t-il donc votre imposant spectacle ?

— Mais il vous crève les yeux.

Et me montrant un vieillard qui venait au-devant de nous, misérablement vêtu, malgré la rigueur du froid, serrant frileusement un vieux paletot sur ses membres grelottants, la tête couverte d'un chapeau luisant de graisse, le regard éteint, les traits pâles et terreux, il me dit :

— Voilà mon spectacle, contemplez ce vieillard, enivrez-vous de sa vue, frôlez son habit et aspirez son odeur en passant comme si c'était un génie, un saint, un prophète, car, je vous le déclare, il est plus que tout cela pour vous, et vous aller tomber la face contre terre quand vous saurez ce qu'il représente, et vous regretterez de n'avoir pas baisé la poussière de ses pieds.

Je le supplie de me dire enfin quel est cet homme, et c'est alors qu'il m'apprend qu'il se nomme le comte de Peyras et qu'il est huit fois millionnaire.

— C'était mon oncle ? dit Pierre.

— Oui, monsieur de Peyras, et je vous l'avoue franchement, mon jeune client n'avait pas exagéré l'effet qu'il devait produire sur moi ; j'en fus littéralement hébété. Chacun ici-bas a ses instincts, ses sympathies et ses admirations.; quant à moi, mon enthousiasme est pour l'or, je ne puis voir un millionnaire sans émotion, jugez donc de ce que je dus éprouver en me trouvant face à face avec un homme riche de huit millions ! Je ne m'en cache pas, tous les grands écrivains et tous les grands capitaines du monde me paraissaient bien peu de chose près de ce vieillard, que sa misère apparente et ses privations volontaires rendaient encore plus imposant à mes yeux. Posséder huit millions, pouvoir dépenser 400,000 fr. par an, et vivre de quelques sous par jour, est-il au monde un spectacle plus admirable ! Je le regardai s'éloigner et le suivis des yeux jusqu'à ce qu'il eût disparu; je ne pouvais me lasser de contempler ce sublime vieillard qui, supérieur aux plus austères anachorètes, se privait de tout, quoique regorgeant d'or et sans s'être engagé par aucun vœu. Ce spectacle me fit du bien et eut sur moi une salutaire influence, dès ce jour-là je supprimai le dîner que je prenais chaque jour dans un des caveaux de la rue de Valois et qui me coûtait bien seize sous, ni plus ni moins, et le remplaçai par un cervelas, un morceau de fromage et un verre d'eau, l'ordinaire du noble comte de Peyras.

Pierre de Peyras et Robert Talbot échangèrent un regard qui signifiait clairement :

— Est-ce sérieux, ou veut-il plaisanter ?

Mais c'était très-sérieux.

Le père Boulart resta quelques instants absorbé par le charme de ce souvenir, puis il reprit :

— Il y a huit jours, j'assistais à une représentation de la *Juive*, car je suis très-bien avec le chef de claque, qui m'admet parfois dans son bataillon sacré ; j'admirais la salle, toute ruisselante de diamants et éblouissante de lumière, quand je vois paraître à une loge de face un vieillard d'une belle et fière tournure, mis avec beaucoup de recherche, soigné jusque dans les moindres détails de sa toilette, et qui, malgré ses cheveux blancs, qui annonçaient soixante ans au moins, n'en paraissait guère plus de cinquante. Il s'assit dans cette loge qu'il occupait seul, promena sa lorgnette sur tous les points de la salle, puis se mit à parcourir un journal, déployant dans ses moindres gestes une élégance naturelle et une aisance aristocratique qui bientôt attirèrent sur lui tous les regards. Il me sembla le reconnaître, mais le contraste était si frappant que je crus à une méprise jusqu'au moment où j'entendis causer deux jeunes gens dont l'un dit à l'autre :

— Ce comte de Peyras, il doit avoir retrouvé la fontaine de Jouvence, il prend un an de moins tous les jours.

— Quoi ! s'écria Pierre, ce fier et élégant personnage, c'était mon oncle ?

— C'était lui, et, en l'examinant de nouveau, je le reconnus parfaitement, et pourtant il n'y avait pas plus de rapport entre ce comte de Peyras et l'autre qu'entre le papillon et la chrysalide.

— Allons ! c'est impossible ! s'écria Pierre, une pareille transformation serait un miracle.

— Aussi me restait-il un doute quand, le lendemain, je rencontre mon jeune client, celui qui m'avait montré le premier le comte de Peyras à Saint-Germain. Je lui fais part de l'événement de la veille, et il me répond qu'en effet l'avare sordide s'était transfiguré et que c'était bien lui que j'avais vu à l'Opéra.

— C'est impossible, vous dis-je, reprit M. de Peyras, et ce jeune homme se trompait comme vous.

— Quant à cela, c'est différent, il ne pouvait se tromper, car il le voyait au moins une fois par mois.

— A quel titre ?

— C'est le fils de son notaire.

— Charles Barruel ?

— Justement.

Il y eut un moment de silence.

— Mais, reprit Pierre de Peyras, quelle cause attribue-t-on à ce phénomène ?

— C'est ce que ne put m'apprendre le jeune Barruel
je l'ignorais encore hier.

— Et maintenant ?

— Quand mon ami Robert Talbot est venu hier me
proposer l'affaire que vous savez, je me suis mis aussitôt en campagne pour obtenir de nouveaux renseignements sur le comte Jean de Peyras, et surtout sur le
mystère de sa nouvelle incarnation, et savez-vous ce
que j'ai appris ?

— Je vous le demande.

— Eh bien ! la cause de cette révolution morale, c'est
le petit dieu malin.

— Mon oncle est amoureux ?

— Comme on l'est à soixante ans.

— Vous êtes sûr ?...

— Tellement sûr que je puis vous nommer l'objet de
sa passion.

— Vous la connaissez aussi ?

— De nom, pas autrement.

— Et ce nom ?

— On l'appelle la princesse Nubia de Villaflor.

— Vous dites : Nubia ?...

— De Villaflor.

Pierre de Peyras se tut et devint tout sombre.

— Cette merveilleuse beauté, cette irrésistible en-
chanteresse dont m'a parlé ma sœur, murmura-t-il.

Le père Boulart reprit :

— Et maintenant vous devinez sans peine quelle a
dû être ma résolution à la suite de ces informations.

— Mais non, je ne le devine pas, dit Pierre.

— Naturellement, je renonce à l'affaire.

M. de Peyras fut atterré de cette décision.

Autant il avait eu de peine à accepter le redoutable expédient que lui avait proposé Robert, autant il était désespéré en ce moment de voir cette suprême ressource lui échapper.

C'est en ce moment surtout qu'il comprenait ce que lui avait dit son complice, c'est-à-dire qu'il fallait tout risquer, tout compromettre sans hésiter pour acquérir le coin de terre où reposait leur victime.

— Cependant, dit-il au père Boulart, si je doublais le chiffre du billet, deux cent mille francs pour cinquante mille ?

— Quand vous tripleriez, je refuserais encore, et vous devez le comprendre ; aujourd'hui neveu et héritier naturel du comte de Peyras, vous représentez quatre millions ; mais que votre oncle se marie demain, les millions s'évanouissent comme une fumée, et vous restez nu comme un petit saint Jean.

— C'est vrai ! murmura Pierre, épouvanté de cette perspective, qui n'avait rien d'improbable.

— Ainsi donc, reprit Boulart, plus un mot de cette affaire, je n'en veux plus entendre parler.

Et se levant sans façon :

— Mais, dit-il, revenez me voir quand vous aurez une affaire offrant toutes les garanties désirables, vous me trouverez tout disposé à traiter avec vous.

Il n'y avait plus qu'à se retirer, c'est ce que firent Robert et M. de Peyras.

Quand ils furent dans la rue :

— Et maintenant, que faire ? où aller ? à qui nous adresser ? dit Pierre à Talbot.

— Retournons au *Café polonais*, le docteur Alfred nous a parlé de quelqu'un...

— Oui, je me rappelle, mais à quoi bon ?

— Il nous faut pourtant cette somme, il nous faut donc tout tenter; allons.

Ils étaient bien sûrs de retrouver le docteur Alfred au *café polonais*; il y était en effet, immuable dans son petit coin.

Un individu au corps étriqué, à la mine sèche et glaciale, aux lèvres serrées et comme cadenassées, causait et consommait avec lui.

Le docteur comprit à l'expression de leur physionomie qu'ils avaient échoué dans l'affaire pour laquelle ils venaient de sortir.

— Tenez, messieurs, leur dit-il en les invitant à s'asseoir à sa table, je vous ai parlé d'une personne avec laquelle vous pourriez peut-être vous arranger dans le cas où vous n'auriez pas déjà traité, la voici : c'est M. Loiseau, que j'ai l'honneur de vous présenter.

— Ah! fit Robert avec empressement, monsieur est disposé...

— A vous entendre, répondit froidement M. Loiseau.

Et se levant aussitôt :

— Nous sommes trop entourés ici, venez m'expliquer votre affaire là-bas, au fond de la salle, où nous serons isolés.

— Allons, tout espoir n'est pas perdu, pensa M. de Peyras.

XXXIX

UN TESTAMENT A SURPRISES

Quand ils furent installés tous trois, M. Loiseau dit à Pierre de Peyras et à Robert Talbot :

— Etes-vous solidaires dans l'affaire en question, ou est-ce avec un de vous seulement que je dois traiter?

Nous sommes solidaires en ce sens que l'affaire nous intéresse au même degré, répondit Robert, c'est pour cela que je ne me sépare pas de mon ami, M. Pierre de Peyras, quand il s'agit de la proposer et de la discuter; mais lui seul peut vous offrir les garanties indispensables pour traiter et pour conclure.

— Je comprends; eh bien! maintenant, messieurs, abordons la question, mais carrément, sans hésitation et sans fausse pudeur. Quand on se décide à venir à nous, c'est qu'il s'agit d'une affaire équivoque, sans quoi on s'adresserait directement à un banquier; je m'attends donc à tout, je suis bronzé sur tout, il ne me reste pas le moindre préjugé; ainsi exposez-moi la chose sans voile et sans détour; je vous écoute.

Encouragé par cette invitation, Pierre exposa à M. Loiseau son désir d'escompter un billet de cent mille francs, signé par lui au nom de Jean de Peyras, son oncle, dont l'immense fortune était connue de tout Paris.

— Oui, oui, dit M. Loiseau, il est coté chez les usuriers comme chez les banquiers, et je n'ai pas besoin d'autres renseignements en ce qui concerne sa fortune et sa solvabilité, mais ce n'est pas tout.

— Que vous faut-il donc encore? demanda Pierre avec inquiétude.

— La certitude que vous hériterez de lui.

— Ma sœur et moi sommes ses héritiers naturels.

— Naturels, soit, mais non forcés, mais non de par la loi et malgré lui, comme les enfants héritent de leur père. C'est pourquoi il faudrait avoir la preuve que vous héritez réellement.

— C'est me demander tout simplement l'impossible.

— Croyez-vous qu'il ait fait un testament?

— C'est probable, car il a été très-malade il y a quelque temps ; mais quels sont les termes de ce testament ? C'est ce que je ne puis demander ni à lui ni à Mᵉ Barruel, son notaire. Seulement je jurerais que ma sœur et moi...

— Hein? répondit vivement M. Loiseau, vous dites que Mᵉ Barruel est le notaire de votre oncle?

— Sans doute; vous le connaissez ?

— Non pas lui, mais son fils, et peut-être !...

Il s'interrompit et se mit à réfléchir.

— N'est-ce pas aujourd'hui jeudi? demanda-t-il tout à coup.

— Oui, répondit Robert Talbot.

— C'est bien, il est ce soir chez le mari.

Il appela le garçon, lui demanda une plume, du papier et de l'encre, et voici ce qu'il écrivit :

« Monsieur Charles Barruel est invité à passer *de suite* chez moi, il s'agit de la personne en question, c'est grave, pas une minute à perdre.

» LOISEAU. »

Il mit ce billet dans une enveloppe, sur laquelle il écrivit :

« Monsieur Charles Barruel, chez M. Vautier, banquier, rue du Helder, 7. »

Puis il chargea le garçon de la remettre au commissionnaire qui se tenait en face du café, avec ordre de la porter de suite à son adresse.

— Dans trois quarts d'heure, dit-il en jetant un coup d'œil sur la pendule, M. Charles Barruel sera chez moi, rue Mandar, où nous allons nous rendre tous les trois. Mais nous avons le temps; votre billet est tout prêt, n'est-ce pas?

— Le voilà, répondit Pierre de Peyras, qui le tira de sa poche et le lui remit.

M. Loiseau l'étudia avec une scrupuleuse attention, puis le rendant à M. de Peyras :

— C'est bien, dit-il, rien n'y manque, il est parfait, et maintenant si je réussis dans le plan que je viens de concevoir, il est probable que nous ferons des affaires.

Après un quart d'heure d'entretien, ils se levèrent tous trois et se rendirent rue Mandar.

Arrivé chez lui, M. Loiseau alluma une petite lampe, montra à ses compagnons les deux pièces qu'il occupait et qui se composaient d'une chambre à coucher et d'un cabinet de travail.

— Je vais recevoir M. Barruel dans mon cabinet, leur dit-il, vous vous tiendrez, sans lumière, dans cette chambre, dont la porte vitrée vous permettra de tout voir et de tout entendre, de sorte que si le jeune homme qui est un peu violent, devenait dangereux... vous comprenez ?

— Oui, répondit Robert, nous comprenons pourquoi vous nous avez amenés, et vous pouvez compter sur nous dans le cas où l'entretien prendrait une tournure inquiétante.

Il était près de minuit quand un coup de sonnette se fit entendre.

L'usurier courut ouvrir et revint bientôt en disant, de manière à être entendu de ceux qui étaient dans sa chambre :

— Entrez, monsieur Barruel.

— En vérité, mon cher monsieur Loiseau, s'écria le jeune homme en s'asseyant, c'est une étrange idée de m'envoyer chercher à pareille heure et chez M. Vautier.

— J'avais pour cela un grave motif, répondit l'usurier, et je vais vous le faire connaître. Monsieur Barruel, le vingt-sept juin dernier vous veniez me supplier de tirer d'embarras une dame de vos amies, madame Vautier, à laquelle une marchande à la toilette, madame Tur-

nolle, réclamait le payement d'une note de vingt mille
francs pour bijoux, cachemires et dentelles, menaçant
adite dame de s'adresser à son mari si elle n'était payée
dans les quarante-huit heures. J'avais confiance en vous,
e consentis à la seule condition que madame Vautier
ne ferait un billet de vingt-cinq mille francs, payable à
trois mois, et que ce billet serait endossé par vous, ce
qui fut fait; or ce billet écheoit après-demain, êtes-vous
en mesure ou dois-je aller le toucher directement à la
caisse de M. Vautier?

— Présenter à M. Vautier un billet de sa femme endossé par moi ! êtes-vous fou, monsieur Loiseau?

— Nous reparlerons de cela tout à l'heure, passons
à autre chose. Par suite d'une affaire très importante
dans laquelle je suis intéressé, je voudrais connaître les
termes du testament du comte de Peyras, qui, je le sais,
est déposé dans l'étude de Me Barruel, et, comme vous
avez toute la confiance et toutes les clefs de votre père,
qui va dîner et coucher tous les jours à Auteuil, vous
laissant à la tête de son étude... vous comprenez ce que
je vous demande, n'est-ce pas?

Il y eut un moment de silence.

— Mais c'est une proposition infâme que vous me
faites là, monsieur ! s'écria le jeune homme, dont la
voix tremblait d'indignation, si infâme, que je me demande si c'est sérieusement que vous osez me l'a-
dresser !

— Alors, mettons que je n'ai rien dit, répliqua l'u-
surier; seulement, la seule lecture de ce testament, que
je vous aurais rendu sans que l'œil le plus exercé pût
s'apercevoir qu'il avait été ouvert, cette lecture, en m'é-
clairant sur un point très-important pour moi, devait
me faire gagner précisément une somme de vingt-cinq
mille francs, dont j'ai le plus pressant besoin, ce qui
m'eût permis de renouveler le billet Vautier; mais, puis-

que cela ne se peut pas, j'irai le recevoir après-demain à la caisse de M. Vautier.

— Mais ce serait tout lui révéler, ce serait un crime, monsieur ! s'écria Charles Baruel, dont la voix tremblait à la fois de colère et d'angoisse.

— Ça, c'est votre affaire, cela ne me regarde pas ; j'ai un billet, je vais le recevoir à l'échéance, il n'y a rien à dire à cela.

Alors, au lieu de s'emporter comme l'avait supposé M. Loiseau, Barruel pria et supplia l'usurier de ne pas perdre la femme qu'il aimait en mettant sous les yeux de son mari la preuve flagrante de sa faute.

— C'est vous qui êtes en ce moment l'arbitre de son sort, répondit froidement M. Loiseau ; il me faut vingt-cinq mille francs. J'ai deux moyens de me les procurer : par la lecture du testament de Peyras, ou en allant recevoir le billet Vautier ; choisissez.

Le jeune homme discuta, supplia, se débattit pendant plus d'une demi-heure et finit par promettre le testament pour le lendemain matin.

Quand il fut parti, M. Loiseau ouvrit la porte de la chambre.

— Eh bien ! voilà qui est fait, dit-il, soyez ici demain matin à neuf heures, et si le testament vous est favorable, monsieur de Peyras, l'affaire est dans le sac.

Il va sans dire que le lendemain Pierre de Peyas et son inévitable compagnon étaient exacts au rendez-vous.

— Eh bien ? demanda Pierre à M. Loiseau.

Il attendit la réponse en tremblant.

Celui-ci lui montra une large enveloppe fermée par cinq cachets de cire noire, sur lesquels étaient empreintes les armes du comte de Peyras.

— C'est fort bien, dit Pierre, mais quand nous aurons décacheté cela, comment, en la recachetant, dissimuler les brisures de la cire ?

— Nous ne toucherons pas aux cachets, répliqua
surier.

— Je ne vous comprends pas, dit Pierre.

L'usurier sourit.

— Vous allez voir, dit-il.

Il prit un canif, introduisit, avec des précautions
finies la pointe de la lame dans un angle de l'enveloppe,
, la glissant dans le pli, la fendit dans toute sa lon-
ieur.

Puis, il entr'ouvrit cette fente et tira le papier que
ntenait l'enveloppe.

C'était le testament.

— Voilà, dit M. Loiseau, ce n'est pas plus difficile que
la ; tout à l'heure nous remettrons le papier à sa place,
ous recollerons ce pli avec un peu de colle à bouche et
n n'y verra que du feu.

Pierre de Peyras s'était emparé du testament.

Il le tenait entre ses doigts et n'osait l'ouvrir.

Il était pâle d'émotion.

— Allons, il faut en finir, lui dit Robert.

— Tenez, lisez vous-même, dit Pierre en lui passant
e papier, je vois trouble et ne pourrais distinguer un
not.

Robert Talbot ouvrit résolûment le papier et lut ce
ui suit :

« Moi, comte de Peyras, dans toute la lucidité de mon
esprit et dans toute la force de ma volonté, craignant le
retour d'une attaque qui pourrait m'enlever en quelques
instants, sans me laisser le temps de faire connaître mes
dernières volontés, je lègue toute ma fortune, terres,
maisons, titres, argent monnayé, se montant à la somme
totale de huit millions six cent soixante-trois francs...

— A qui ? balbutia Pierre, effaré et haletant.

Robert Talbot poursuivit :

» À la princesse Nubia de Villaflor.

» Comte JEAN DE PEYRAS. »

Il se fit un long silence à ce dénoûment imprévu.

Pierre de Peyras avait les yeux hagards, les traits affreusement contractés, et il tremblait comme s'il eût été en proie à un accès de fièvre.

XL

LES TALENTS DE ROBERT TALBOT

Ce fut Robert Talbot qui rompit le silence.

— Eh bien ! fit-il, que dites-vous de celle-là ?

— Les testaments n'en font jamais d'autres, répliqua M. Loiseau ; aussi moi qui connais leurs tours et qui en ai souvent été victime, je m'en défie, et vous voyez que j'ai été bien inspiré en refusant de rien conclure avant de connaître celui-ci.

Pierre de Peyras, lui, le regard toujours fixé sur le fatal papier, ne pouvait proférer une parole.

Il était toujours paralysé par la foudroyante émotion qu'il venait de ressentir à cette incroyable révélation.

— Enfin, que décidez-vous ? demanda Robert à M. Loiseau.

— Ce que vous décideriez vous-même, répondit celui-ci ; mettez-vous à ma place et dites franchement ce que vous feriez.

— Cependant vous avez toujours pour gage le billet Jean de Peyras et deux cent mille francs, soit quatre cent pour cent.

— Excellente affaire avec l'héritage en perspective, maintenant...

— Maintenant vous avez le comte de Peyras, qui ésiterait pas devant un sacrifice de deux cent mille cs pour sauver son nom d'une ineffaçable souillure.

— Le comte de Peyras marié, et marié à une jeune et e femme, n'est plus le maître chez lui, et si la nou- e comtesse préfère la souillure à un sacrifice de cette ortance, j'en suis pour mes cinquante mille francs. uis le comte peut mourir avant l'échéance du billet, vu ce testament...

— Oui, dit Robert, ce diable de testament change ulièrement la face des choses, j'en conviens.

uis, se retournant brusquement vers M. de Peyras :

— Et pourtant, lui dit-il, il nous faut absolument quante mille francs d'ici à demain, vous le savez.

— Que voulez-vous que j'y fasse? répondit Pierre, e et affaissé sous le coup qui le frappait, non-seule- t il m'est désormais aussi impossible qu'à vous- me de trouver la somme qu'il nous faut, mais je ds en ce moment une fortune de quatre millions je considérais déjà comme à moi, qui ne pouvait chapper, et qu'un hasard fatal m'enlève tout à coup, c'est le hasard seul sans doute qui aura mis sur le min du comte de Peyras cette femme dont la beauté se ma ruine et celle de ma sœur. Aussi je n'ai plus tête à moi, je me sens incapable de chercher, de er davantage, faites donc ce qu'il vous plaira ; quant oi, je m'abandonne à mon destin.

Et il laissa tomber sa tête sur sa poitrine d'un air si fondément découragé, que Robert comprit qu'il n'y it rien à attendre de lui.

— Oh ! mais un instant, murmura-t-il, moi qui ne ds pas quatre millions et qui ne veux pas perdre... ce j'ai de plus précieux en ce monde, je n'abandonne.

pas comme cela la partie, et je suis décidé à lutter tant
qu'il me restera une goutte de sang dans les veines et
un souffle dans la poitrine.

Et s'accoudant sur la table, enfonçant sa tête dans
ses deux mains, il se creusa la cervelle pour trouver à
cette effroyable situation une autre issue que celle à laquelle se résignait Pierre de Peyras, c'est-à-dire le domaine de Fougeraie abandonné au premier venu, la découverte du cadavre et les recherches de la police
aboutissant promptement à l'arrestation des meurtriers
grâce au concours de l'auteur du *Drame de Fougeraie*
qui n'attendait que ce moment peut-être pour exécuter
enfin la menace par laquelle se terminait son feuilleton.

Voilà ce qu'il était résolu à éviter au prix des efforts
et des tentatives les plus héroïques, décidé à ne reculer
devant rien, pas même devant un nouveau crime, pour
sauver sa tête.

Un quart d'heure s'écoula dans un profond silence.
M. Loiseau cherchait comme Robert.

Pierre de Peyras restait toujours plongé dans le même
état de stupeur.

— Nous sommes sauvés ! s'écria tout à coup Robert
en relevant la tête.

Son front rayonnait et la joie du triomphe illuminait
ses traits.

— Quoi? qu'y a-t-il? demanda Pierre de Peyras.

— Ce qu'il y a ! s'écria Robert avec exaltation, il y a
que, du même coup, je vous restitue vos quatre millions
et je décide M. Loiseau à escompter votre billet de deux
cent mille francs.

Ces paroles galvanisèrent M. de Peyras et dissipèrent
la sombre somnolence dans laquelle il était absorbé.

— Voyons donc ça, dit M. Loiseau, ravi lui-même de
cette idée avant de la connaître.

—Bah! fit Pierre, c'est impossible, c'est trop beau
ur être vrai.

Puis il ajouta :

— Enfin, voyons comment vous comptez opérer ce
.racle.

— Comme toutes les grandes idées, la mienne est
nple et d'une exécution facile, dit Robert.

Il prit le testament au bout des doigts, et l'élevant au-
ssus de sa tête :

— Voici le testament, dit-il; comme Robert Houdin,
le montre à tous les regards; puis, comme le même
bert Houdin, je l'escamote et le remplace par un
tre, et le tour est joué, voilà tout le mystère.

— Je ne vous comprends pas bien, dit Pierre de Pey-
s; que vous fassiez disparaître ce testament, rien de
as facile, mais le remplacer par un autre... que vou-
-vous dire par-là?

— Je veux dire que nous allons faire pour le testa-
ent ce que nous avons fait pour le billet.

— Un faux testament! s'écria Pierre.

— Par lequel le comte Jean de Peyras léguera toute
fortune à M. Pierre de Peyras, son neveu, et à ma-
me Marcasse, née Diane de Peyras, sa nièce.

Et comme M. de Peyras restait interdit et irrésolu :

— Quoi! s'écria Robert, vous hésiteriez quand il s'a-
t de quatre millions, quand vous ne faites, après tout,
e reprendre une fortune qui devait vous appartenir
dont un vieillard égaré par une passion imbécile,
udrait vous dépouiller en faveur de quelque aventu-
re.

— Eh bien! oui, vous avez raison, répondit Pierre d'un
n résolu, et je mériterais de crever de faim et de mire si je laissais échapper cette occasion providentielle
recouvrer la fortune qui devait me revenir de droit;
consens donc.

— C'est fort bien, fit observer M. Loiseau, mais pour que ce testament ne soulève aucune contestation le jour où il sera ouvert, il faut que l'écriture et la signature du testateur soient imitées de manière à ne faire naître aucun doute.

— Cela se trouve à merveille, répliqua Robert, je suis passé maître dans l'art d'imiter les écritures.

— La fortune nous favorise, dit M. Loiseau.

— Celui-ci est sur papier timbré, dit Robert.

— J'en ai toujours chez moi, répondit l'usurier.

Il alla ouvrir un secrétaire, y prit une feuille de papier timbré et la remit à Robert Talbot, devant lequel il plaça en même temps des plumes, de l'encre et une chemise de toile cirée.

Alors Robert se mit à l'œuvre. Il mit une demi-heure à copier les vingt lignes qui composaient ce testament, car, s'attachant à reproduire exactement les caractères du comte de Peyras, il écrivait avec une extrême lenteur.

Quant il eut tout copié, jusqu'à la signature, il passa les deux papiers à M. Loiseau et à Pierre de Peyras, assis en face de lui, et leur dit :

— Voilà la copie et l'original, voyez et dites ce que vous pensez de mon petit travail.

— L'encre est encore tout humide, elle sèche très-lentement, dit M. Loiseau émerveillé de la ressemblance des deux écritures, passez donc cela sur une feuille de papier buvard, il serait vraiment malheureux d'effacer un mot ou une lettre.

— Vous êtes donc contents, dit Robert avec orgueil et en tirant de la chemise de toile cirée le papier buvard, sur lequel il étendit soigneusement la feuille qu'il venait d'écrire, après quoi il la remit sous les yeux de Pierre de Peyras.

— C'est vraiment prodigieux ! s'écria celui-ci stupé-fait, d'oncle Jean s'y tromperait lui-même.

— J'en ai trompé de plus malins que lui, dit Robert, et vous devez penser que je n'en suis pas à mon coup d'essai ; on n'arrive pas à cette perfection sans une longue pratique.

— Oh ! c'est un beau talent que vous avez là, lui dit M. Loiseau.

— J'en conviens ; mais ma tâche est accomplie ; à vous, monsieur Loiseau, revient l'opération délicate d'introduire le testament dans l'enveloppe et de fermer ladite enveloppe de manière à ce que l'œil le plus fin ne puisse soupçonner de soudure.

— C'est à quoi j'espère réussir à la satisfaction générale, répondit l'usurier en s'emparant du testament et de l'enveloppe.

Et à l'aide d'un morceau de colle à bouche, avec le même soin et avec la même lenteur qu'avait mis Robert à copier le testament, il recolla si parfaitement l'enveloppe, que Pierre de Peyras et Robert purent à peine distinguer en l'observant de très-près, le pli qui avait été coupé.

— M. Charles Barruel peut venir maintenant, dit-il, je lui rends son testament, intact à l'œil, et du diable s'il soupçonnera l'escamotage que nous venons d'exécuter.

— Quant à celui-ci, dit Robert en saisissant le véritable testament du comte de Peyras, il est prudent d'en faire immédiatement un auto-da-fé.

Il prit une allumette sur la cheminée, la fit flamber, mit le feu au papier et le laissa tomber au milieu de la pièce où il fut bientôt consumé.

— Quand on songe que ce petit tas de cendres, qui tiendrait dans un dé à coudre, représente huit millions, murmura philosophiquement Robert Talbot.

Il ajouta tout bas, en jetant un regard à Pierre de Peyras, qui l'entendit :

— Huit millions et deux têtes !

M. Loiseau s'approcha alors de ce dernier.

— Vous avez le billet de deux cent mille francs? lui demanda-t-il.

— Voilà, répondit Pierre en tirant de sa poche le billet qu'il lui remit.

M. Loiseau le lut attentivement, le plia, le mit dans sa poche, et, allant à son secrétaire :

— Je vais vous remettre la somme convenue, dit-il et nous serons quittes.

Il tira plusieurs liasses de billets de banque de son secrétaire et pria Pierre de les compter, ce que fit celui-ci.

Le compte y était : cinquante mille francs.

Pierre et Robert s'empressèrent alors de partir.

— Enfin ! s'écria Pierre tout rayonnant, maintenant l'étable est à nous.

XLI

LE SALON ET L'ÉTABLE

Le lendemain matin Pierre de Peyras partait pour Châtenay en compagnie de Robert Talbot.

Il était dix heures quand ils arrivèrent et la vente devait commencer chez le notaire à midi.

Ils pouvaient donc disposer de deux heures et ils en profitèrent pour aller visiter le domaine de Fourgeraie.

Pierre de Peyras s'y était refusé d'abord, troublé d'avance à la seule pensée de revoir les lieux où ils allaient retrouver à chaque pas de si terribles souvenirs, mais Robert lui avait fait comprendre que cette visite était indispensable, qu'ils trouveraient là des curieux et des acheteurs et qu'ils apprendraient, en les écoutant, bien des détails intéressants sur le domaine et sur la valeur attribuée par le public à chacun des quatre lots mis en vente.

Les portes du domaine de Fougeraie s'ouvraient pour la première fois depuis le mystérieux événement dans lequel avaient disparu le comte et la comtesse, aussi les curieux étaient-ils venus en foule, et Pierre s'aperçut bientôt qu'ils étaient presque tous attirés là par le désir de voir le théâtre de l'inexplicable tragédie, dont le souvenir les terrifiait encore à trois ans d'intervalle.

Ce fut avec une profonde émotion qu'il parcourut la vaste cour qui séparait le château de la ferme, cette cour qu'ils avaient traversée la nuit dans la neige, transportant leur victime jusqu'à l'étable, au-dessous de laquelle elle était encore à cette heure.

— Où donc a été accompli le crime ? demanda un jeune homme à un vieux paysan, autour duquel s'étaient groupés beaucoup de curieux.

— Là-bas, dans le grand salon du château, je vais vous montrer ça. Ah ! je connais toute l'histoire, depuis *Pater* jusqu'à *Amen*, du moins tout ce que la justice a pu en savoir elle-même, car je demeure près d'ici, et j'ai tout vu dès le lendemain de l'affaire avec les domestiques du château.

Il ajouta en montrant la cour et la ferme au fond :

— Tenez, voyez-vous cette cour, où nous causons tous tranquillement à l'heure qu'il est, eh bien, la neige dont elle était couverte était toute piétinée depuis le château jusqu'à cette porte que vous voyez là-bas et qui est la porte de l'étable, et partout de larges taches de sang, que ça vous donnait la chair de poule, quand on

16.

pensait que tout ce sang-là c'était du sang de chrétien.
Et non-seulement ici, mais dans le salon, mais plein les
seaux de la cuisine, mais en pleine campagne, tout le
long du chemin, parcouru par une seule personne, une
femme, qui ne peut être que la jeune comtesse de Fougeraie, comme on l'a vu par l'empreinte des pieds, partout et toujours du sang ! si bien qu'à la fin je voyais
tout en rouge et que j'en avais des éblouissements.

Il marchait tout en parlant et on était arrivé à la porte
du château.

Le vieux paysan passa le premier et pénétra dans le
grand salon, où tout le monde le suivit.

Pierre s'arrêta sur le seuil.

— Allons donc ! lui dit Robert à voix basse, ne sommes-nous pas plus intéressés que personne à savoir
tout ce qu'a pu dire et conjecturer la justice ? et cet
homme va nous l'apprendre.

Le salon avait été laissé religieusement dans l'état où
il avait été trouvé la nuit même du crime, et les deux
complices reconnurent en entrant les deux places où
étaient tombés le comte et la comtesse.

Ces places, lavées par eux pour enlever le sang qui les
inondait, avaient perdu la couche de cire qui faisait
briller tout le reste du parquet, sur lequel elles se
détachaient mates et blanchâtres.

C'est ce que fit remarquer le paysan à ceux dont il
s'était fait le cicerone, mais s'adressant de préférence à
Pierre de Peyras, que sa pâleur lui désignait comme un
auditeur ému et attentif.

Il poussa même l'obligeance jusqu'à lui compter une
à une toutes les taches de sang qui avaient rejailli sur
le piano, sur les rideaux de mousseline et sur le papier blanc et or, où elles étaient encore très-distinctes.

— Mais qu'est-ce que c'est donc que cela ? dit un curieux en montrant au paysan un endroit où un large

morceau de papier avait été découpé et enlevé avec un soin et une précaution visibles?

— Le morceau de papier qui manque là, répondit le paysan, c'est la justice qui l'a fait enlever.

— Pourquoi?

— Parce que là, sur le morceau qui a été découpé et emporté, l'assassin ou la victime, on ne sait encore, avait laissé une marque qui le fera reconnaître tout de suite si on le retrouve.

— Quoi donc?

Pierre de Peyras et Talbot échangèrent un regard qui contenait la même question :

— Quelle peut être cette marque?

Le paysan reprit :

— C'était quelque chose de bien extraordinaire, comme qui dirait une idée de la Providence, car cette marque c'était une main ouverte, toute rouge de sang, et si bien marquée sur ce papier, où elle s'était appuyée, qu'on eût dit le travail d'un peintre.

Robert tressaillit et, se penchant à l'oreille de Pierre :

— Ma main, murmura-t-il d'une voix tremblante.

— Si bien, reprit le paysan, que si c'est un assassin et qu'on lui mette la main dessus, on n'aura qu'à comparer les deux mains et tout sera dit ; il ne lui restera plus qu'à recommander son âme à Dieu.

— Dites-moi, mon brave homme, lui demanda un auditeur qui sans doute était venu pour acheter, que pense-t-on dans le pays de la mise à prix du premier lot, dans lequel se trouve compris le château?

— Dame! répondit le paysan, on trouve que deux cent mille francs, c'est un joli denier.

— Il n'est donc pas probable qu'on renchérisse?

— Il pourrait bien arriver le contraire.

— Et quel est votre avis concernant les trois autres lots? lui demanda Robert.

— Le même que pour le premier.

— C'est-à-dire qu'ils n'atteindront pas la mise
prix?

— Je peux me tromper, mais c'est mon idée.

Robert se pencha de nouveau vers Pierre de Peyras

— Je suis rassuré, lui dit-il tout bas, les cinquan
mille francs suffiront.

Pierre ne l'entendit même pas.

Il retrouvait ce salon tel qu'il était au moment d
meurtre, ces deux places lavées par ses mains rapp
laient à son imagination les corps sanglants des de
époux, éclairés alors par l'éclatante lumière des bo
gies, enfin il venait de revoir sur le piano le *Miserere*
Trouvère, dont les lugubres accents planaient comm
un chant de mort sur le sinistre tableau; tout cela s'ag
tait, flamboyait devant ses regards hallucinés, et pl
sieurs fois il avait été sur le point de s'élancer deho
pour échapper à l'horrible vision.

Ce fut donc avec un soupir de soulagement qu'il e
tendit le vieux paysan dire à ceux qu'il guidait :

— Maintenant, nous allons aller voir l'étable, o
suivant les juges, a dû se passer la seconde partie d
drame qui aurait commencé ici, dans ce salon, et se s
rait terminé dans la campagne on ne sait où au juste,
comment.

Il se dirigea vers la porte.

Puis s'arrêtant tout à coup :

— Tenez, dit-il, c'est sous ce fauteuil qu'on a trou
la casquette d'officier de marine de M. le comte de Fo
geraie, et c'est grâce à cela qu'on a su qu'il était ve
au château, sans quoi on l'eût toujours ignoré, ca
n'a été vu de personne. On sait au moins à quoi s
tenir sur ce point, et c'est heureux, vu l'obscurité q
enveloppe tout le reste. Enfin, tout cela est si embrouill
que les juges se demandent si le jeune comte est vi

me ou assassin, s'il a tué ou s'il a été tué ; mais moi,
qui l'ai connu tout enfant, je jurerais bien qu'il n'a pas
versé le sang. Enfin, suffit, on les retrouvera, les assassins, c'est moi qui vous le dis.

C'était encore à Pierre de Peyras que le vieux paysan
adressait ces paroles,

Pierre eût dû lui répondre un mot et feindre au
moins de partager cette espérance, mais cet effort était
au-dessus de ces forces et il ne le tenta même pas. A
chaque pas qu'il faisait dans cette demeure, à chaque
objet qui frappait ses regards, il était saisi d'horreur
et d'épouvante et partagé tour à tour entre le remords
et la peur.

— Allons donc voir l'étable, cria Robert, qui craignait que ce trouble ne fût remarqué.

Le paysan quitta le salon et se rendit enfin à l'é-
table.

Pierre de Peyras ne l'avait vue que la nuit, à la lueur
d'un flambeau ; il l'examina avec une curiosité inquiète,
craignant de trouver là comme dans le salon, quelque
éclatant témoignage du drame qui s'y était passé.

Après avoir promené ses regards autour de lui, il les
arrêta sur la dalle qu'il avait soulevée avec Robert.

Il la reconnut tout de suite à la brèche qu'elle avait
déjà alors et que la fourche avait encore agrandie.

— C'est dans cette étable, dit le paysan, ou plutôt
sur le seuil que les juges, d'après la façon dont la neige
avait été piétinée et vu les larges taches de sang qui la
couvraient, supposent qu'une lutte violente a eu lieu
entre les victimes et les assassins.

— Cette étable n'est-elle pas comprise dans le quatrième lot du domaine ? demanda Robert.

— Oui, répondit le paysan, un vilain lot, sous le res-
pect que je vous dois.

— Qu'a-t-il donc de si laid ?

— D'abord l'étable est sur une carrière, ce qui fait qu'il faudra dépenser gros pour les fondations.

— Qui vous dit qu'on bâtira sur cet emplacement?

— Vu la position de l'étable, située à quatre ou cinq mètres du chemin, c'est ce qu'on aura de mieux à faire ; l'endroit est tout indiqué pour une jolie maison de maître.

— Le lot n'est donc pas si vilain que cela.

— C'est égal, je n'en voudrais pas tout de même, et je peux affirmer qu'il ne sera pas acheté par quelqu'un du pays?

— Pourquoi cela?

— Parce qu'il est quasiment comme maudit.

— Bah !

— Est-ce que vous ne voyez pas qu'il n'y a pas de vaches dans cette étable?

— En effet. Et la raison?

— Ah! voilà, c'est que depuis quelques mois, elles y mouraient toutes coup sur coup comme des mouches.

— Et à quoi attribue-t-on cela?

— Chacun a son idée là-dessus; moi j'ai dit tout de suite : Voilà une étable qui est maudite, il n'est que temps de la bénir.

— Et elle a été bénite?

— Pas du tout; et on a fait venir le vétérinaire; il a examiné, il a senti, il a sondé, et finalement il a déclaré qu'il y avait un miasme dans l'étable.

— Ah! dit vivement M. de Peyras, qui écoutait ce dialogue avec une attention pleine d'anxiété.

— Il a même prétendu que ça devait venir de la carrière, et, comme il est très-obstiné, il allait faire desceller ces dalles pour y descendre si on ne l'en avait empêché, en lui faisant observer que l'étable allait être vendue et que ça regardait le futur propriétaire. On s'est moqué de lui, et tout le monde dans le pays, est onvaincu comme moi que l'étable est maudite, que le terrain est maudit, et c'est pourquoi je vous dis que personne ne poussera sur ce lot-là.

— En effet, répliqua Robert, tout ce que vous nous dites là n'est pas encourageant. Mais quelle heure est-il donc?

Il regarda sa montre.

— Onze heures et demie.

— Vite chez le notaire ! crièrent plusieurs voix.

On se hâta de quitter l'étable, dans laquelle quelques personnes prétendaient sentir le *miasme* découvert par le vétérinaire.

— Avez-vous senti cette odeur ? demanda Robert à M. de Peyras.

— J'en tremble encore, répondit celui-ci.

— Heureusement, le lot ne sera pas disputé.

— Je l'espère.

— Bénissons donc le miasme.

XLII

LE QUATRIÈME LOT

La vente du domaine de Fougeraie avait réuni plus de cent personnes dans la vaste étude de M. Beaudoir.

Pierre de Peyras et Talbot étaient parmi les privilégiés qui avaient pu se placer aux premiers rangs de cette foule compacte et ils attendaient avec anxiété le moment où la bougie posée devant le notaire allait être allumée.

Cet acte si simple, si insignifiant pour tous ceux qui

étaient là, curieux ou acheteurs, était plein d'émotion
pour eux, car c'était le signal de la lutte qui allait s'engager et dont l'issue, sans nul doute, allait mettre fin à
leurs tortures.

Ils touchaient enfin à l'heure solennelle si longtemps
attendue, et après tant de tentatives échouées, tant
de courses, de déboires, de déceptions, de luttes et d'angoisses, ils allaient posséder ce terrain dans les entrail-
les duquel était la victime sanglante, dont la découverte
eût entraîné leur perte.

En effet, c'était leur existence même qui allait se
jouer tout à l'heure.

La justice, qui, par la découverte de sa casquette de
marin, avait acquis la certitude que le comte de Fougeraie avait paru au château entre minuit et une heure
du matin, et qui savait, par les dépositions des domestiques, que la jeune comtesse était seule dans son salon
au moment où ils l'avaient quittée, c'est-à-dire quelques instants avant l'arrivée du comte, la justice n'avait
vu là qu'un drame intime, dans lequel il ne pouvait y
avoir eu que deux acteurs, le mari et la femme, et,
circonscrivant ses investigations dans ce cercle et dans
cet ordre d'idées, elle en était arrivée à déduire de ses
observations que ce drame devait avoir pour cause la
jalousie.

L'extrême beauté de la jeune comtesse, laissée libre
et maîtresse de ses actions pendant près de deux ans,
l'arrivée du comte à minuit, coïncidant avec l'heure de
la messe, à laquelle tous les domestiques du château se
rendaient régulièrement chaque année, précaution qui
attestait clairement de sa part l'intention de trouver sa
femme seule au château, sans témoins et sans défense,
tout se réunissait pour affermir dans la voie où ils
s'étaient engagés d'abord le juge d'instruction et les
deux agents de police chargés de suivre cette affaire.

Et puis, on avait fait interroger les officiers de marine dans l'intimité desquels avait vécu le comte de Fougeraie pendant ces deux années, et les lumières qui étaient venues de ce côté avaient apporté de nouvelles preuves à l'appui de cette opinion que la comtesse de Fougeraie était morte victime de la jalousie de son mari.

Les officiers avaient déposé, entre autres faits, que, quelques jours avant l'époque marquée pour leur retour en France, le comte avait reçu une lettre portant le timbre de Paris, qu'à partir de ce moment son caractère s'était complétement transformé ; que, de franc et ouvert qu'il était jusque-là, il était devenu sombre, taciturne, absorbé, et qu'à la vue des côtes de France, alors que tout l'équipage se livrait à la joie, on l'avait entendu proférer des paroles de menace.

Après des dépositions aussi concluantes, le meurtre par jalousie avait paru prouvé jusqu'à l'évidence, et la justice, bornant là l'information de l'affaire, n'avait plus songé qu'à retrouver le meurtrier et le cadavre de la victime.

Tous ces détails étaient connus de Pierre de Peyras et de Talbot : on comprend donc de quelle importance était pour eux l'acquisition du quatrième lot du domaine de Fougeraie.

Que ce lot tombât entre les mains d'un autre, non-seulement il faisait démolir l'étable pour établir les fondations d'une maison dont l'emplacement ne pouvait être que là, suivant l'opinion de tous, mais les miasmes qui s'échappaient de la carrière par les dalles disjointes allaient le contraindre à procéder immédiatement à cette destruction. Alors la découverte du corps du comte de Fougeraie éclairait tout à coup la justice, qui voyait là la preuve d'un double crime et se mettait enfin à la recherche des vrais coupables.

i.   17

Mais tous ces dangers allaient être évités si, conformément à l'opinion générale, chaque lot du domaine de Fougeraie tombait au-dessous de la mise à prix, qu'on s'accordait à trouver exagérée.

Cette espérance se réalisa dès le début ; le premier lot, mis à prix à deux cent mille francs, et ne trouvant pas acquéreur à ce prix, tomba à cent quatre-vingt mille, puis à cent soixante-dix mille francs.

Pierre de Peyras et Talbot échangèrent un regard qui signifiait clairement :

— Bon espoir ! cela va bien.

Le second lot eut le même sort que le premier.

Celui-là descendit de cent soixante mille à cent trente-sept mille.

Le troisième, qui touchait à la propriété d'un voisin très-riche et très-désireux de s'arrondir, fut vivement débattu, grâce à la haine qui existait entre lui et un autre habitant du pays, qui le lui disputa dans le seul but de le lui faire payer au-dessus de sa valeur.

Aussi, mis à prix à cent dix mille francs, descendu à quatre-vingt-cinq mille francs, il remonta à cent vingt-deux mille, prix auquel il fut adjugé au riche voisin, fier de l'emporter sur son rival, mais furieux de payer ce triomphe par une perte de plus de vingt mille francs.

Ce mouvement de hausse, dont tout le monde connaissait le secret, n'inspira aucune inquiétude à M. de Peyras, qui entendait autour de lui les propos les plus rassurants quant au dernier lot.

— Quant à moi, disait un paysan, je n'en voudrais pas pour trente mille francs.

— Pourquoi cela ? lui demanda Pierre.

— Parce que le bétail y meurt, que c'est une bénédiction, et on aura beau faire, allez, on ne fera jamais rien de bon de cette étable-là ; je connais ça, c'est un

auvais air qui est comme qui dirait passé dans les
urs et que rien ne pourra détruire.

— L'affaire est encore pire pour celui qui voudra y
âtir, dit à son tour un bourgeois de l'endroit.

— Vous croyez? demanda Talbot.

— La raison en est bien simple : l'étable est au-des-
us d'une carrière qu'il faudrait combler d'abord, de
orte que les fondations coûteraient aussi cher que le
âtiment.

— C'est fort juste, répliqua Robert; allons, décidé-
ent, voilà un lot qui ne sera pas disputé.

— Je vous le garantis.

Il se fit un profond silence.

Le quatrième lot fut mis à prix à quarante-cinq mille
ancs.

Pierre de Peyras fut pris d'un tremblement nerveux
t ses traits s'altérèrent visiblement.

Il avait beau se dire que ce lot était déprécié aux
eux de tous ceux qui assistaient à la vente, qu'il avait
e grandes chances de ne trouver aucun acquéreur ou
out au moins de tomber beaucoup au-dessous de sa
ise à prix, il avait un trop grave intérêt à en devenir
e propriétaire pour ne pas redouter quelque obstacle
mprévu.

Ce fut donc avec un inexprimable sentiment d'an-
oisse qu'il tendit l'oreille et qu'il parcourut du regard
outé l'assemblée quand le crieur eût fait entendre ces
ots :

« A quarante-cinq mille francs le quatrième lot, com-
renant le bâtiment de la ferme, l'étable, etc. »

Deux minutes s'écoulèrent! deux minutes pendant
esquelles son cœur battit à lui rompre la poitrine.

Pas une voix ne se fit entendre.

— Quarante mille francs, reprit le crieur.

Nouvelle angoisse.

Même silence dans la foule.

Robert Talbot rayonne.

Pierre de Peyras commence à respirer.

— Trente-cinq mille francs!

Nul ne répond.

Les craintes de Pierre de Peyras se dissipent tout à fait et il partage la confiance qui épanouit en ce moment les traits de Robert Talbot.

Décidément les pronostics des paysans et des bourgeois se justifient.

Personne ne veut du quatrième lot.

— Il est temps de parler, dit Pierre à Talbot par un signe convenu d'avance et, regardant le crieur il dit :

— Trente-deux mille francs !

Curieux et acheteurs font un mouvement pour se retirer, convaincus que l'affaire est conclue par une enchère de deux mille francs.

— Trente-cinq mille francs ! cria une voix.

Tous les regards se tournent vers le point d'où elle part.

Pierre se penche vivement et il aperçoit un jeune homme convenablement vêtu, l'air calme et même indifférent, qu'il avait déjà remarqué, mais dans lequel il n'avait vu jusque-là qu'un simple curieux.

— Bah ! pense-t-il, c'est une taquinerie, il doit être bien persuadé que je ne lui laisserai pas pour trente-cinq mille francs une propriété qui me plaît et qui en vaut plus de quarante mille.

Et se tournant vers le crieur :

— Trente-huit mille francs, dit-il.

— Quarante-cinq mille ! répliqua le jeune homme.

A ce saut de sept mille francs Pierre de Peyras pâlit.

Une violente inquiétude s'empare de lui ; si son rival pousse au delà de cinquante mille francs, il est perdu.

La galerie a compris qu'elle se trouve en face de

ux adversaires entêtés, également épris l'un et l'au-
e de ce quatrième lot, jusque-là si dédaigné, et nul ne
nge plus à s'éloigner; c'est au contraire avec une
riosité ardente que tous se rapprochent pour assister
une lutte qui promet de curieuses péripéties.

— Quarante-cinq mille francs ! répète le notaire, en
gardant M. Pierre de Peyras.

— Quarante-six mille ! dit Pierre.

Et, en même temps, il darde sur son adversaire un
gard effaré.

La réplique ne se fait pas attendre.

— Cinquante mille francs ! dit celui-ci.

Pierre de Peyras est livide.

La partie est perdue, le lot lui échappe.

A cette pensée, il se sent défaillir.

Tout à coup une voix se fait entendre :

— Cinquante-cinq mille francs !

C'est la voix de Robert Talbot.

— Il est fou ! murmura Pierre atterré.

— Soixante mille francs ; riposte le jeune homme.

— Soixante-dix mille ! crie Robert.

— Quatre-vingt mille !

— Quatre-vingt-dix mille !

— Cent mille francs !

Ce dernier chiffre, jeté tranquillement par l'adver-
aire de Robert, tomba comme la foudre au milieu de
assemblée stupéfaite, et fut suivi d'un profond silence.

— Eh bien? demanda enfin le notaire à Robert Tal-
ot.

Celui-ci garda le silence.

Alors, la foule se retira agréablement divertie par cet
ncident, et ne soupçonnant pas qu'elle laissait der-
ière elle deux hommes plus morts que vifs.

— Maintenant, dit Pierre à Robert, qui s'était rap-
roché de lui, tout est bien fini.

— Peut-être, répondit Robert qui, malgré le coup qui venait de l'accabler, conservait encore quelque présence d'esprit.

— Que voulez-vous faire? dit Pierre en haussant les épaules.

— Proposer à ce jeune homme de lui racheter son lot avec un bénéfice de cinquante mille francs.

— Et puis après?

— Après? nous verrons. En ce moment, l'essentiel est de gagner du temps.

Ils sortirent rapidement et rejoignirent le jeune homme au moment où il entrait dans un café, près de la mairie.

Ils y entrèrent après lui.

— Monsieur, lui dit Robert en l'abordant tout à coup, je tiens à la propriété qui vient de vous être adjugée, voulez-vous me la revendre? je vous offre...

— Pardon, interrompit le jeune homme, mais ce n'est pas à moi qu'il faut vous adresser pour cela?

— A qui donc?

— A celui pour le compte duquel j'ai acheté.

— Ah!... et où est-il?

— Derrière vous.

Robert et Pierre de Peyras se retournèrent et se trouvèrent en face d'un petit vieillard qui venait d'entrer.

C'était M. Lubin.

XLIII

LA CARRIÈRE

— En usez-vous, messieurs? dit M. Lubin en offrant
sa tabatière ouverte à Robert et à Pierre de Peyras, qui
se tenaient devant lui immobiles, raides et atterrés
comme en face d'une apparition.

Et comme ils le regardaient toujours sans bouger et
sans proférer une parole :

— Je comprends, dit-il, vous m'en voulez de vous
avoir disputé ce petit lot, auquel vous teniez beaucoup,
à ce qu'il paraît.

— En effet, dit le jeune homme à M. Lubin, ces messieurs ont même à vous faire, à ce sujet, une proposition...

— A vous, peut-être; mais à moi, j'en doute, répliqua le vieillard avec un sourire ironique.

Il ajouta en s'adressant à Pierre de Peyras :

— Si cependant monsieur de Peyras a quelque chose
à me demander?...

— Rien, non, absolument rien, balbutia Pierre, fou
de terreur, en voyant passer tout à coup entre les
mains de M. Lubin ce terrain qu'il avait cru enfin tenir
et pour l'acquisition duquel il avait accompli des pro-
diges.

— Tenez, reprit le petit vieillard, je parie que vous
proposiez à mon jeune ami de vous vendre cette propriété à laquelle vous tenez beaucoup plus que vous ne
voulez l'avouer.

— C'est ce que j'ai supposé, répondit le jeune homme.

— Eh! mon Dieu, je ne dis pas non, reprit M. Lubin, mais c'est bien le moins qu'on connaisse ce qu'on achète, venez donc avec moi, et nous allons visiter en détail ce lot qui vous tient tant à cœur.

Et, en parlant ainsi, il passait son bras sous celui de M. de Peyras.

Celui-ci recula en frissonnant.

— Non! non! s'écria-t-il, tout bouleversé, je ne veux rien voir, je... je ne veux rien acheter.

— Venez donc, mon cher monsieur de Peyras, sinon je vous fais traîner de force, dit M. Lubin en riant et en montrant à Pierre un gendarme qui venait d'entrer dans le café.

Pierre de Peyras comprit que cette plaisanterie cachait un ordre, et il n'osa résister.

— Vous ne serez pas de trop, monsieur Talbot, dit M. Lubin à ce dernier, qui paraissait hésiter à le suivre, venez avec mon jeune ami, qui va se faire un plaisir de vous offrir le bras.

Le jeune ami du vieillard, se conformant au désir de celui-ci, se hâta de prendre le bras de Robert, et l'on se dirigea vers la ferme...

— A-t-on exécuté mes ordres? demanda M. Lubin à celui qu'il appelait son jeune ami.

— Oui, monsieur Lubin, répondit celui-ci.

— Fort bien.

Et s'adressant à Robert et à M. de Peyras :

— Je vous assure que vous ne serez pas fâchés de m'avoir accompagné, leur dit-il, je vais vous montrer quelque chose de fort curieux, un spectacle tout à fait nouveau et fort intéressant pour vous.

Pierre ne répondit pas.

Sans soupçonner ce que voulait dire M. Lubin, cette promesse l'inquiétait vivement.

Quand ils ne furent plus qu'à cinquante pas de la ferme, Pierre, qui guettait et observait tout autour de lui, s'arrêta tout à coup et se troubla.

C'est qu'il venait d'apercevoir une foule considérable groupée à la porte de l'étable, et çà et là, au milieu de cette foule un gendarme en grand uniforme.

— Qu'est-ce que c'est que cela ? demanda-t-il en affectant de prendre un air assuré.

— C'est le spectacle que je vous ai promis, lui répondit M. Lubin, dont le visage prit une expression qui porta son inquiétude au plus haut point.

Cette foule et ces gendarmes produisirent aussi sur l'esprit de Talbot une très-mauvaise impression, mais, quoiqu'il éprouvât une violente tentation de prendre la fuite, il eut la force de se dominer et continua d'avancer vers le but fatal de l'air le plus indifférent.

En arrivant près de l'étable, M. Lubin appela un gendarme qui, vint aussitôt à lui.

— Mon brave, lui dit-il, je suis le nouveau propriétaire de ce terrain, et conséquemment de cette étable, où je voudrais bien pénétrer.

— Rien de plus facile, répondit le gendarme.

Il parla à la foule, qui s'ouvrit pour livrer passage à M. Lubin.

Pierre de Peyras voulut rester en dehors, disant qu'il avait besoin de respirer le grand air.

Mais le vieillard lui affirma que le meilleur air qu'on pût respirer était celui de l'étable, de l'avis des plus grands médecins.

Et sans attendre sa réponse, il l'entraîna avec lui.

Ils traversèrent la foule, qui s'était ouverte et formait la haie pour les laisser passer.

Robert et son jeune guide le suivirent.

Mais à peine entré dans l'étable, Pierre de Peyras fut

17

pris d'un tremblement si violent, qu'on entendait ses dents claquer l'une contre l'autre.

Plus de cinquante personnes, dont cinq ou six gendarmes, formaient un cercle autour de la dalle ébréchée qui avait été descellée autrefois par lui et Talbot, ou plutôt autour de la place qu'avait occupée cette dalle, car elle avait été enlevée et laissait un grand vide, au fond duquel on voyait la carrière.

Aux quatre coins de cette ouverture se tenaient quatre paysans armés de torches.

Le coup d'œil était à la fois imposant et lugubre.

Il était terrifiant pour Pierre de Peyras et son complice qui, ne pouvant se faire illusion sur les sentiments de M. Lubin à leur égard, voyaient dans ces sinistres apprêts le dénoûment de la lutte qui se livrait entre eux et le petit vieillard et le dernier acte du drame qui avait commencé ici même, l'acte final et suprême le *châtiment*.

Aussi étaient-ils livides, frissonnants et comme frappés d'idiotisme, pareils à des condamnés en face de l'échafaud.

Au milieu du silence de mort qui planait sur cette scène funèbre, deux hommes s'avancèrent vers M. Lubin.

C'étaient le maire et l'un des médecins du pays.

— Ainsi, lui dit ce dernier, vous pensez que le cadavre est là?

Pierre de Peyras chancela sur ses jambes.

— Oui, monsieur, répondit M. Lubin, les miasmes qui s'échappent de cette carrière et les brèches que j'ai remarquées à la dalle qui vient d'être descellée, me font croire que c'est là qu'a été jetée la victime, la jeune et infortunée comtesse de Fougeraie, dont le corps n'a jamais été retrouvé.

— Vous l'avez connue, monsieur?

— Parfaitement, c'est pour cela que j'ai demandé à descendre avec vous dans cette carrière, où nous serons accompagnés par ces deux messieurs qui, eux aussi, ont beaucoup connu la jeune comtesse.

Et il désignait du doigt Pierre de Peyras et Robert Talbot.

Pierre de Peyras recula d'horreur à cette déclaration.

— Pardon! pardon! balbutia-t-il d'une voix altérée, mais veuillez m'épargner ce spectacle, je me sens incapable...

— Je sais quels étaient votre estime et votre attachement pour la comtesse de Fougeraie, dit M. Lubin d'un ton pénétré, et je comprends tout ce que vous devez éprouver à la seule pensée de descendre dans cette carrière; mais, si pénible que soit ce devoir, il faut le remplir, car votre déclaration peut aider la justice à trouver la trace des coupables et vous devez désirer comme moi qu'ils reçoivent le châtiment qui leur est dû.

— M. Lubin a raison, messieurs, ajouta le docteur, et quoique nous soyons visiblement accablés à la seule pensée d'un tel spectacle, il faut dompter la nature pour obéir à la loi qui réclame notre concours dans cette triste circonstance.

— C'est bien, monsieur, répondit Talbot, nous sommes prêts à vous accompagner.

Quant à M. de Peyras, il ne put que s'incliner en signe d'aquiescement.

— Allons, monsieur, dit le docteur, descendons.

Une échelle conduisait de l'étable au fond de la carrière.

Deux paysans descendirent d'abord, une torche à la main.

Puis le maire et le médecin.

— Prenez garde, monsieur Lubin, dit le docteur au

petit vieillard, descendez lentement, c'est un escalier
un peu dangereux pour votre âge.

— Oh! répondit celui-ci, ce n'est pas la première fois
que je descends les degrés d'une échelle, cela m'est
arrivé il y a peu de temps encore et je m'en suis très-
bien tiré. Je désire que MM. de Peyras et Talbot s'en
tirent aussi bien aujourd'hui.

Il ajouta aussitôt:

— Je dis cela parce qu'ils sont moins maîtres que moi
de leur émotion et qu'ils n'ont peut-être pas tout le
sang-froid nécessaire pour la circonstance.

Toutes ces phrases n'étaient pas faites pour rassurer
M. de Peyras, qui, en effet, tremblait visiblement en
mettant le pied sur l'échelle.

Il la descendit plus lentement que M. Lubin, et fut
même obligé de s'arrêter plusieurs fois avant de toucher
le sol, tant ses jambes fléchissaient, tant il sentait son
cœur défaillir aux exhalations qui montaient jusqu'à
lui, à la pensée du tableau qu'il allait avoir sous les
yeux et à la perspective bien autrement effrayante
encore de ce que lui réservait M. Lubin, après cette
horrible constatation, dont aucun détail ne lui serait
épargné.

Telles étaient les réflexions qui l'assaillaient tout en
descendant, aussi chancela-t-il tout à coup et faillit-il
s'affaisser sur lui-même au moment où il toucha le sol.

Pendant ce trajet, Robert Talbot, convaincu que
M. Lubin allait le faire arrêter ainsi que Pierre de Peyras
au fond de cette carrière, supposition qui n'avait rien
d'invraisemblable, conçut le projet de profiter du moment où toute l'attention était concentrée sur son complice, pour se glisser dans la foule, gagner la porte de
l'étable, puis la campagne, et de là la gare la plus rap-
prochée, bien décidé, s'il réussissait, à quitter la France
aussi rapidement que possible.

Par une chance providentielle et qui contribuait sin-
lièrement à accroître son désir de fuir M. Lubin et de
gner un pays étranger, il portait sur lui en ce mo-
ent les cinquante mille francs remis la veille par
Loiseau à Pierre de Peyras, de sorte que tout lui ap-
raissait couleur de rose une fois la frontière franchie.

Son dessein bien arrêté, il parcourut du regard le
rcle qui entourait l'ouverture dans laquelle venait de
sparaître son complice, et avisant, à deux pas de lui,
n groupe de femmes, il se glissa de leur côté, se fraya
oucement un passage parmi elles et parvint enfin à
entrée de l'étable.

Le plus difficile était fait ; quelques pas encore, il
tait hors de la ferme, et une fois là il prenait à travers
hamp pour échapper aux poursuites des gendarmes,
u'on ne manquerait pas de lancer sur sa trace.

Il venait enfin de passer le seuil de l'étable.

Il allait prendre son élan, quand une main se posant
sur son épaule le cloua à sa place.

— Pardon, monsieur, mais il me semble qu'on vous
attend au fond de la carrière avec votre ami, qui y est
déjà.

Robert Talbot sentit son sang se glacer dans ses
veines.

Il se retourna.

C'était un gendarme qui lui adressait cette observation.

— Oui, oui, je sais, dit-il, mais ces exhalaisons m'a-
vaient fait mal, et j'avais besoin de respirer.

— Possible ; mais on vous attend. C'est le petit vieux
qui m'a dit de veiller sur vous et votre ami.

Robert suivit le gendarme, et, cinq minutes après, il
rejoignait Pierre de Peyras au fond de la carrière.

XLIV

LE CADAVRE

Sept personnes étaient descendues dans la carrière:
Le maire et le docteur ;
M. Lubin, Pierre de Peyras et Robert Talbot.
Enfin, les deux porteurs de torches.

Tous les visages étaient graves. Pierre de Peyras
était comme pétrifié.

L'expiation terrible que lui avait souvent laissé entrevoir son complice, et dont la seule pensée le bouleversait, se dressait tout à coup devant lui ; dans sa redoutable réalité, il la voyait face à face, car, ainsi que Robert, il ne doutait pas que la constatation du cadavre du comte ne fût suivie de la dénonciation des coupables par M. Lubin et de leur arrestation immédiate ; et alors se déroulaient devant son imagination épouvantée toutes les tortures et toutes les angoisses du meurtrier sous la main de la justice, la prison, le tribunal, les débats judiciaires, la sentence et le châtiment suprême.

En portant son regard sur Robert Talbot, M. Lubin reconnut qu'à la terreur qui paralysait son complice se joignait chez lui la rage aveugle de la bête fauve qui, se voyant perdue, ne songe plus qu'à détruire, n'ayant plus qu'un but et qu'une joie en ce moment, la vengeance.

Il avait l'œil ardent, vitreux et halluciné du chien atteint d'hydrophobie, qui, n'ayant plus même en lui l'instinct de conservation, veut mordre partout et toujours.

Il se pencha vers le maire.

— Monsieur le maire, lui dit-il, il manque quelqu'un ici.

— Qui donc? demanda le magistrat.

— Les gendarmes.

— A quoi bon?

— Leur présence me paraît nécessaire; d'ailleurs, si, comme je le crois, nous faisons quelque grave découverte, cela ferait deux témoins de plus devant le tribunal, et des plus honorables.

— Vous avez raison.

Le maire donna ordre à deux gendarmes de descendre.

Alors Robert fixa sur M. Lubin un regard dans lequel éclatait la soif du sang, et, un moment, il fut sur le point de bondir sur lui.

Mais il eut une minute d'hésitation, et, cette minute écoulée, les gendarmes étaient là.

M. Lubin, qui avait compris la lutte qui se livrait dans l'âme de Robert Talbot, puisa une prise dans sa tabatière, dès qu'il vit les gendarmes à ses côtés.

— Allons, dit-il, en l'aspirant fortement, maintenant cherchons.

On se mit en marche.

La carrière était vaste, et son sol, très-accidenté, offrait à chaque pas de petits monticules ou de profondes crevasses qui rendaient cette excursion lente et difficile.

Au bout de dix minutes de recherches, on n'avait rien trouvé, mais les exhalaisons, beaucoup plus sensibles là que dans l'étable, attestaient qu'on était sur la trace.

— Voilà, s'écria tout à coup un gendarme, qui s'était un peu écarté du groupe.

Tout le monde se porta de son côté.

— Où donc? demanda le docteur.

— Là, au fond de cette crevasse, un manteau.

On aperçut, en effet, un manteau sous lequel se des-
sinait vaguement une forme humaine.

Une vive émotion s'empara de tous les témoins de
cette scène, qui presque tous, avaient repoussé la supposition de M. Lubin concernant l'histoire d'un cadavre
dans la carrière.

— Oui, ce doit être un corps humain, dit le docteur,
et remarquez qu'il a été descendu ici et descendu dans
cette crevasse, choisie avec intention, car elle forme
une fosse naturelle.

Le plus étrange hasard avait jeté là le corps du malheureux comte de Fougeraie.

Le médecin descendit dans la crevasse, et à la clarté
des deux torches, penchées autour de lui, il jeta de côté
les deux pans du manteau.

Alors un murmure de surprise et d'horreur se fit
entendre.

Sous ce manteau venait d'apparaître un corps
humain, comme on s'y attendait, mais le corps d'un
homme et non celui de la comtesse de Fougeraie.

— C'est étrange, dit le docteur, voici un uniforme
d'officier de marine.

Puis regardant attentivement le visage dont la partie
inférieure était seule défigurée :

— Mais je ne me trompe pas, s'écria-t-il, c'est le
comte de Fougeraie.

Et, s'adressant au maire :

— Approchez et examinez-le donc, lui dit-il, vous qui
l'avez connu intimement.

Le maire se rendit à cette invitation.

— Vous avez raison, dit-il stupéfait, c'est bien lui,
c'est le comte Paul de Fougeraie.

— Ce n'est donc pas lui qui a assassiné la comtesse.

— Évidemment, car il a été assassiné lui-même et scendu là par ses meurtriers.

— Docteur, dit M. Lubin au médecin, dans une cirnstance aussi grave et devant un fait qui détruit cométement l'information acceptée par la justice, on ne urait s'entourer de trop de témoignages.

— C'est mon avis, répondit le docteur.

— Alors veuillez donc prier MM. Pierre de Peyras et bbert Talbot, qui ont vécu quelque temps dans l'inmité du comte et de la comtesse, de vouloir bien desendre près de vous et de déclarer après avoir examiné s traits du cadavre, s'ils reconnaissent leur ami.

— Puisque vous avez connu la victime, messieurs, it le docteur à ceux que venait de désigner M. Lubin, pprochez, je vous prie, et dites si c'est bien celui que ous croyons reconnaître, M. le maire et moi.

A cette invitation Pierre de Peyras fut atterré.

Un frisson parcourut tout son corps et ses lèvres s'ouvrirent pour refuser.

Mais tous les regards étaient fixés sur lui, ses paroles, ses actes, ses gestes, tout était observé, tout serait commenté plus tard, cette pensée traversa son esprit et lui rendit quelque énergie.

Il d escendit dans la crevasse.

— Tenez, lui dit le docteur, voyant qu'il ne bougeait pas, penchez-vous, et regardez la tête.

Pierre de Peyras entrevit quelque chose d'horrible : un nez pincé, une bouche tordue, la lèvre inférieure rongée, laissant à nu les dents et la gencive, deux trous à la place des yeux et des teintes bleuâtres sur les joues.

Ce jeune homme si heureux, si brillant, si superbe de vie et de santé, voilà ce qu'il en avait fait.

Pierre de Peyras sentit ses jambes fléchir sous lui.

Cette tête, où grimaçait la mort, glaçait son sang dans ses veines et lui donnait le vertige.

Au lieu de se pencher en avant pour voir de plus près cette figure de spectre, ce rictus sinistre qui semblait le railler au milieu de la décomposition, ces yeux vides qui le regardaient du fond du néant, il se rejeta brusquement en arrière en murmurant d'une voix tremblante :

— Non, je ne peux pas, je ne veux pas le voir !

Au milieu du profond silence qui régnait en ce moment, ces mots produisirent une profonde émotion.

C'était le cri désespéré d'un ami ayant vécu dans l'intimité de l'infortuné comte, ainsi que l'avait annoncé M. Lubin, et incapable de l'effort surhumain qu'on lui demandait. Telle fut l'interprétation qu'on donna à la défaillance de M. de Peyras.

— Il ne se consolera jamais de la perte de son ami, dit M. Lubin.

Il ajouta en montrant Robert :

— Mais M. Talbot qui était moins lié avec la victime, trouvera dans sa conscience et dans le désir d'aider la justice à découvrir les coupables, la force d'accomplir le devoir qui lui est imposé en ce moment.

Pierre de Peyras avait regagné sa place.

Robert Talbot comprit que la même scène ne pouvait se renouveler sans éveiller de graves soupçons, il se résigna donc à affronter l'épreuve devant laquelle avait succombé son complice.

Dominant avec une grande puissance de volonté tous les sentiments qui se révoltaient en lui, il descendit résolûment près du docteur, se pencha sur le cadavre, étudia froidement cette tête devant laquelle M. de Peyras avait reculé d'horreur, puis se relevant lentement, les traits livides et le front couvert de sueur, mais calme en apparence :

— Oui, dit-il d'une voix claire et ferme, c'est bien là le comte de Fougeraie.

Et il retourna près de Pierre de Peyras, le pas assuré, l'air grave et digne, quoiqu'il fût dévoré des plus cruelles angoisses, dans l'attente où il était de ce qui allait se passer à la suite de cette constatation.

— Maintenant, dit le médecin, nous allons savoir de quoi est mort le comte.

Aidé d'un paysan, il déshabilla le corps jusqu'à la ceinture et reconnut que la victime n'avait reçu qu'une seule blessure, mais mortelle.

C'était un coup de couteau à la gorge, où la plaie était encore béante.

— Docteur, dit alors M. Lubin, voulez-vous examiner les mains de la victime ?

— Dans quel but ?

— Je vous dirai cela tout à l'heure.

— Volontiers.

Il regarda les mains, dont l'une était ouverte et l'autre contractée.

— Elles ne portent aucune trace de sang, n'est-ce pas ?

— Aucune, en effet.

— Maintenant, voulez-vous prendre la dimension exacte de la main ouverte ?

— C'est ce que je pourrais faire en la posant et la dessinant sur une feuille de papier ; mais je n'ai pas ici ce qu'il faut pour cela.

— Remettons ce travail à tantôt.

— Quel intérêt peut avoir la justice à connaître la forme et les dimensions de cette main ?

— En effet, où veut-il donc en venir ? murmura Robert, qui écoutait avec inquiétude les paroles de M. Lubin.

— Voilà ce que c'est, répondit M. Lubin, on a enlevé sur le papier du salon l'empreinte sanglante d'une main qui s'est appuyée là, main d'une victime ou d'un assassin, c'est ce qui sera recherché. Or, nous venons de constater qu'il n'y avait aucune trace de sang sur celles du comte de Fougeraie, ce ne peut être la main de la comtesse, qui était très-petite ; c'est donc la main d'un assassin, voilà qui est acquis, et cette main-là se trouvera un jour.

Mais je crois que nous n'avons plus qu'à quitter ce triste lieu.

— Quant aux assassins, dit le docteur en hochant la tête, il s'est écoulé tant de temps depuis le crime, qu'on a bien peu de chance de les retrouver.

— Qui sait? dit M. Lubin.

Pierre de Peyras, tenait son mouchoir à la main, il le passa sur son front, qui venait de se couvrir d'une sueur subite.

— Perdus ! balbutia Robert Talbot, dont les yeux égarés voyaient tout trouble autour de lui.

— Connaît-on quelqu'un sur qui pourraient se porter les soupçons? demanda le docteur.

— Je le crois, répondit M. Lubin en regardant les deux meurtriers ; mais quant à moi, je les abandonne à deux juges en qui j'ai confiance et qui les châtieront plus cruellement que les hommes : Dieu et leur conscience; si cela ne suffit pas, si ces deux juges ont besoin d'un instrument humain, eh bien ! je serai là.

XLV

UNE VOLONTÉ DE FEMME

Quelques minutes après, tout le monde avait quitté la carrière.

Il fut convenu que la justice allait être immédiatement informée de la découverte qui venait d'être faite, et M. Lubin donna son adresse au maire pour le cas où l'on jugerait sa présence nécessaire au moment où le juge d'instruction viendrait reconnaître le corps du comte de Fougeraie.

— Quant à ces messsieurs, dit il en désignant Pierre de Peyras et Talbot, leurs dépositions seront d'un grand poids dans la nouvelle enquête qui va commencer, et il va sans dire qu'ils seront les premiers convoqués pour éclairer la justice dans les constatations qui vont être faites ce soir ou demain.

Et s'adressant à ceux-ci :

— Veuillez donc donner votre adresse à M. le maire, messieurs.

Pierre et Talbot auraient bien voulu s'en dispenser l'un et l'autre, mais ils comprirent qu'il serait imprudent de montrer même la moindre hésitation, et ils s'empressèrent tous deux de remettre leur carte au maire.

Puis ils saluèrent et partirent ensemble.

Il se passa plus d'un quart d'heure avant qu'ils échangeassent une parole. Ils affectaient de marcher lentement, craignant de laisser soupçonner la hâte qu'ils avaient de s'éloigner, mais trop violemment émus du danger qu'ils venaient de courir pour pouvoir pousser l'effort jusqu'à s'entretenir, si près de M. Lubin, des tortures qu'il leur avait fait endurer.

Ils étaient loin et à l'abri de tous les regards lorsqu'ils osèrent enfin s'arrêter et causer librement.

— Sauvés ! nous voilà sauvés ! murmura Pierre de Peyras en poussant un profond soupir de soulagement.

— J'ai bien cru que c'en était fait de nous et que nous allions passer de cette horrible carrière entre les mains des gendarmes, dont je ne puis voir l'uniforme sans

frissonner, et de là au fond d'une prison, en attendant...
le reste, dit à son tour Robert Talbot, presque aussi
abattu que son compagnon par les terribles émotions
qu'il venait de traverser.

— Je l'ai pensé comme vous, répliqua Pierre; et je
me demande ce que signifie cet acte de clémence de la
part d'un ennemi, qui, cependant, nous a donné assez
de preuves de la haine qu'il nous porte.

— Je ne sais, mais cela me confirme dans l'opinion
qu'il a quelque raison secrète pour ne vouloir ou ne
pouvoir pas pousser les choses jusque-là.

— Peut-être aussi ne veut-il que retarder la suprême
vengeance qu'il tient dans sa main, et qu'il accomplira
à son jour et à son heure, quand l'obstacle qui l'arrête
aujourd'hui aura disparu. Mais qui nous empêche de
fuir à l'étranger?

— Fuir avec cinquante mille francs, pour nous retrouver avant un an dans la misère et dans la nécessité
de risquer encore notre tête et de recommencer encore
et toujours! allons donc!

— Quel est donc votre projet?

Robert allait répondre.

— Non, dit-il en s'arrêtant tout à coup, je vous le dirai dans deux jours.

— Pourquoi pas de suite?

— Parce qu'il vous paraîtrait insensé et que vous voudriez vous y opposer.

— Il est donc dangereux?

— Très-dangereux.

— Ecoutez, Robert, si c'est quelque nouvelle entre-
prise contre M. Lubin, je vous en supplie, renoncez-y;
ce vieillard m'épouvante, et vous savez d'ailleurs la précaution qu'il a prise contre nous : ces lettres confiées à
un ami, et par lesquelles il nous tient toujours en son
pouvoir, quoi qu'il puisse lui arriver.

– Qui vous dit que je songe à M. Lubin ?

– Eh bien ! alors...

– Eh bien ! attendez deux jours, et vous saurez tout ; là tout ce que je puis vous dire en ce moment.

– J'attendrai.

– Je vous quitte pour me mettre immédiatement œuvre, dit Robert, et je ne vous reverrai qu'après-nain.

– Où, et à quelle heure ?

– A huit heures du soir, au *Café polonais*.

Comme à toutes les barrières, il y avait là une file de tures.

Robert Talbot en prit une et jeta cette adresse au cô-er :

– Place Maubert.

La voiture partit.

Pierre de Peyras en prit également une et se fit con-ire rue Caumartin.

Après les transes qu'il venait d'éprouver et dans les-elles il avait cru succomber un instant, il avait besoin se retremper dans d'autres émotions ; il voulait revoir sœur pour oublier l'effroyable tableau qu'il avait eu ut à l'heure sous les yeux et qui flamboyait toujours vant son imagination ébranlée.

Il la trouva chez elle.

Elle n'avait pas quitté Paris.

Son mari était parti la veille, comme il l'en avait pré-nue, sans pouvoir la résoudre à l'accompagner.

Deux heures après son départ, elle était rue du Mont-habor, chez Jacques de Sylva, qui fit un geste de déses-ir en la voyant entrer.

— Mon mari est parti, dit-elle en jetant son chapeau ir un meuble.

— Quand?

— Il y a deux heures.

— Et vous êtes venue !… Diane ! Diane ! mais v̄
voulez donc vous perdre ?

La jeune femme le regarda fixement.

— Puisqu'il est parti, vous dis-je. Que signifie ce
terreur ?

— Mais vous ne comprenez donc pas, Diane, que c'e
en ce moment surtout qu'il fallait observer la plus gran
prudence ?

— Qu'ai-je à craindre à cette heure ?…

— Vous n'avez jamais couru de plus grands danger
s'écria le jeune homme, en proie à la plus grande agit
tion, et je suis dans des transes mortelles en son
geant…

Il s'interrompit pour aller regarder à travers les vit
de sa fenêtre.

— Oh ! mais expliquez-vous donc, vous me rend
folle ! s'écria Diane.

— Mais vous ne comprenez donc pas que ce voyag
cache un piége ? lui dit Jacques en revenant à elle. .

— Un piége ! non, c'est impossible.

— Quoi ! votre mari sait toute la vérité, vous me l'a
vez dit vous-même, il vous aime, il est jaloux, et vou
croyez qu'il va quitter Paris dans un tel moment ! c'e
impossible, je vous le répète, c'est un piége qu'il
tendu à votre imprudence et dans lequel vous ête
tombée.

— Eh bien ! que m'importe, puisque je suis décidée
en finir ! Demeurer près de lui plus longtemps est im
possible, vous savez bien qu'une impitoyable fatalité m
force à fuir. Oh ! vous allez me répéter ce que vous m'av
dit l'autre jour : il faut attendre qu'il vous ait remis vo
argent ; attendre six jours ; attendre six jours, jamais

— Diane, je vous en supplie, écoutez…

— Rien ! interrompit impérieusement la jeune femme
Partons d'abord, partons tout de suite, dans quelque

ures, conduisez-moi en Espagne, et vous reviendrez
ors demander à M. Marcasse...

— Mais il sait la vérité.

— Il sait ce qu'a pu lui dire cette femme Beaudoin,
ut, excepté le nom de mon complice ; n'ayez donc au-
ne inquiétude.

— Mais, Diane...

— Oh ! pas un mot de plus, je ne veux pas l'entendre.
oulez-vous que je parte seule, sans ressource, sans
ppui, sans protection ? C'est ce que je ferai si dans
ois heures vous ne venez pas me prendre chez moi.

Jacques de Sylva était au désespoir, il devinait le
iége qu'on leur tendait à tous deux, il voyait l'abîme
u'on venait de creuser sous leurs pas, et ne pouvait
ire entendre raison à l'infortunée que le désespoir
endait folle ; ne pouvant davantage l'abandonner et la
isser courir seule les chances de l'acte insensé qu'elle
oulait commettre, il se voyait condamné à se jeter et à
engloutir avec elle dans le gouffre béant dont elle ne
oulait pas se détourner.

Parmi toutes les conséquences qu'allait amener cette
mprudence, et qu'il ne pouvait envisager sans effroi,
 en était une qui révoltait surtout sa conscience et
indignait contre lui-même, c'était la pensée de son re-
our chez ce mari, après lui avoir ravi ce qu'il avait de
her et de sacré, la paix du foyer, sinon le bonheur, et
 considération que lui avaient acquise trente années
e travail et de probité.

Epouvanté de ces perspectives, il voulait tenter un
ernier effort près de la jeune femme qui, le teint animé,
t ses beaux cheveux blonds un peu en désordre, dar-
ait sur lui un regard brûlant d'impatience.

— Diane, lui dit-il, encore un mot, ce sera le dernier.

La main de Diane se crispa sur sa robe, mais elle se
ésigna à écouter.

I.   18

Jacques reprit :

— Vous pensez qne votre mari ne sait rien en ce qu
me concerne; cela se peut ; mais, s'il ne sait rien, il
au moins quelques soupçons, vous l'avez pensé vous
même quand je vous ai rapporté mon dernier entretie
avec lui ; or, supposons qu'il revienne cette nuit ave
l'intention de vous surprendre, où courra-t-il, ne vou
trouvant pas à votre hôtel ? Chez celui dont il se défi
déjà, chez moi. Il me trouvera absent comme vous ;
saura que j'ai disparu à peu près à la même heure
alors il n'aura plus à chercher le complice, encor
ignoré de lui en ce moment ; il ne lui restera aucu
doute sur ce point : nous le lui aurons dénoncé nous
mêmes.

— Après ? murmura Diane entre ses dents serrée
l'une contre l'autre et en frappant le parquet du pied

— Et vous voulez que, le sachant instruit à la fois d
notre liaison et de notre fuite, je reparaisse tranquille
ment devant lui pour une affaire de chiffres ? Vous vou
lez que je regarde en face et d'un œil calme cet homm
dont j'aurai brisé le cœur et détruit toute la vie?

Diane ne répondit pas.

Les bras croisés sur sa poitrine et le regard toujou
fixé sur Jacques de Sylva, elle imprimait à son cor
un imperceptible balancement qui témoignait de s
impatience et de son invincible obstination.

— Et puis, reprit le jeune homme, en lui révéla
avec qui vous avez fui, vous lui apprenez en mêm
temps le lieu de votre retraite, ce que vous dev
redouter par-dessus tout. Réfléchissez à cela et
pondez....

— Je veux partir, répondit Diane en scandant cha
mot avec l'accent d'une résolution inébranlable, v
ma réponse.

Jacques se frappa le front avec désespoir.

Puis, après un instant de silence :

— A quelle heure ? demanda-t-il avec un calme parent,

— Je vous attends à quatre heures ; nous nous entenons sur bien des détails ; vous partirez seul et je vous joindrai une heure après à un rendez-vous convenu.

— C'est bien.

Diane prit son chapeau et se mit devant une glace, our le poser sur sa tête.

Jacques la contemplait avec un mélange d'admiration de douleur.

En ce moment un violent coup de sonnette les fit ondir tous les deux. Ils se regardèrent pâles et frisonnants.

— Vous attendiez quelqu'un ? demanda Diane à voix asse.

— Personne.

— C'est lui ! murmura-t-elle d'une voix éteinte.

XLVI

LES MALHEURS D'UN AMANT HEUREUX

Ils restèrent quelques instants ainsi, immobiles, l'oreille tendue vers la porte, retenant leur respiration.

Un second coup de sonnette se fit entendre, plus brusque et plus violent que le premier.

— Vous avez raison, balbutia Diane d'une voix défaillante, c'était un piége, je suis perdue.

— Que faire ? oh ! mon Dieu ! que faire ? dit Jacques hors de lui.

— Mais il y a une autre sortie sans doute ! s'écria Diane en s'élançant vers une porte.

—.Non, répondit Jacques.

— Ainsi je ne puis sortir ?

— Impossible.

— Alors cachez-moi.

— Il ne doit pas être seul et il sait que vous êtes là, ils chercheront partout et vous ne pourrez leur échapper.

— Ah ! mais je ne veux pourtant pas rester là.

— Eh bien ! venez.

— Parlez-leur d'abord pour qu'ils prennent patience. Jacques de Sylva cria, en se tournant vers la porte :

— Un instant, j'y vais.

A son extrême surprise on attendait patiemment au lieu de frapper ou de sonner de nouveau.

Il s'élança dans sa chambre, suivi de Diane.

Celle-ci parcourut la pièce d'un rapide coup d'œil, et, après un moment d'hésitation, courut se cacher dans l'alcôve.

— Maintenant, dit-elle quand elle se fut tapie au fond de sa cachette, allez ouvrir.

C'est ce que se hâta de faire Jacques de Sylva.

Mais en faisant jouer la clef dans la serrure, sa main tremblait et il frémissait à la pensée de ce qui allait éclater dans un instant.

Ce mari écrasé sous le poids de sa honte et de son malheur, cette femme trouvée chez lui, dans l'alcôve de son lit, ce commissaire de police verbalisant, interrogeant froidement l'infortunée, lui adressant les questions les plus outrageantes, notant les moindres faits et les commentant avec un cynisme implacable, voilà le hideux tableau qui allait se dérouler tout à l'heure, voilà le rôle dégradant et honteux qu'on allait faire jouer à cette femme adorée, type de fierté et de distinction.

Enfin il ouvrit !

Alors deux cris se firent entendre, deux cris de joie, t il sentit des bras s'enlacer autour de son cou.

Il se trouvait en face de deux personnes en effet, mais eux femmes.

Sa mère et sa sœur.

La stupeur qu'il éprouva à cet aspect inattendu, la oie de voir sa mère et sa sœur, et par-dessus tout le onheur de se voir échappé tout à coup à la plus hor-ible situation, le rendirent muet pendant quelques nstants.

— Eh bien ! mon cher Jacques, lui dit sa mère en efermant la porte derrière elle, tu ne nous dis rien, qu'as-tu donc ?

— Il doit être malade, ma mère, dit la jeune fille, voyez donc comme il est pâle.

Jacques saisit au bond l'idée que lui suggérait sa sœur.

— En effet, ma mère, dit-il en portant la main à son front, j'ai été pris tantôt d'un violent mal de tête et j'étais couché, je dormais quand vous avez sonné.

— Je m'explique alors pourquoi nous avons si long-temps attendu à ta porte. Mais ce mal de tête ?

— Oh ! le bonheur de vous voir toutes les deux l'a déjà dissipé. Mais que je vous embrasse donc !

Ce fut avec un élan et une effusion bien réels qu'il les embrassa l'une et l'autre en songeant aux deux person-nages qu'il avait cru voir entrer à leur place.

Quand tout le monde se fut assis, Jacques reprit avec son accent de franchise et de cordialité habituel :

— Mais je ne vous attendais pas si tôt, comment se fait-il donc ?...

— J'avais tant de hâte de te voir et de connaître Paris ! répondit la jeune fille.

— Vraiment ! chère Rita, dit Jacques.

18.

— Oui, dit la mère en souriant, sans compter le troisième motif, dont elle ne parle pas et qui est le principal.

Rita rougit et agita son éventail pour cacher son trouble.

— Pourquoi rougir, ma petite Rita ? lui dit Jacques, ne sais-je pas que tu aimes, que tu es adorée, ce que je trouve bien naturel, et que bientôt tu ne seras plus mademoiselle de Sylva ?

— Plus tôt encore que ce n'était résolu, dit la marquise de Sylva ; ils se sont si bien entendus, elle et son fiancé, qu'ils sont parvenus à avancer d'un mois l'époque convenue, si bien que le mariage a lieu ici, à Paris, dans huit jours, et que, dans cinq ou six jours, toutes les affaires d'intérêt seront réglées chez monsieur le notaire.

Jacques se troubla tout à coup en songeant à Diane, qui voulait partir le soir même, à sa mère et à sa sœur, qui naturellement ne voudraient plus se séparer de lui jusqu'au jour du mariage, et aux cinq cent mille francs composant la fortune de Rita, qu'il fallait présenter lors de la signature du contrat, sans compter les visites et relations de rigueur entre lui et la famille dans laquelle sa sœur allait entrer, toutes raisons qui s'opposaient absolument à la réalisation du projet auquel Diane ne voudrait renoncer à aucun prix, sous aucun prétexte.

— Eh bien, dit la marquise à son fils, puisque ton mal de tête s'est dissipé, nous allons t'emmener pour que tu fasses tout de suite connaissance avec ton futur beau-frère.

— Est-ce que nous ne pourrions pas remettre cela à demain? demanda le jeune homme, qui pensa aussitôt à la position de Diane.

— Oh! mon cher petit frère ! dit Rita avec la moue la plus gracieuse.

Et se levant aussitôt, elle courut embrasser Jacques,
qui, tout en recevant ses caresses, cherchait comment
pourrait sortir de cette situation.

Enfin il prit un parti qui le sortait des embarras du
moment.

— Eh bien! soit, charmante petite sœur, dit-il à celle-
, je suis tout à toi, j'ai hâte de connaître ton heu-
ux vainqueur, et nous allons nous rendre chez lui à
nstant même, le temps de changer de vêtement.

— C'est cela, nous t'attendons, dépêche-toi! s'écria
ita toute joyeuse.

— Allons, décidément, tu l'adores, dit Jacques en lui
nnant une tape sur la joue.

— Méchant! répliqua la jeune fille en la lui rendant
peu plus sonore qu'elle ne l'avait reçue.

Jacques passa aussitôt dans sa chambre.

Il trouva Diane debout derrière la porte.

— Vous avez tout entendu? lui demanda-t-il à voix
asse.

— Tout.

Elle ajouta, en le regardant fixement :

— Que décidez-vous?

— Le temps presse, nous ne pouvons causer en ce
oment, j'irai vous voir tantôt, de cinq à six heures.

— J'y compte.

— Je vais partir avec ma mère et ma sœur, je tirerai
porte et laisserai la clef en dehors; j'en ai une autre
ur moi; vous pourrez donc sortir immédiatement après
ous.

Il passa aussitôt dans son cabinet de toilette pour y
hanger de vêtement et ne tarda pas à rejoindre la
arquise et Rita, qui l'attendaient avec impatience.

— Me voilà, dit-il, partons.

Rita était déjà debout et se dirigeait vers la porte.

— A la bonne heure, dit Jacques, voilà une jeune fille qui ne se fait pas attendre.

— Je n'en dirai pas autant de vous, monsieur, répondit Rita, vous avez été bien long à changer d'habit.

Ils partirent enfin.

Un instant après, Diane sortait à son tour de l'appartement de Jacques et se rendait chez elle, impressionnée du danger qu'elle avait cru courir, n'ayant qu'une idée fixe, quitter Paris, mais envisageant avec inquiétude tous les obstacles qu'allait susciter à Jacques le mariage de sa sœur.

Elle venait de rentrer quand Pierre de Peyras lui fut annoncé.

— Qu'as-tu donc, Diane? lui dit Pierre, je te trouve bien pâle et bien agitée.

— J'allais t'adresser la même observation, lui répliqua Diane, toi aussi, tu es bien pâle, serais-tu malade?

— Non, mais j'aimerais mieux la plus cruelle maladie que les tortures morales que j'endure depuis...

— Depuis la fête de l'hôtel de Sordes, n'est-ce pas?

— Oui.

— Et ce M. Lubin?...

Pierre l'interrompit d'un geste plein de colère :

— Ah! l'exécrable vieillard! s'écria-t-il en serrant les poings avec rage, jamais bourreau de l'Inquisition n'a torturé sa victime avec un acharnement aussi infatigable; jamais Indien, maître de son ennemi, n'a imaginé de tels raffinements de férocité. Ah! cet homme! avec quelle volupté j'écraserais sa tête sous le talon de ma botte.

— Mais il te tient donc en son pouvoir, cet homme?

— Eh bien, oui, répondit Pierre d'un air sombre.

— Et aucun moyen de te soustraire à cet effroyable joug?

— Aucun. Ce vieillard est inattaquable; il sait tout

ce qui peut perdre son ennemi, et il prévoit tout ce qui peut l'exposer lui-même.

— C'est donc Satan en personne?

— C'est ce que je me demande quelquefois; ce qu'il y a de certain, c'est que j'aimerais mieux avoir cent ennemis sur les bras que ce petit vieillard, que je pourrais assommer d'un coup de poing.

Il reprit en examinant sa sœur:

— Mais toi, Diane, quelle est la cause de ton agitation?

— Moi aussi, répondit Diane avec l'expression d'un profond découragement, je suis en butte à la haine infatigable d'un ennemi plus redoutable encore que le tien, car ce Lubin, tu le connais, tu le vois, tu le touches; c'est un être en chair et en os contre lequel tu peux lutter, tandis que le mien ne se manifeste à moi que par ses actes et je ne connais même pas ses traits, car je ne l'ai vu qu'une fois et masqué.

— Oui, cela date aussi de la fête de l'hôtel de Sordes, dit Pierre.

— Cette Mauresque! il ne se passe pas deux jours sans qu'elle se rappelle à moi, comme elle me l'avait juré, sans qu'elle m'apporte quelque sujet d'inquiétude ou de désespoir, si bien qu'il m'arrive quelquefois, comme à toi peut-être, de prendre mon front dans mes deux mains pour l'empêcher d'éclater sous l'excès de la souffrance, et que parfois aussi je m'écrie en me tordant de désespoir: Mon Dieu! mon Dieu! faites que je ne pense plus, que je n'éprouve plus, envoyez-moi la folie!

— Oui, murmura Pierre, le regard fixe devant lui, je connais ces crises-là.

— Enfin, reprit Diane en frissonnant, à chaque pas que je fais dehors, à chaque coup de sonnette que j'entends chez moi, je me demande en tremblant quel est

le nouveau coup que va me porter mon invisible ennemi, et le coup vient toujours.

On frappa en ce moment à la porte.

Diane bondit sur son siége.

— Encore elle peut-être ! balbutia-t-elle avec un profond sentiment de terreur.

— C'est impossible, dit Pierre.

La porte s'ouvrit.

C'était Mariette qui apportait une lettre.

— Tu vois bien que tu t'effrayais à tort, lui dit Pierre
quand Mariette fut partie.

Diane ouvrit la lettre, y jeta un coup d'œil et pâlit.

C'était un prospectus contenant ces mots :

A LA MAURESQUE

Spécialité de layettes.

XLVII

SOUVENIRS DE LA MAURESQUE

Diane se leva, parcourut son salon en jetant d'une
voix brève quelques exclamations où se trahissaient à la
fois la colère et l'anxiété; puis s'arrêtant brusquement,
elle déplia la prospectus, qu'elle avait froissé dans sa
main, et relut les deux lignes dont il se composait :

A LA MAURESQUE

Spécialité de layettes.

Après être restée quelques instants immobile, l'œil ardent, le regard fixé sur ces lignes comme s'il eût été

rivé là par une attraction surnaturelle, elle s'écria tout
à coup, en s'adressant à son frère :

— Tu parles de haine acharnée, de cruauté ingé-
nieuse et infatigable! que dirais-tu donc si tu étais
entre les mains de cette femme! Ah! elle est la digne
complice de l'odieux vieillard qui s'est donné mission de
te torturer! Il est impossible de déployer plus d'imagination et de science dans l'art infernal de broyer un
cœur humain.

— Cette lettre est d'elle? demanda Pierre.

— Oui, toujours, toujours elle! Ce n'est pas une
femme que cette créature-là, c'est un vautour attaché à
une proie et qui ne se lasse pas de la déchirer. Mais elle
est donc introuvable! Il est donc impossible de découvrir sa trace? Tu m'avais pourtant fait espérer!

— Oui, sans doute, je ne doutais pas qu'elle n'eût
de fréquents rapports avec M. Lubin, j'en suis encore
convaincu, et je comptais découvrir sa demeure en faisant suivre mon ennemi.

— Eh bien?

— Eh bien! je l'ai fait suivre huit jours de suite; mais
soit qu'il ait soupçonné quelque chose, soit qu'ils aient
quelque moyen particulier de correspondre entre eux,
mon agent n'a rien pu découvrir. Il l'a vu entrer le jour
à la salle des ventes, à des expositions de tableaux, dans
des cafés borgnes, dont il semblait étudier la clientèle
en philosophe, dans les passages, qu'il visitait en flâ-
neur; mais le plus souvent au café du Pas-de-la Mule;
enfin dans des endroits où il n'adressait la parole à aucune femme, et où, à coup sûr, ne pouvait se trouver la
Mauresque.

— Allons! murmura Diane d'un ton découragé, il
faut donc la subir éternellement, la laisser se repaître
de ma souffrance, jusqu'à l'heure où elle dira elle-
même : « C'est assez! » Et ce mot-là, elle ne le dira que

le jour où j'aurai épuisé la coupe des douleurs et des humiliations.

Elle s'arrêta tout à coup, s'absorba dans ses réflexions ; puis, relevant la tête, elle murmura :

— Après tout, que m'importe cette femme ? Je serai bientôt hors de ses atteintes.

Pierre de Peyras n'entendit pas cette phrase, qui avait été prononcée presque à voix basse.

Diane reprit :

— Connais-tu, toi, un écrivain du nom de Talmousse ?

— Non.

— Tu n'as jamais rencontré personne de ce nom chez le comte de Fougeraie ?

— Jamais.

— Ni moi, et je connaissais de vue ou de nom toutes les personnes qui fréquentaient la maison de Louise.

— Mais pourquoi ces questions ?

— Tiens, voilà ce que j'ai reçu hier.

Elle remit à Pierre une feuille imprimée.

— Qu'est-ce que c'est que cela ?

— Le titre te le dira tout de suite.

Pierre jeta un coup d'œil sur ce titre.

Il lut :

Détails sur le drame de Fougeraie.

— Qui a pu t'envoyer cela ? s'écria-t-il en se troublant tout à coup.

— Toujours la même main.

— La Mauresque ?

— Parbleu !

— Qui te le fait croire ?

— L'esprit de haine et de vengeance qui anime cet écrit.

— Et tu as reçu cela?

— Hier. Je te le répète, elle se rappelle presque chaque jour à ma pensée.

Pierre de Peyras songeait en ce moment au Feuilleton intitulé : *le Drame de Fougeraie*, et il hésitait à lire.

— Lis donc, lui dit Diane ; ah ! cela t'intéresse autant que moi, nous n'y sommes pas plus ménagés l'un que l'autre.

Pierre lut enfin :

« Diane de Peyras était une très-belle blonde sans fortune, mais douée d'une immense ambition, et qui, pour satisfaire ses rêves d'orgueil et ses instincts de domination, avait fait un mariage d'argent. Cette union donnait la plus large satisfaction à son goût pour le luxe, mais il blessait toutes ses aspirations aristocratiques, et l'exposait à de petites humiliations, très-cruelles pour un caractère altier. Nature mauvaise, perfectionnée par une mauvaise éducation, d'une perversité inconsciente, mais intelligemment haineuse pour toutes les femmes qui, en se mariant, étaient restées dans la sphère qu'elle avait dû se résigner à quitter, surtout si ces femmes étaient de ses amies. Madame Marcasse était animée d'un ardent besoin de vengeance contre son ancienne camarade de pension, la belle Louise de Mirail, devenue comtesse de Fougeraie.

» Elle la haïssait d'autant plus qu'elle devait à la vive amitié que lui portait celle-ci, et au charme qu'elle exerçait partout où elle passait, d'avoir été reçue dans de grandes familles du faubourg Saint-Germain, où l'on accueillait l'amie de la comtesse de Fougeraie et non madame Marcasse.

» Cette distinction si blessante pour son orgueil, mille incidents, mille petites nuances, sur lesquelles son habitude du monde ne lui permettait pas de se méprendre, ne faisaient qu'animer et accroître chaque jour cette haine contre une femme à laquelle on s'accordait à reconnaître toutes les supériorités.

» Elle était dans ces dispositions, quand son frère, Pierre de Peyras, vit dans le monde la belle comtesse de Fougeraie et en devint éperdument amoureux comme tant d'autres avant lui.

» Mais ceux-là, repoussés avec une indulgente fermeté par la femme qu'ils adoraient, s'étaient résignés et avaient conservé pour elle une ardente et respectueuse amitié, si bien que tous ces amants passionnés, convertis en amis sincères, n'avaient fait qu'accroître l'estime dont on l'entourait et le prestige qu'elle exerçait autour d'elle.

» Il n'en pouvait être de même d'un amoureux tel que Pierre de Peyras, habitué à procéder en toutes choses par la violence quand il ne pouvait réussir autrement, et qui, repoussé, n'hésiterait pas à poursuivre la comtesse jusqu'à provoquer un scandale, dangereux pour sa réputation et peut-être fatal à son mari.

» C'est avec le pressentiment de tous les malheurs qui devaient en résulter que Diane de Peyras introduisit son frère dans le salon de la comtesse de Fougeraie, qui avait toujours éprouvé pour lui une profonde antipathie et avait montré à le recevoir aussi peu d'empressement que le permettaient les convenances.

» Ce pressentiment se réalisa, sa haine a triomphé, au delà peut-être de ce qu'elle eût voulu, et il en est résulté un double crime dont elle a assumé la responsabilité et dont elle commence à porter la peine comme son frère.

» Le châtiment ne fait que commencer pour l'un et pour l'autre. Elle se plaint des tortures qu'elle subit depuis le jour où une femme lui a dit :

» Ce sourire est le dernier qui passera sur vos lèvres !

ce n'est rien encore, elle est sur un lit de roses, c'est
bientôt que commencera la redoutable expiation qu'elle
a méritée et à laquelle, quoi qu'elle tente, rien ne
pourra la soustraire, car *on veille !* »

Cela était signé : Talmousse.

— Elle se trompe, murmura Diane, dans quelques
jours, j'aurai mis cinq cents lieues entre moi et sa haine.

Elle ajouta en s'adressant à son frère :

— Eh bien ! que dis-tu de cela ?

— Cet écrit n'a d'autre but que de t'effrayer, répondit
Pierre en affectant une tranquillité d'esprit qu'il était
loin d'éprouver.

Puis, voulant couper court à cet entretien, il se leva,
et, prenant congé de sa sœur ;

— J'avais besoin de te voir, Diane, lui dit-il, tu es la
seule affection, la seule amie que j'aie en ce monde, et
après les terribles secousses qui viennent de m'ébranler, à ce point que je m'étonne de n'y avoir pas laissé
ma raison, je voulais reposer dans cette amitié mon
âme brisée, et maintenant adieu !

Diane ne le retint pas, car elle avait des préparatifs
à faire, espérant toujours que Jacques de Sylva ne
pourrait résister à ses instances et qu'il partirait le soir
même avec elle, malgré tous les motifs qui le retenaient
à Paris en ce moment.

Au bout d'un quart d'heure Pierre de Peyras arrivait
au boulevard des Capucines.

Il marchait lentement, plongé dans les plus cruelles
réflexions, quand une voiture découverte, très-élégante,
et traînée par un magnifique attelage, passa rapidement
devant lui.

Deux femmes occupaient cette voiture, la mère et la
fille, sans doute, car elles se ressemblaient.

Tout le monde s'arrêtait sur leur passage pour admirer la jeune fille.

Mise avec un goût exquis, mince et dégagée, sans être maigre, d'une merveilleuse fraîcheur, quoique légèrement colorée, elle était surtout remarquable par l'expression de sa physionomie, où se lisaient le calme, la sérénité, l'épanouissement d'une âme parfaitement heureuse.

Elle ne riait pas, elle ne souriait pas, mais le bonheur, bonheur parfait, continu, profondément senti, reposait pour ainsi dire sur ses lèvres entr'ouvertes et au fond de ses yeux bleus.

Cette impression communiquait à toute sa personne un charme, une grâce et un abandon qui soulevaient sur son passage l'admiration et la sympathie.

On se disait en la regardant : Qu'elle est heureuse !

En la voyant si admirablement belle, d'une beauté où se réflétaient une âme si noble et un cœur si pur, on ajoutait : Comment ne le serait-elle pas ?

Arrêté comme tous les piétons par la file des voitures qui se succédaient sans interruption en ce moment, Pierre de Peyras leva la tête au moment où la mère et la fille passaient devant lui, emportées de toute la vitesse de leurs chevaux.

A leur aspect il jeta un cri, garda quelques instants un silence admiratif, puis, sortant tout à coup de cet état de stupeur et d'extase, il murmura d'une voix altérée :

— Valentine !

La voiture était déjà loin.

Cependant il ne la perdait pas de vue.

Il appela une remise qui passait à vide et qui vint aussitôt à lui.

— Cocher, dit-il en montrant à celui-ci la voiture qui, déjà confondue avec les autres, était difficile à distinguer, filez aussi rapidement que possible dans cette direction ; tout à l'heure je vous montrerai une voiture que vous ne pourriez voir d'ici, il y a vingt francs pour vous si nous pouvons la rejoindre.

A Paris, le cocher comprend tout et ne s'étonne de rien.

Celui-ci flaira une intrigue amoureuse et s'en félicita.

Il savait par de nombreuses expériences que la vertu lésine sur le pourboire et que les amoureux payent largement.

— Suffit, bourgeois, dit-il à Pierre, installez-vous et je me charge de rattraper la voiture.

Il partit comme un trait.

Cinq minutes après, malgré les embarras de voitures qui, de temps à autre, retardaient sa marche, il n'en était pas à plus de cinquante pas et distinguait la plume blanche du chapeau de la jeune fille.

Tout à coup la voiture de celle-ci tourna à la rue du Helder.

Pierre cria à son cocher de se lancer à sa suite.

Celui-ci obéit, mais difficilement, croisé à chaque pas par d'autres voitures.

Il put la suivre enfin à une assez grande distance.

Elle disparut tout à coup dans la rue d'Aumale.

Le cocher de Pierre y déboucha quelques instants après, mais là pas de voiture.

XLVIII

L'ONCLE JEAN

En quittant la rue Taitbout pour entrer dans la rue d'Aumale, la voiture qui emportait Valentine avait tourné à gauche.

La question, pour Pierre de Peyras, était de savoir si elle était entrée dans une des maisons de la rue d'Aumale, ou si elle avait continué jusqu'à la rue de La Rochefoucauld, et dans ce dernier cas, si elle avait tourné à droite ou à gauche.

— Dites-moi, demanda-t-il à son cocher, croyez-vous que cette voiture ait pu s'arrêter ici, qu'on ait eu le temps de lui ouvrir la porte cochère, d'attendre qu'elle soit entrée et de refermer ensuite?

— Dame! dit le cocher après un instant de réflexion, en ne perdant pas de temps, c'est possible tout de même.

— Eh bien! attendez-moi là, je vais m'informer.

Il sauta à terre, entra dans la première maison de la rue d'Aumale, située à gauche de la rue Taitbout, et demanda au concierge s'il avait dans sa maison madame Savari.

— Nous n'avons pas ça, répondit le concierge sans se retourner.

Il ajouta, toujours avec le même sans-façon :

— Qu'est-ce qu'elle fait, votre madame Savari?

— Elle ne fait rien.

— Et elle n'a rien; connu! dit le concierge avec un sourire ironique et dédaigneux, je vois ça d'ici. Nous ne tenons pas cet article-là dans la maison; mais vous la trouverez à chaque pas dans les rues Bréda et Notre-Dame-de-Lorette. Ce ne sera peut-être pas Savari, mais, n'importe, au nom près vous trouverez votre affaire.

Pierre de Peyras haussa les épaules, se retira et alla demander le même renseignement au concierge de la maison voisine.

C'était une femme.

— Comment dites-vous ça? demanda-t-elle d'un ton gracieux?

— Madame Savari.

— Connais pas.

Pierre allait s'éloigner.

La concierge reprit :

— C'est peut-être Trincaldi que vous voulez dire? une chanteuse, n'est-ce pas?

— Non, c'est Savari et elle ne fait rien.

— Ce doit être ça.

— Vous dites qu'elle est chanteuse?

— Dans ses moments perdus.

— D'ailleurs la mienne a une fille.

— La mienne a une mère, mais vous savez, pas ridicule; d'ailleurs elle n'y est presque jamais.

— Enfin ce n'est pas Trincaldi.

— Comme vous voudrez, mais je crois que vous avez tort; si vous la connaissiez!

Pierre de Peyras passe à un troisième concierge.

— Madame Savari, s'il vous plaît?

— Je ne connais pas ça; qu'est-ce que c'est que cette dame-là?

— Elle est rentière et demeure avec sa fille.

— Une jolie brune?

— A peu près, châtain foncé.

— Attendez donc! oui, oui, c'est ça.

Pierre de Peyras est ravi.

— Seulement vous devez mal prononcer le nom, ces dames s'appellent Dubrochet...

Pierre bondit hors de la loge et continue ses recherches.

Il parcourt ainsi tout le côté gauche de la rue d'Aumale sans trouver madame Savari.

— C'est sans doute rue La Rochefoucauld, pense-t-il.

Il fait signe à son cocher de le suivre et continue ses recherches des deux côtés de la rue La Rochefoucauld, ne pouvant se résoudre à s'éloigner sans avoir trouvé la demeure de cette Valentine, dont l'image ne le quitte plus depuis si longtemps et qu'il vient de voir de si près, après avoir désespéré de la rencontrer jamais,

Mais peine inutile.

Madame Savari est aussi inconnue dans la rue La Rochefoucauld que dans la rue d'Aumale.

Mêmes recherches et mêmes résultats dans les rues Pigalle et Labruyère.

Cela avait duré plus d'une heure. Enfin, tout à fait découragé, Pierre de Peyras allait remonter en voiture et s'éloigner de ce quartier, quand la pensée lui vint d'interroger un boutiquier.

Il entra chez un épicier et lui demanda s'il connaissait madame Savari.

— J'ai entendu parler de ce nom-là, répondit l'épicier, mais je ne saurais dire...

— Cette dame demeure dans le quartier, dit à son tour l'épicière, car sa bonne est venue ici deux ou trois fois et a prononcé son nom que je me rappelle parfaitement; mais, comme elle a payé chaque fois et n'a pas fait de note ici, je ne connais pas son adresse.

— Enfin vous êtes sûre qu'elle demeure dans le quartier? demande vivement Pierre.

— Elle y demeure sans aucun doute.

— Cela me suffit.

Il remercia, sortit et remonta en voiture en se disant :

— Je reviendrai demain, après-demain, je parcourrai vingt rues et visiterai deux cents maisons, s'il le faut, mais je la trouverai, oh ! je la trouverai.

Et telle était la violence de sa passion, qu'il s'y absorba tout entier, oubliant tout à coup l'effroyable situation dans laquelle il se trouvait et le terrible dénoûment qu'elle pouvait avoir.

Un incident inattendu devait le rappeler bientôt au sentiment de la réalité.

— Où faut-il vous conduire, bourgeois? lui demanda son cocher, auquel il n'avait donné aucun ordre.

— Allez à la Madeleine et vous prendrez ensuite les boulevards.

La voiture descendit lentement la rue Pigalle, prit la rue Saint-Lazare, puis les rues du Havre et Tronchet, tourna l'église de la Madeleine, et s'engagea enfin sur les boulevards.

Arrivé au boulevard des Italiens, comme il jetait un regard vers le café Tortoni, où il avait l'habitude de rencontrer quelques amis à cette heure, il aperçut, attablé et causant avec quelques personnes, un individu si parfaitement distingué de mise, de manières et de figure, qu'il n'eut jamais reconnu en lui son oncle, le comte Jean de Peyras, s'il n'avait été prévenu de la prodigieuse métamorphose qu'il avait subie.

— Arrêtez-moi là, dit-il au cocher.

Il descendit de voiture et alla droit à son oncle.

— Eh! bonjour, mon cher oncle, lui dit-il en lui présentant la main, permettez-moi de vous féliciter de votre excellente mine, vous n'êtes plus reconnaissable; jamais je ne vous ai vu si bon air et si belle santé.

— Merci de vos compliments, mon cher neveu, répondit le gentilhomme avec une réserve qui embarrassa singulièrement M. de Peyras ; j'étais malade, en effet, d'une maladie que j'avais gagnée en Amérique en même temps que mes millions, auxquels j'avais en outre le tort d'attacher un trop grand prix; cela me faisait deux maladies, dont je me suis guéri, comme vous voyez.

— J'ai appris que vous habitiez Paris maintenant, reprit Pierre, et j'aurai le plaisir d'aller demain vous présenter mes devoirs.

— Je vous sais gré de l'intention, monsieur mon neveu, répliqua le comte, mais vous voudrez bien at-

tendre, pour venir, que je vous y invite, et je ne vous
inviterai que le jour où vous aurez hautement prouvé la
fausseté de certains propos tenus publiquement sur
votre compte et en votre présence à l'hôtel de Sordes.

— Mais, mon oncle, balbutia Pierre, ces calomnies...

— Ces calomnies, monsieur, restent des vérités pour
tous ceux qui les ont entendues, tant que vous n'aurez
pas été admis de nouveau à faire votre cour à mademoiselle de Sordes, dont l'amour et l'estime eussent été
pour vous une éclatante justification; mais cette réin-
tégration dans la famille de Sordes, que vous aviez an-
noncée comme certaine, me paraît peu probable, puisqu'on annonce le prochain mariage de votre ex-fiancée
avec M. Maxime de Sivrac.

— Je vous assure, mon oncle, que ce bruit n'a aucun
fondement, qu'il est sans doute répandu par mes ennemis, et que...

— Un seul mot, monsieur, depuis la scène scanda-
leuse dont vous avez été le déplorable héros, avez-vous
convaincu le comte de Sordes de votre innocence et
êtes-vous reçu chez lui?

— Non, mon oncle, mais...

Le comte de Peyras l'interrompit d'un geste.

— Monsieur, lui dit-il, avec sa dignité glaciale, je serai heureux de vous recevoir le jour où vous viendrez
m'annoncer votre prochain mariage avec mademoiselle de Sordes ou me prier d'aller demander sa main
pour vous.

Cela dit, il le salua légèrement de la main.

C'était le congédier.

Pierre de Peyras le comprit et se retira, furieux de
cette humiliation, heureux en ce moment d'avoir mo-
difié le testament de son oncle.

C'était sa vengeance, et il la savourait avec volupté.

Se trouvant près de la rue de Provence, il passa chez lui pour savoir s'il n'était pas venu une lettre.

En approchant de sa demeure, il aperçut dans la rue une foule considérable, et en avant de cette foule un char funèbre.

C'était l'enterrement du malheureux marchand de curiosités.

Puis, en traversant le cortége, il entendit çà et là un fragment de conversation, qui naturellement roulait toujours sur la victime, sur l'assassin et sur les circonstances du meurtre.

— Et l'assassin n'est pas encore arrêté? disait l'un.

— Non, répondait un autre, mais il ne saurait échapper longtemps à la justice.

— Qui vous donne cette assurance?

— Le témoignage qu'il a laissé sur le lieu du crime.

— Quel est donc ce témoignage?

— La moitié de son petit doigt, trouvée dans la bouche de la victime, qui l'avait coupé net avec ses dents.

— C'est moi qui ai fait cette découverte, dit une voix qui fit tressaillir M. de Peyras.

Celui qui parlait n'était autre que M. Lubin.

— Vous connaissez l'assassin? lui demanda quelqu'un.

— Je l'ai vu quelques heures avant le crime dans la boutique du malheureux Rochard.

— Et on n'a pas pu mettre la main dessus?

— Pas encore, mais je crois qu'on est sur sa trace.

— Tant mieux, disent plusieurs voix.

— Oui, on a su qu'après le meurtre il s'était réfugié dans une maison voisine, et qu'il y était resté caché toute la nuit.

— Comment a-t-on pu savoir?

— La police a des ressources que nous ne soupçonnons même pas.

— Il a donc été vu par le concierge de la maison où il s'était caché?

— Evidemment non, sans quoi il l'eût fait arrêter.

— C'est juste, mais alors...

— Il a été vu par un voisin d'en face qui, ne pouvant dormir, s'était mis à la fenêtre, d'où il a vu un homme en bourgeron frapper, se précipiter dans la maison et refermer la porte derrière lui.

Ce n'est que le lendemain, c'est-à-dire ce matin, qu'ayant entendu dire que le meurtrier était vêtu d'un bourgeron, il est allé faire sa déposition chez le commissaire de police.

— Où est donc la maison où s'est réfugié ce misérable?

— Tenez, voyez-vous là, à quelques pas, un groupe d'hommes devant une porte? eh bien! c'est là.

M. de Peyras tressaillit.

La maison désignée était la sienne.

— Et que font ces gens attroupés là? demanda quelqu'un à M. Lubin.

— Ils sont curieux de savoir ce que vont découvrir les deux agents de police qui, avec le commissaire, fouillent toute la maison en ce moment.

Pierre de Peyras devint affreusement pâle à ces derniers mots.

XLIX

UNE DANGEREUSE VISITE

— Je me demande une chose, moi, dit un des auditeurs de M. Lubin, comment se fait-il que l'assassin ait été se réfugier juste en face de la maison où il venait de faire son coup, au lieu de filer au plus vite et aussi loin que possible?

— Dame ! répliqua une voix, ça ferait supposer qu'il avait là quelque complice.

— Cette réflexion est trop naturelle pour n'avoir pas frappé la police, dit M. Lubin en jetant un regard à la dérobée du côté de M. de Peyras, qu'il avait aperçu tout de suite, et s'il y a réellement un complice, gare à lui, je doute qu'il échappe aux deux agents qui sont là et qu'on a dû choisir parmi les plus retors de la police de sûreté.

Chaque mot était un coup de poignard pour Pierre de Peyras, sur lequel les paroles de M. Lubin produisaient d'autant plus d'effet qu'il croyait n'avoir pas été vu par lui.

Il passa son mouchoir sur son front couvert de sueur, en proie à une inexprimable torture, bouleversé par un entretien dont chaque parole était une menace, et cependant voulant tout entendre.

— Ah ! dit une voix, c'est que c'est une fine mouche que la police !

— Oui, répliqua M. Lubin, mais il y a une police autrement forte et autrement redoutable que celle de la rue de Jérusalem, une police qui voit tout, à laquelle n'échappera aucun coupable, qui dispose de ressources infinies pour les découvrir, et dont les châtiments, toujours inévitables, sont également variés à l'infini.

— Bah ! fit un voisin avec un étonnement naïf, où est-elle donc, celle-là?

— Là-haut ! répondit M. Lubin, et elle se nomme la Providence.

— La Providence a du bon, je ne dis pas, répliqua un malin d'un ton gouailleur, elle découvre parfois les coupables, c'est possible, mais à la condition d'être aidée par la police, la vraie, celle de la rue de Jérusalem.

— Et vous n'avez pas remarqué, reprit M. Lubin, que c'est souvent le contraire qui arrive, et que cette police-là est aidée par l'autre, la Providence.

— Ça, c'est rare.

— C'est très-fréquent, et vous en avez la preuve aujourd'hui même.

— Comment ça?

— Comment a-t-on découvert que l'assassin de M. Rochard, vêtu d'un bourgeron, s'était réfugié dans la maison d'en face, découverte de la plus haute importance, puisqu'elle peut amener celle d'un complice et l'arrestation de deux coupables?

— Je ne sais pas...

— Je viens de vous le dire, par la déposition du voisin que l'insomnie avait poussé à ouvrir sa fenêtre juste à cette heure. Or, qui donc a mis là en sentinelle, à l'heure où tout le monde se livre au sommeil, ce redoutable témoin, afin qu'il pût tout voir et tout révéler? Qui? Je vous le demande, est-ce la police d'ici-bas ou l'autre?

— C'est vrai tout de même, dit un voisin de M. Lubin.

— Et telle est ma conviction sur ce point, reprit ce dernier, que, tenant entre mes mains deux misérables que je pouvais envoyer au bourreau, j'ai préféré les abandonner au jugement et aux rigueurs de la Providence, convaincu qu'elle les traitera plus sévèrement qu'aucune justice humaine, et toujours à même d'ailleurs de les renvoyer à celle-ci dans le cas où il deviendrait dangereux de les laisser trop longtemps impunis.

On venait d'emporter le corps et de le déposer dans le corbillard. Le cortége allait se mettre en marche. Pierre de Peyras se retira de la foule en prenant les plus grandes précautions pour échapper aux regards de M. Lubin, qu'il croyait avoir évités jusque-là.

Resté seul, il se demanda quel parti il allait prendre. S'il n'eût écouté que l'instinct aveugle de la peur, il il serait éloigné, mais il en était empêché par la réflexion.

Ou il serait toujours obligé de rentrer chez lui, et alors il ne faisait que retarder son supplice; ou il fuirait pour ne plus revenir, et c'était s'avouer le complice de celui dont on cherchait les traces dans sa maison.

Et puis, hypothèse effrayante et qui le décida à rentrer de suite, il pouvait, il devait même arriver que, son absence se prolongeant, son domestique fût obligé de livrer son appartement aux investigations des deux agents de police, et alors que trouveraient-ils chez lui? C'est ce qu'il ignorait lui-même, ayant visité sa chambre et son cabinet de toilette, après le changement de costume et les ablutions de Robert Talbot, avec une rapidité qu'il se reprochait cruellement à cette heure.

Ayant donc reconnu la sagesse de cette détermination, ou plutôt l'impossibilité de faire autrement, il se dirigea vers sa demeure.

La foule s'était considérablement grossie devant la porte depuis quelques instants, et, outre la difficulté de se frayer un passage dans cette masse compacte, il voyait de chaque côté de la porte deux sentinelles qui paraissaient avoir pour consigne de ne laisser entrer ni sortir personne.

Etant parvenu enfin jusqu'à elles, il déclara être locataire de la maison et donna son nom pour qu'il fût transmis à la concierge.

Celle-ci, prévenue, accourut aussitôt accompagnée d'un individu dans lequel M. de Peyras pressentit un agent de police.

— Je crois bien qu'il faut le laisser passer, dit-elle au soldat qui était venu la prévenir, voilà plus d'une demi-heure que nous l'attendons, et ces messieurs allaient entrer chez lui malgré l'opposition de M. Jolibois, qui refusait de les laisser passer en l'absence de son maître.

Et, s'adressant à Pierre :

— Ah! par exemple, monsieur de Peyras, vous pouvez vous flatter d'arriver comme marée en carême.

Pierre de Peyras entra.

— Monsieur, dit-il à l'agent, voudriez-vous bien m'apprendre ce que tout cela signifie?

Cet agent, âgé de quarante ans environ, était un homme d'une taille moyenne, d'une corpulence ordinaire, dont le teint très-coloré, l'œil noir, le regard pénétrant, direct et hardi, annonçaient un tempérament violent, une nature rusée et un courage à toute épreuve.

Cette dernière qualité est indispensable à tout agent de la sûreté : appelé à chaque instant à affronter les bandits les plus dangereux, il doit, souvent sans armes, parfois la nuit, ignorant la force et le nombre de ses sauvages ennemis, s'élancer sur eux et leur sauter à la gorge sans la moindre hésitation.

L'agent interrogé par M. de Peyras lui répondit :

— Monsieur, vous ne pouvez ignorer, puisque vous demeurez juste en face de lui, qu'un de vos voisins a été assassiné l'avant dernière nuit.

— Le marchand de curiosités, je sais cela, monsieur, répondit Pierre.

— Eh bien! monsieur, on a la certitude que le meurtrier s'est réfugié dans cette maison immédiatement après le crime, soit qu'il y connût quelqu'un, soit qu'il ait cherché un refuge dans la première maison venue, ce qui paraît très-probable ; car, atteint à la main d'une grave blessure et sans doute couvert du sang de sa victime, il devait craindre la rencontre d'une ronde ou d'un sergent de ville qui, dans l'état où il était, n'eût pas hésité à l'arrêter.

— De sorte que vous êtes en train de visiter la maison?

— Depuis deux heures, et il ne nous reste plus à voir que votre appartement.

— Vous êtes seul?

— Non, monsieur, mon collègue est à votre porte avec le commissaire de police du quartier et votre domestique.

— Eh bien, montons.

En effet, il trouva à sa porte les trois personnes dont venait de parler l'agent.

— Je suis désolé de vous donner cet ennui, lui dit le commissaire, mais nous avons passé en revue tous les appartements de cette maison sans trouver aucune trace du passage de l'assassin, et cependant il est certain qu'il y est venu, nous devons donc visiter le vôtre.

— Je vous le livre très-volontiers, monsieur le commissaire, quoique je doute fort...

— Mon Dieu! monsieur, vous êtes souvent hors de chez vous, nous savons cela par votre domestique, il ne serait donc pas impossible que l'assassin eût cherché un refuge dans votre appartement.

— Tout est possible, cherchez donc, messieurs, cherchez.

Les deux agents ne se firent pas répéter cette invitation. Ils se mirent aussitôt en quête, et à l'ardeur et à l'intelligente activité avec laquelle ils fouillaient et furetaient partout, on eût dit deux chiens de chasse cherchant une piste.

Pendant qu'ils passaient en revue la cuisine, Pierre de Peyras, qui n'était pas sans inquiétude, au sujet de sa chambre et de son cabinet de toilette, les seules pièces où Robert Talbot eût pu laisser quelques vestiges, se dirigea de ce côté pour les visiter d'abord.

Mais le commissaire l'arrêta.

— Pardon, monsieur de Peyras, lui dit-il; mais je désire que vous soyez présent à tout ce qui se fait chez vous en ce moment.

— Mon Dieu! monsieur, répondit Pierre, je m'en rapporte entièrement à vous ; d'ailleurs, mon domestique est là, permettez donc...

Et il voulut le quitter de nouveau. Le commissaire le retint par le bras.

— Non, dit-il, cela ne se peut pas.

— Comment?

— Ainsi le veut la loi ; pendant tout le temps que durera cette perquisition, ni vous ni votre domestique ne pouvez vous éloigner de la pièce que nous visiterons.

— C'est différent, dit Pierre d'un ton dégagé, mais dont cette précaution porta l'anxiété au plus haut point.

Après la cuisine, les deux agents passèrent à la salle à manger, puis au salon, sans rien trouver qui fût de nature à éveiller leurs soupçons.

Alors on entra dans la chambre. Là un trouble profond s'empara de M. de Peyras. Tout en affectant l'indifférence, il suivait d'un œil inquiet les deux agents et tressaillait malgré lui à chaque objet qu'ils touchaient.

— Qu'est-ce que cela? dit tout à coup un des agents en s'agenouillant pour mieux voir une tache qu'il venait de découvrir sur le parquet.

L'autre agent se baissa et examina attentivement la tache.

— C'est du sang, dit-il en se relevant.

— C'est possible, dit Pierre d'un ton indifférent; j'ai eu un saignement de nez, l'autre jour, et une goutte de sang sera tombée là.

— Voyons maintenant le cabinet de toilette, dit le commissaire sans paraître attacher d'importance à cet incident.

Les deux agents y étaient déjà furetant et flairant dans tous les coins.

— Oh! oh! fit tout à coup l'un d'eux.

Et d'un coin où étaient entassées une grande quantité de chaussures, il tira une serviette toute tigrée de larges taches de sang.

Pierre de Peyras frissonna et se sentit défaillir à cette vue. C'était le linge dont la main de Robert était enveloppée quand il était entré chez lui.

Ses plus terribles appréhensions se trouvaient justifiées.

L

LES TACHES DE SANG

Pierre de Peyras était immobile, en proie à une émotion si violente, qu'elle l'eût trahi aux yeux du commissaire et des agents, si leurs regards se fussent portés sur lui en ce moment.

Mais ils étaient absorbés tous les trois par l'examen de la serviette ensanglantée.

— Monsieur de Peyras, dit le commissaire en se tournant vers celui-ci, voulez-vous bien nous donner l'explication du sang dont cette serviette est couverte?

— Oh! dit M. de Peyras en essayant de sourire, toujours la même chose, le saignement du nez dont je viens de vous parler.

— C'est singulier, dit un des deux agents, en étudiant pour ainsi dire la forme et l'intensité des taches qui couvraient la serviette, je ne reconnais pas là les effets ordinaires d'un saignement de nez.

— Expliquez-vous, Lombart, lui dit le commissaire.

— Cet accident m'est arrivé comme à tout le monde, reprit l'agent, et alors je tenais mon mouchoir sous mes narines, d'où le sang tombait toujours à la même place, de sorte qu'il formait sous le linge une seule et immense tache de sang.

— L'observation de Lombart me paraît parfaitement juste, dit le commissaire à M. de Peyras.

Celui-ci parvint à dominer le trouble qui venait de s'emparer de lui et répondit, toujours du même ton indifférent :

— Très-juste en effet... pour un mouchoir.

— Mouchoir ou serviette, dit Lombard, je ne vois pas...

— La différence ? Je vais vous la faire comprendre. Supposez que le saignement de nez vous prenne chez vous, pendant votre toilette, comme cela m'est arrivé ; supposons encore qu'une serviette soit là, à terre, traînant à vos pieds, alors au lieu d'aller chercher un mouchoir dans un vêtement que vous n'avez pas là, sous la main, vous vous mettez au-dessus de cette serviette, et le sang tombant de haut produit mille taches au lieu d'une seule ; voilà tout le mystère.

Cette explication, très-spécieuse, semblait avoir convaincu le commissaire, peu disposé, d'ailleurs, à voir dans un gentilhomme tel que M. de Peyras le complice d'un vulgaire *chourineur*.

Mais Lombart, qui, dans sa carrière d'agent de police, avait appris à se défier de tout et de tout le monde, n'était que faiblement ébranlé.

Il tournait et retournait toujours la serviette, dont il scrutait toutes les taches avec une minutieuse attention.

— Avez-vous une nouvelle observation à faire ? lui demanda le commissaire.

— Oui, et très-importante, répondit vivement l'agent.

— Parlez !

— Tenez, dit Lombart en étendant la serviette à terre et en s'agenouillant pour mieux faire sa démonstration ;

remarquez, par exemple, cette longue ligne de taches, et vous serez frappé de plusieurs observations ; d'abord la ligne est droite, régulière, inflexible, les taches sont étagées au-dessus l'une de l'autre, avec une exactitude mathématique ; elles affectent toutes une forme absolument identique, et enfin elles vont en se dégradant de ton, de telle sorte que la première, formant épaisseur, ainsi que les quatre ou cinq qui lui succèdent, est d'un brun presque noir, tandis que les dernières arrivent à un état de décoloration presque complète.

— Oui, votre observation est fort juste, dit le commissaire, mais qu'en concluez-vous ?

— Un fait qui, selon moi, est clair et évident comme la lumière du jour.

— Et ce fait ?

— C'est que cette serviette a enveloppé une blessure et que les taches proviennent de là et non d'un saignement de nez.

— C'est au moins très-vraisemblable, s'écria le commissaire après un moment de réflexion.

— Pour moi, ajouta Lombart, c'est incontestable.

— Et vous, monsieur de Peyras, demanda le commissaire à celui-ci, qu'avez-vous à dire ?

— Moi, répondit Pierre, qui pendant l'explication de Lombart, avait affreusement pâli, j'admire l'adresse de monsieur dans la science toute nouvelle de lire dans les taches, mais je ne puis que répéter ce que j'ai dit, ces taches sont le résultat d'un saignement de nez.

Lombart avait été piqué du ton ironique dont M. de Peyras venait de parler de ses observations.

Son teint s'empourpra, son œil noir lança un éclair et ce fut avec une nouvelle ardeur que son regard s'attacha sur la serviette ensanglantée, qu'il tenait toujours à la main.

Tout à coup son front s'illumina :

— Je le tiens, murmura-t-il tout bas et, se penchant à l'oreille de son camarade pendant que M. de Peyras échangeait quelques paroles avec le commissaire :

— Toi, lui dit-il d'une voix brève, observe la figure de notre homme pendant ce qui va se passer.

Puis, se tournant vers Pierre :

— Monsieur, lui dit-il, j'ai quelque chose à vous demander.

— Dites, monsieur.

— Voulez-vous avoir l'obligeance de me remettre une de vos serviettes ?

— Blanche ou ayant servi ?

— Peu importe.

— Volontiers.

Il fit un signe à son domestique :

— Jolibois !

— Monsieur ?

— Vous entendez, donnez une de mes serviettes à monsieur.

Jolibois ouvrit une armoire, y prit une serviette blanche et la remit à Lombart.

Pierre de Peyras regardait celui-ci d'un œil inquiet.

— Où en veut-il venir ? pensait-il.

L'agent de police déplia la serviette, la parcourant tout entière d'un rapide coup d'œil ; puis, s'adressant au commissaire de police :

— Quel est le nom du marchand de curiosités d'en face ?

— Rochard, répondit le commissaire.

— Et son prénom ?

— Je ne sais.

— On peut le savoir tout de suite.

— Comment cela ?

— Par son enseigne, sur laquelle il doit être écrit :

— Alors, dit le commissaire au camarade de Lombart, descendez voir...

— Inutile de descendre, dit Lombart, les fenêtres du salon donnent sur la rue, juste en face de la boutique ; on peut donc lire l'enseigne d'ici, et si vous vouliez vous-même, monsieur le commissaire...

— J'y vais.

Le commissaire passa dans le salon, ouvrit une fenêtre, lut le nom du marchand et revint dans le cabinet de toilette où tout le monde était réuni.

Le trouble de Pierre de Peyras allait toujours croissant.

Il regardait tour à tour Lombart, le commissaire, les deux serviettes que l'agent tenait entre ses mains, et il se creusait vainement l'esprit pour deviner l'énigme qui se passait sous ses yeux.

— Eh bien? demanda Lombart au commissaire.

— Louis Rochard, répondit le commissaire.

— C'est bien.

Puis, regardant fixement M. de Peyras :

— Maintenant, monsieur, lui dit-il, je vais vous prouver que je sais lire dans les lettres aussi bien que dans les taches. Votre nom est Pierre de Peyras, le concierge me l'a dit.

Pierre de Peyras ne comprenait pas encore, mais il entrevoyait quelque chose de terrible, et chaque question de l'agent l'étourdissait comme un coup de massue.

— Mais oui, répondit-il, c'est mon nom.

— Et voici votre marque : *P. de P.*

Il lui montra ces lettres brodées au coin de la serviette que venait de lui remettre Jolibois.

— En effet, c'est bien cela, dit Pierre, de plus en plus ahuri.

— Dites-nous donc, monsieur, comment il se fait que vous ayez chez vous une serviette tachée de sang, ayant évidemment servi à envelopper une blessure, comme je viens de le prouver, et marquée aux initales *L. R.* qui se trouvent être précisément celles de la victime, Louis-Rochard.

A cette accablante accusation, car c'en était une, et appuyée des preuves les plus écrasantes, Pierre de Peyras demeura pétrifié.

Il y eut un moment de silence.

L'agent triomphait.

Le commissaire de police considérait M. de Peyras avec un inexprimable sentiment de stupeur.

— Eh bien! monsieur de Peyras, dit-il enfin à celui-ci, nous attendons votre réponse.

Pierre comprit qu'il était perdu s'il ne parvenait à dominer l'angoisse sous laquelle il succombait en ce moment.

— Mon Dieu! monsieur, balbutia-t-il, vous me voyez aussi surpris que vous. J'ai eu en effet un saignement de nez, j'ai employé à cette occasion une serviette qui, sans doute, a été emportée depuis par la blanchisseuse; quant à celle-ci, qui ne m'appartient pas, j'ignore absolument quand, comment et par qui elle a été apportée ici. Je ne puis vous rien dire de plus, sinon que je m'absente tous les jours, que je ne rentre que très-tard le soir, quelquefois dans la nuit, et qu'il n'y a rien d'impossible à ce qu'un malfaiteur se soit introduit chez moi et s'y soit débarrassé d'un objet très-compromettant pour lui.

— Et qui malheureusement le devient aujourd'hui pour vous, reprit l'agent Lombart, car il y a là une coïncidence si extraordinaire qu'elle paraîtra invraisemblable à bien des gens.

— Cependant, reprit le commissaire en s'adressant à ce dernier, rappelez-vous que nous avons trouvé dans une mansarde des traces de sang qui doivent nous faire supposer d'abord que le meurtrier est allé se réfugier là immédiatement après le coup, et ensuite qu'il n'aura pénétré chez M. de Peyras qu'en plein jour, c'est-à-dire à l'heure où il est sorti.

— Oui, cela est à examiner, répondit l'agent, qui ne semblait pas disposé à se départir de sa défiance.

Puis, il reprit, après un moment de réflexion :

— Monsieur de Peyras n'a-t-il eu à se plaindre d'aucun vol ces jours-ci?

— Mais non, non, dit vivement Pierre.

— Pardon, monsieur, s'écria Jolibois, monsieur oublie qu'une jaquette, un pantalon et un gilet ont disparu de sa garde-robe, que je l'ai prévenu aussitôt pour n'être pas soupçonné moi-même, et que...

— Allons donc! vous ne savez ce que vous dites, répliqua vivement Pierre.

— Ce garçon précise pourtant bien les choses, fit observer l'agent.

Et, s'adressant à Jolibois :

— A quel moment ces objets auraient-ils été soustraits à votre maître?

— Je ne sais, monsieur, mais je m'en suis aperçu hier matin.

— Et hier, dès le matin, dit Lombard au commissaire, un voisin de Louis Rochard croit avoir vu passer son assassin vêtu d'une élégante jaquette au lieu du bourgeron qu'il lui avait vu la veille; mais peut-être n'est-ce encore là qu'une fatale coïncidence, c'est ce qui sera examiné.

— Peut-être M. de Peyras a-t-il été volé par ce misérable? dit le commissaire.

— N'oubliez pas, monsieur le commissaire, que M. de Peyras déclare le contraire et affirme que son domestique ne sait ce qu'il dit quand il parle de vêtements volés.

I. 20

LI

L'AFFAIRE ROCHARD

L'agent de police avait prononcé ces derniers mots avec un accent d'animosité qui accrut encore l'anxiété dont M. de Peyras était dévoré.

Il comprit qu'il venait de se faire un ennemi de l'homme qu'il avait eu l'imprudence de railler et qu'à la gloire de découvrir la vérité dans un drame appelé à obtenir un grand retentissement, allait se joindre, pour cet homme, l'énergique stimulant de la haine.

Lombart rendit à Jolibois la serviette blanche que celui-ci lui avait remise.

— Tenez, lui dit-il, je n'ai plus que faire de cela.

Puis, pliant soigneusement la serviette tachée de sang et marquée aux initiales de Louis Rochard :

— Quant à celle-ci, dit-il, c'est différent, elle m'est aussi précieuse que la prunelle de mes yeux. Il est acquis : 1° que la serviette marquée L. R. appartient au malheureux Rochard ; 2° qu'elle a été prise chez lui par le meurtrier pour en envelopper sa main, dont un doigt a été trouvé entre les dents de la victime, et de ces deux faits il résulte la certitude que le meurtrier est venu dans l'appartement de M. de Peyras, et la grande probabilité qu'il en est sorti vêtu des habits de celui-ci. M. de Peyras prétend, il est vrai, ignorer ce détail, ce qui prouverait beaucoup en faveur d'une garde-robe dont on pourrait distraire un vêtement complet sans qu'il y parût ; mais son domestique affirmant qu'il lui a fait part de cette disparition, il est permis d'hésiter entre ces deux assertions ; enfin, c'est un point à éclaircir.

— Quant à présent, dit le commissaire, nous n'avons plus qu'à dresser procès-verbal de ce que nous avons découvert ici.

— Si vous me permettez d'ajouter un mot, monsieur le commissaire, il me semble qu'il me reste quelque chose à faire.

— Quoi donc ?

— Il nous reste à examiner l'état de la serrure de la porte qui donne sur l'escalier de service, et par laquelle, à coup sûr, a dû entrer le meurtrier, d'abord parce qu'il était peu exposé à y rencontrer quelqu'un ; ensuite parce que la mansarde dans laquelle il s'est réfugié d'abord est au haut de cet escalier.

— Oui, sans doute, voyons cette serrure, dit le commissaire.

Après l'avoir scrupuleusement examinée, Lombard reconnut qu'elle avait été forcée, ce qu'il n'avoua qu'avec une répugnance évidente, car cette circonstance éloignait toute idée de complicité de la part de M. de Peyras..

Le commissaire de police alors rédigea son procès-verbal, le fit signer par Pierre de Peyras et par toutes les personnes présentes, puis il partit avec les deux agents.

Resté seul, Pierre de Peyras se livra aux plus cruelles réflexions.

Il était atterré, en proie à tous les vertiges de la peur en se voyant, lui, le fier et heureux gentilhomme, jusque-là envié et redouté de tous, devenu tout à coup un objet de mépris pour ses pairs du Jockey-Club, d'horreur pour lui-même, de risée pour le vieux Lubin, de haine pour l'agent de police Lombart, et traqué pour deux crimes, entraînant l'un et l'autre la peine capitale.

Son imagination s'échauffant peu à peu, comme dans

un accès de fièvre, il vit passer devant ses yeux toutes les scènes et tous les personnages des drames au milieu desquels il se débattait depuis quelque temps ; il les vit défiler, noirs et sinistres, sur un horizon sanglant, pareils à de gigantesques ombres chinoises.

Puis sa terreur arrivant au paroxysme, il se leva d'un bond, alla se poser tout droit devant une grande glace, se regarda avec attention et se palpa plusieurs fois pour s'assurer s'il était bien éveillé.

Il est des situations si horribles qu'elles ressemblent aux monstruosités du rêve, et que l'esprit épouvanté refuse d'y croire.

Telle a dû être l'impression de bien des condamnés à mort.

Et la situation de Pierre de Peyras en ce moment n'avait-elle pas beaucoup de rapport avec celle du condamné?

Coupable d'un assassinat, soupçonné de complicité dans un meurtre dont il était innocent, écrasé sous l'évidence des preuves pour l'un comme pour l'autre crime, l'échafaud l'attendait, et peut-être y monterait-il précisément pour le crime auquel il était étranger.

Cette dernière pensée rappela à son esprit tout ce qu'avait dit M. Lubin, sur cette Providence terrible, vigilante, inévitable à laquelle nul coupable ne peut s'échapper, et il se demanda si, dans ses inflexibles décrets, elle n'avait pas décidé, pour doubler l'horreur du châtiment, de lui faire expier son crime, en le faisant condamner pour celui qu'il n'avait pas commis.

Et, forcé de reconnaître dans cette injustice des hommes la juste rigueur du juge suprême, il se révoltait néanmoins contre les fatales coïncidences qui allaient peut-être le livrer au bourreau pour le crime d'un autre.

Et toujours, à toute heure, se renouvelle sous nos yeux cette révolte de grands coupables accusant d'iniquité la main qui les frappe, expiant injustement pour les hommes, qui les ignorent, des crimes connus d'eux seuls, et dont l'impunité leur semblait acquise.

Il était plongé dans ces réflexions quand il entendit frapper à sa porte.

— Entrez! cria-t-il, convaincu que c'était son domestique.

La porte s'ouvrit.

Mais à l'aspect de celui qui entra, Pierre de Peyras se leva tout droit, comme mû par un ressort, et pâle, tremblant, effaré, la main tendue, il balbutia d'une voix inintelligible :

— Vous ! vous ici ! chez moi !

C'est que celui qui entrait chez lui par une porte, au moment même où le commissaire et les agents de police en sortaient par l'autre, c'était Robert Talbot!

Robert Talbot, couvert des pieds à la tête de ses vêtements, qui, s'il fût arrivé cinq minutes plus tôt, eussent été reconnus par Jolibois, reconnus sur le dos d'un homme qui venait lui rendre visite comme un ami, ce qui établissait pour lui, Pierre de Peyras, le flagrant délit de complicité, et amenait conséquemment son arrestation immédiate et celle de Talbot.

Il frissonnait de terreur à la pensée du danger qu'il venait de courir, et auquel il était encore exposé en ce moment; car un hasard ou un mot de la concierge sur cette visite pouvait ramener tout à coup le commissaire de police et les deux agents, et alors il était perdu.

— Eh! grand Dieu! fit Robert, effrayé de l'agitation de Pierre de Peyras, que vous arrive-t-il donc?

— Dites-moi, répondit Pierre d'une voix altérée par l'émotion, n'avez-vous rencontré personne en bas, en entrant?

— Mais, oui, attendez donc !... Oui, je me suis croisé

20.

avec trois personnes auxquelles j'ai même trouvé des têtes équivoques.

Pierre passa sa main sur son front, puis après une pause :

— Et ... ils vous ont vu? balbutia-t-il.

— Naturellement, puisque nous nous sommes croisés.

— Ils vous ont regardé?

Pierre attendit la réponse à cette question avec une anxiété visible :

— Non, répondit Robert, ils causaient avec animation et paraissaient absorbés par leurs petites affaires.

— Mais votre main ?

Robert lui montra sa main gantée, dont il était impossible de soupçonner la mutilation, la moitié du petit doigt du gant ayant été bourrée de coton.

— Vous voyez, lui dit-il, grâce au docteur Alfred, cela va à merveille, et, grâce aux gants, ma main ressemble à toutes les autres.

— C'est bien, dit Pierre, qui parut se rassurer un peu.

Puis il reprit :

— Et ces trois hommes que vous venez de rencontrer, savez-vous ce que c'est?

— Je ne le devine pas ; qui sont-ils donc?

— Le commissaire du quartier et deux agents de police.

— Hein? s'écria Robert Talbot, en pâlissant à son tour.

Il reprit en baissant la voix :

— D'où sortaient-ils donc?

— D'ici.

— De chez vous?

— De chez moi.

Robert s'assit.

Ses jambes flageollaient.

— Et savez-vous ce qu'ils venaient faire chez moi? reprit Pierre.

— Mais... non.

Ils venaient y chercher la piste du meurtrier du père Richard, qu'un voisin de celui-ci a vu entrer dans sa maison dans la nuit où a été commis le crime.

— Ah ! fit Robert Talbot.

Il ne pouvait plus parler.

Sa langue se collait à son palais.

Cependant il fit un effort et reprit au bout d'un instant :

— Que savent-ils donc encore ?

— Ils savent tout, répondit Pierre, qui ressentait une espèce de volupté à voir son complice endurer les angoisses par lesquelles il venait de passer lui-même.

— Tout ? balbutia Robert ; mais enfin quoi ?... dites.

— Malheureux ! savez-vous ce que vous aviez laissé chez moi ?

— Non, mais je ne crois pas avoir...

— Eh bien, vous aviez laissé une serviette tachée de sang et marquée L. R., c'est-à-dire Louis Rochard.

— Misérable !... quelle imprudence.

— Cette serviette ils l'ont trouvée et emportée ; ce n'est pas tout, ils savent en outre que vous avez eu le doigt coupé par les dents de Rochard, que vous vous êtes réfugié ici et que vous en êtes sorti couvert de mes vêtements.

— Mais alors, balbutia Robert, s'ils m'eussent remarqué, interrogé, j'étais perdu !

— Comprenez-vous maintenant mon épouvante en vous voyant entrer ?

— Oui, oui, dit Robert en se levant, le terrain est brûlant ici et j'ai hâte de le quitter.

— Mais pourquoi venir quand la plus simple prudence devrait vous engager à éviter ce quartier, cette rue et surtout cette maison ?

— Oui, pourquoi suis-je venu ? murmura Robert,

dont cette secousse avait profondément troublé les idées.

Il reprit, après un moment de réflexion :

— Je me rappelle. Ecoutez, je vous ai dit que je voulais tenter quelque chose, quelque chose de hardi, de désespéré, qui peut hâter la catastrophe dont nous sommes menacés, mais qui doit nous sauver si je réussis. Dans le premier cas, je vous fais parvenir un mot par la poste ou par un commissionnaire ; dans le second, c'est-à-dire si j'échoue, je n'aurai que le temps de filer et vous de même. Or, si après-demain, avant minuit, vous n'avez aucunes nouvelles de moi, partez, il ne sera que temps.

— Mais, s'écria Pierre très-ému, je trouve fort étrange que vous vous fassiez ainsi l'arbitre de mon sort sans me consulter, sans me soumettre un projet qui...

— Qui vous effrayerait et que vous repousseriez, c'est pourquoi j'ai résolu de le mettre à exécution sans vous le faire connaître et sans demander votre consentement.

— Mais encore une fois !... s'écria Pierre.

— Ah ! dit Robert, je me sens trop mal à mon aise ici pour y bavarder plus longtemps.

Il tira un portefeuille de sa poche.

— Nous avons cinquante mille francs, dit-il.

— Comment, nous avons ? dit vivement Pierre.

— Oh ! je suis votre complice pour la confection du billet qui nous a valu cette somme; or, nous devons partager les bénéfices comme nous partageons les périls; d'ailleurs, notre tête est en jeu, il s'agit de la sauver, il faut de l'argent pour cela, ce n'est pas le moment de tenir nos comptes en partie double; nous règlerons plus tard.

Il y avait deux grosses liasses de billets de banque.

Il en enferma une dans son portefeuille, et, remettant l'autre à Pierre de Peyras :

— Voilà vingt-cinq mille francs, et rappelez-vous : après-demain, à minuit, pas de nouvelles de moi ; filez, et plus vite que ça ; adieu !

Et il s'élança dehors sans attendre la réponse de Pierre de Peyras.

LII

HISTOIRE D'UNE CAILLE

Transportons-nous rue Beautreillis et voyons ce qui se passait chez M. Lubin deux jours après les événements que nous venons de raconter.

Suivant l'antique usage, qui a persisté au Marais plus longtemps que partout ailleurs et auquel certains vieillards sont encore restés fidèles de nos jours, M. Lubin dînait à deux heures et soupait à sept, après quoi il prenait son journal, parcourait rapidement la partie politique, lisait les faits divers tout haut pour Jeannette, qui adorait les accidents et trouvait le journal *bête* quand l'assassinat chômait, puis il s'en allait invariablement passer la soirée au café du Pas-de-la-Mule, à moins qu'il ne fût tenté par quelque spectacle extraordinaire, ce qui était fort rare.

Or, ce jour-là, sept heures étaient sonnées, et M. Lubin n'était pas rentré.

Le fait, déjà inouï en lui-même, devenait incroyable si l'on songe que ce jour-là Jeannette avait mis une caille à la broche et que ce détail culinaire n'était pas ignoré de son maître, qui avait même promis de rentrer dix minutes avant l'heure pour pouvoir jeter un coup d'œil sur le précieux volatile, et décider du moment précis où il devait être débroché.

Depuis sept minutes l'heure du souper était donc sonnée au coucou de la cuisine, sur lequel M. Lubin réglait sa montre tous les jours avant de sortir, et il ne rentrait pas.

Et comme il s'était engagé à être cette fois en avance de dix minutes, cela faisait dix-sept minutes de retard, chose prodigieuse, stupéfiante, sans exemple dans la vie du méthodique vieillard.

Jeannette avait commencé par s'inquiéter pour sa caille qui, ronde, dodue et ruisselante de graisse sous sa barde de lard, était arrivée peu à peu, par gradations, à prendre un ton mordoré capable d'inciter un saint au péché de la gourmandise.

Mais, après l'avoir vue arriver à ce degré de perfection où un tour de broche de plus peut tout compromettre, elle avait dû se résigner à la voir passer du mordoré au brun foncé, puis du brun au noir et du noir au brûlé.

Alors ayant fait le sacrifice du rôti, toute son inquiétude se porta sur son maître, pour lequel elle se mit à trembler.

Sept heures et demie, huit heures sonnèrent au coucou et M. Lubin ne rentrait toujours pas.

Pour le coup la pauvre Jeannette, convaincue qu'il lui était arrivé malheur, se mit à pleurer.

— Seigneur! s'écria-t-elle en posant ses larges mains à plat sur sa tête, où est-il donc le pauvre cher homme, et que lui est-il donc arrivé pour qu'il soit encore dehors à pareille heure?

Elle se lamenta longtemps ainsi; mais comprenant enfin que cela ne l'avançait à rien et que ce n'était pas en pleurant qu'elle pourrait lui venir en aide s'il était en péril, elle se décida à sortir pour se mettre à sa recherche.

Avant de partir, elle jeta un coup d'œil sur la caille.

Ce n'était plus une caille, c'était quelque chose de noir et d'informe, si sec, si noir et si racorni, qu'on eût dit un morceau de charbon à la broche.

— Pauvre bête ! murmura Jeannette.

Et, ayant ôté son tablier blanc, elle sortit.

Elle allait au café du Pas-de-la- Mule, où M. Lubin arrivait tous les soirs à huit heures et demie précises.

Et, tout en traversant la place de la Bastille, elle se demandait si, par impossible, son maître n'aurait pas accepté à dîner chez un des trois amis avec lesquels il faisait la partie tous les soirs.

Mais une minute de réflexion avait suffi pour lui démontrer l'invraisemblance d'une supposition que rendaient également impossible la perspective d'une caille rôtie à point et la crainte d'inquiéter sa chère Jeannette.

Mais où donc pouvait-il être ?

Jeannette s'adressait cette question pour la vingtième fois depuis dix minutes, quand elle entra dans le café du Pas-de-la-Mule.

A son apparition, un mouvement se manifesta dans un coin qu'elle connaissait pour y être venue souvent parler à son maître.

Les trois amis de M. Lubin s'étaient tournés en même temps vers la porte, convaincus que ce devait être lui et formant déjà mille conjectures sur ce retard de cinq minutes ; mais à l'aspect de Jeannette, qu'ils connaissaient parfaitement, ils avaient éprouvé à la fois une grande déception et une profonde inquiétude.

Jeannette, elle, s'était sentie vivement troublée en n'apercevant pas son maître à la place qu'il occupait habituellement.

— Eh ! bon Dieu ! Jeannette, lui dit un des trois vieillards, est-ce que M. Lubin serait malade ?

— Hélas ! mon bon monsieur Chantroux, répondit la

pauvre Jeannette, en se laissant tomber sur la banquette, pâle et émue, je ne sais ce qu'il est devenu et je venais voir ici...

Elle s'interrompit tout à coup et parut sur le point de défaillir.

— Grand Dieu ! mais elle va se trouver mal. Garçon ! un verre d'eau, cria M. ..antroux.

Puis réparant aussitôt l'imprudence de ce premier mouvement :

— Sans sucre ! cria-t-il d'une voix tonnante, le sucre est indigeste.

— Non, merci, je n'ai besoin de rien, dit Jeannette en se levant brusquement, il faut que je sache ce qu'est devenu mon pauvre maître et je cours ailleurs.

Et elle sortit, laissant les trois vieillards fort inquiets sur le sort de M. Lubin et se demandant avec angoisse par qui ils pourraient bien le remplacer pour faire la partie tous les soirs.

En sortant du café du Pas-de-la-Mule elle descendit la rue de ce nom, gagna celle des Minimes et entra au n° 5.

— M. Foulbeuf ? demanda-t-elle à la concierge.

— Au premier, la porte en face.

Jeannette gravit le premier étage et frappa à la porte indiquée.

Une femme d'une soixantaine d'années vint lui ouvrir.

— Tiens, c'est Jeannette, dit-elle en la faisant entrer.

— Vous n'avez pas vu mon maître, madame Foulbeuf ? demanda vivement Jeannette.

— Il est venu hier soir avant de rentrer chez lui comme de coutume, mais je ne l'ai pas vu aujourd'hui.

— Imaginez-vous qu'il n'est pas rentré pour souper, ce qui ne lui est jamais arrivé de sa vie, dit Jeannette d'une voix tremblante. Ah ! voyez-vous, ma pauvre madame Foulbeuf, ce n'est pas naturel ; il faut qu'il lui soit arrivé malheur.

— Rassurez-vous, Jeannette, répondit madame Foulbeuf, il ne lui est rien arrivé, c'est moi qui vous le dis.

— Vous l'avez donc vu ? s'écria Jeannette.

— Je viens de vous dire que non.

— Alors vous savez où il est ?

— Pas davantage.

— Mais en ce cas...

— Mais je sais qu'il n'est ni mort ni en danger.

— Comment savez-vous ça ?

— Vous savez que tous les soirs régulièrement il vient
voir mon mari vers onze heures.

— Je sais ça, après ?

— Eh bien ! tout à l'heure, il a envoyé un commissionnaire à mon mari pour lui dire qu'il ne viendrait
pas ce soir, et qu'il le priait de lui apporter les deux
lettres qu'il savait bien dans un endroit où il l'attendait
et où le conduirait ce commissionnaire.

Les traits de Jeannette rayonnèrent à ces paroles.

— Ah! chère femme du bon Dieu! s'écria-t-elle, si
vous saviez le bien que vous me faites ! c'est un vrai
baume que vous me mettez dans le cœur.

— Allons, dit madame Foulbeuf, remettez-vous et
rentrez chez vous tranquillement, vous ne tarderez pas
à y voir arriver M. Lubin.

— Oh! à présent, c'est passé, répondit Jeannette, dès
que je le sais avec M. Foulbeuf, je suis tranquille. C'est
égal, je n'étais pas à mon affaire tout à l'heure et vous
pouvez vous flatter de m'avoir soulagée d'une fière
saoûleur.

Et Jeannette partit, alerte, rayonnante, et n'ayant
plus qu'un souci, le souper de son maître.

Nous savons dans quel état elle avait laissé la caille ;
il n'y fallait donc plus songer, et Jeannette se creusait la
cervelle pour remplacer dignement ce mets rêvé par son
maître, quand elle arriva à l'entrée de la rue Beautreillis

I.   21.

A travers le brouillard qui était épais ce soir-là, elle crut voir une voiture arrêtée à la porte de sa maison.

— Ce doit être lui, pensa-t-elle.

Et elle hâta le pas, se rappelant que M. Lubin n'avait pas emporté sa clef.

Elle trouva la voiture entourée de quatre ou cinq femmes du voisinage qui causaient avec le cocher d'un air très-affairé, et, en approchant, elle entendit ces paroles prononcées par ce dernier :

— Que voulez-vous que je vous dise, moi ? Je ne sais rien de rien ; on m'a remis le bourgeois dans cet état, avec son adresse qu'on a trouvée dans sa poche, et je le rends comme on me l'a livré.

— Qu'est-ce qu'il y a donc? demande Jeannette très-alarmée.

— Ah ! ma pauvre Jeannette, répondit un des voisins, il y a que votre maître est dans un triste état.

— Un triste état ! s'écria Jeannette, mais grand Dieu ! que lui est-il donc arrivé?

— Rien de bon, à coup sûr, mais, croyez-moi, le plus pressé est de le mettre dans son lit, au lieu de le laisser ici en plein air et dans une voiture où il doit être très-mal à l'aise.

— Seigneur Jésus ! s'écria Jeannette désespérée, mon pauvre maître !

Elle ouvrit la porte d'une main tremblante.

— Montrez-moi le chemin, lui dit le cocher, je vais emporter le bourgeois dans mes bras et le porter dans sa chambre.

— Oui, lui dit Jeannette, et allez-y bien doucement. Je vous donnerai un bon pourboire, allez.

Le cocher ouvrit la portière de sa voiture, et aidé des deux femmes, il prit avec précaution M. Lubin, dont la tête était enveloppée de linges.

— Suivez-moi, lui dit Jeannette, qui se mit à traverser

ement le jardin, toute bouleversée de voir son maître en cet état.

Un instant après, M. Lubin était étendu sur son lit.

— Mais où l'avez-vous donc trouvé? demanda Jeannette au cocher.

— Dame! j'en suis fâché, mais... quoiqu'après tout, ça
peut arriver au plus honnête homme du monde... enfin,
c'est chez un marchand de vin, ce qui me ferait supposer que... dites-donc, est-ce qu'il ne se pique pas le nez
quelquefois, votre bourgeois?

— Allons donc!... mais l'adresse de ce marchand de
vin, car il faudra éclaircir cette affaire-là?

— Rue Galande, 3, du côté de la place Maubert.

Elle ajouta :

— Et qu'est-ce que je vous dois, mon brave homme?

— Une course, un franc cinquante centimes.

— En voilà deux.

— Merci.

Le cocher parti, Jeannette s'approcha de son maître,
aussi immobile sur son lit que s'il était mort.

Elle écarta les linges qui enveloppaient sa tête et frissonna d'horreur en voyant sa figure tout ensanglantée.

— Mon Dieu ! mon Dieu ! mon pauvre maître, qu'avez-
vous? où souffrez-vous? lui demanda-t-elle d'une voix
pleine de sanglots.

D'un mouvement de tête presque imperceptible,
M. Lubin lui fit signe d'approcher.

Jeannette obéit.

Alors, d'une voix faible comme un souffle il murmura :

— Un médecin, de suite.

Elle allait se retirer. Il fit le même signe et il ajouta :

— Chez Foulbeuf, qu'il porte les lettres à la préfecture.

LIII

LA REVANCHE DE ROBERT TALBOT

Ce même soir, Pierre de Peyras, rentré chez lui, après le dîner, n'en était plus sorti, à l'extrême surprise de Jolibois qui depuis qu'il était à son service, ne l'avait jamais vu rentrer avant minuit.

C'est que, ce soir-là, il devait faire ses préparatifs de départ pour le cas où, à minuit, il n'aurait reçu aucune nouvelle de Robert Talbot.

Il s'était donc renfermé dans sa chambre et là il réunissait ce qu'il avait de plus précieux et en faisait un paquet aussi peu volumineux que possible.

Pour mille raisons, c'est avec désespoir qu'il se résignait à cette fuite, mais ce qui la lui rendait surtout insupportable, c'était la vie de misère et de privations qu'il entrevoyait dans un avenir très-rapproché et qui l'épouvantait doublement dans un pays étranger, où il ne trouverait ni les ressources, ni les relations que lui offrait Paris.

Cependant il n'y avait pas à hésiter, Robert le lui avait dit, s'il échouait dans le coup qu'il méditait, ils étaient perdus, le danger devenait imminent et ils avaient à peine le temps de fuir.

Neuf heures venaient de sonner, il était prêt, quand deux coups furent frappés à sa porte.

C'était son domestique.

Il ouvrit et vint sur le seuil pour l'empêcher d'entrer.

— Qu'est-ce ? demanda-t-il.

— Une dépêche, monsieur.

Pierre la lui arracha plutôt qu'il ne la lui prit des mains.

Puis, le congédiant :

— De lui sans doute ! murmura-t-il en pensant à Robert Talbot.

Il la décacheta rapidement et lut ces deux lignes :

« Ce soir, dix heures, toujours rue Saint-Jacques.

« PICARD. »

— C'est lui ! dit Pierre de Peyras en tressaillant de joie, la prudence lui défendait de signer son nom.

Il remit en ordre tout ce qu'il avait entassé pour l'emporter s'il était nécessaire, puis il partit, soulagé d'un grand poids, heureux de rester à Paris, malgré les dangers qu'il y courait.

Un peu avant dix heures il entrait chez le liquoriste de la rue Saint-Jacques où nous l'avons déjà vu une fois avec Robert Talbot.

Celui-ci l'y attendait.

Le garçon accourut faire ses offres de service.

— Une demi-bouteille d'absinthe, lui dit Robert.

— Une demi-bouteille d'absinthe ! s'écria Pierre quand le garçon se fût retiré, qu'est-ce que vous voulez faire de cela?

— Elle sera consommée avant une heure.

— Par vous?

— Non, par l'ami que nous attendons.

Le garçon apporta la demi-bouteille d'absinthe et deux petits verres.

— Un troisième verre, lui demanda Robert, nous attendons quelqu'un, mais un verre ordinaire.

— Voilà, monsieur.

Le garçon bondit jusqu'au comptoir, revint de même, posa le verre sur la table et disparut.

— Et maintenant, demanda Pierre, votre plan a-t-il réussi ?

— Complétement.

— Alors vous pouvez enfin me confier...

— Oui, à présent que nous avons triomphé et que je n'ai plus à redouter vos transes et vos terreurs, je puis vous avouer que ce plan avait en vue M. Lubin.

— Malheureux ! s'écria Pierre qui pâlit à ce nom, voilà ce que je redoutais, et je suis sûr qu'à cette heure...

Robert l'interrompit par un haussement d'épaules, et tirant sa montre de son gilet, il répliqua, après y avoir jeté un coup d'œil :

— A cette heure, M. Lubin, ramené chez lui dans un flacre, est étendu dans son lit.

— Et... son état ? demanda Pierre avec appréhension.

— S'il n'est pas mort, il n'en vaut guère mieux.

Pierre de Peyras devint très-pâle et frissonna de tous ses membres.

— Alors nous sommes perdus, murmura-t-il.

— Bah !

— Mais vous avez donc oublié ces fatales lettres qui doivent être livrées à la police s'il ne paraît pas à...

Robert allait de nouveau l'interrompre et répliquer, quand la porte du cabinet s'ouvrit.

Une tête y parut, si monstrueusement laide, si sournoise, si brutale et si féroce d'expression, que Pierre de Peyras en tressaillit.

— Entrez, Barrabas, lui dit Robert.

Barrabas entra, regarda à droite et à gauche en balançant sa grosse tête à la manière de l'hyène, puis refermant la porte, vint s'asseoir entre Robert et Pierre de Peyras en disant d'une voix si rauque qu'elle pouvait à peine articuler les mots :

— Pardon, excuse la compagnie, on peut s'asseoir,

n'est-ce pas? N'y a pas d'affront, un homme en vaut un autre.

Puis, tirant de sa poche un brûle-gueule dont le tuyau avait deux pouces de long et si effroyablement culotté qu'il était noir et brillant comme un morceau de jais :

— Pas de sexe ici, dit-il, on peu en griller une?

Pierre de Peyras regardait silencieusement cette tête aux yeux enfoncés dans l'orbite, à la bouche large et lippue, au nez écrasé, au front bas, aux cheveux d'un noir profond, mat, sans éclat, crépus et tortillés comme ceux d'un nègre, il étudiait cette physionomie sinistre où éclatait la férocité inconsciente de la brute, qui trahissait toute une existence de crimes, de luttes, de châtiments, d'aspirations haineuses, et il se demandait comment on n'arrêtait pas cet homme sur le seul vu de sa tête.

Robert Talbot avait rempli d'absinthe pure le verre de Barrabas, qui, on le sait, était un verre ordinaire.

Celui-ci prit la verre.

— A vos dames ! dit-il.

Et il le vida d'un trait.

Robert le remplit de nouveau; puis, s'adressant à Barrabas :

— Ah çà! lui dit-il, ainsi que cela avait été convenu par mesure de prudence, vous êtes passé près de moi tantôt, vous m'avez jeté ces mots: il a son compte! et vous avez continué votre chemin. Le rendez-vous était ici à dix heures, pour plus ample explication; voilà donc le moment de nous dire ce qui s'est passé.

— Le temps de m'humecter et je commence, dit Barrabas.

Il vida un second verre d'absinthe et commença :

— Pour lors, quand vous êtes venu me proposer l'ouvrage en question, la dèche était complète, les toiles se touchaient, pas un radis! parce que, voyez-vous, faut vous dire que je suis dans le chiffon, et depuis quelque temps l'autorité nous fait des misères, la police me tracasse, et le préfet se nourrit de ma sueur ; c'est comme ça, les grands mangent les petits ; malheur ! maladie des chemins de fer !

Il tendit son verre et s'humecta largement pour la troisième fois.

Il reprit :

— Et puis, j'avais des chagrins, Camille m'avait quitté pour un aristo qui la comblait, c'est vrai ; il la faisait coucher à la corde : deux sous par nuit, et lui payait des arlequins premier choix, des chatteries ; un homme qui avait des moyens, quoi ! Malheur !... Vous me direz qu'elle était enrhumée et qu'à la longue on se fatigue de coucher au coin de la borne ; c'est pas une raison ! la femme doit suivre son mari, y a un code ou n'y en a pas ! Mais les femmes, faudrait les mettre dans du coton, maladie des chemins de fer ! J'étais donc mal disposé quand vous êtes venu m'offrir cinquante francs pour vous rendre le service de casser en deux un particulier ; « un vieux » qui avait passé l'âge de rester sur terre, et voilà pourquoi j'ai accepté.

Il tendit son verre, ingurgita un quatrième verre d'absinthe, et, s'essuyant la bouche avec sa manche :

— A qui la faute ? dit-il, à la société. Oh ! j'en ai gros sur le cœur contre cette société pourrie où il n'y a pas de place pour mes aptitudes, mais ce serait trop long, passons. Donc vous m'emmenez, rue Beautreillis, chez un mastroquet, où vous me faites la politesse d'une bouteille de vin bouché, et d'où nous guettons la maison du paroissien en question. Il sort à la deuxième bouteille, un petit vieux, propre comme un sou marqué, qui ne me revenait pas du tout ; je vous lâche aussitôt et je le suis, emportant la petite fiole que vous m'aviez remise.

Il m'en fait faire du chemin à travers Paris ! Enfin, vers six heures, nous nous trouvions au boulevard Saint-Germain et je me demandais de quel côté il allait tourner, quand je le vois passer tout droit devant le théâtre de Cluny et filer du côté de la rue du Cardinal-Lemoine.

— Bon, que je me dis, je vois ton plan, ma petite vieille, voilà l'heure du dîner, tu veux attraper l'omnibus qui passe là et va te déposer juste en face de ta rue Beautreillis, mais tu n'y es pas encore...

— C'était là le moment décisif, dit Robert.

— Pardi ! si je le laissais gagner la station de la rue du Cardinal-Lemoine, mon coup était raté, il fallait donc en finir tout de suite. Justement le brouillard venait de tomber, un brouillard à couper au couteau, et mon homme a la mauvaise idée de prendre à droite, du côté de la rue des Noyers, séparée du boulevard par un escalier de sept à huit marches. L'occasion était trop belle pour la laisser échapper : je jette un coup d'œil autour de moi, personne, et d'ailleurs on ne se voyait pas à six pas. Je file vers mon homme, rapidement, mais sans bruit, j'arrive près de lui sans avoir été entendu, et alors v'lan ! une roulée de coup de poing sur la figure ! de ceux-là, dit le bandit, en montrant des poings qui semblaient de fer, puis une poussée qui lui fait dégringoler l'escalier la tête en avant et j'ai la satisfaction de voir qu'il ne bouge pas plus qu'une marmotte ; ça lui avait fait de l'effet.

— Il devait être brisé, murmura Pierre de Peyras en frissonnant.

— Pas tout à fait ; d'ailleurs je n'avais pas fini, j'avais encore à lui administrer la petite potion que m'avait confiée monsieur. A ce moment-là trois ou quatre personnes viennent à passer près de moi :

— Mes braves gens, que je leur dis, j'entends gémir là un pauvre homme qui n'aura pas vu clair dans le

21.

brouillard et qui a dégringolé l'escalier ; voulez-vous m'aider à le transporter quelque part ?

— Certainement.

Nous descendons à trois, nous emportons le vieux, et nous allons le déposer chez le premier marchand de vin, au coin de la rue Galande. Il avait les yeux fermés et la figure blanche comme un linge là où le sang ne coulait pas.

— Pauvre vieillard ! que je m'écrie, donnez-lui de suite un verre d'eau, ça le ranimera.

Je prends moi-même un verre et je vais le remplir à la fontaine ; puis, tirant de ma poche la petite fiole, j'en verse le contenu dans l'eau pendant que tout le monde entourait le bonhomme.

Alors je me précipite mon verre à la main et je le porte à ses lèvres en lui disant:

— Buvez, buvez, bon vieillard, ça vous fera du bien.

— Il a tout bu? demanda vivement Robert.

— Je ne sais pas ; comme il commençait à boire, j'ai vu entrer un sergent de ville et j'ai filé, vu que je n'ai jamais pu souffrir cet uniforme. Seulement, j'ai rôdé aux environs, et, au bout de dix minutes, je voyais déposer le bonhomme dans un fiacre qui l'emportait chez lui.

— Parfait! et maintenant, maître Barrabas, il s'agit de régler nos comptes.

— Je ne m'y oppose pas.

— Sur les cinquante francs promis, vous en avez déjà reçu vingt.

— Juste, ça fait donc trente que...

— Supposez que vous n'avez rien reçu, en voilà cinquante.

— Merci, mon prince, s'écria le bandit, dont l'œil étincela à l'aspect des cinq pièces d'or que Robert étalait devant lui.

Et, se levant aussitôt :

— Si vous avez encore quelqu'un qui vous gêne, vous savez mon adresse : *Au rendez-vous des bons zigs*, barrière d'Italie.

Et il partit.

LIV

LES ÉPREUVES DE M. FOULBEUF

Pendant tout cet entretien, Pierre de Peyras était resté sombre et inquiet.

Il écoutait ces horribles détails, il regardait tour à tour ce bouge dont il n'avait même pas une idée quelques mois auparavant. Cet homme, rebut d'un monde fantastique, monstrueux, grouillant dans les bas-fonds les plus hideux de la société, à laquelle il apparaît de temps à autre couvert de sang et pour disparaître aussitôt sous le couteau de la guillotine, et se voyant là, assis dans ce bouge et accoudé à la même table que cet homme, il lui semblait assister en rêve à l'une de ces scènes absurdes, insensées, impossibles, dont l'imagination s'épouvante pendant le sommeil et dont on rit au réveil.

Quand Barrabas se fut retiré, Robert Talbot dit à Pierre :

— Eh bien ! que dites-vous de votre ami M. Lubin, de ce terrible Croquemitaine dont le nom seul vous faisait trembler ? Je l'ai regardé en face et le prestige s'est évanoui ; je l'ai attaqué comme le premier venu, et nous en voilà débarrassés.

— Débarrassés ! Ah ! voilà ce qui m'épouvante, s'écria Pierre de Peyras.

— Quoi! jusqu'à son ombre qui vous effraye?

Pierre de Peyras croisa ses bras sur sa poitrine et, fixant sur Robert un regard où se lisaient à la fois la colère et le désespoir:

— Il faut donc vous rappeler pour la vingtième fois, lui dit-il, que M. Lubin mort est beaucoup plus à craindre pour nous que s'il était vivant.

— Ah! oui, ces fameuses lettres, dit Robert.

— Ces lettres, répliqua Pierre de Peyras d'une voix sombre, doivent être en ce moment entre les mains de la police, qui, avant une heure, aura établi une souricière dans la maison où nous habitons.

— Savez-vous à qui il les avait confiées, ces lettres?

— Je l'ignore.

— A M. Foulbeuf, ancien chef de bureau au ministère du commerce.

— Comment avez-vous découvert?...

Robert Talbot poursuivit sans répondre à cette question.

— Or, ce soir-même, M. Lubin faisait prier son ami Foulbeuf de porter ces deux lettres...

— A la préfecture de police? s'écria Pierre en pâlissant.

Robert laissa encore cette question sans réponse.

Il reprit:

— M. Foulbeuf partit donc de chez lui avec les lettres dans sa poche.

— Après? après? balbutia Pierre.

— Mais comme il traversait la rue Culture-Sainte-Catherine, qui est très-sombre et qui était déserte en ce moment, il est si violemment et si malheureusement bousculé par un individu qui accourait en sens inverse, qu'ils tombent tous deux dans le ruisseau. M. Foulbeuf veut se retirer, mais l'autre se fâche, se rue sur lui, le roule, le traîne, le sauce, le tourne et le retourne pendant cinq minutes dans le ruisseau, puis s'esquive. Et quand le grave M. Foulbeuf se releva enfin, il s'aperçut qu'il avait perdu sa montre, son porte-monnaie et les deux lettres de son ami.

— Ah ! fit Pierre, et ces lettres ?

— Se sont trouvées dans ma poche une heure après l'accident de M. Foulbeuf.

— Ainsi, demanda Pierre, tout frémissant, vous les avez ?

— Les voici.

Robert tira les deux lettres de sa poche et les posa devant Pierre de Peyras, qui les ouvrit aussitôt et se mit à les lire.

La première était la copie exacte du feuilleton qu'il avait lu quelques jours auparavant et dans lequel le double meurtre du château de Fougeraie était raconté dans le plus grand détail, avec cette différence que dans cette lettre les pseudonymes avaient disparu pour être remplacés par les noms de Pierre de Peyras et de Robert Talbot.

La seconde lettre racontait avec la même précision le meurtre du malheureux Rochard, rappelait que l'assassin, Robert Talbot, était le complice de Pierre de Peyras dans l'affaire du château de Fougeraie, et déclarait qu'en sortant de chez sa victime Robert était allé se réfugier dans la maison de M. de Peyras, où sans doute il était attendu.

— Et penser, dit-il, que ces deux lettres pourraient être, à cette heure, entre les mains de la police ! c'est à en devenir fou.

— Et nous finirons indubitablement par là, répliqua Robert, si nous ne sortons pas enfin de la fatale situation dans laquelle nous sommes enfermés comme dans une prison.

— Que voulez-vous dire ? demanda avec inquiétude Pierre de Peyras.

— Oh! c'est un grand projet que je médite et que je vous révélerai quand je l'aurai mûri.

— Encore! s'écria Pierre.

— Il me semble que je les conçois et les exécute de manière à vous inspirer un peu plus de confiance, riposta Robert.

— Oh! tant que je n'aurai pas vu enterrer notre ennemi, je ne serai pas rassuré.

— Peste! vous rendriez des points à saint Thomas.

— Enfin, votre nouveau projet?

— Je vous le répète, vous le connaîtrez au moment de le mettre à exécution et quand je l'aurai reconnu infaillible. Je ne puis vous dire qu'une chose, quant à présent, c'est qu'il est gigantesque, c'est qu'il mettrait fin d'un seul coup à toutes nos anxiétés et vous permettrait d'éclabousser tous ceux qui vous méprisent aujourd'hui.

— C'est trop beau pour que je ne doute pas jusqu'au jour où vous m'aurez expliqué vos desseins; mais si magnifiques que puissent en être les résultats, je vous déclare d'avance que je refuse de m'y associer s'il faut faire un pas de plus dans la voie sanglante où je me suis engagé avec vous.

Robert laissa tomber sur Pierre de Peyras un regard dans lequel se lisaient une volonté inflexible, une cruauté implacable et une pitié méprisante; un regard qui signifiait clairement : tu es dans ma main et je te traînerai jusqu'où il me plaira d'aller.

Mais Pierre de Peyras n'avait pas les yeux sur lui en ce moment.

— Attendez, pour vous révolter contre mon idée, que je vous l'aie fait connaître, répliqua Robert.

— C'est un simple avertissement que je vous donne, afin que vous sachiez tout de suite dans quelles conditions et jusqu'à quelle limite vous pouvez compter sur moi. Et maintenant nous n'avons plus rien à faire ici.

— Plus rien.

— Partons.

— Adieu. Vous recevrez bientôt un mot de moi ; je vous donnerai un rendez-vous, mais ailleurs qu'ici ; nous pourrions être remarqués et espionnés.

Ils quittèrent la boutique du liquoriste, et, une fois dehors, chacun alla de son côté.

— Imbécile ! murmura Robert quand il fut seul, imbécile ! qui n'a pas compris de lui-même qu'il faut qu'avant huit jours la princesse Nubia soit supprimée.

Retournons à la rue Beautreillis, où nous avons laissé M. Lubin dans un triste état.

Il avait donné deux ordres à Jeannette : appeler un médecin et aller prier son ami Foulbeuf de porter deux lettres à la préfecture de police.

Au bout de dix minutes, un médecin du quartier, le docteur Compaing, était à son chevet, et Jeannette en profitait pour courir chez M. Foulbeuf.

Cette fois encore, madame Foulbeuf était seule.

Son mari n'était pas encore rentré, et elle commençait à s'inquiéter de cette longue absence quand un violent coup de sonnette la fit bondir.

— C'est sans doute lui, dit Jeannette.

— C'est impossible ! jamais M. Foulbeuf n'a sonné comme ça. Je ne suis pas rassurée. Venez voir avec moi, Jeannette.

Jeannette suivit madame Foulbeuf, armée d'un flambeau qui tremblait dans sa main, car elle n'était pas elle-même très-rassurée.

Madame Foulbeuf ouvrit lentement la porte.

Mais, à l'aspect du monstre qui s'offrit à leurs yeux, les deux femmes jetèrent un cri d'horreur et s'enfuirent pâles et tremblantes.

Mais le monstre les avait suivies, et il arrivait en même temps qu'elles dans la salle à manger.

— Clorinde! murmura-t-il d'une voix lamentable, tu ne veux donc pas me reconnaître?

À ce nom, à cette voix, madame Foulbeuf s'élança vers le monstre, le considéra un instant et s'écria avec un sanglot :

— Alphonse !

Il fallait les yeux du cœur pour reconnaître l'ancien chef de bureau dans l'état où il se présentait.

Depuis le chapeau jusqu'aux bottes et sans excepter la figure, c'était quelque chose d'informe et de monstrueux, parfaitement enduit d'une couche de boue noire liquide et infecte.

Ça ruisselait de toutes parts en mille petites rigoles qui étincelaient à la lumière comme du jais en fusion et dont une partie coulait dans le cou du malheureux Foulbeuf qui grelottait de tous ses membres.

— Alphonse ! répéta l'épouse atterrée, Alphonse en cet état ? Pauvre chat ! d'où sors-tu donc ?

— Du ruisseau, balbutia Alphonse dont les dents claquaient l'une contre l'autre.

— Mais comment cet accident?...

— Volé ! assailli par une bande !... ils m'ont pris mon argent, ma montre et les deux lettres de mon ami Lubin.

— Seigneur Jésus ! s'écria Jeannette, et mon maître qui m'envoyait ici pour vous recommander...

Et, n'ayant plus rien à attendre, elle partit, sans pitié pour la position intéressante de M. Foulbeuf.

Quand elle revint près de son maître, le médecin, aidé d'une voisine, avait pansé les plaies de celui-ci.

Puis il l'avait interrogé.

M. Lubin pouvait à peine répondre ; la voix était faible, la langue embarrassée, et il se faisait autant comprendre par signes que par la parole.

Le docteur Compaing était frappé de certains symp-

ômes qui, disait-il, ne pouvaient s'expliquer par les bles-
sures, quoiqu'elles fussent nombreuses, et quelques-unes
fort graves, surtout aux reins.

Il demanda enfin à M. Lubin si on ne lui avait rien
fait prendre.

Le vieillard fit un signe affirmatif.

— Vous rappelez-vous ce que vous avez bu? poursuivit le docteur.

— De l'eau.

— C'est impossible, dit le médecin.

Il reprit :

— N'a-t-on rien mis dans cette eau?

M. Lubin répondit oui par un signe de tête.

— Savez-vous quoi?

— Non, fit le malade.

Puis il montra du doigt sa chemise.

Le médecin réfléchit un instant.

— Je comprends, dit-il enfin, il est tombé des gouttes
du liquide sur sa chemise.

Il prit une lumière, se pencha sur la poitrine du blessé
et distingua sur la chemise quelques taches noirâtres.

— Oh! oh! fit-il.

Il regarda attentivement ces taches, les sentit, y
appuya sa langue; puis, se relevant brusquement:

— Je m'en doutais, murmura-t-il très-ému, empoi-
sonné!

Il prit aussitôt son chapeau et se dirigea vers la
porte.

— Seigneur Jésus! où allez-vous donc? lui cria Jeannette.

— Commander et faire préparer sous mes yeux un
contre-poison.

Quand il fut parti, M. Lubin fit signe à Jeannette
d'approcher.

Elle vint et se pencha vers lui.

— Les lettres ? balbutia-t-il.

— Volées à M. Foulbeuf.

— Je sais qui, murmura M. Lubin, dont la figure pâle conservait le même calme et la même impassibilité qu'autrefois.

Le docteur Compaing rentra après une demi-heure d'absence.

Il paraissait soucieux.

— Jésus ! lui dit Jeannette, qui était allée ouvrir, est-ce que mon pauvre maître serait en danger?

— En si grand danger que si, dans dix minutes, cette potion n'a pas produit l'effet que j'en espère, je ne réponds pas de lui.

FIN DU TOME PREMIER

TABLE DES MATIÈRES

FIN DE LA TABLE DU TOME PREMIER

F. Aureau. — Imprimerie de Lagny.

www.ingramcontent.com/pod-product-compliance
Lightning Source LLC
Chambersburg PA
CBHW050309030726
47505CB00003B/629